Asuka Lionera

FALKENMÄDCHEN

DRACHENMOND VERLAG

DRACHENMOND VERLAG

Astrid Behrendt
Rheinstraße 60
51371 Leverkusen
http: www.drachenmond.de
E-Mail: info@drachenmond.de

Satz: Janina Sydow
Lektorat: Alexandra Fuchs
Korrektorat: Michaela Retetzki
Umschlaggestaltung: Asuka Lionera
Illustrationen: www.shutterstock.de

Verflucht von Asuka Lionera
Die Beschützerin von Anastasia Judt
Die zweite Haut von Orlando Selvaggio

Druck: Booksfactory

ISBN 978-3-95991-222-8

Für all die, die mir Flügel zum Fliegen gaben.
Ich danke euch aus tiefstem Herzen.

Erstes Buch

DAS FALKENMÄDCHEN

KAPITEL 1

Schon seit einer ganzen Weile kann ich meine Finger nicht mehr spüren, doch ich zwinge mich dazu, weiterzumachen.

Schnell werfe ich einen Blick auf den Wäscheberg neben mir und seufze. Es kommt mir vor, als wolle er gar nicht abnehmen, egal, wie viele Kleidungsstücke ich säubere. Fast so, als würde eine unsichtbare Macht immer wieder ein neues Stück obenauf legen.

Ich ziehe das Hemd, das ich gerade im Fluss auswasche, aus dem Wasser und puste mir in die Hände, ehe ich sie fest aneinanderreibe in der Hoffnung, sie dadurch wärmen zu können. Es hilft alles nichts. Meine Haut ist rot und rissig, die Finger sind steif vor Kälte. Das Wasser, in dem ich die Kleidung waschen muss, ist eisig – kein Wunder, schließlich ist es Winter.

Ich greife nach dem nächsten Wäschestück, wirble es durch den Fluss und wringe es anschließend trocken, während ich verbissen versuche, den Schmerz in meinen Händen zu verdrängen. Es ist, als würden tausend spitze Nadeln durch meine Haut stechen, und jede Bewegung meiner Finger wird zur Qual.

Fahl scheint der Mond durch die Zweige, direkt auf den Kleiderhaufen, der mich immer noch zu verhöhnen scheint. Ich lasse den Kopf hängen, schließe die Augen und atme durch. Danach lasse ich ein paar Mal die Schulter vor und zurück rollen, um die verkrampften Muskeln darin zu lockern. Ich knie sicherlich schon Stunden, ohne mich großartig zu bewegen. Eigentlich müsste ich bereits daran gewöhnt sein, aber die Schmerzen in Muskeln und Knochen sagen mir, dass dem nicht so ist.

Mit klammen Fingern streiche ich mir einige blonde Strähnen aus dem Gesicht und mache mich nach der kurzen Pause wieder an die Arbeit. Ich muss fertig werden, bevor die Sonne aufgeht, und ich habe noch ordentlich zu tun. Keine Zeit für Trödeleien!

Wie immer bin ich um diese Zeit allein, doch ich habe keine Angst. Niemand traut sich nachts in den Wald, schon gar nicht ein junges Mädchen wie ich, denn das wäre nicht normal.

Tja, ich bin aber nicht normal.

Mondscheinmädchen oder *Nachtkind* sind noch die netteren Worte, mit denen die Dorfbewohner mich betiteln. Ich kann es ihnen nicht verübeln, schließlich bin ich anders und seit jeher fürchten die Menschen das, was anders ist als sie selbst. Zwar wissen sie nicht genau, was an mir anders ist, aber allein die Tatsache, dass mich noch niemand bei Tageslicht gesehen hat, reicht, um die Gerüchteküche brodeln zu lassen.

Ich gebe mir Mühe, freundlich zu sein, wenn ich des Nachts auf meinem Weg in den Wald anderen Menschen aus dem Dorf begegne. Meistens erhalte ich keine Antwort auf meinen Gruß und das Lächeln gefriert mir auf den Lippen, wenn sie das Zeichen gegen das Böse machen, während ich an ihnen vorbeilaufe. Ich gebe vor, das Getuschel nicht zu hören, wenn sie denken, ich sei weit genug entfernt, doch in Wahrheit schneidet sich jedes gehässige Wort tief in meine Seele. Wie gerne würde ich mich umdrehen und sie anschreien, was verdammt noch mal ihr Problem sei. Doch ich beiße die Zähne zusammen und schlucke den Ärger und die Wut hinunter, so wie Vater es mich von klein auf gelehrt hat.

Es schmerzt mich, dass ich nicht anerkannt werde. Dass ich keine Freunde habe. Aber wer ist schon nachts unterwegs? Nur Diebesgesindel, Huren und … *ich*.

Wütend blinzle ich die Tränen weg, während ich das halbwegs saubere Hemd auswringe und auf den fertigen Stapel lege. Schnell stecke ich beide Hände unter die Achseln, um sie wenigstens ein bisschen aufzuwärmen und die fiesen Nadelstiche der Kälte zu vertreiben, die erbarmungslos in mich hineinstechen. Es hat keinen Sinn, in Selbstmitleid zu versinken, das weiß ich, aber es ist so schwer, immer nur fröhlich zu sein, wenn mein Innerstes am liebsten laut schreien würde.

Zweige knacken hinter mir und ich fahre erschrocken herum, atme jedoch gleich wieder auf, als ich die massige Gestalt erkenne. Es ist nur mein Vater.

Ich lächle ihm zu, als er sich behäbig neben mir am Ufer auf einem Stein niederlässt. Seine goldenen Augen mustern den Berg Dreckwäsche, doch ich zucke nur mit den Achseln. Wir beide wissen, dass ich diese undankbare Aufgabe Mutter zu verdanken habe, aber ich beschwere mich nicht. Irgendwas muss ich schließlich für unsere

Familie tun, und da es nicht viel gibt, was ich bei Nacht machen kann, kümmere ich mich eben um die Wäsche.

Ich liebe es, wenn Vater mich besucht und mir nachts für ein paar Stunden Gesellschaft leistet, denn ansonsten sehen wir uns kaum, und wenn, haben wir nicht viel Zeit miteinander. Er ist der Einzige in unserer Familie, der mich versteht.

Denn er ist so wie ich.

Ich rutsche näher an ihn heran und kuschle mich in seinen warmen Pelz. Er riecht nach Wald und Erde. Ich liebe diesen Geruch. Vorsichtig legt er eine seiner großen Pranken um mich, immer darauf bedacht, mich nicht mit seinen Krallen zu verletzen.

»Schön, dass du da bist«, murmle ich, obwohl ich weiß, dass ein Gespräch unmöglich ist. Vater gibt ein tiefes Brummen von sich, sodass meine Wange, die ich an seinen Pelz gedrückt habe, vibriert.

Ich kann mich nicht mehr daran erinnern, wann ich je meinen Vater richtig umarmt habe, wenn er nicht in seiner tierischen Gestalt war. Schon zu viele Jahre sind seitdem ins Land gegangen, in denen wir beide es nicht leicht hatten.

In den dunklen Stunden der Nacht, in denen ich mit meinem Schicksal hadere, frage ich mich, warum gerade eine gute Seele wie mein Vater diesen Fluch verdient hat. Warum er ihn ausgerechnet an mich weitergegeben hat, schließlich habe ich noch elf weitere Geschwister. Aber keiner von ihnen ist wie wir. Das hat uns beide schon immer zusammengeschweißt, auch wenn wir nie wirklich Zeit miteinander verbringen konnten. Allein die Gewissheit, dass es jemanden gibt, der versteht, was ich durchmache, nimmt mir eine gewaltige Last von den Schultern. Ich wüsste nicht, was ich ohne Vaters Rückhalt machen sollte.

»Ich muss weitermachen«, sage ich und winde mich aus seiner Umarmung. Obwohl ich nichts lieber täte als einfach hier mit ihm sitzen und auf den Fluss starren, weiß ich, dass ich fertig werden muss, wenn ich nicht Mutters Zorn riskieren will. Ich knie mich auf den harten Stein am Ufer und beginne, ein neues Wäschestück durch das eiskalte Wasser zu ziehen.

Vater brummt und erhebt sich. Sehnsüchtig sehe ich ihm nach, wie er in den Wald trottet und im Unterholz verschwindet. Schon nach wenigen Metern ist sein schwarzer Pelz nicht mehr von der Umgebung zu unterscheiden.

Mein Vater ist ein Bär. Nun ja, zumindest nachts.

Durch einen uralten Fluch, der seit Menschengedenken auf unserer Familie lastet, ist mindestens einer je Generation dazu verdammt, sich nachts in irgendein Tier zu verwandeln.

Bis auf mich. Auf mir lastet zwar auch der Fluch, jedoch bin ich sogar anders in meiner Andersartigkeit. Denn ich bin der einzig bekannte Tagwandler.

Ich schaue nach oben, um durch die Baumkronen den Stand des Mondes abzuschätzen. Ich muss mich sputen, damit die Wäsche rechtzeitig vor Sonnenaufgang fertig und zu Hause abgeliefert ist, ansonsten wird Mutter mir das Leben ein weiteres Mal zur Hölle machen.

Oft nennt sie mich faul und nutzlos, weil ich nicht wie die anderen auf dem Feld mithelfen oder die Kühe melken kann. Als ob ich mich freiwillig jeden verdammten Tag verwandeln würde! Ich würde alles dafür geben, normal zu sein und wie meine Schwestern lachend und mit bunten Bändern im Haar sorglos durchs Dorf laufen zu können. Immer begleitet von den anerkennenden Blicken der jungen Männer.

Doch das werde ich niemals haben können. Niemand sieht mich.

Denn ich bin das *Mondscheinmädchen.*

Trotz erfrorenen Fingern und vom Knien gefühllosen Beinen schaffe ich es rechtzeitig, die saubere Wäsche nach Hause zu bringen und schnell über die Wäscheleinen zu hängen, die vor unserer Hütte gespannt sind. Drinnen scheint noch alles ruhig zu sein und ich höre das laute Schnarchen meiner Mutter bis nach draußen. Auch meine Geschwister sind noch nicht auf den Beinen, denn aus dem Stall dringt das empörte Muhen unserer Milchkühe, die darauf warten, gemolken zu werden.

Über den Hügeln sehe ich bereits den hellen Lichtstreifen, der den Morgen ankündigt, daher mache ich mich sofort wieder auf den Weg in den Wald, nachdem ich das letzte Kleidungsstück aufgehängt habe.

Wie jeden Tag folge ich meinem geheimen Pfad zu einer kleinen Höhle in der Nähe des Flusses, wo ich auf meine Verwandlung warte. Hier lasse ich, genau wie Vater, meine Kleider zurück, um sie bei Nachtanbruch wieder anziehen zu können. Der Höhleneingang liegt versteckt hinter dichtem Gestrüpp, das ihn auch jetzt im Winter nahezu völlig verdeckt. Es ist der einzige Ort auf der Welt, an dem ich mich sicher fühle.

In der Vergangenheit wurden Vater und ich zwei Mal dabei beobachtet, wie wir uns verwandelten. Dass unsere Familie jedes Mal nahezu unverletzt vor den Dorfbewohnern und ihren Fackeln und Mistgabeln fliehen konnte, grenzt schon an ein Wunder.

Seit unserem dritten Umzug ist Mutters Laune am Boden. Eines Nachts hat sie sogar gedroht, sich von einer Klippe zu stürzen, wenn wir noch mal enttarnt werden, daher sind Vater und ich besonders vorsichtig; nicht nur wegen Mutters Drohung, sondern auch weil wir meine elf Geschwister nicht schon wieder aus ihrer gewohnten Umgebung reißen wollen.

Ich krieche in die kleine Höhle, inhaliere den Geruch von Nässe, Moos und Erde, der für einen winzigen Moment meine Sorgen wegspült. Zufrieden seufzend lehne ich mich an den kalten Stein und schaue nach draußen. Der Himmel ist bereits in ein helles Violett getaucht.

Es wird nicht mehr lange dauern.

Anfangs war die Verwandlung schmerzhaft und eigentlich ist sie das immer noch. Es tut weh, wenn meine Knochen zusammenschrumpfen und meine komplette Gestalt sich verändert, doch mit den Jahren ist es erträglicher geworden. Vielleicht ist es auch nur Gewohnheit.

Seit fast zwanzig Jahren werde ich bei jedem ersten Sonnenstrahl in diese Gestalt gezwungen. Im Grunde kann ich mir ein anderes – *normales* – Leben schon gar nicht mehr vorstellen. Nachts zu schlafen wie normale Menschen. An einem Tisch zu sitzen, um gemeinsam mit der Familie zu essen. Hübsch zurechtgemacht ins Dorf zu gehen, um zusammen mit den anderen um das prasselnde Feuer zu tanzen.

All das ist für mich undenkbar.

Und wenn ich mir Vater ansehe, wird es auch niemals anders sein. Er hat zumindest das Glück, sich nur nachts zu verwandeln, was weniger Aufsehen erregt als mein Tagwandler-Dasein. Er hatte die Möglichkeit, sich eine Frau zu suchen und eine Familie zu gründen, auch wenn ich glaube, dass es zwischen meinen Eltern nie so was wie wahre Liebe gab oder je geben wird.

Als ob ich Ahnung von Liebe hätte! Absoluter Quatsch! Ich habe noch nie einen Jungen umarmt oder gar geküsst. Wie auch? Wie soll ich nachts jemanden kennenlernen? Am besten noch, während ich Mutters Aufgaben, die sie jede Nacht für mich hat, erledige.

Ich beiße die Zähne zusammen und schaue in den Himmel, als könne ich so die Sonne dazu bewegen, schneller aufzugehen. Ich muss mich ablenken, denn diese Gedanken tun mir nicht gut, schließlich kann ich nichts an meiner Situation ändern. Ich bin, wie ich bin, und damit muss ich leben. Es hätte mich auch schlimmer treffen können. Als ich Vater einmal tagsüber besucht habe, hat er mir erzählt, dass sich eine Tante von ihm in einen Wurm verwandelt hätte. Das muss *wirklich* schrecklich gewesen sein. Gerne hätte ich ihn mehr dazu gefragt, doch leider kann ich tagsüber nicht sprechen und er kann es nachts nicht.

Alles, was ich von einem Familienleben habe, ist Mutters verkniffenes Gesicht, das ich jeden Abend sehe, wenn sie monoton meine Aufgaben für die Nacht aufzählt, um dann gleich wieder ins Bett zu verschwinden. Durch die geschlossenen Türen unserer Hütte höre ich das leise Schnarchen meiner Geschwister und beneide sie um ihr Los.

Endlich wird der Himmel heller und ich spüre das bekannte Kribbeln in meinem Körper, das die bevorstehende Verwandlung ankündigt. Gleich wird es sich in ein Zerren wandeln, meine Knochen werden sich verschieben und aus meiner Haut werden schwarze Federn sprießen.

Wenige Sekunden später erhebe ich mich mit einem spitzen Schrei in den Himmel, breite meine dunklen Schwingen aus und segle durch die frische Morgenluft.

Mondscheinmädchen nennen sie mich, doch eigentlich ist das nicht richtig.

Denn ich bin das *Falkenmädchen.*

KAPITEL 2

Wie jeden Morgen brauche ich eine Weile, um mich an die geschärften Sinne zu gewöhnen, über die ich nun verfüge. Mit meinen goldenen Falkenaugen kann ich selbst aus zweihundert Meter Entfernung die Maus sehen, die gerade durch die Grashalme huscht.

Lautlos und schnell stoße ich mich auf meine Beute und schlage meine spitzen Krallen tief in mein überraschtes Opfer, das noch ein letztes Quieken von sich gibt, ehe es sein unausweichliches Ende anerkennt und in meinen Fängen erschlafft. Mit meinem Frühstück lande ich auf einem Baum und lasse es mir schmecken.

Schon vor Jahren habe ich damit begonnen, meine Hauptmahlzeiten als Falke einzunehmen, um meine Familie nicht zusätzlich zu belasten. Nachts, als Mensch, esse ich so gut wie nie etwas und beinahe habe ich vergessen, wie richtiges Essen schmeckt. Mehr als Mäuse oder kleine Hasen kenne ich nicht mehr. Ich weiß noch, wie ich mich als kleines Mädchen davor geekelt habe, etwas mit Fell zu essen, dessen Blut noch warm war, doch mittlerweile ist es für mich zur Normalität geworden.

Was ich immer noch eklig finde, ist, wenn ich die unverdaulichen Bestandteile meiner Mahlzeit, wie Fell und Knochen, wieder hochwürge. Das ist echt widerlich, aber leider als Falke unvermeidbar.

Nachdem ich mich gestärkt habe, segle ich zu unserem Haus, das am Fuße einer hügligen Landschaft steht. Mittlerweile sind unsere Kühe nach draußen getrieben worden und suchen auf dem gefrorenen Boden nach Futter.

Ich lande in der großen Eiche, die direkt neben der kleinen Hütte steht, in der unsere große Familie lebt, und lausche den alltäglichen Geräuschen, die zu mir heraufdringen. Ich höre meine kleinen Schwestern, die sich wegen einer Puppe streiten, und meine Mutter, wie sie meinem Vater Vorwürfe macht. Mal wieder.

Dann tritt sie aus der Hütte. Außer den langen blonden Haaren habe ich mit meiner Mutter keinerlei Gemeinsamkeiten. Sie ist groß und hager, um ihren Mund haben sich tiefe Falten gebildet, die ihr immer ein verkniffenes Aussehen verleihen. Nun ja, meistens *ist* sie auch verkniffen. Die vielen Schwangerschaften sind nicht spurlos an ihr vorbeigegangen. Von den sechzehn geborenen Kindern haben zwölf, mich eingeschlossen, überlebt. Meine jüngste Schwester ist im Herbst vier geworden.

Mutter stemmt die Hände in die ausladenden Hüften und lässt ihren Blick über den Hof und über die Wäscheleinen schweifen, die ich in den Zwielichtstunden schnell bestückt habe. Missbilligend runzelt sie die Stirn. Manchmal verfluche ich es, dass ich selbst aus dieser Entfernung jede ihrer Gesichtsregungen sehen kann, denn ich weiß, dass sie mit etwas unzufrieden ist. So wie immer. Egal, wie sehr ich mich anstrenge, ich kann es ihr nie recht machen.

Ich bin eben anders, und das lässt sie mich immer wieder spüren. Ich bin das fünfte Rad am Wagen, das ungeliebte Kind, mit dem sie nichts anfangen kann.

Während meine älteren Brüder allesamt bereits verheiratet sind und teilweise schon selbst Familien gegründet haben, wird sie mich ewig erdulden müssen. Denn wer würde mich denn nehmen? Meine Schwestern kann sie wenigstens in vorteilhafte Ehen vermitteln. Stella, die ein Jahr jünger ist als ich, hat letztes Jahr den Schmied im Dorf geheiratet. Das ist eine höchst vorteilhafte Verbindung, auf die Mutter mächtig stolz ist. Ich habe die Hochzeit aus der Ferne verfolgt, sie war wirklich schön und Stella wirkte glücklich, während mir das Herz schwer war. Nicht, weil ich meiner Schwester ihr Glück nicht gönnte, sondern weil mir wieder vor Augen geführt wurde, was ich niemals würde haben können.

»Miranda!«, ruft meine Mutter. »Ich weiß, dass du da bist!«

Kurz überlege ich, ob ich zu ihr fliegen soll, lasse es aber. Die Gefahr, von einem der anderen Dorfbewohner entdeckt zu werden, ist zu groß. Also bleibe ich, wo ich bin und lasse sie schimpfen.

Eigentlich sollten ihre Tiraden mittlerweile an mir abperlen wie Regen an meinem Gefieder, doch dem ist nicht so. Wie immer schneiden ihre Worte und ihr Schimpfen tief in meine Seele und hinterlassen dort ihre Spuren, die ich niemals ganz verlieren werde.

»Das nennst du saubere Wäsche? Ich sage dir eins, Fräulein, du wirst diese Wäsche heute Nacht noch mal waschen, und wehe, sie ist wieder so dreckig wie heute!«

Natürlich ist die Wäsche nicht sauber, aber wie soll das gehen in diesem schlammigen Fluss? Auch wenn ich meine Gestalt ändern kann, *zaubern* kann ich leider nicht.

Mein Vater tritt aus der Hütte und legt Mutter von hinten beschwichtigend eine Hand auf die Schulter, die sie mit einer energischen Bewegung abschüttelt.

»Ich bin sicher, das Mädchen hat ihr Bestes getan. Du solltest nicht so streng mit ihr sein, Luise.« Ich liebe Vaters ruhige Stimme und ich bin ihm so unendlich dankbar für das Verständnis, das er für mich hat.

Mutter gibt nur ein Schnauben von sich, ehe sie sich umdreht und mit dem Zeigefinger an Vaters Brust tippt. »Ich bin *nicht* streng! Sie muss endlich lernen, dass auch sie ihren Teil zu unserem täglichen Leben beitragen muss, und du darfst sie nicht jedes Mal in Schutz nehmen, nur weil sie ein Monster ist!«

Autsch. Sie hat zwar schon öfters so über mich gesprochen, aber es tut jedes Mal aufs Neue weh. *Monster* … Ja, ich bin ihre Monster-Tochter und sie wird nie müde, mir das zu verstehen zu geben.

»So wie ich, meinst du?«, fragt Vater betont ruhig, mustert sie jedoch aus zusammengekniffenen Augen.

Mutter wirft genervt die Hände in die Luft. »Wie auch immer. Sie muss damit aufhören, die Nächte zu vertrödeln und sich wer weiß wo rumzutreiben und endlich damit anfangen, etwas für die Familie zu tun. Wir haben es schließlich nicht leichter mit euch beiden.« Mit diesen Worten dreht sie sich um und stapft über den Hof hinüber in den Stall.

Vater blickt ihr einen Moment kopfschüttelnd nach, dann geht er zu dem Baum, auf dem ich sitze, und lehnt sich mit dem Rücken an den breiten Stamm.

Ich spähe nach allen Seiten und als ich sicher bin, dass wir nicht beobachtet werden, flattere ich nach unten und lasse mich auf seiner Schulter nieder. Ohne ein Wort und ohne mich anzusehen streicht er mir mit dem Zeigefinger über den gefiederten Kopf.

»Nimm es ihr nicht übel, Kleines. Sie kann uns eben nicht verstehen. Da sie selbst den Fluch nicht in sich trägt, weiß sie nicht, mit was wir leben müssen.«

Als Antwort plustere ich mein Gefieder auf. Ich habe mich schon oft gefragt, wie Vater es so lange mit einer Frau wie ihr aushält, die ständig nur meckern und schimpfen kann. Ich hätte wohl vor Jahren bereits die Flucht ergriffen.

Gerne würde ich ihn danach fragen, aber das geht nicht. Also beschränke ich mich darauf, die wenige Zeit, die ich gemeinsam mit ihm habe, zu genießen und bleibe einfach auf seiner Schulter sitzen, halte mich mit den Krallen an seinem zerschlissenen Hemd fest.

Müdigkeit übermannt mich und ich muss mich anstrengen, die Augen offen zu halten. Da ich die Nächte hindurch arbeiten muss, schlafe ich tagsüber, nachdem ich etwas gegessen habe, doch heute kann ich bei meinem Vater sein und möchte keine Sekunde missen, also halte ich mit aller Kraft meine Augen offen, bis sie brennen.

Vater muss bemerkt haben, wie trotz meiner Anstrengungen mein Kopf immer mal wieder nach vorne gesackt ist, und lächelt mir zu. »Schon in Ordnung, Kleines. Flieg und schlaf dich aus. Ich bin sicher, Mutter hat heute Nacht wieder etwas *ganz Besonderes* für dich zu tun.«

Bei der Art, wie er *etwas ganz Besonderes* betont, hätte ich ihm gerne verschwörerisch zugelächelt. So stupse ich nur kurz mit dem Schnabel gegen seine raue Wange und breite meine Flügel aus, um wieder zurück in den Baum zu fliegen.

Vater steht auf, klopft sich den Schmutz von der Hose und hebt kurz die Hand, ehe er ebenfalls Richtung Stall geht. Ich sehe ihm nach, bis er hinter dem Tor verschwunden ist, dann stecke ich meinen Kopf unter den rechten Flügel, um endlich zu schlafen.

Durch ein Geräusch, das ich nicht zuordnen kann, werde ich aus dem Schlaf gerissen. Fast wäre ich vom Ast gefallen, kann aber im letzten Moment meine Krallen fest in die morsche Rinde graben.

Verwirrt blinzle ich gegen die Helligkeit an. Die Sonne steht hoch am Himmel, allzu lange kann ich nicht geschlafen haben. Ich fühle mich immer noch todmüde. Trotzdem drehe ich neugierig den Kopf in die Richtung, aus der eben das Geräusch kam.

Über die Hügel, durch die ein schmaler Weg führt, rumpelt ein Karren, der von zwei schwerfälligen Ochsen gezogen wird. Nanu, heute ist doch gar nicht der Tag, an dem der fahrende Händler durchs

Dorf fährt … Normalerweise sind wir hier unter uns, so abgeschieden, wie dieser Ort liegt. Mit ein Grund, warum Mutter gerade dieses Dorf für uns ausgesucht hat – wenig Durchreisende und wenige, die dumme Fragen stellen oder uns zu genau beobachten könnten. Natürlich fällt es früher oder später trotzdem auf, wenn ein junges Mädchen der Familie nie bei Tag zu sehen ist und der Familienvater nachts spurlos verschwindet, aber bisher sind wir vor allzu neugierigen Nachforschungen verschont geblieben.

Nun haben auch Vater und Mutter den Händlerkarren gehört und kommen aus dem Stall. Mutter putzt ihre Hände an der schmuddeligen Schürze, die sie trägt, ab und läuft zum Wegesrand, wo sie eine Hand über die Augen hält und gegen die Sonne blinzelt. Vater bleibt einen Meter hinter ihr stehen und strafft die Schultern.

»Den Göttern zum Gruß, gute Leute«, grüßt der Händler auf dem Kutschbock und greift sich mit zwei Fingern an seinen Hut. Meine Eltern nicken ihm zu und erwidern die Begrüßung.

Ich werfe einen Blick auf den Karren und lege den Kopf schief. Er ist leer, was ich seltsam finde. Was macht der Mann hier, wenn er nichts verkaufen will? Niemand kommt in dieses Dorf, wenn nicht um Handel zu treiben … Was *will* er also hier?

»Wo finde ich den Dorfvorstand?«, fragt er und Mutter weist ihm den Weg. »Habt Dank, Frau. Ich habe etwas Wichtiges zu verkünden. Kommt mit eurer Familie in zwei Stunden auf den Dorfplatz.« Er lässt die Peitsche knallen und die beiden Ochsen setzen gemächlich ihren Weg ins Dorf fort.

Mutter läuft ins Haus und streift noch beim Gehen ihre dreckige Schürze ab, um sie achtlos auf den Boden zu werfen. Klar, sie muss sie ja auch nicht wieder sauber waschen … Fast hätte ich einen genervten Schrei ausgestoßen, doch ich bremse mich in letzter Sekunde, um mich nicht zu verraten. »Kinder, zieht eure besten Kleider an! In einer Stunde will ich euch alle fertig draußen auf dem Hof sehen!«, höre ich ihren gedämpften Kommandoton. »Und wehe, ihr vergesst wieder, den Dreck unter euren Fingernägeln wegzuschrubben!«

Kopfschüttelnd folgt Vater ihr ins Haus, nicht ohne mir noch einen entschuldigenden Blick zuzuwerfen. Ja, trotz allem wäre ich jetzt auch gerne da drinnen und würde mir mein schönstes Festtagskleid anziehen und die blonden Haare kunstvoll hochstecken. Stattdessen sitze ich auf dem Baum und kann nichts weiter tun, als mein kohlschwarzes Gefieder aufzuplustern.

Mit gemischten Gefühlen verfolge ich die gehetzte Stimmung, die in der Hütte herrscht. Durch mein scharfes Gehör kann ich jedes einzelne Wort verstehen, als würde der Sprecher direkt neben mir sitzen. Meine Schwestern streiten sich um eine Haarspange, während meine Brüder sich widerwillig Hände und Füße waschen und sich in ihre engen Hemden zwängen.

Alle sind pünktlich fertig und gemeinsam macht sich die gesamte Familie auf den Weg. Nun ja, *fast* die gesamte Familie. Ich fehle natürlich, aber bis auf meinen Vater scheint das niemanden zu stören. Ich glaube sogar, dass einige meiner Geschwister gar nicht mehr wissen, dass es mich überhaupt gibt. Niemand fragt: »Wo ist Miranda?«, sondern alle lächeln und laufen gut gelaunt hinab ins Dorf.

Als ich sicher bin, dass sich niemand von ihnen mehr umdrehen wird, breite ich die Schwingen aus und segle ihnen nach.

Ich lande auf einem Dach direkt am Dorfplatz, um alles, was nun folgen wird, mitzuerleben. Dicht an dicht drängen sich die Menschen, reden lautstark miteinander und fragen sich, was das soll. Weil ich mich ebenfalls von der allgemeinen Euphorie anstecken lasse, merke ich, wie eine kribblige Vorfreude in meinem Bauch wütet.

Ein paar Tauben schauen mich an und ich gebe ein lautes Krächzen von mir, was sie flüchten lässt. Wie ich diese Mistviecher hasse …

Vater sieht kurz nach oben und lächelt, als er mich auf dem Dachfirst sitzen sieht, wendet sich dann aber schnell wieder Mutter zu, damit sie nicht auf mich aufmerksam wird. Ich bin sicher, dass sie nicht erfreut wäre, ihre *Monster*tochter hier zu sehen, mitten unter all diesen Menschen … Natürlich würde niemand den schwarzen Falken auf dem Dach sofort mit dem Mondscheinmädchen in Verbindung bringen, aber laut Mutter könnte jeder uns enttarnen und dann müssten wir wieder aus dem Dorf fliehen.

Gerade als die Laune der Menge zu kippen droht, weil nichts passiert, erklimmt der Dorfvorstand, ein dicklicher kleiner Mann mit Glatze, den Rand des Brunnens, um wenigstens halbwegs von allen gesehen zu werden. Mit erhobenen Händen bittet er um Ruhe, doch das Gemurmel um ihn herum erstirbt nur langsam. Zu aufgeregt sind die Menschen ob dieser nicht alltäglichen Situation. Nahezu alles ist in diesem verschlafenen Dorf eine Sensation, wodurch die Menschen immer etwas empfindlich reagieren, wenn ihr gewohnter Trott durch etwas gestört wird, das dann doch nicht so aufregend ist wie angenommen.

»Meine guten Leute, bitte, hört mir zu!« Sein dünnes Stimmchen dringt nicht bis zu den letzten Reihen und ich höre bereits, wie die Leute weiter hinten lautstark ihre Vordermänner fragen, was gerade gesagt wurde, wodurch erneut Unruhe entsteht. »Die Götter haben unser Dorf gesegnet!« Augenblicklich herrscht Ruhe. Man könnte sogar eine meiner Federn auf den Boden fallen hören.

Sobald die Götter zur Sprache gebracht werden, sind die Menschen Feuer und Flamme. Ich habe mich schon immer gefragt, warum das so ist, schließlich machen diese sogenannten Götter rein gar nichts für uns. Wo sind sie denn, wenn die Ernte wieder einmal ausfällt? Wo sind sie, wenn erneut, wie fast jedes Jahr, ein Fieber grassiert? Sie tun nichts für die Menschen! Und trotzdem werden sie verehrt und angebetet.

Die Götter … Pah! Diese selbstverliebten, rücksichtslosen … *Dinger* … haben mir mein Schicksal erst eingebrockt! Wären sie nicht gewesen, müssten mein Vater und ich uns nicht täglich in diese unnatürliche Gestalt zwängen …

»Der König«, der Dorfvorsteher räuspert sich, weil seine Stimme sich fast überschlägt. »Der König höchstpersönlich sowie der Prinz und ihr Gefolge werden durch unser Dorf reisen und sogar die Nacht hier verbringen!«

Jubel heischend blickt er sich um, doch die Dorfbewohner starren ihn nur mit offenen Mündern an. Es scheint, als würden sie ihm kein einziges Wort glauben, und die Spannung ist fast körperlich spürbar.

»Sie kommen hierher? Zu *uns*?«, fragt eine ältere Frau, als hätte sie sich verhört. »In unser kleines Dorf am Rande des Königreichs?«

»So ist es, gute Leute! Und das schon morgen! Wir haben noch viel vorzubereiten. Ist das nicht wundervoll? Die königliche Familie beehrt uns mit ihrer Anwesenheit!«

Bei diesen Worten beginnt die Menge zu jubeln.

Der Mann, den ich für einen fahrenden Händler gehalten habe, ist neben den Dorfvorsteher getreten und nickt bekräftigend. Was will er hier? Hat er was mit dieser Verkündung zu tun? Ich hüpfe näher an den Rand des Daches und schaue mir den Mann genauer an. Jetzt fällt mir der Bogen auf, den er um seine Schultern gehängt hat, und es fühlt sich an, als würde mich eine eiskalte Hand packen und zudrücken. Das ist kein Händler, definitiv nicht. Dieser Mann ist ein Jäger, wahrscheinlich einer der Treiber, denn ich bezweifle, dass er sich mit seiner massigen Statur lautlos an seine Beute heranschleichen könnte.

Das Blut rauscht durch meine Adern und das kleine Falkenherz beginnt hektisch zu pumpen. Der König und sein Gefolge wollen hier jagen! In unseren Wäldern. Klar, es sind eigentlich die Wälder des Königs, aber trotzdem!

Ich blicke zu Vater und auch er kann einen erschrockenen Ausdruck nicht verbergen, während die anderen Leute weiterhin lauthals jubilieren Er denkt dasselbe wie ich, das sehe ich.

»Ich habe erst vor Kurzem einen riesigen schwarzen Bären gesehen! Ganz in der Nähe des Flusses!«, berichtet einer der Bauern und Vaters Gesichtsfarbe wird aschfahl. Andere Leute stimmen dem Bauern zu und berichten von ihren Begegnungen mit dem schwarzen Tier. Bei jeder Erwähnung zieht Vater immer weiter den Kopf zwischen die Schultern, doch er scheint die Worte der anderen nicht ausblenden zu können. Sie stacheln sich immer weiter an und versuchen, sich mit ihren an den Haaren herbeigezogenen Geschichten zu übertreffen.

Anstatt Vater zu stützen oder ihm gut zuzureden, reiht sich Mutter mitsamt meinen Geschwistern in die Jubelnden ein. Sie feiern die Königsfamilie, die seit Beginn der Aufzeichnungen noch nie einen Fuß in unser schäbiges Dorf gesetzt hat, und sind im Freudentaumel, ohne auch nur einen einzigen Gedanken daran zu verschwenden, *warum* die Königsfamilie unser Dorf besucht.

Doch ich habe genug Weitblick, um die gesamte Situation zu erfassen. Natürlich wurde Vater als Bär mehrmals von einzelnen

Dorfbewohnern gesehen, schließlich entfernt er sich nie weit von unserer Hütte und kommt mich immer mal nachts am Fluss besuchen. Es ist klar, dass er dann manchmal einen nächtlichen Wanderer erschreckt, aber mehr ist nie passiert. Vielleicht ist einem dieser Dörfler die seltene schwarze Fellfarbe des Bären aufgefallen und irgendwie muss diese Kunde bis zum König gedrungen sein, der dafür bekannt ist, gerne Jagd auf spezielle Beute zu machen. Seine neueste Trophäe scheint er gefunden zu haben.

Jetzt erklimmt der Jäger den Brunnenrand und schubst unseren Dorfvorstand beinahe unsanft hinunter. Der alte Mann kann sich gerade noch fangen, ehe er auf den Pflastersteinen aufschlägt, doch niemanden scheint das zu kümmern. Alle starren wie gebannt auf den Jäger, der das Wort ergreift. »Ihr guten Leute, es ist wahr! Schon morgen bei Tagesanbruch wird der König und sein Gefolge euer Dorf mit seiner Anwesenheit beehren!« Erneut bricht Jubel los, einzelne Hüte fliegen durch die Luft. »Sie haben mich vorgeschickt, um euch diese frohe Kunde zu überbringen. Und ja, der König hat von eurem schwarzen Bären gehört und redet von kaum etwas anderem mehr als von der bevorstehenden Jagd! Wir werden euch von dieser Bestie erlösen. Ihr müsst keine Angst mehr um eure Kinder haben! Bisher ist dem König noch kein wildes Tier entkommen. Er wird dafür sorgen, dass ihr alle wieder in Ruhe und Frieden leben könnt!«

Vater wird angerempelt und stürzt fast. Gelähmt vor Panik steht er inmitten der tosenden Menge, ohne jemand, der ihm Halt gibt. Einsam und verlassen. Wie gerne würde ich ihn in die Arme schließen und ihm zuflüstern, dass alles gut werden wird, doch das ist unmöglich. Er muss sofort hier weg, für mehrere Tage tief im Wald verschwinden und sich verstecken. Warum hilft ihm keiner aus unserer Familie? Sie müssen doch bemerken, dass der schwarze Bär, der als neuer Bettvorleger des Königs enden soll, der eigene Mann oder Vater ist, doch keiner von ihnen scheint einen Gedanken daran zu verschwenden.

»Ihr guten Leute«, versucht sich der Jäger wieder Gehör zu verschaffen. »Ich bitte euch, geht die nächsten Tage nicht in den Wald. Ich werde noch heute damit beginnen, Bärenfallen aufzustellen. Es wäre schrecklich, würde einer von euch braven Bürgern in solch eine

Falle hineintreten.« Zustimmendes Gemurmel ertönt. »Unser geliebter König wird mit seinem Sohn im örtlichen Gasthaus residieren. Ich bin sicher, seine Ritter und sein Gefolge kommen bei euch unter. Würde es euch nicht gefallen, einen Adligen unter euren Dächern willkommen zu heißen?«

Bei seinen Worten dreht sich mir der Magen um und beinahe würge ich das Gewölle von der Maus heute Morgen wieder hoch. Die Menge jauchzt vor Freude Fassungslos sperre ich den Schnabel auf und schaue auf die wogende Masse unter mir. Bei einigen war ich mir ja sicher, aber dass sie *alle* so dumm sind wie ein Stück der Äcker, die sie bebauen, wäre mir nicht in den Sinn gekommen. Merken die nicht, dass das Gefolge des Königs nur möglichst kostenlos untergebracht werden soll und sie dafür nicht einmal ein Danke erhalten werden? Sie werden sich ausnehmen lassen, ihre eisernen Reserven an die Männer des Königs verfüttern, um dann im Winter wieder bei meiner Familie Getreide zu schnorren. Es wäre nicht das erste Mal, dass Vaters Gutgläubigkeit anderen gegenüber ausgenutzt wird. Meistens gibt er sich freundlich, um von all den Merkwürdigkeiten abzulenken, die es in unserer Familie gibt.

Aber was denke ich da? Das ist unwichtig! Viel wichtiger ist jetzt, was mit Vater geschieht. Ich suche die Menge nach ihm ab, was bei all den Menschen, die freudig die Arme in die Luft recken, gar nicht so einfach ist. Da ist er, der Einzige, der sich nicht von den Jauchzern anstecken lässt. Ich sehe Vaters gehetzten Blick, den er mir zuwirft, bevor er sich allein einen Weg durch die frohlockende Menge bahnt. Mehr brauche ich nicht zu sehen, um zu wissen, wo er hingehen wird, und lasse mich vom Wind fort vom Dorfplatz tragen. Ich bin erleichtert, als die freudigen Stimmen leiser und leiser werden und ich nicht mehr inmitten dieses Irrsinns sein muss.

KAPITEL 3

Ich warte vor der Höhle, in der ich mich jeden Morgen verwandle. Ich weiß, dass auch Vater sie hin und wieder nutzt. Nach dieser Ansprache wird er nicht direkt nach Hause gehen und sicherlich erst einmal Zeit zum Nachdenken brauchen.

Ich werde nicht enttäuscht: Etwa eine halbe Stunde nach mir bahnt Vater sich keuchend einen Weg durchs Gestrüpp, das den Weg zur Höhle verdeckt. Es wird Abend und der Himmel ist bereits in ein helles Orange getaucht.

Schwer atmend kriecht er hinein und lehnt sich an die kühle Höhlenwand. Ich löse meine Krallen vom Ast, auf dem ich gewartet habe, segle hinab und durch das Gestrüpp hindurch, um auf seiner Schulter zu landen, von wo aus ich sein Gesicht mit schief gelegtem Kopf mustere. Er kommt mir mit einem Mal so alt vor, beinahe eingefallen und maskenhaft, als ich kurz mit dem Schnabel über seinen Dreitagebart fahre. Er lächelt und mir wird das Herz schwer, als ich sehe, was für ein aufgesetztes Lächeln es ist. Vater lächelt nie so. Auch wenn mein Tag endlos und meine Nacht durch Mutters Aufgaben noch viel schlimmer war, konnte ich mich immer auf Vaters aufmunternde Worte und die schönen, wenn auch kurzen Momente mit ihm verlassen.

Nicht auszudenken, was aus mir werden würde, wenn ihm wirklich etwas zustoßen sollte! Ich könnte nicht ohne ihn leben. Nein, daran darf ich nicht einmal denken! Er muss sich nur für ein paar Tage verstecken, bis die königlichen Jäger die Lust verlieren, einem Hirngespinst hinterherzujagen. Dann ist alles überstanden und wird wieder so sein wie vorher. Mehr braucht es nicht. Sie müssen nur glauben, dass der schwarze Bär ein Mythos ist, dann werden sie wieder abziehen und meine Familie in Ruhe lassen.

Nachdem er wieder zu Atem gekommen ist, legt Vater das Bündel, das er unter dem Arm getragen hat, auf seinen Schoß. Bisher habe ich dem hastig gepackten Sack keine Beachtung geschenkt. Sicherlich sind es ein paar Kleidungsstücke zum Wechseln und Verpflegung für die nächsten Tage, doch nichts von alldem holt Vater daraus hervor.

Der Gegenstand, der nun auf seinem Schoß liegt, ist groß, eckig, braun und alt.

Ein Buch? Seit wann besitzen wir ein Buch? Wir sind arme Bauern, niemand von uns kann lesen und schreiben, zumindest nicht, dass ich es wüsste. Wir haben keine Bücher. Wir *brauchen* keine Bücher.

Ich tänzle unruhig von einem Bein aufs andere, während ich versuche, mir einen Reim darauf zu machen. Warum bringt er ein Buch mit? Um sich die Stunden im Versteck zu verkürzen? Gibt es denn jetzt gerade nichts Wichtigeres, als in einem alten Buch zu blättern?

Mit einem Finger krault er mich unterm Schnabel, während er mit der anderen Hand das schwere Buch aufschlägt. Es ist alt, zerfleddert, einige Seiten liegen nur lose darin und das Pergament ist bereits an Rändern und Ecken vergilbt.

Fast ehrfürchtig streicht er über die Zeilen, als er darin liest. Für mich ist es nur eine Aneinanderreihung von Schriftzeichen, die keinerlei Sinn ergeben. Warum liest er jetzt? Ist dieses Buch etwas Besonderes?

»Weißt du, was das ist, mein Mädchen?«, fragt er. Seine Stimme klingt kratzig, als hätte er tagelang nicht gesprochen. Oder sehr lange geschrien. Ich tippe auf Letzteres. Mutter wird ihn nicht ohne Weiteres gehen gelassen haben … Sofern sie mit den anderen überhaupt schon vom Marktplatz zurück ist. Andererseits würde es mich nicht wundern, wenn sie noch immer mit den anderen Trotteln über die bevorstehende Ankunft des Königs jubelt und dabei völlig vergessen hat, dass der schwarze Bär ihr eigener Ehemann ist.

Mein Blick fällt wieder auf das Buch, das ausgebreitet auf Vaters Schoß liegt. Ich schüttle meinen Falkenkopf und er fährt fort: »Dieses Buch ist ein großer Schatz, Miranda. Es ist sehr, sehr wichtig für uns. In ihm steht alles über die anderen, die so waren wie wir, und darüber, was wir tun können, um unseren Fluch zu brechen.«

Augenblicklich ruckt mein Kopf in die Höhe. Habe ich richtig gehört? Man kann den Fluch brechen? Sofort bin ich Feuer und Flamme und kann gar nicht erwarten, dass Vater noch mehr darüber erzählt. Es ist das erste Mal, dass ich davon höre, dass wir nicht bis zu unserem Lebensende damit gestraft sind, uns in Tiere zu verwandeln. Eine dumme, kleine Hoffnung nistet sich in meinem Herzen ein, dass ich irgendwann und irgendwie diesem Vogelkörper entkommen und ein ganz normales Mädchen sein kann.

»Jeder unserer Vorfahren, der ebenfalls den Fluch in sich trug, ist in diesem Buch verewigt.« Er blättert vorsichtig durch die Seiten, bis er fast in der Mitte des Buches angekommen ist. Jede Sekunde, die verstreicht, lässt mich unruhiger werden. Ja, ganz toll, dass da viel über Leute drinsteht, die schon lange tot sind. Wie geht das denn nun mit dem Brechen des Fluchs?

In der Mitte des Buches hält er endlich mit dem Blättern inne. Ich halte den Kopf schräg und betrachte das Blatt vor ihm. Es ist neuer als die anderen, fast noch weiß und nicht so vergilbt. Eine Menge Buchstaben stehen in krakeliger Schrift darauf. Am Rand sind zwei Zeichnungen. Sofort erkenne ich Vater auf der oberen, darunter ist das Bild eines Bären. Ich schaue auf die gegenüberliegende Seite und sehe das Bild eines jungen Mädchens – das muss ich sein – und darunter das eines Vogels, der mit ausgebreiteten Schwingen hoch am Himmel segelt.

»Ich habe das Buch viele Male gelesen, besonders nachdem du geboren worden bist und dich am Tage gewandelt hast. Bei keinem unserer Vorfahren ist das bisher passiert.« Beinahe liebevoll streicht er mit dem Finger über die Zeichnung von mir.

Ich bin anders, das weiß ich schon seit meinem fünften Geburtstag, als ich mich zum ersten Mal in einen Falken verwandelt habe. Schreiend, krächzend und vor Panik zitternd lag ich in meinem Bett. Beinahe hätte Mutter mich mit einer Pfanne erschlagen, weil sie dachte, ich wäre gefährlich und würde ihre Kinder angreifen. Nur Vater hat erkannt, wer in dem kohlschwarzen Federkleid steckte.

Doch all das interessiert mich nicht. Ich will wissen, wie ich diesen schrecklichen Fluch lösen kann. Steht das nun in diesem blöden Buch oder nicht?

Vater gluckst und tippt mir mit dem Zeigefinger auf den Kopf. »Ich sehe schon, ich hätte dir das nicht erzählen dürfen. Mach dir keine Hoffnungen, Kleines.«

Ich gebe ein frustriertes Krächzen von mir und schlage ein paar Mal mit den Flügeln. Keine Hoffnungen machen? Ich habe schon seit meinem fünften Lebensjahr eigentlich keine Hoffnung mehr auf ein normales Leben. Ich kenne es nicht anders, aber jedes Mal, wenn ich die glücklichen Gesichter meiner Schwestern sehe, wenn sie abends hinunter ins Dorf zum Tanzen gehen, wird mir das Herz schwer, denn ich weiß, dass ich das niemals haben kann. Wenn es nur eine winzig kleine Hoffnung geben würde, um mein Schicksal zu ändern, würde ich sie sofort ergreifen, egal, was es mich kosten würde. Und nun, da mein Vater davon gesprochen hat, dass es eine Möglichkeit gibt, den Fluch zu brechen, ist die winzige Hoffnung, die ich für so viele Jahre in meinem Herzen weggesperrt hatte, wieder ausgebrochen. Leise und zart flattert sie in meiner Brust wie die Flügel eines Schmetterlings, aber auch ebenso zerbrechlich. Ich hänge an Vaters Lippen, bete stumm darum, dass er weitersprechen und diese Hoffnung in mir zu etwas Größerem verwandeln möge.

»Hier drin steht zwar, wie man die Verwandlung aufhalten kann, aber ich selbst habe es nicht geschafft, obwohl ich schon sehr lange auf dieser Welt bin.«

Er schaut vom Buch auf und fixiert einen Punkt an der gegenüberliegenden Felswand, als würde nur er sehen, was dort ist. Ich schaue ebenfalls hin, sehe aber nichts.

»Deine Mutter ist nicht meine erste Frau und ihr seid nicht meine ersten Kinder.«

Dieser Satz trifft mich unvorbereitet und ich brauche eine Weile, um ihn zu verarbeiten. Was meint er damit? Hat er noch eine heimliche Familie? Im Nachbardorf vielleicht? Aber wie ist das möglich? Wäre uns das nicht aufgefallen?

»Ich sehe vielleicht nicht so aus, aber ich bin schon viele Menschenleben auf dieser Erde. Irgendwann habe ich den Überblick über meine Zeit hier verloren, aber ich schätze ich bin um die hundertfünfzig Jahre alt. Irgendwann habe ich einfach aufgehört zu zählen.«

Moment, was? Ich hüpfe von seiner Schulter und lande auf seinen angewinkelten Knien. Mit meinen scharfen Falkenaugen mustere ich sein Gesicht. Ja, er sieht etwas mitgenommen aus und die Bartstoppeln sind auch nicht wirklich schmeichelhaft, aber hundertfünfzig Jahre? Ich kann nicht eine einzige Falte erkennen, ganz anders als in Mutters Gesicht, das bereits mit tiefen Furchen durchzogen ist.

»Genau wie du habe ich mich in der Nacht meines fünften Geburtstages zum ersten Mal verwandelt. Meine Tante trug den Fluch ebenfalls in sich.«

Er blättert einige Seiten nach vorne und deutet auf eine bereits vergilbte Seite. Die Bilder zeigen eine hochgewachsene Frau mit langen Haaren, darunter ist eine Maus zu sehen. Sofort dreht sich mir der Magen um. Ich fresse Mäuse in meiner Falkengestalt. Habe ich etwa meine Großtante verspeist?

»Sie starb kurz nach meinem fünfzigsten Lebensjahr.«

Puh, das ist zum Glück schon etwas her.

»Ich bekam dieses Buch von einem Fremden, der behauptete, noch mehr zu kennen, die so sind wie wir, und ich habe es immer in Ehren gehalten. Unser ganzes Wissen steht darin geschrieben. Ich gebe es nun an dich weiter, mein Kind. Von all meinen Nachkommen bist du die einzige, die so ist wie ich. Einerseits bin ich erleichtert, dass nicht noch mehr meiner Kinder mit diesem Fluch geschlagen sind, andererseits ist es schön, jemanden zu haben, der genauso ist wie ich selbst, auch wenn es mir für das, was du durchmachen musst, leid tut. Aber du weißt, dass ich immer für dich da sein werde und dich beschütze, mein Mädchen.«

Bei seinen Worten quillt mein Herz fast über vor Freude, denn ich empfinde wie er. Wie gerne würde ich ihm das sagen, aber kein Wort kann meinen Schnabel verlassen, also stupse ich ihn mit selbigem kurz am Knie an.

Er blättert unterdessen zurück an den Anfang des Buches, immer darauf bedacht, die geschundenen und vom Alter gezeichneten Seiten nicht noch weiter zu zerstören.

»Hier steht es.« Er deutet mit dem Finger auf einen Absatz. »Hier wird erklärt, wie man den Fluch brechen kann.«

Ich warte darauf, dass er weiterspricht, weil ich in den aneinandergereihten Buchstaben keinerlei Sinn erkennen kann, doch er schaut nur mit gerunzelter Stirn auf das Buch hinab. Ich will, dass er den Mund öffnet und mir erklärt, was ich tun muss, um endlich normal sein zu können wie die anderen. Die Sekunden wandeln sich in Minuten, ohne dass ein einziges Wort über seine Lippen kommt.

Als ich es nicht mehr aushalte, klopfe ich kurz mit dem Schnabel an den braunen Bucheinband. Vater blinzelt mehrmals und schaut mich an, als hätte er vollkommen vergessen, dass ich auch hier bin. Eine tiefe Traurigkeit liegt in seinen Augen, als hätte er sich an etwas erinnert, was nur für ihn bestimmt war und das er niemals wieder erlangen kann.

Mit einem entschuldigenden Lächeln streicht er über meinen Kopf und ich schließe genüsslich für einen Moment die Augen. »Ich habe diese Zeilen so oft gelesen und doch verstehe ich nach all diesen Jahren immer noch nicht ihren Sinn«, sagt er und schaut wieder in das Buch. »Hier steht, dass der Fluch gebrochen wird, wenn das Kind des Mondes seinen Gefährten findet.« Vater zuckt mit den Schultern. »Ich habe keine Ahnung, was das bedeuten soll.«

Mein Mut sinkt bei seinen Worten. Wenn das alles ist, was in diesem alten Fetzen steht, ist die kleine Hoffnung, die sich in meinem Herzen festgesetzt hat, mit einem Mal zerstört worden. Selbst Vater hat in all seiner Zeit nicht herausgefunden, was das bedeuten soll, also brauche ich nicht zu hoffen, je die Mittagssonne als Mensch zu spüren. Wer soll aus so etwas auch schlau werden? Hätte derjenige, der dieses Buch zu Beginn verfasst hat, nicht eine genaue Anleitung hineinschreiben können? Traurig lasse ich die Flügel hängen. Bin ich etwa dazu verdammt, für ebenso viele Jahre wie Vater mit diesem Fluch zu leben? Gibt es keinen Ausweg für mich? Was habe ich getan, dass ich dieses Los verdiene? Ich weiß, dass es müßig ist, diese Fragen immer wieder zu stellen und mich damit zu grämen, aber ich kann es einfach nicht abstellen. Diese Ungerechtigkeit und die ohnmächtige Wut über mein Dasein nimmt mir beinahe die Luft zum Atmen.

Es ist dunkel geworden. Vater streckt sich und ich hüpfe von seinen Knien. Das traurige Lächeln, das er mir zu wirft, lässt mich für einen Moment meinen eigenen Schmerz vergessen. Ich bin nicht allein. Er ist wie ich. Er versteht mich und steht zu mir. Vielleicht ist mein Leben doch nicht so schlimm. Solange ich ihn habe, kann ich es ertragen, egal, wie lange es dauern mag.

Vater tritt aus der Höhle und dreht sich noch einmal zu mir um. »Ich sehe dich morgen früh, mein kleines Mädchen. Sag deiner Mutter, dass es mir gut geht und ich wieder nach Hause komme, sobald die Jäger weg sind.« Er schiebt die Sträucher aus dem Weg und geht in den Wald hinein.

Schon nach wenigen Metern wird er von der zwielichtigen Dunkelheit verschluckt und ich spüre das Zerren an meinen Knochen und Muskeln, das die bevorstehende Verwandlung ankündigt. Kurz darauf bin ich wieder ein Mensch und schlüpfe in meine Kleidung, die in der Höhle liegt. Nachdem ich mir die blonden Haare zu einem Zopf geflochten habe, mache ich mich auf den Weg. Die ganze Zeit über denke ich an Vater und hoffe, dass ihm nichts zustößt.

Unterwegs überlege ich eine ganze Weile, ob ich wirklich nach Hause gehen oder mich lieber für die restliche Nacht im Wald verstecken soll. Doch Mutter wird sich sicherlich Sorgen machen, wenn ich nicht vorbeikomme und ihr sage, dass Vater wohlauf und sich der Gefahren bewusst ist, die ab jetzt im Wald auf ihn lauern. Ich kann nur hoffen, dass er heute Nacht vorsichtig ist und sich nicht allzu weit von der Höhle wegbewegt. Hoffentlich denkt er an die Fallen, von denen der Jäger gesprochen hat, und achtet auf seine Schritte …

Fröstelnd ziehe ich meinen löchrigen Umhang enger um die Schultern. Es würde mich nicht wundern, wenn die nächsten Tage der erste Schnee in diesem Jahr fällt. Ich muss unbedingt daran denken, Feuerholz zu sammeln, damit wir es einige Tage und Nächte in der Höhle aushalten können, bis die königliche Jagdgesellschaft die Lust an der Bärenhatz verliert. Auch tagsüber ist es bereits kalt und ich kann nur hoffen, dass die Jäger den Rauch des Feuers nicht sehen werden. Ich weiß, dass es keine gute Idee ist, aber ich will auch nicht riskieren, dass Vater oder ich uns in der Kälte den Tod holen. Vielleicht haben wir Glück und der Schnee lässt noch etwas länger auf sich warten.

Noch bevor ich einen Fuß auf unseren Hof setze, höre ich Mutters Gekeife aus der Hütte und verdrehe genervt die Augen. Über was regt sie sich denn jetzt schon wieder auf? Ich verharre einen Moment, weil meine Füße sich weigern, näher an die Hütte zu treten, aus Angst, dass dann Mutters Wut auf mich übergreift.

Knarrend öffnet sich die Tür der Hütte und meine Schwester Beatrix rennt mit tränenüberströmten Gesicht auf mich zu. Beinahe wäre sie in mich hineingelaufen, weil sie zu sehr damit beschäftigt ist, hektisch über ihre Augen zu wischen.

Sie stolpert und ich nehme sie schnell in die Arme, ehe sie tatsächlich fällt. »Was ist los?«, frage ich und umfasse ihre Schultern. Beatrix ist zwei Jahre jünger als ich, sieht mir jedoch überhaupt nicht ähnlich. Niemand würde uns für Schwestern halten. Während ich die langen blonden Haare unserer Mutter geerbt habe, hat Beatrix glattes braunes Haar so wie Vater, aber die hochgewachsene Statur unserer Mutter. So zierlich, wie ich bin, reiche ich ihr gerade einmal bis zum Kinn.

Rote Flecken ziehen sich über ihre Wangen, Nase und bis hinunter zum Hals. Ihr Körper wird von ständigen Schluchzern geschüttelt. Ich merke, dass ich so keinen zusammenhängenden Satz aus ihr herausbekomme und führe sie wieder zurück ins Haus. Nichts ist so schlimm, dass ich sie dafür hier draußen erfrieren lassen werde. Ich bin einiges gewohnt, aber meine Geschwister sind aus einem anderen Holz geschnitzt. Wie ich Mutter kenne, wird sie mich sowieso noch genügend Aufgaben *»an frischer Luft«* verrichten lassen, weshalb ich mich erst einmal dringend aufwärmen möchte. Beatrix stolpert eher neben mir her, als dass sie geht, und lässt sich nur widerwillig zurück durch die Tür bringen. Drinnen wartet Mutter bereits mit verschränkten Armen und streitlustig gerecktem Kinn auf uns. Aus zusammengekniffenen Augen beobachtet sie, wie ich Beatrix auf einen Stuhl nah am Feuer setze und ihr noch kurz über den Rücken streiche, ehe ich meinen Umhang über die Lehne eines anderen Stuhls hänge und mich anschließend Mutter zuwende.

»Bist du auch endlich mal da.« Keine Frage, sondern ein Vorwurf, wie immer. Ich nicke nur als Antwort. »Ich dachte schon, du drückst dich vor deinen täglichen Pflichten, weil du dich für etwas Besseres hältst.«

Ich beiße mir auf die Zunge, bis ich Blut schmecke, um nicht zu einer passenden Erwiderung anzusetzen. Es ist richtig, dass ich darüber nachgedacht habe, heute Nacht nicht nach Hause zu gehen, aber es ist mir schleierhaft, wie sie darauf kommt, dass ich mich für etwas Besseres halten würde. Spürt sie denn nicht, wie ich darunter leide, anders zu sein? Wie ich mir nichts sehnlicher wünsche, als ein ganz normales Mädchen zu sein? Sollte eine Mutter so etwas nicht ahnen?

»Und du!« Nun richtet sich ihr Zorn auf Beatrix, die sofort zusammenzuckt und den Blick ängstlich zu Boden richtet. »Du hörst endlich auf zu flennen! Das ist nicht der Untergang der Welt.«

Meine Schwester bricht in noch herzzerreißenderes Schluchzen aus und ich widerstehe nur knapp dem Drang, zu ihr zu gehen und sie in den Arm zu nehmen. Etwas, das eigentlich eine liebende Mutter tun sollte, doch darauf kann ich bei der unseren wohl lange warten.

Mutter rauft sich die blonden Haare. »Ich sagte, hör auf damit! Was sollen sie denn denken, wenn du ihnen mit verquollenen Augen gegenübertrittst? Und sieh zu, dass du dich ein bisschen zurechtmachst! Sie werden bald da sein.«

»Wer wird da sein?«, frage ich verwirrt und Mutter scheint mich jetzt erst wieder wahrzunehmen.

»Das Gefolge des Königs natürlich. Ein paar von ihnen werden bei uns in der Scheune schlafen«, erklärt sie, wobei sie siegesgewiss das Kinn hebt.

Ein ungutes Gefühl beschleicht mich, als ich zwischen den beiden Frauen hin und her blicke. Eigentlich will ich es lieber gar nicht wissen, doch bevor ich meinen Mund verschließen kann, höre ich mich fragen: »Was hat das mit Beatrix zu tun?«

Das Schluchzen meiner Schwester ist mittlerweile ohrenbetäubend. Mit zwei Schritten ist Mutter bei ihr, packt sie und verpasst ihr eine schallende Ohrfeige. Völlig aufgelöst hält Beatrix sich ihre Wange, verstummt aber.

»Ab nach draußen! Wasch dich am Brunnen und wage es ja nicht, mir so unordentlich wieder unter die Augen zu treten!«

Es dauert einen Moment, dann setzt Beatrix einen Fuß vor den anderen und verlässt die Hütte. Nun bin ich mit Mutter allein und das einzige Geräusch im Raum ist das Knistern des Kamins.

»Vater geht es gut«, sage ich nach einer Weile, weil ich nicht weiß, was ich sonst sagen soll. Ich warte auf die Aufzählung meiner nächtlichen Aufgaben, doch Mutter starrt mich nur an, als würde sie mich zum ersten Mal sehen. Ich winde mich innerlich unter ihrem Blick, der eine Spur zu lang auf meinen Hüften, den Brüsten, den langen Haaren und meinem Gesicht verweilt.

Genauso schaut sie, wenn sie auf dem Markt eine neue Kuh kaufen will, aber einen Makel sucht, um den Preis zu drücken. Ich zwinge mich, den Blick nicht zu senken, spüre aber, wie sich die kleinen Härchen in meinem Nacken aufstellen.

»Dein Vater ist ein Narr«, sagt sie und ich habe keine Ahnung, was sie meint. »Lässt mich hier alleine mit allen Kindern und der ganzen Arbeit. So einen verantwortungslosen Ehemann habe ich nicht verdient.«

Im ersten Moment verstehe ich ihre Worte nicht. Ich schüttle den Kopf, während ich fieberhaft überlege, warum sie so etwas sagt. »Aber er muss sich doch verstecken. Der König ist hinter ihm her!«, versuche ich Vater zu verteidigen. »Er kann doch-«

»Falsch«, fällt Mutter mir ins Wort. »Der König jagt einen *Bären*, nicht meinen Mann.«

Ich blinzle verwirrt. »Aber das ist doch ein und dasselbe! Soll er hier nachts vor der Hütte sitzen und darauf warten, dass sie mit Pfeilen auf ihn schießen?« Ich merke, wie ich mich in Rage rede und weiß genau, dass das nicht gut für mich ist, dennoch sprudeln die Worte einfach weiter aus meinem Mund. »Er versucht, *sein Leben* zu retten und ist nicht auf einem vergnüglichen Ausflug! Der König will Vaters Kopf an seiner Wand haben. Da kann er doch nicht einfach hierbleiben!«

Mutter wedelt abwertend mit der Hand, als könne sie damit meine Erklärung einfach wegwischen. »Der König will den Kopf des *Bären*.«

»Vater *ist* der Bär!« Am liebsten würde ich sie an den Schultern packen und schütteln. Wie kann sie so blind und naiv sein? Versteht sie nicht, dass es keinen Unterschied zwischen ihrem Mann und dem schwarzen Bären gibt? Sie hat seine Verwandlung doch oft genug mit eigenen Augen gesehen. Sie *weiß*, dass es stimmt, und doch verschließt sie die Augen davor und leugnet die Wahrheit. Ich verstehe es einfach nicht.

»Dann soll er sich doch im Wald herumtreiben, von mir aus! Aber du«, sie zeigt mit dem Zeigefinger auf mich und ich weiche sofort einen kleinen Schritt zurück, »wirst heute Nacht hierbleiben. Ich habe eine *ganz besondere* Aufgabe für dich.«

Ein eiskalter Schauer läuft über meinen Rücken und ich merke, wie sich die kleinen Härchen nun auch auf meinen Armen aufstellen. *Lauf*, schreit mein Körper und die Muskeln in meinen Beinen zittern bereits vor Anspannung. Ich möchte nichts lieber tun, als diesem Befehl Folge zu leisten.

»Du wirst deine Mutter stolz machen, nicht wahr? Du lässt sie nicht im Stich, wie es dein Vater getan hat.« Ihre Stimme ist lieblich, fast säuselnd. Ein Tonfall, den ich noch nie bei ihr gehört habe, nicht einmal, wenn sie mit ihren jüngeren Kindern spricht.

Es klingt *falsch*.

Ich sträube mich, weiche einen weiteren Schritt nach hinten, als sie auf mich zukommt und eine Hand nach mir ausstreckt. Ich will nicht hier sein, will nicht hören, was sie von mir verlangt, und doch kann ich nicht gehen, weil ich weiß, dass es dann nur schlimmer werden würde.

»Was soll ich tun?«, frage ich, obwohl alles in mir danach schreit, sofort aus dieser Hütte, die nicht mehr mein Zuhause ist, zu fliehen und mich im Wald zu verkriechen. Aber mir ist klar, dass Mutters Wut nicht schnell verrauchen wird, wenn ich jetzt gehe. Nein, sie würde sich steigern und ich weiß, wie Mutter dann sein kann. Sie würde zu einer wahren Furie, neben der die Furien aus den Erzählungen wie sanftmütige Wesen wirken. Sie würde ihren Zorn an Beatrix oder morgen früh an Vater auslassen und das ist das Letzte, was ich will.

Um meinen Vater zu schützen und ihm unnötige Last von den Schultern zu nehmen, bin ich bereit, alles zu tun, was Mutter von mir verlangt. Ein schmallippiges Lächeln erscheint in ihrem Gesicht und am liebsten würde ich meine Zusage sofort wieder zurücknehmen. »Zuerst gehst du nach draußen zu deiner Schwester und dann macht ihr euch gegenseitig zurecht. Flechtet euch die Haare und danach nehmt ihr euch etwas aus meinen Schminktiegeln. Ihr zwei seid so blass und unscheinbar wie der Mond.«

Im ersten Moment glaube ich mich verhört zu haben. Noch nie, nicht einmal zu den Hochzeiten meiner älteren Geschwister, durften wir an Mutters heilige Schminke. Na ja, ich sowieso nicht, aber die anderen haben es mir erzählt. Ihre Schminke hütet sie wie einen

Familienschatz, daher lässt mich die Aussicht, dass sie sie freiwillig mit uns teilen will, auf der Hut sein.

»Und dann?«, frage ich vorsichtig.

»Dann werdet ihr beiden dem Gefolge des Königs eure Aufwartung machen. Und wer weiß, vielleicht fallt ihr ja jemandem ins Auge. Schließlich seid ihr beide nicht unansehnlich.«

Mutter tritt vor mich und ihre plötzliche Nähe facht meine Angst noch mehr an. Es passiert nie etwas Gutes, wenn sie mir so nahe ist. Als sie die Hand hebt, ziehe ich aus Reflex den Kopf zwischen die Schultern, doch der Schmerz eines erwarteten Schlages bleibt aus. Vorsichtig öffne ich die zusammengekniffenen Augen einen Spalt, spähe hindurch und sehe, wie Mutter mit den Fingern durch meine Haare fährt, als würde sie sie kämmen.

»Wenigstens du hast mein wunderschönes Haar geerbt«, sagt sie verträumt und schaut auf die blonden Strähnen, die zwischen ihren Fingern hindurchrieseln wie gesponnenes Gold. »Nun müssen wir nur etwas daraus machen.«

Mit diesen Worten öffnet sie die Tür und schiebt mich nach draußen in die Nacht, wo ich für einen Moment mit zitternden Knien stehen bleibe, ehe ich mich auf die Suche nach meiner Schwester mache.

Schon nach wenigen Schritten habe ich sie gefunden. Im Grunde muss ich auch nur den Schluchzern nachgehen, die die Stille der Nacht zerreißen. Immer noch weinend lehnt Beatrix am Brunnen, der in der Mitte unseres Hofes steht, und starrt in die Nacht hinaus, während ihre Schultern sich immer wieder ruckartig heben und senken.

Sie erschrickt, als ich zu ihr trete, und wischt sich schnell über die tränennassen Wangen. Sicherlich hat sie Mutter erwartet und damit gerechnet, wieder ausgeschimpft zu werden, weil sie noch nicht fertig ist. Als sie mich erkennt, huscht die Andeutung eines Lächelns über ihre Lippen und sie hört zumindest für den Moment auf zu weinen.

Ohne ein Wort zu sagen, schöpfe ich Wasser aus dem Brunnen und wasche Beatrix mit einem Lappen, der über dem Brunnenrand hängt, das Gesicht. Ebenso stumm lässt sie es über sich ergehen. Auch als ich beginne, ihr braunes Haar zu einem einfachen Zopf zu flechten, sagt sie nichts, sondern sitzt einfach nur da. Wenigstens weint sie nun nicht mehr jämmerlich, aber selbst wenn, hätte ich keine Worte des Trostes für sie. Ich kenne Mutter nicht anders und weiß genau, was ihre harschen Worte und Ohrfeigen anrichten können. Dass es diesmal Beatrix getroffen hat, wundert mich. Sie ist zwar zwei Jahre jünger als ich, gehört aber zu meinen ruhigeren, um nicht zu sagen *unkomplizierteren* Geschwistern.

Ich versuche, mir keine weiteren Gedanken zu machen. Meine Sorgen ansprechen möchte ich nicht, aus Angst, dass Beatrix dann wieder anfängt zu weinen. Also verrichte ich meine Arbeit an ihren glatten braunen Haaren schweigend. Erst als ich aufstehe und mich abwende, um mich selbst fertig zu machen, krallt sich ihre Hand in meinen Rock und hält mich zurück.

»Ich wollte ihn heiraten, weißt du?«, erzählt sie mit erstickter Stimme und ich habe Mühe, sie überhaupt zu verstehen.

»Wen?« Ich setze mich zurück auf den Rand des Brunnens und beuge mich ein Stück zu ihr.

»Fynn, den Müllerssohn. Und er wollte mich auch.« Hilflos zuckt sie mit den Schultern. »Aber jetzt … Jetzt wird er mich nicht mehr wollen.«

An der Art, wie sie den Mund verzieht, sehe ich, dass sie kurz davor ist, wieder in Tränen auszubrechen. Wenn ich einen weiteren Wutausbruch von Mutter umgehen will, muss ich das verhindern. Also knie ich mich vor meine Schwester und nehme ihre Hände in meine.

»Mach dir keine Sorgen. Wenn er dich liebt, wird er dich immer noch nehmen. Außerdem wird nichts passieren. Wir werden den Männern des Königs ihre Schlafstatt zeigen und ihnen Essen und Trinken bringen. Dann machen wir uns wieder aus dem Staub. Niemand wird uns behelligen.« Ich lächle ihr aufmunternd zu und reibe ihr über die Hände, die so viel größer sind als meine. Dabei hoffe ich, dass sie das verräterische Zittern in meinen nicht bemerkt.

Sie schaut mich mit großen Augen an, ehe sich ihr Mund zu einem kleinen Lächeln verzieht und sie ebenfalls meine zierliche Hand drückt. »Du hast recht. Wir tun nichts Falsches. Wir sind nur gastfreundlich.«

Ich nicke, stehe auf und klopfe mir den Staub vom Rock. »Geh hinein zu Mutter. Ich komme gleich nach. Sie schimpft sonst, wenn wir zu lange brauchen.«

Das lässt sie sich nicht zweimal sagen. Immer noch mit einem seligen Lächeln auf den Lippen, springt sie vom Brunnen und läuft mit großen Schritten über den Hof. Ich sehe ihr nach, bis sie im Haus verschwindet.

Dann atme ich tief ein und halte für einen Moment die Luft an, ehe ich sie geräuschvoll ausstoße. Ich muss mir schnell etwas einfallen lassen, wie ich meine Schwester und mich schützen kann, Mutter wird es nicht tun. Doch zuerst muss ich dem Drachen, der sich meine Mutter nennt, einigermaßen ansehnlich gegenübertreten, um nicht noch mehr Schelte zu riskieren.

Nachdem ich mir Gesicht und Hände gewaschen und die Haare neu geflochten habe, mache auch ich mich auf den Weg zur Hütte.

Beatrix steht in einer Ecke, sieht aber nicht mehr ganz so geknickt aus wie noch vor einer halben Stunde. Im Licht sehe ich zwar, dass ihre Wangen noch immer rotfleckig und die Augen gerötet sind, aber das scheint Mutter nicht zu stören. Sie könnte ohnehin nichts mehr daran ändern.

Kritisch prüft sie nun mein Äußeres, nimmt mein Kinn in eine Hand, dreht meinen Kopf nach links und dann nach rechts, ehe sie schließlich zufrieden nickt. Sie deutet auf die Tiegel, die auf dem Küchentisch stehen. Jeder ist unterschiedlich groß und auch farblich passen sie nicht zusammen, trotzdem ziehen sie meinen Blick magisch an. »Da heute ein besonderer Tag ist, dürft ihr euch etwas von meiner Schminke nehmen.«

Beatrix ist hellauf begeistert und taucht die Pinsel und Schwämme in die Gefäße, um sie sich anschließend dann ins Gesicht zu schmieren. Am Ende sieht sie aus wie ein bemalter Pfau, doch das behalte ich für mich. Wenigstens sind nun die Rötungen in ihrem Gesicht überdeckt, sodass man ihr nicht mehr auf den ersten Blick ansieht, dass sie Rotz und Wasser geheult hat.

Ich selbst wähle nur ein dezentes Rouge aus, um meiner blassen Haut etwas Farbe zu verleihen. Wahrscheinlich sehe ich aus wie ein Geist, weil meine Gedanken die ganze Zeit um das kreisen, was vor mir liegt. Im Gegensatz zu meiner Schwester bin ich alles andere als beruhigt und mache ich mir noch große Sorgen. Ich weiß nicht, wie ich mit dem, was mich erwartet, fertig werden soll, ohne daran zu zerbrechen. Was, wenn die Männer des Königs sich nicht zu benehmen wissen und sich nicht damit zufriedengeben, nur Essen und Getränke von uns zu erhalten? Würde ich es wagen, mich gegen einen Soldaten zu wehren? Ich schlucke trocken, als ich darüber nachdenke. Am liebsten will ich es mir nicht einmal vorstellen, doch ich sollte auf alles vorbereitet sein. Um meiner Schwester und meinetwillen.

»Wann sollen die Männer des Königs kommen?«, frage ich, nachdem Mutter all ihre Tiegel und Döschen, Pinsel und Schwämmchen wieder weggeräumt hat.

»Nach der Jagd.«

Ich beiße mir auf die Lippen und bete, dass sie Vater nicht gefunden haben, ehe mir wieder einfällt, dass ich niemals zu diesen Göttern bete. Und doch habe ich es eben getan. Einfach so, ohne dass ich es verhindern konnte. Egal, solange es Vater gut geht, nehme ich es in Kauf, zu diesen nutzlosen Göttern um Beistand zu bitten.

So sehr ich auch danach suche, ich kann in Mutters Gesicht keine Spur von Angst um ihren Mann erkennen. Sie macht sich überhaupt keine Sorgen, dass sie morgen früh Witwe sein und mit Haus, Hof und Kindern allein dastehen könnte. Ihre Gleichgültigkeit lässt mich frösteln.

»Wie lange werden sie bleiben?«, frage ich, während ich mir über die Arme reibe, auf denen sich eine Gänsehaut gebildet hat.

Mutter sieht mich forschend an, ohne eine Miene zu verziehen. *Sie überlegt, ob sie auf diese Frage antworten soll*, schießt es mir durch den Kopf und mir wird schlecht. *Richtig* schlecht.

»Sie bleiben, bis sie ihn gefangen haben«, beantworte ich beinahe flüsternd meine Frage selbst und Beatrix neben mir schnappt nach Luft.

»Nicht nur heute Nacht?«, fragt sie ängstlich und presst sich Halt suchend an mich.

Ich schüttle den Kopf. »Sie sind hier, um zu jagen, und nicht nur auf der Durchreise.« Ich fixiere Mutter, suche noch immer nach irgendeiner Regung, irgendeinem Funken von Angst oder Mitgefühl, doch wieder werde ich enttäuscht. Da ist nichts außer Härte und der kalten Maske, die sie immer zur Schau trägt.

Mutter nickt knapp. »So die Götter es wollen, werden wir das Gefolge also eine ganze Weile bei uns haben.« Mit diesen Worten rauscht sie aus dem Zimmer und lässt Beatrix und mich allein. In meinem Kopf überschlagen sich die Fragen, Vermutungen und Ängste, während bittere Galle in meinem Hals aufsteigt und mich beinahe würgen lässt. Ich darf nicht zulassen, dass die Panik mich übermannt. Ich muss einen klaren Kopf bewahren.

Irgendwann werden die Jäger des Königs die Lust verlieren, einem Hirngespinst hinterherzujagen. Wann wird das sein? Nach drei Tagen? Einer Woche? Einem Monat? Kann Vater so lange durchhalten? Können Beatrix und ich so lange durchhalten?

Ich kaue nervös auf meiner Unterlippe, aber ich weiß auf keine dieser Fragen eine Antwort. Vater muss sich bis zum Morgengrauen irgendwo verstecken, wo sie ihn nicht finden. Schafft er das? Was, wenn er in eine Falle läuft? Was, wenn er direkt einem Jäger vor den Bogen rennt oder sie Hunde zum Hetzen einsetzen? Das Bild, wie ein Hund mit weit aufgerissenem Maul dem schwarzen Bären an die Kehle springt, setzt sich in meinem Kopf fest.

Eine Hand auf meiner Schulter reißt mich aus meinen Gedanken und verscheucht diese schreckliche Vorstellung. Ich blicke hoch zu Beatrix, die wieder neben mich getreten ist.

»Mach dir keine Sorgen, Miranda. Vater ist schlau. Sie werden ihn nicht kriegen.«

Ich lege meine zierliche Hand auf ihre und drücke sie kurz. Ja, er wird es schaffen, da bin ich ganz sicher. Er *muss* es einfach schaffen, denn ohne ihn bin ich verloren.

KAPITEL 4

Die Zeit vergeht quälend langsam, während Mutter, Beatrix und ich um den Küchentisch sitzen, ziellos die Blicke durchs Zimmer schweifen lassen und uns gegenseitig anschweigen. Das einzige Geräusch ist das Knistern des Holzes im Kamin, ansonsten könnte man eine Feder fallen hören. Meine jüngeren Geschwister sind allesamt in einem Zimmer untergebracht und schlafen, die älteren hat Mutter ins Dorf zu Freunden geschickt.

Wir sind allein und das beunruhigt mich noch mehr. Drei Frauen, die im Falle eines Falles nichts ausrichten können. Oder nichts ausrichten *wollen*, wie ich Mutter kenne. Ich kann mir nicht vorstellen, dass sie dazwischengehen würde, wenn einer der Männer des Königs tatsächlich über die Stränge schlagen würde.

Doch ich zwinge mich, diese Gedanken beiseitezuschieben und konzentriere mich darauf, für Vaters Unversehrtheit zu den Göttern zu beten. Ja, ich bete schon wieder. Noch vor zwei Tagen hätte ich es niemals für möglich gehalten, schließlich sind es genau diese Götter, die ich gerade um Beistand anflehe, die uns den Fluch eingebrockt haben. Und doch klammere ich mich an die Hoffnung, dass sie ihn – vielleicht auch gerade wegen des Fluchs – beschützen und unversehrt zu mir zurückbringen.

Es ist bereits weit nach Mitternacht und ein winziger Teil in mir hofft, dass ich diese Nacht überstehe und mich in der Früh in einen Falken verwandle, bevor einer der Gefolgsleute des Königs einen Fuß auf unseren Hof setzt. Dann müssten Mutter und Beatrix alleine mit ihnen fertig werden.

Um meine Schwester täte es mir leid, nicht jedoch um Mutter, schließlich hat sie sich freiwillig gemeldet, als es darum ging, die Männer des Königs unterzubringen.

Beatrix erzählte mir, dass sich keine der kinderreichen Familien gemeldet hat, auch nicht die mit Mädchen im heiratsfähigen Alter. Nur Mutter hob begeistert ihre Hand. Vielleicht will sie so von Vater ablenken … Obwohl ich mir nicht vorstellen kann, dass sie so weit und komplex denkt. Sie ist nur auf ihren persönlichen Vorteil aus: Ein paar Goldmünzen als Dank für die Gastfreundlichkeit oder sogar ein heiratswilliger Ritter, der sich Hals über Kopf in eine ihrer schönen Töchter verliebt.

Ich erschaudere bei dem bloßen Gedanken.

Mit jeder verstrichenen Stunde klopft mein Herz schneller. Nicht mehr lange bis Sonnenaufgang und dann kann ich dieser Situation endlich entfliehen. Morgen werde ich mir zweimal überlegen, ob ich nach Hause komme. Lieber verbringe ich die Nacht frierend im Wald und bange dort um Vaters Sicherheit.

Ich werfe einen Blick nach rechts, wo Beatrix sitzt und mit einer Haarsträhne spielt. Sie scheint kein bisschen aufgeregt oder ängstlich mehr zu sein und wirkt beinahe einfältig. Ich mache mir Sorgen um sie. Wenn die Jäger tatsächlich mehrere Abende zur Übernachtung hierherkommen, ist sie neben Mutter die Einzige, die hier ist. Kann ich meine Schwester wirklich allein diesem Schicksal überlassen? Kann ich so selbstsüchtig sein? Nein, eher nicht. Sie braucht mich, und dieses Gefühl ist völlig neu für mich. Bisher war ich das fünfte Rad am Wagen, das ungeliebte Kind, doch für Beatrix kann ich ein Halt sein. Ich kann für sie zu jemandem werden, zu dem sie aufsieht und an den sie sich halten kann.

Ich kann gebraucht und akzeptiert werden.

Die Stunden rinnen dahin, während nichts geschieht. Gerade als ich kurz einnicke, schrecke ich wieder hoch, weil die Tür zu unserer Hütte aufgestoßen wird und mit einem lauten Knallgegen die Wand kracht. Ein eiskalter Wind fegt durch den Raum und lässt mich frösteln.

Ängstlich blicke ich zur Tür und schlucke gegen den dicken Kloß in meinem Hals an, während ich meinen eigenen Herzschlag in meinen Ohren wummern höre.

Mutter hat sich als Erste von ihrem Schreck erholt, steht auf und geht mit einladend ausgebreiteten Armen auf die Ankömmlinge zu. »Seid gegrüßt, meine Herren. Seid willkommen in meinem bescheidenen Zuhause!« Sie fällt in einen Knicks und ich muss mich davon abhalten, beim Anblick von so viel Unterwürfigkeit mit den Augen zu rollen.

Drei Männer stapfen in unsere Hütte. Alle tragen dicke Kleidung gegen die Kälte, sodass von ihren Gesichtern nur die Augen zu sehen sind. Sie stellen sich sofort um den Kamin, stürzen regelrecht auf ihn zu, um sich zu wärmen, ohne uns Frauen weiter zu beachten. Sie verhalten sich, als wäre dies ihr Haus. Kein *Danke*, nicht mal ein *Guten Abend* kommt über ihre Lippen.

Ich mustere sie verstohlen. Sie tragen zwar noch ihre Köcher, Bogen und Äxte, aber sie sehen nicht so aus, als hätten sie Jagdglück gehabt, zumindest sehe ich kein Blut an der Kleidung oder den Waffen. Darf ich wirklich hoffen, dass Vater ihnen entkommen ist? Mutter scheint das vollkommen egal zu sein, denn sie scharwenzelt bereits um die drei Jäger herum, reicht ihnen warme Getränke, die sie ohne ein Wort des Dankes entgegennehmen, und schiebt Stühle heran. Mit keiner Silbe erkundigt sie sich nach dem schwarzen Bären, auf den Jagd gemacht wird. Es kommt mir vor, als würde sie Vaters Schicksal nicht im Geringsten interessieren.

Nach und nach schälen sich die Jäger aus den mehreren Lagen Kleidung, die sie gegen die Kälte am Leib tragen, und verlangen lautstark nach etwas zu essen. Ihre Stimmen sind grob und polternd, genau wie ihr restliches Aussehen, und ich husche schnell hinter Beatrix in die Küche, um aus ihrer Reichweite zu sein.

Irgendwie habe ich mir das Gefolge unseres Königs ganz anders vorgestellt. Freundlicher, zivilisierter, aber nicht so grobschlächtig wie diese Gesellen, die vor unserem Kamin hocken und mit verbissenen Mienen in ihre Becher starren.

Sie machen mir Angst. Panik durchströmt mich und ich schaffe es nur knapp, ihr nicht nachzugeben und in die Nacht hinaus zu fliehen. Ich darf nicht gehen. Ich darf Beatrix nicht mit ihnen allein lassen. Nicht jetzt, wo ich endlich gebraucht werde.

Ich helfe meiner Schwester, die heiße Suppe zusammen mit einem Laib Brot und einem Schneidbrett mit Messer nach draußen zu den Jägern zu tragen. Noch bevor wir die Schüsseln auf den Tisch stellen, greifen sie bereits danach und verschütten einen Schwall Brühe über meine Hand. Ich ziehe zischend die Luft zwischen die Zähne, während ich mit der unverletzten Hand schnell die heiße Flüssigkeit wegwische, ehe ich zurück in die Küche eile, um die verbrühte Hand in kaltes Wasser zu halten.

Die Haut hat sich gerötet und an manchen Stellen bilden sich bereits kleine Bläschen. Vorsichtig puste ich darüber. Zum Glück weiß ich, dass die Verletzung morgen Nacht, wenn ich mich zurück in einen Menschen verwandle, verschwunden sein wird. Wenigstens ein Gutes hat meine tägliche Verwandlung: Verletzungen sind danach entweder komplett verheilt oder so verblasst, dass ich sie kaum noch spüre.

Beatrix' hoher Schrei lässt mich herumwirbeln und mit zwei großen Schritten bin ich zurück in den Raum gerannt, in dem die drei Jäger um den Tisch stehen. Einer von ihnen hat Beatrix am Handgelenk gepackt und ihr den Arm auf den Rücken gedreht. Ihr Gesicht ist vor Schmerz verzerrt und ein leises Wimmern kommt über ihre Lippen.

Panisch huscht mein Blick durch den Raum. Wo ist Mutter? Warum geht sie nicht dazwischen? Doch von ihr fehlt jede Spur. Sie hat uns mit den Jägern allein gelassen.

Als ich das gierige Funkeln in den Augen des Mannes sehe, der Beatrix gepackt hat, spüre ich, wie sich ein eiskalter Klumpen in meinem Bauch bildet. Dennoch kratze ich all meinen Mut zusammen und rufe laut: »He da! Lasst sie sofort los!« Beeindruckend, dass meine Stimme fest ist und nicht die Panik widerspiegelt, die in mir tobt und mich beinahe an Ort und Stelle zusammensacken lässt.

Fast gleichzeitig drehen sich die Männer zu mir um, doch ich sehe nur Beatrix' jammervollen Blick, der mich anfleht, sie zu retten.

»Ah, da ist das zweite Mädchen wieder«, sagt einer von ihnen und verzieht seinen Mund zu einem widerlichen Grinsen, das gelbe Zähne enthüllt.

Schaudernd senke ich den Blick, schelte mich aber gleich dafür und schaue wieder nach oben, den Männern fest ins Gesicht, damit mir keine ihrer Bewegungen entgeht.

Einer von ihnen kommt langsam auf mich zu, als würde er sich an ein scheues Tier heranpirschen. Das Blut rauscht in meinen Ohren und ich beiße die Zähne zusammen. Ich will nicht zurückweichen, will keine Schwäche zeigen. Ich muss mich behaupten. Für mich. Für meine Schwester. Doch wie soll ich allein gegen drei ausgewachsene, grobschlächtige Männer bestehen können? Mein gehetzter Blick fliegt über den Tisch und bleibt an dem Messer hängen, das neben dem angeschnittenen Brotlaib liegt. Etwa zwei Meter trennen mich davon und ich gehe fieberhaft im Kopf meine Möglichkeiten durch.

Als mich der Mann beinahe erreicht hat und mit seiner Pranke nach mir greift, springe ich nach vorne, hechte auf den Tisch zu und strecke meine Hand nach dem Messergriff aus. Wenige Zentimeter trennen meine Fingerspitzen davon, als ich an meinen Haaren zurückgerissen werde. Ich schreie auf, greife nach oben und versuche verzweifelt, die Spannung an meiner Kopfhaut zu lösen. Es fühlt sich an, als würde er mir all meine Haare auf einmal rausreißen. Der Schmerz lässt mich für einen Moment Sterne sehen.

Meinen Zopf um seine Hand gewickelt, reißt der Mann mich weiter zurück, weg von meiner Waffe, und ganz nah an sich heran, sodass mir sein Gestank nach kaltem Schweiß, ungewaschenem Mann und fauligem Atem die Luft abschnürt. Schnell presse ich die Lippen fest aufeinander, um mich nicht zu übergeben. Zum Glück lässt der Schmerz an meinem Kopf nach, auch wenn ein unangenehmes Prickeln zurückbleibt. Immerhin kann ich wieder halbwegs klar denken.

»Schaut mal«, grunzt der eine Jäger, der rechts neben mir steht und mittlerweile von Beatrix, die sich ängstlich in eine Ecke verkrochen hat, abgelassen hat. Er kommt auf mich zu, packt grob mein Kinn und dreht meinen Kopf unsanft in seine Richtung. »Goldene Augen. Die Kleine ist echt was Besonderes.«

Ich funkle ihn aus selbigen an, in der Hoffnung, dass er durch meinen bloßen Blick tot umfällt, doch nichts geschieht. Mein Herz klopft so schnell wie das eines Kaninchens, wenn ich es zwischen meinen Falkenklauen habe. Wahrscheinlich sehe ich auch aus wie ein Tier, das seinem sicheren Tod ins Auge blickt.

Schnell, nur für den Bruchteil einer Sekunde, schaue ich zu Beatrix, doch sie hat sich nicht gerührt. Noch immer sitzt sie wimmernd in der Ecke und bedeckt ihr Gesicht mit den Armen. Warum tut sie nichts? Warum schnappt sie sich nicht das Messer und hilft mir? Alleine kann ich gegen diese drei Männer nichts ausrichten. Das muss sie doch wissen!

»Lasst uns mit ihr nach draußen gehen. Ich bin dafür, dass wir eine Münze werfen.« Diesmal spricht der Linke zu mir und als ich ihn anschaue, gefriert mir das Blut in den Adern. Noch nie habe ich einen so habgierigen und eiskalten Blick gesehen. »Ich bin sicher, dass da noch niemand drin war.«

»Du hast immer ein unglaubliches Glück beim Münzenwerfen«, motzt der Rechte. »Ich bin dafür, dass wir durch Armdrücken entscheiden!«

»Damit du gewinnst und sie als Erster besteigen kannst?«, keift der, der mich noch immer am Zopf festhält. »Nein, dann doch lieber ein Glücksspiel.«

Nur langsam dringen ihre Worte durch den dichten Nebel der Angst zu mir hindurch und als ich endlich verstehe, von was sie reden, werde ich fast von der Panik, die in mir brodelt, überwältigt. Mein Körper wird mit einem Mal schlaff und meine Beine knicken unter mir weg. Der Jäger zerrt mich jedoch unbarmherzig an den Haaren auf die Füße.

»B-Bitte, lasst mich gehen, gute Herren«, stammle ich. Wenigstens kommt überhaupt etwas Zusammenhängendes aus meinem Mund, denn mein Kopf ist wie leer gefegt. Ich will mich nur noch verkriechen, doch ich weiß, dass ich den Männern ohne Hilfe unmöglich entkommen kann.

Mein Flehen scheint die drei nur noch mehr anzustacheln, denn sie haben mich enger umkreist und grinsen auf mich herab. Als ich beginne, mich gegen den zu wehren, der mich festhält, handle ich mir einen schmerzhaften Fausthieb ins Gesicht ein, der mich für einen Moment die Orientierung verlieren lässt.

»He!«, protestiert einer von ihnen. »Schlag sie doch nicht schon vorher halbtot! Sicherlich will sie auch was davon mitkriegen, was wir gleich mit ihr machen werden.«

»Lasst uns mit ihr in den Stall gehen«, brummt der, der mich geschlagen hat. Augenblicklich werde ich am Zopf nach draußen gezerrt.

Ich schreie, ich trete, ich kratze, doch weder meine Finger noch meine Füße treffen ihr Ziel. Es ist, als würden die drei Männer meine Angriffe bereits im Voraus kennen, und sie weichen ihnen mühelos aus, während sie immer lauter über mich lachen.

Die Phasen in meinem Kopf wechseln sich ab. Mal ist alles für Sekunden leer und ich fühle mich wie in eine dichte Strohschicht gepackt, mal wirbeln die verschiedensten Ideen hindurch, wie ich meinen Häschern entkommen könnte. Ich schreie, wieder und wieder, bis meine Kehle sich anfühlt, als hätte ich Nägel verschluckt, doch niemand hört mich. Oder niemand will mich hören.

Noch nie kam mir der Weg zum Stall so lang vor. Mein Kopf schmerzt, will gleich explodieren, und vor meinem Gesicht baumeln bereits einzelne Haarsträhnen, die sich von meiner Kopfhaut gelöst haben. Als meine Beine ihren Dienst versagen, zerren sie mich einfach durch den Schlamm weiter hinter sich her. Meine Finger krallen sich in den weichen, nassen Untergrund, finden aber keinen Halt, und ich schreie weiter.

Ich flehe, ich kreische, ich weine, doch nichts zeigt Wirkung.

Panik schnürt mir die Kehle zu und selbst das Atmen wird zur reinsten Qual.

Als ich zurück zur Hütte schaue, sehe ich schemenhaft jemanden im Türrahmen stehen. Beatrix! Sie steht dort und schaut uns nach. Bettelnd strecke ich die Hand aus, erbitte Hilfe von meiner Schwester.

»Beatrix!«, schreie ich, wobei meine Stimme schrill über den ganzen Hof hallt. »Hilf mir!« Ich würde, wenn unsere Rollen vertauscht wären, keine Sekunde zögern und sie verteidigen. Egal wie, egal ob ich eine Chance gegen so viele Männer hätte – ich würde nicht zögern, um meine Schwester zu retten. Ich würde nicht nachdenken, sondern sofort handeln, schließlich ist sie mein Fleisch und Blut. Doch Beatrix steht einfach nur da, beobachtet stumm, wie die Männer mich hinter sich her schleifen. Dann dreht sie sich einfach um, macht einen Schritt in die sichere Hütte hinein und schließt die Tür.

Das Geräusch, wie der Riegel ins Schloss fällt, hallt unnatürlich laut in meinen Ohren wider.

Augenblicklich weicht alles Leben aus meinem Körper und ich lasse mich schlaff wie eine Puppe hinter den feixenden Jägern herziehen. Ich bin verloren. Niemand wird mich retten. Niemand interessiert es, was mit mir passiert. Wo ist Mutter? Sie muss mich doch gehört haben! Warum hilft Beatrix mir nicht? Sie ist meine Schwester!

Ich höre, wie die Tür zum Stall aufgestoßen wird, doch auch das nehme ich nur am Rande wahr. Viel zu sehr kreisen meine Gedanken um meine Familie und darüber, wie sie mich im Stich gelassen haben. Was habe ich getan, um das zu verdienen?

Mein Häscher reißt ein letztes Mal an meinem Zopf, doch über meine Lippen kommt nur ein klägliches Wimmern. Warum soll ich jetzt noch schreien und weinen? Ich kann sowieso nicht auf Rettung hoffen und ich bemerke bereits, wie meine Stimme heiser wird und meine Bewegungen fahriger. Ich bin verloren.

Er stößt mich auf das Stroh und ich bleibe liegen, drehe nur den Kopf zur Seite und starre an die Holzwand, während mir unablässig Tränen aus den Augen fließen. Ich höre das Ratschen von zerrissenem Stoff, doch es klingt seltsam weit entfernt, obwohl ich genau weiß, dass es sich um mein Kleid handeln muss, denn ich spüre einen kalten Luftzug an den Beinen. Ich spüre klamme Hände auf meiner Haut, viele Hände, die meine Schenkel hinauffahren. Ich höre das schwere Atmen – oder eher das Schnaufen – der Männer. Ich rieche ihre stinkenden Körper, die sich an mich drängen. Spüre ihre dreckigen Fingernägel, die sich in meine Haut bohren.

Eigentlich müsste ich strampeln und mit den Händen um mich schlagen, mich wehren, in der Hoffnung, irgendwie meinen Peinigern entkommen zu können, doch es fühlt sich an, als wäre sämtliche Kraft, sämtliches Leben aus meinem Körper geflohen. Nur eine leere Hülle liegt auf dem Stroh und starrt teilnahmslos an die Wand. Unmöglich, dass ich das bin. Warum tue ich nichts? Warum hilft mir niemand? Was habe ich getan, dass dies mit mir geschieht? War ich nicht immer ein folgsames Mädchen? Habe ich nicht immer das getan, was meine Mutter von mir verlangt hat? Habe ich durch meinen Fluch nicht schon genug gelitten?

Der Fluch!

Ein letzter Rest Leben schießt zurück in meinen Körper und ich hebe den Kopf, zwinge mich, an den drei Männern vorbeizusehen, und schaue hinaus aus der Scheune in den Himmel. Augenblicklich sinkt meine aufkeimende Hoffnung wieder. Der Himmel ist noch immer pechschwarz. Keine Chance, dass ich mich verwandle, um so meinem Schicksal zu entkommen.

Ich spüre die eiskalten Finger eines Mannes zwischen meinen Beinen und lande unsanft wieder in der Wirklichkeit. Doch anstatt mich wie eine Puppe zurückzulehnen und alles über mich ergehen zu lassen, beginne ich wieder zu schreien und zu treten.

»Haltet das Miststück fest!«, kommandiert der, der bereits zwischen meinen Beinen hockt, und augenblicklich knien sich die anderen beiden auf je einen meiner Arme.

Mein Herz schlägt mir bis zum Hals, der bereits vom vielen Schreien schmerzt. Ich bin hilflos. Ich bin allein.

Ich beginne, schneller zu atmen, bis ich regelrecht nach Luft schnappe, während mein Herzschlag so laut in meinen Ohren wummert, dass er das dreckige Lachen der Männer übertönt. Ich versuche mich aufzubäumen und so meine Arme freizubekommen, doch vergebens. Ich trete um mich wie ein wild gewordenes Pferd, was mir einen erneuten Schlag ins Gesicht einhandelt, doch diesmal war ich darauf vorbereitet. Trotzdem habe ich den metallischen Geschmack von Blut, das sich auf meiner Zunge sammelt, im Mund.

Als der Mann, der zwischen meinen Beinen hockt, sich zu mir beugt, spucke ich es ihm ins Gesicht.

»Kleines Biest!«, ruft er angewidert und legt eine Hand fest um meinen Hals.

Das war's, denke ich, während er mir die Luft, nach der ich wie ein Fisch auf dem Trockenen schnappe, abdrückt.

Gerade als ich merke, wie an meinen Augenrändern bereits dunkle Flecken zu tanzen beginnen und ich die nahende Ohnmacht beinahe willkommen heiße, spüre ich ein allzu bekanntes Ziehen und Zerren in meinem Körper. Aber es ist schwächer; zu schwach, um das zu tun, wonach ich mich sehne. Zu schwach, um mich zu retten. Hat es etwa damit zu tun, dass mir die Luft ausgeht? Eine wirre Idee formt sich in meinem Kopf und ich habe nicht die Zeit, das Für und Wider abzuwägen, sondern handle einfach.

Mit letzter Kraft bäume ich mich auf und spucke den Mann erneut an – keine Ahnung, ob ich getroffen habe –, woraufhin er auch mit der anderen Hand von meiner Brust ablässt und sie fest um meinen Hals legt.

Mit beiden Händen würgt er mich fast bis zur Besinnungslosigkeit, doch das Einzige, was ich tue, ist lächeln. Ich freue mich über das Zerren an meinen Muskeln und Knochen, weil ich weiß, was nun folgt – das Wunder, um das ich gebetet habe. Es geschieht. Ich weiß nicht warum, aber darüber mache ich mir jetzt keine Gedanken, denn es wird mich retten. Das weiß ich.

Kurz scheint sich der Mann über mir über das breite Grinsen zu wundern, doch das ist mir vollkommen egal.

Nur wenige Sekunden später habe ich die schwache, menschliche Hülle abgestreift und schwinge mich mit einem hohen Krächzen in den Nachthimmel, weit weg von meinen verdutzten Häschern.

KAPITEL 5

Ich verschwende keinen Gedanken daran, wie es passieren konnte, dass ich mich bei Nacht verwandelt habe. Es ist mir egal, denn es war meine Rettung.

Kurz überlege ich, ob ich zurückfliegen und den drei Männern die Augen aushacken sollte, entscheide mich aber dagegen. Wer weiß, was sie tun. Vielleicht gehen sie zurück in die Hütte und widmen sich nun meiner Schwester. Ein Schauer rinnt über meinen Vogelkörper, doch ich schüttle schnell den Kopf, um den Gedanken zu vertreiben. Selbst wenn es so wäre – sie hat mich im Stich gelassen. Als ich dachte, dass ich endlich jemanden gefunden hätte, der auf mich baut und sich auf mich verlässt, wurde ich von diesem Jemand verlassen. Für ihre eigene Sicherheit hat sie meinen Schaden billigend in Kauf genommen. Ich weiß nicht, ob ich das jemals vergessen kann.

Im Moment ist die Wunde noch zu frisch und nagt so sehr an mir, dass ich eine völlig neue Seite an mir kennenlerne: Vergeltung.

Ich habe mein Leben bisher immer klaglos hingenommen, weil es nun einmal ist, wie es ist. Ich dachte immer, dass ich daran nichts ändern kann. Dass die Menschen, vor allem auch meine Familie, sich mir gegenüber so abweisend verhalten, weil ich anders bin.

Heute Nacht jedoch habe ich ein neues Gesicht meiner Familie kennengelernt. Ich dachte – oder hatte es zumindest gehofft –, dass nur meine Mutter einen so boshaften Charakter hat. Dass sie mich von sich stößt, weil sie nicht verstehen kann, dass jemand, nein, *etwas* wie ich ihre Tochter ist. Aber heute hat sich gezeigt, dass dies ein Irrtum war. Auch meine Geschwister hassen mich, fürchten sich vor mir. Ich kann nicht einmal benennen, warum sie so ablehnend zu mir sind. Nur weil ich anders bin? Weil ich tagsüber nicht wie sie auf den Feldern oder bei den Kühen helfen kann? Macht mich das zu einem schlechteren Menschen? Einem Menschen, der weniger wert ist? Ich glaube nicht, dass es ein Zufall war, dass Mutter gerade mich für heute Nacht ausgesucht hat, immerhin habe ich noch ein paar andere Schwestern, die ebenfalls mit Beatrix zusammen ihre Aufwartung hätten machen können.

Aber nein, sie wählte mich. Und ich bin mir sicher, dass sie es aus purer Berechnung tat.

Mit diesen und weiteren wirren Gedanken steuere ich die Höhle an, in der Vater und ich unsere Verwandlungen abwarten. Was er wohl sagen wird, wenn ich ihm erzähle, dass ich mich mitten in der Nacht in einen schwarzen Falken verwandelt habe? Soll ich es überhaupt erzählen? Denn dann müsste ich ihm auch den Rest schildern und das will ich unbedingt vermeiden. Ich will nicht einmal daran denken!

Ich fliege zwischen den dichten Zweigen hindurch und lande in der Höhle. Sie ist leer, also ist der Bär noch draußen unterwegs. Warum wartet er hier nicht einfach den Sonnenaufgang ab? Ich werde ihm später sagen, dass er auf keinen Fall wieder als Tier rausgehen soll. Je weniger Jagderfolg die Gesellschaft des Königs hat, desto eher werden die ganzen Männer wieder verschwinden und wir sind in Sicherheit. Alles wird so sein wie früher.

Ich plustere mein kohlschwarzes Gefieder auf. *Will* ich denn, dass alles so wird wie früher? Kann ich nachts Beatrix über den Weg laufen und meiner Schwester freundlich zulächeln, nachdem sie mich schändlich im Stich gelassen hat? Kann ich willig die Aufgaben von Mutter verrichten, nachdem sie mich den Jägern überlassen hat?

Die Antwort auf diese Fragen ist ein klares Nein. Auch wenn es meine Familie ist, fühle ich mich im Moment außerstande, ihnen zu vergeben. Ich werde nicht nach Hause zurückkehren können, ohne in mir diese unbändige Wut zu spüren. Ich kann nicht zurück. Nicht, bis ich diesen brennenden Hass überwunden habe. Bis dahin werde ich hier in der Höhle bei Vater bleiben und abwarten, wie sich die Sache entwickelt. Morgen Nacht werde ich zum vorerst letzten Mal in die Hütte, die einst mein Heim war, zurückkehren und mir einen Beutel mit Kleidung und anderen Dingen packen, die ich für das Leben hier draußen brauche.

Ich lasse meinen Blick durch das Halbdunkel der Höhle schweifen. Draußen geht langsam die Sonne auf und taucht den Himmel in ein helles Lila. Es ist ungewohnt, den Übergang von Zwielicht zu Sonnenaufgang mit meinen scharfen Falkenaugen zu sehen, und ich verliere mich für eine Weile in diesem Anblick.

Dann schaue ich zur Seite und sehe das alte Buch, das Vater gestern mit in die Höhle gebracht hat. Wenn ich könnte, würde ich die Stirn runzeln, während ich nachdenke. Ob da wohl auch drinsteht, warum ich mich mitten in der Nacht verwandeln konnte? Vielleicht sollte ich Vater fragen und ihn bitten, dass er mir daraus vorliest. Ich fühle mich unwissend, vor allem nach dem, was mir heute Nacht geschehen ist. Für mich war in Stein gemeißelt, dass ich mich bei den ersten Sonnenstrahlen in einen Falken verwandle, und sobald die Sonne hinter dem Horizont verschwindet und die Welt in Dunkelheit getaucht wird, werde ich wieder zum Menschen. Doch heute Nacht geriet dieser Stein, der all mein Wissen beinhaltet, ins Wanken.

Ich gleite zurück zum Höhleneingang und spähe hinaus in den anbrechenden Tag, lausche den vielfältigen Geräuschen des Waldes und hoffe, bald das schwere Tapsen meines Vaters zu hören.

Mein Magen macht sich bemerkbar und ich beschließe, erst einmal auf Nahrungssuche zu gehen. Um diese Tageszeit wimmelt es auf dem Waldboden geradezu von Mäusen und kleinen Hasen, weshalb ich sicher nicht lange weg sein werde. Und tatsächlich, bereits nach wenigen Metern habe ich meine erste Beute gefunden. Ich beobachte das flinke Huschen der Maus von einem Ast aus, sehe zu, wie ihre kleinen Füßchen über das trockene und teilweise mit Raureif bedeckte Laub tippeln, während das Tier auf der Suche nach Futter immer wieder die Nase in die Luft hält und schnuppert. Armes Ding. So unwissend, das direkt über ihm sein Verhängnis sitzt und es beobachtet. Aber so läuft es nun mal in der Welt: Entweder du frisst oder du wirst gefressen. Spätestens seit vergangener Nacht ist mir das klar geworden. Zielsicher schieße ich auf meine Beute zu und schlage ohne Erbarmen oder Zögern meine spitzen Krallen tief in die weiche Flanke. Ein kurzes Quietschen, ein letztes Aufbäumen, dann stößt die Maus einen letzten, langgezogenen Atem aus und stirbt. Schnell. Hoffentlich schmerzlos.

Nachdem ich mich gesättigt habe, warte ich auf einem Baum vor der Höhle auf die Ankunft meines Vaters.

Die Sonne steht bereits am Himmel, als ich endlich das entfernte Geräusch von menschlichen Schritten vernehme. Erleichtert atme ich auf. Es fühlt sich an, als wäre ein Felsbrocken von meinem kleinen Falkenherz gefallen.

Noch bevor er mich bemerkt, flattere ich nach unten und lande mit einem Krächzen, das sich hoffentlich empört anhört, auf Vaters Schulter.

Er lacht und streicht mir mit dem Zeigefinger über das Brustgefieder. »Ja, entschuldige, dass ich so spät bin, mein Mädchen. Ich war erst noch Zuhause.«

Ich schaue nach hinten und sehe ein dickes Bündel über seinem Rücken baumeln.

»Dir habe ich auch ein bisschen was zum Anziehen und Warmhalten mitgebracht.«

Ich blicke ihn wieder an und sehe seine müden Augen. Nein, nicht müde – resigniert. Er sieht aus, als würde alle Last dieser Welt auf seinen Schultern liegen. Wie gern würde ich ihn fragen, was er denkt.

Dann wird es mir bewusst. Warum sollte er Kleidung für mich mitgebracht haben? Er weiß, dass ich normalerweise jede Nacht zurück zur Hütte gehe, um Mutters Aufgaben zu erfüllen und ihr Bescheid zu geben, dass Vater unversehrt ist, auch wenn es sie nicht zu interessieren scheint. Warum denkt Vater also, dass ich das nicht mehr tun werde?

Er weiß es, schießt es mir durch den Kopf. *Er weiß, was letzte Nacht geschehen ist.*

Mir ist klar, dass ich mich wegen nichts zu schämen brauche, tue es aber trotzdem. Vielleicht will ich auch nur nicht erneut daran erinnert werden, wie sich die Hände der Männer auf meiner Haut angefühlt haben oder wie ihr Atem gestunken hat, der mir ständig entgegenwehte. Doch wenn ich in Vaters Augen schaue, werde ich automatisch daran erinnert. Ich sehe Mitleid und Trauer darüber, dass seine Tochter diese Erfahrung machen musste. Wie gern würde ich ihm sagen, dass ich stark bin und das ohne Weiteres verkrafte, doch das wäre eine Lüge, die mir im Halse stecken bleiben würde. Ich bin nicht stark, das ist mir gestern Nacht bewusst geworden. Wie oft habe ich mir des Nachts gesagt, wenn ich wieder einmal eine von Mutters schrecklichen Aufgaben erledigen musste, dass ich stark bin und mein Dasein klaglos ertragen werde, egal, wie schlimm es auch ist. Aber ich bin nicht stark. Wenn ich könnte, würde ich mich zusammenrollen und weinen. Über das, was mir passiert ist. Über das Verhalten meiner Mutter und meiner Schwester, die mich im Stich gelassen und für ihr eigenes Wohl geopfert haben. Über mein ganzes sinnloses Leben. Doch nicht einmal weinen kann ich in dieser verdammten Falkengestalt! Also lasse ich nur traurig Kopf und Flügel hängen und starre zu Boden, ohne mich dabei auf einen bestimmten Punkt zu konzentrieren.

»Ist schon gut, mein Mädchen«, murmelt Vater dann und streicht mir über den Kopf, während er mit mir auf der Schulter zurück in die Höhle geht. Er muss sich etwas bücken und ich habe Mühe, nicht von seiner Schulter zu rutschen.

Nachdem er sich hingesetzt und an die Höhlenwand gelehnt hat, beginnt er, das Feuer wieder in Gang zu bringen. Eigentlich hätte ich das schon vor Sonnenaufgang machen sollen, aber dazu war ich nicht in der Lage. Zum ersten Mal in meinem Leben habe ich die Verwandlung als etwas Wundervolles wahrgenommen. Aber wahrscheinlich war dies das erste und auch letzte Mal, denn ich hasse diese Gestalt abgrundtief. Sie macht mich anders. Sie zerstört mein Leben. Doch es gibt nichts, was ich dagegen tun kann.

Obwohl …

Ich flattere zum Buch hinüber, das noch immer auf dem Höhlenboden liegt, wo Vater es zurückgelassen hat. Darin muss die Lösung zu finden sein, wie ich diesem Vogelkörper entkommen kann. Es *muss* einfach eine Lösung geben!

Wenn ich normal wäre, wäre ich frei.

Aber ich bin nicht normal. Ich bin noch nicht einmal so wie Vater. Würde ich mich nur nachts verwandeln, könnte ich zumindest ein halbwegs normales Leben führen.

Wäre ich bereits mit einem Mann aus dem Dorf verheiratet, wäre Mutter gar nicht erst auf die Idee gekommen, mich den Jägern vorzusetzen. Ich hätte meinen eigenen Haushalt und müsste mir nicht mehr die Nächte damit um die Ohren schlagen, ihre Aufgaben zu erfüllen.

»Soll ich dir etwas daraus vorlesen?«, fragt Vater, der mich beobachtet, wie ich das Buch anstarre. Das Feuer prasselt und verbreitet nach und nach eine wohlige Wärme in der Höhle.

Ich nicke kurz und er greift nach dem Buch, schlägt scheinbar wahllos eine Seite auf und überfliegt kurz den Text. Ich fliege derweil wieder auf seine Schulter, um ebenfalls ins Buch zu schauen, auch wenn ich kein einziges Wort lesen kann.

»Habe ich dir schon einmal erzählt, warum wir diesen Fluch überhaupt in uns tragen?«

Ich kann mich zwar vage an seine Geschichten erinnern, die er mir als Kind erzählt hat, über Kriege, Götter, Liebe und Hass, aber ich schüttle den Kopf.

Zum ersten Mal heute huscht die Andeutung eines Lächelns über seine Lippen. »Wir – du und ich, meine Kleine – sind die Nachfahren der Götter. Wir sind die Kinder des Mondes.«

Wie gern würde ich jetzt laut loslachen. Jemand wie ich soll von den Göttern abstammen? Ich, eine einfache Bauerstochter? Unmöglich!

»Es stimmt, mein Mädchen. Du und ich, wir sind Nachkommen der Mondgöttin. Möchtest du die Geschichte hören?« Fast liebevoll streicht er mit den Fingern über die aufgeschlagene Seite, auf der eine Frau in einem Halbmond abgebildet ist. Das Bild ist klein und das Papier, auf das es gezeichnet ist, sehr alt, doch sieht die Zeichnung wunderschön aus. Seltsame Flügel ragen aus dem Rücken der Frau und auf ihrer Hand sitzt ein Vogel.

Vaters Zeigefinger gleitet zum ersten Satz der Seite und er beginnt vorzulesen.

Vor Tausenden von Jahren verliebte sich die Mondgöttin in den Sonnengott und er sich in sie. Sie verließen ihren Platz am Firmament, liefen fort, um ein gemeinsames Leben zu führen, fern von ihren täglichen Pflichten und Bindungen.

Über diese Pflichtvergessenheit waren die Erdenmutter und der Himmelsvater erbost, denn sie mussten hilflos zusehen, wie die Welt, die sie erschaffen hatten, im Chaos versank. Keine Sonne erhellte mehr den Himmel und der Mond regelte keine Gezeiten mehr. Der Rhythmus aller Lebewesen geriet aus dem Takt, Ernten verkümmerten auf den Feldern und auch die Tiere fanden keine Nahrung mehr, da ohne das Licht der

Sonne nichts wachsen konnte. Fluten überspülten die Küsten und rissen alles Leben mit sich fort.

Mit großem Kummer betrachtete die Erdenmutter ihre sterbende Welt und weinte über den Verlust ihrer einzigen und geliebten Tochter, der Mondgöttin. Hilflos musste sie zusehen, wie alles um sie herum auseinanderbrach, ohne dass sie es ändern konnte. Zwar konnte sie Leben aus der Erde erschaffen, aber was für einen Sinn machte neues Leben, wenn es kurz darauf verkümmerte, weil es nicht gedeihen konnte?

Über ein Jahr suchte der Himmelsvater nach seinem einzigen Sohn, dem Sonnengott, um ihn wieder an seinen Platz zu bringen und das Chaos, das auf der Welt herrschte, zu beenden. Als oberster Wächter war es die Aufgabe des Himmelsvaters, die Welt und das Leben auf ihr zu schützen und es zu bewahren. Nun musste er, genau wie die Erdenmutter, hilflos dabei zusehen, wie er bei seiner Aufgabe versagte.

Als sie ihre Hoffnung, die Welt, die sie so liebten, noch retten zu können, schon fast aufgegeben hatten, fanden sie ihre geflohenen Kinder versteckt im hintersten Winkel der Welt, wo sie sich vor dem Zorn der Eltern verborgen hatten.

Doch sie fanden nicht nur die Mondgöttin und den Sonnengott vor, denn in der Zwischenzeit hatten sie ein Kind bekommen, ein kleines Mädchen.

Der Himmelsvater war über die beiden Firmamentgötter so erzürnt, da sie die Welt, die sie zu beschützen und zu leiten geschworen hatten, um ihrer selbst willen vernachlässigt hatten, dass er das Kind in seinem Zorn verfluchte. Es sollte noch vor seinem fünften Lebensjahr eines schrecklichen Todes sterben. Ebenso entschied er, dass sich die Mondgöttin und der Sonnengott nur noch zu Mond – oder Sonnenfinsternissen sehen durften und ansonsten einsam am Himmel zu stehen hatten, ohne sich jemals nahe sein zu können. Die Mondgöttin weinte bitterlich, als der Himmelsvater sie zurück an ihren Platz zerrte, fort von ihrem Geliebten und ihrer gemeinsamen Tochter, die sie vor ihrem verfluchten Tod niemals wiedersehen sollte.

Die Erdenmutter jedoch hatte Mitleid mit dem unschuldigen Mädchen, ihrer Enkelin, die nichts für die Situation konnte. Als Urmutter aller Lebewesen konnte sie zwar den Fluch des Himmelsvaters nicht aufheben, milderte ihn jedoch ab. Das Kind sollte sich, sobald der Mond am Himmel erscheint, in ein Tier verwandeln und so für den Himmelsvater und dessen Zorn unsichtbar sein.

Seitdem ziehen Mond und Sonne einsam ihre Bahnen am Himmel, ohne sich je erreichen zu können. Nur zu seltenen Mond – oder Sonnenfinsternissen können sie wenige Stunden bei ihrer großen Liebe sein.

Das Kind wuchs bei der Erdenmutter auf, geliebt und behütet und im Stillen beobachtet von seinen Eltern am Himmel. Im Mondschein, unter dem liebevollen Blick seiner Mutter, verwandelte sich das Mädchen in ein schwarzes Reh und entging so dem Blick des Himmelsvaters.

Ich lausche seinen Erzählungen, hänge förmlich an seinen Lippen, aber kann das, was er sagt, nicht glauben. Es ist für mich unvorstellbar, dass wir, einfache Bauern, von den Göttern abstammen sollen. Das ergibt keinerlei Sinn. Ebenso wenig wie dieser dämliche Fluch. Ich verstehe, dass die Erdenmutter ihre Enkelin schützen wollte, aber wieso existiert der Fluch immer noch, obwohl die Enkelin seit Tausenden von Jahren tot sein muss? Warum wird der Fluch immer weitergegeben, anstatt zu verschwinden? Ob es überhaupt etwas gibt, womit man den Fluch brechen kann? Wenn ich mir Vater ansehe, der bereits mehrere Menschenleben auf dieser Welt weilt und an diesen Fluch gebunden ist, bin ich mir nicht so sicher. Wie kann ich erwarten, etwas zu schaffen, dass ihm nicht gelungen ist?

Vater liest weiter aus dem Buch vor, über meine Vorfahren, die ebenfalls den Fluch in sich trugen. Von der Möglichkeit, den Fluch zu brechen, spricht er nicht mehr, und als Falke ist es mir unmöglich, ihn danach zu fragen.

»Dieses Buch ist sehr wichtig, mein Mädchen«, sagt er, als der Himmel langsam dunkler wird. »Beschütze und bewahre es für all die, die nach dir kommen werden.«

Ich schüttele schnell den Kopf. Warum sagt er so etwas? Vorsichtig schließt er das Buch und legt es zurück in den Beutel aus Leinen, in dem er es hergebracht hat. Was meint er mit ›*für alle die, die nach mir kommen werden*‹? Etwa meine Kinder? Nein, Kinder will ich nicht haben. Nicht seitdem ich weiß, dass sie ebenfalls mit diesem schrecklichen Fluch geschlagen sein könnten. Vater sagte zwar, dass er bereits eine Familie vor uns hatte, und auch keines meiner Geschwister trägt den Fluch in sich, aber das Risiko wäre mir zu groß. Ich weiß, wie es ist, damit zu leben. Sofern man das als Leben bezeichnen kann. Niemals werde ich jemandem so etwas antun.

Vater steht auf und geht vor die Höhle. Ich klammere mich an seiner Schulter fest und beobachte, wie er gedankenverloren hinauf in den Himmel blickt, der sich langsam dunkelblau färbt. Hier draußen spüre ich die beißende Kälte, die den Winteranbruch ankündigt, durch mein Gefieder dringen. Vor Vaters Mund bilden sich kleine Atemwölkchen und ich spüre unter meinen Krallen sein Zittern. Sobald ich wieder ein Mensch bin, muss ich dafür sorgen, dass das Feuer die Nacht über brennt.

»Geh heute nicht nach Hause, meine Kleine«, murmelt er, während er in den Himmel schaut. »Sie werden wieder da sein.«

Ich weiß, wen er meint – die Jäger. Für einen kurzen Moment sackt mein Magen herab, als ich an Beatrix denke, doch dann erinnere ich mich wieder an das laute Geräusch der ins Schloss fallenden Tür und verdränge jedwedes Mitleid mit meiner Schwester aus meinen Gedanken. Es hätte nicht so kommen müssen. Ich wäre für sie dagewesen, hätte sie mit allem beschützt, notfalls mit bloßen Händen, wenn sie an meiner Stelle gewesen wäre, doch sie ließ mich im Stich. Sie hat mein Mitleid nicht verdient. Wenn die Jäger sich nun diese Nacht an sie halten, wird sie sehen, wie es sich anfühlt. In einem sehr finsteren Ort tief im hintersten Winkel meines Herzens gönne ich ihr diese Erfahrung und *will*, dass sie am eigenen Leibe das erfährt, was ich erfahren musste.

Beinahe bin ich über diesen Gedanken erschrocken, doch auch das verbiete ich mir. Ich will am liebsten gar nicht mehr daran denken, sondern die letzte Nacht aus meinem Gedächtnis löschen.

Nie wieder will ich die Hände eines Mannes gegen meinen Willen auf meiner Haut spüren.

Das Zittern unter meinen Krallen nimmt zu und nun schaue auch ich hinauf in den Himmel. Langsam, aber sicher macht sich in mir die bevorstehende Verwandlung bemerkbar und ich fliege zurück in die Höhle, während Vater ein paar Schritte in den Wald hinein macht. Ich werde nachher seine Kleidung aufsammeln und nah ans Feuer legen.

»Bis morgen früh, mein Mädchen«, sagt er dann mit einem traurigen Lächeln in meine Richtung, das mir das Herz zuschnürt. So viel Traurigkeit, so viel Resignation liegt in seinem Blick, dass es fast zu viel für einen einzigen Menschen ist.

Ich nehme mir vor, auch in dieser Nacht wieder für Vaters Unversehrtheit zu beten, selbst wenn ich keinerlei Vertrauen in die Götter habe. Es ist das Einzige, was ich für ihn tun kann, während ich die Nacht in der Höhle verbringe und auf seine Rückkehr warte.

Als die ersten Sonnenstrahlen den Himmel, den ich vom Höhleneingang aus sehen kann, erleuchten, übernimmt das Zerren und Reißen die Macht über meinen Körper und lässt mich wieder zu einer jungen Frau werden, während ich beobachte, wie der große, massige Körper des Bären im dichten Wald verschwindet.

Nachdem ich mich angezogen und einen Umhang gegen die Kälte übergeworfen habe, sammle ich Vaters Kleidung auf. Dann kümmere ich mich um das Feuer, damit es mich wärmt. Als ich danach wieder nach draußen gehe, tanzen Schneeflocken um mich herum. Ich strecke die flache Hand nach ihnen aus und beobachte, wie sie sofort auf meiner Haut schmelzen.

So sehr ich Schnee liebe, habe ich beim Anblick dieses Winteranbruchs ein schlechtes Gefühl, das sich wie eine Krankheit tief in mir festsetzt und mich keinen klaren Gedanken mehr fassen lässt. Das Bild eines schwarzen Bären auf schneeweißem, aber blutdurchtränkten Waldboden verfolgt mich für den Rest der Nacht.

KAPITEL 6

Es ist eisig kalt trotz des Feuers, das vor mir unermüdlich prasselt, doch ich schaffe es einfach nicht, mich aufzuwärmen. Vielleicht liegt es daran, dass ich ständig nach draußen gehe, um den Stand des Mondes zu prüfen. Er scheint mich zu verhöhnen, weil er sich kaum bewegt hat, seit ich das letzte Mal nachgesehen habe. Ich werde zunehmend unruhiger, laufe ziellos umher und gebe mich immer wirrer werdenden Gedanken hin, die mich nur noch rastloser werden lassen.

»Beruhige dich, Miranda«, murmle ich zu mir selbst. »Es wird ihm nichts passieren. Vater ist schlau. Sie werden ihn nicht kriegen.«

Immer wieder wiederhole ich die Worte, bis mir ihr Sinn entgleitet und sie nichts als leere Phrasen sind. Mut machen sie mir nicht. Ich beginne sogar wieder an meinen Nägeln zu kauen – eine Unart, die mir Mutter als Kind mit dem Kochlöffel ausgetrieben hat, doch ich kann nichts dagegen tun. Irgendwas muss ich machen, um mich abzulenken. Ich muss aufhören, bei jedem noch so kleinen Geräusch hochzuschrecken, doch in dieser Höhle bin ich zum Nichtstun verdammt.

Für einen kurzen Moment erwäge ich sogar, zurück zur Hütte zu gehen. Nicht, um mich zu vergewissern, dass es allen gut geht, sondern einfach nur, um dieses schreckliche, ungute Gefühl in mir zum Schweigen zu bringen. Meine Gedanken kreisen um nichts anderes als Vaters Wohlergehen.

Die Nacht zieht sich endlos dahin, während ich bei jedem Zweigeknacken oder Krähenschrei aus dem leichten Dämmerschlaf schrecke, in den ich hin und wieder falle. Dann sitze ich gefühlte Stunden nur da, friere trotz Umhang und starre ins Feuer, das direkt vor mir prasselt. Zwar war es schon die ganzen Tage und Nächte kalt, aber nun sind die Temperaturen noch weiter gefallen. Ein Blick zum Höhleneingang bestätigt mir, dass die Schneeflocken unaufhörlich vom Himmel fallen und den Wald in eine weiße Winterlandschaft verwandeln. Eine Schneelandschaft, auf der jeder Fußabdruck zu sehen sein wird. Und jeder einzelne Blutspritzer.

Schnell schüttle ich den Kopf und lege ihn dann auf meine angewinkelten Knie. Ich muss aufhören, an Blut zu denken. Doch im Moment ist es das Einzige, um das meine Gedanken kreisen.

Meine Beine zittern, jedoch nicht vor Kälte. Ich will aufstehen, hinaus in den Wald gehen und Vater suchen. Ich will bei ihm sein, während er den Fallen und Häschern ausweicht, die nur wegen ihm hier sind und ihn erbarmungslos jagen. Ich will für ihn da sein, ihm helfen, wenn es nötig sein wird.

Ich will beweisen, dass ich nicht wertlos bin.

Ich kann es schaffen, das weiß ich. Ich kann ihn beschützen, die Jäger auf eine falsche Fährte locken und meinen Vater so vor ihnen verbergen.

Aber das schaffe ich nicht, wenn ich mich hier in dieser Höhle verkrieche.

Mein Blick fliegt erneut zum Höhleneingang und saugt sich daran fest, während ich die einzelnen Schneeflocken beobachte, die im Schein des Vollmonds zu Boden fallen. Unsicher kaue ich auf meiner Unterlippe, wobei ich das Für und Wider abwäge. Ich sollte hierbleiben, im Schutz der Höhle. Da draußen werde ich mir vor Kälte den Tod holen. Andererseits bin ich durch meine nächtlichen Aufgaben ziemlich abgehärtet, was Kälte angeht.

Noch bevor ich einen klaren Entschluss gefasst habe, tragen mich meine Füße bereits aus der Höhle hinaus und ich ziehe den Umhang entschlossen fester um mich. Ich werde nicht hier warten und hoffen, dass Vater nichts geschieht. Nein, ich werde selbst dafür sorgen, dass er auch diese Nacht unversehrt zurückkehrt. Ich bin nicht wie Mutter, die ruhig die Hände in den Schoß legt und zusieht, wie ihr eigener Mann um sein Überleben kämpft. Um nichts in der Welt werde ich zulassen, dass irgendwer ihn mir wegnimmt.

Mit klammen Fingern schiebe ich die dichten, mit Schnee beladenen Zweige zur Seite und mache mich auf die Suche nach dem schwarzen Bären.

Fast automatisch tragen meine Füße mich vorwärts, ohne dass ich weiß, wo ich hingehen muss. Bis auf die nächtlichen Geräusche des Waldes ist es mucksmäuschenstill. Ich höre weder Jagdhunde noch Menschen oder gar einen Bären. Und doch gehe ich unaufhörlich weiter, stapfe durch den mittlerweile stellenweise knöchelhohen Schnee, schiebe Zweige aus dem Weg, deren Dornen meine Hände zerstechen, spüre die Kälte kaum noch. Ich werde getrieben von dem brennenden Verlangen, alles in meiner Macht Stehende zu tun, um meinen Vater zu beschützen. Wenn das bedeutet, dass ich mich den Männern des Königs entgegenstellen muss, dann soll es so sein.

Irgendwann – ich weiß nicht, wie lange ich schon unterwegs bin – höre ich plötzlich einen einzelnen Hund bellen. Nur Sekunden später fallen weitere mit ein, dann ist es still. Mein Herz bleibt in diesem Augenblick stehen und ich wirble in die Richtung herum, aus der das Bellen kam. Dann stehe ich da wie gelähmt, lausche angestrengt auf weitere Geräusche, doch für mehrere Herzschläge lang, die unnatürlich laut in meinen Ohren dröhnen, ist da nur Stille. Gerade als ich meinen Weg fortsetzen will, ertönt wieder das Bellen. Diesmal von einer ganzen Meute. So schnell es meine halb erfrorenen Füße erlauben, haste ich durchs Unterholz, in Richtung des Bellens.

Zweige schlagen mir ins Gesicht, hinterlassen blutige Striemen auf meiner eiskalten Haut, doch ich spüre weder den Schmerz noch kümmert es mich. Eine ungeahnte Kraft rauscht durch meinen Körper, treibt mich immer weiter an, beschleunigt meine Schritte noch mehr, bis ich fast renne.

Nur ein Gedanke wirbelt immer wieder durch meinen Kopf: *Ich darf nicht zu spät kommen.* Kurz flackert das Bild des blutenden schwarzen Bären auf dem weißen Schnee wieder vor meinen Augen auf, doch ich schiebe es entschieden beiseite. Das wird nicht passieren. Das *darf* nicht passieren! Ich werde es nicht zulassen. Zur Not werde ich jeden einzelnen Hund, der es wagt, auch nur eine Pfote zu nah an den schwarzen Bären zu setzen, mit bloßen Händen erwürgen.

Das Gekläffe wird lauter, schrillt mittlerweile in meinen Ohren, doch ich denke nicht daran, mein Tempo zu drosseln.

Solange sie bellen, jagen sie ihn. Sie haben ihn noch nicht geschnappt. Das ist der einzige Gedanke, den ich mir zu denken erlaube. Alles andere verblasst daneben.

Nur am Rande nehme ich wahr, wie der Wald um mich herum lichter wird. Die Bäume und Sträucher stehen nicht mehr ganz so dicht zusammen, und als ich kurz in meiner Hast den Blick nach oben hebe, sehe ich, dass ich freien Blick auf den Himmel habe. Doch wo ist der helle Vollmond hin? Warum werden die dicken Schneewolken langsam in ein dunkles Lila getaucht?

Vor Schreck bleibe ich beinahe stehen. Ist es etwa kurz vor Tagesanbruch? Ich muss schnell zu Vater! Er muss durchhalten. Und ich werde dafür sorgen, dass er es schafft.

Ich stolpere auf eine große, vom Schnee bedeckte Wiese inmitten des Waldes. Verwirrt schaue ich mich nach allen Seiten um. Hier bin ich noch nie gewesen. Ich wusste nicht einmal, dass es diesen Ort gibt.

Als ich nach rechts blicke, bricht in diesem Moment ein riesiger schwarzer Bär aus dem Unterholz auf die Wiese und rennt direkt auf mich zu. Mein Herz beginnt zu rasen, als ich sehe, dass seine Bewegungen seltsam sind. Er schleppt sich mehr, als dass er rennt. Die Hinterbeine zieht er hinter sich her, als könne er sie nicht richtig benutzen. Ich stürze auf ihn zu, und als er mich sieht, kommt auch er in meine Richtung, nicht ohne sich gehetzt nach links und rechts umzusehen.

Kurz vor mir bricht das große Tier auf dem Schnee zusammen und mit Schrecken sehe ich, dass es eine leuchtend rote Blutspur hinter sich hergezogen hat. Mein Herz setzt mehrere Schläge aus und ich spüre Schwindel in mir aufsteigen, doch ich zwinge mich, um Vater herumzugehen. Sein Brustkorb hebt und senkt sich abgehackt, als würde er angestrengt nach Luft schnappen. Ich knie mich an seine Hinterläufe und sehe sofort, woher das ganz Blut kommt, das den Schnee um ihn herum getränkt hat. Seine rechte Hinterpfote ist fast vollständig zerfetzt. Ich spüre bittere Galle in mir aufsteigen und kann mir ein Würgen nur mit knapper Not verkneifen, während ich mit weit aufgerissenen Augen auf das offene, zerrissene Fleisch, die sichtbaren Muskelstränge und das viele Blut starre. Ich darf jetzt keine Schwäche zeigen!

»Bist du in eine der Fallen getreten?«, frage ich, während ich meinen Umhang abnehme und ihn um die Pfote wickle, aus der immer weiter Blut sickert. »Hast du sonst noch irgendwo Verletzungen?«

Ich weiß natürlich, dass er mir nicht antworten kann, aber mit ihm zu reden hält mich davon ab, völlig die Nerven zu verlieren. Systematisch streiche ich mit der Hand über seinen Pelz, immer darauf gefasst, gleich in die Nässe einer weiteren Wunde zu fassen, doch ich finde nichts, was mich für einen Moment aufatmen lässt. Die Wunde an seiner Pfote jedoch macht mir Sorgen. Zwar heilen wir in unserer Gestalt schneller und selbst größere Verletzungen sind nach einer Verwandlung nur noch blasse Striemen – so ist auch meine Verbrennung von letzter Nacht völlig verschwunden – , jedoch ist sein Hinterlauf fast nicht mehr als solcher zu erkennen. Was, wenn die Verwandlung eine dermaßen starke Verletzung nicht heilen kann? Was, wenn er auch in seiner menschlichen Gestalt … zu einem Krüppel wird?

Das Bellen der Hunde lässt meinen Kopf herumfahren und ich haste zurück zu Vaters Kopf, um mich davor hinzuknien. Der Schnee knirscht unter meinen Bewegungen, und neben Vaters angestrengtem Keuchen und dem Bellen der Hunde ist es das einzige Geräusch in dieser endenden Nacht. Mit beiden Händen hebe ich seine massige Schnauze an und zwinge ihn, mir in die Augen zu sehen.

»Du musst aufstehen«, sage ich bestimmt und bin froh, dass meine Stimme nicht vor Angst zittert wie der Rest meines Körpers.

Seine goldenen, glasigen Augen fokussieren sich nur für einen kurzen Moment auf mich, bevor sie wieder ziellos zu zucken beginnen.

»Bitte, bitte – steh auf, Vater!«, flehe ich und zerre an einer seiner Vorderpranken. »Du kannst hier nicht liegen bleiben. Sie kommen!« Ich spüre, wie heiße Tränen über meine halb erfrorenen Wangen laufen. Normalerweise würde ich sie verschämt wegwischen, doch nicht heute. Nicht an diesem zwielichtigen Übergang von Nacht und Tag, jetzt zählt nur, meinen Vater in Sicherheit zu bringen, aber er rührt sich keinen Zentimeter, scheint mich nicht einmal wirklich wahrzunehmen. Nackte Angst lässt meinen Magen zu einer kleinen Kugel zusammenschrumpfen, und als ich höre, dass das Bellen der Hunde näher kommt, verfalle ich in blanke Panik und kann mich nur mit Mühe davon abhalten, in den Wald zu rennen.

Ich lasse seine Schnauze los, die kraftlos zurück in den Schnee sackt, rüttle an seinen Schultern, schiebe an seinen Flanken, in der Hoffnung, ihn so wieder auf die Pfoten zu bekommen, aber alles ist vergebens. Unruhig laufe ich um ihn herum und kaue auf meinen Fingernägeln, während mein Blick immer wieder die Bäume um uns herum absucht. Bei jedem noch so kleinen Geräusch zucke ich zusammen. Mein ganzer Körper fleht, mich in Sicherheit zu bringen, doch ich kann meinen Vater nicht einfach hier zurücklassen! Nein, ausgeschlossen! Ich werde mich den Jägern entgegenstellen und erklären, wer der schwarze Bär ist. Ich werde ihnen sagen, dass es mein Vater ist, den sie jagen und töten wollen. Und ich werde es nicht zulassen! Sollten die Hunde die Ersten sein, die auf die Lichtung treten, werde ich sie notfalls mit bloßen Händen davon abhalten, auch nur in die Nähe von Vater zu kommen.

Schnell haste ich zum Waldrand und zerre einen unterarmdicken Stock aus dem Unterholz, den ich wie ein Schwert vor mich halte, nachdem ich wieder vor der massigen Bärengestalt Stellung bezogen habe. Mit einem Blick über die Schulter vergewissere ich mich, dass er noch atmet – tut er! Zum Glück! – , und schaue auf den provisorischen Verband an seiner Pfote. Die Farbe meines Umhangs ist mittlerweile nicht mehr zu erkennen. Er ist nur noch ein dunkles, vollgesogenes Stück Stoff, das die Blutung nicht einmal im Ansatz stillen kann.

Ich bin hin- und hergerissen. Einerseits muss ich mich dringend darum kümmern, dass er nicht noch mehr Blut verliert, andererseits darf ich unsere Deckung nicht vernachlässigen. Wenn die Hunde oder die Jäger über uns herfallen, während ich ihm gerade einen besseren Verband anlege, habe ich auch nichts erreicht. Ich muss mich um eine Bedrohung nach der anderen kümmern, und die, die für mich im Moment am bedrohlichsten ist, ist eindeutig die Hundemeute, deren lautstarkes Gebell immer näher kommt.

Meine Finger umklammern das Holz so fest, dass sie sich verkrampft haben. Selbst wenn ich es wollte, könnte ich den Stock nicht mehr fallen lassen. Er ist das Einzige, womit ich mich verteidigen kann. Und mir ist absolut bewusst, dass er nicht im Entferntesten ausreichen wird.

Als der erste Hund durchs Unterholz bricht und auf uns zustürmt, glaube ich für einen Moment, mein Herz würde aus meiner Brust springen, weil es so stark hämmert. Sein Schlagen übertönt alles um mich herum und lässt mich nur noch handeln. Ich hole mit dem Stock weit aus und erwische den Hund, der sich auf den Bären stürzen will, im Sprung. Jaulend wird er ein paar Meter weit in den Schnee geschleudert und bleibt liegen. Die Wucht des Aufpralls zieht sich über meine Arme bis hinauf in die Schulter und ich schnappe nach Luft. Keine gute Idee, denn die eiskalte Nachtluft sticht in meinen Lungen und lässt mich abermals keuchen.

Es fehlt nicht mehr viel und ich werde von so etwas Simples wie Atmen in die Knie gezwungen.

Doch ich darf nicht aufgeben!

Ein schneller Blick zurück – Vater atmet noch –, dann fokussiere ich mich wieder voll auf zwei weitere Hunde, die auf die Lichtung gerannt kommen. Auch diese beiden ignorieren mich völlig, versteifen sich nur auf die vermeintlich leichte Beute, was ihnen zum Verhängnis wird, denn so habe ich genügend Zeit, meinen Angriff zu planen, und muss nicht im Affekt reagieren.

Nachdem ich dem einen Hund einen kräftigen Schlag auf den Kopf verpasst habe und er in sich zusammensackt, dreht sich der zweite jedoch zähnefletschend zu mir um und ich weiche automatisch einen Schritt zurück.

Nicht fliehen!, wispert mir eine innere Stimme zu. *Du darfst nicht fliehen! Sie werden ihn sonst töten!*

»Oder sie töten mich«, flüstere ich zu mir selbst, während ich starr vor Angst auf die spitzen Zähne des Hundes schaue, der mir fast bis zur Hüfte reicht.

Als noch weitere Hunde auf die Lichtung rennen, bin ich für einen Moment wirklich versucht, den Stock fallen zu lassen und das Weite zu suchen. Dann beiße ich die Zähne zusammen und stürze mich auf den Hund, der mir am nächsten ist, haue ihm mit dem Ast die Beine weg, hole dann erneut aus und lasse das Holz auf den im Schnee liegenden Körper niedersausen. Ein widerliches Knirschen ertönt, das mich den Schmerz, der wieder bis in meine Schulter hinauffährt, fast vergessen lässt.

»Bleibt weg!«, schreie ich so laut ich kann den anderen Hunden zu, die begonnen haben, mich und den reglosen Bären zu umkreisen, doch meine Stimme zeigt keinerlei Wirkung. Nicht einmal für einen Wimpernschlag scheint einer der Hunde auch nur ein bisschen beeindruckt zu sein. Ich weiß nicht, wo ich zuerst hinschauen soll. Sie haben uns umkreist; jeder von ihnen könnte zuerst angreifen. Es sind sieben, wenn ich mich nicht verzählt habe. Allesamt dunkle, große Bestien, die den Kopf angriffslustig gesenkt haben und ihre Beute nicht für eine Sekunde aus den Augen lassen.

»Wagt es ja nicht!«, schreie ich wieder, als der erste der Hunde eine Pfote auf uns zusetzt. Drohend wedle ich mit dem Stock in seine Richtung, doch auch das kümmert ihn nicht. Immer wieder schielt er an mir vorbei auf den Bären hinter mir. »Bleibt ja weg von ihm! Er ist kein Bär!«

Wieder treten mir Tränen in die Augen. Diesmal vor Resignation, denn ich weiß, dass es hoffnungslos ist. Ich kann mich mit diesem nutzlosen Stück Holz unmöglich gegen sieben Hunde gleichzeitig verteidigen und Vater beschützen. Ich werde es nicht schaffen.

Aber ich könnte mich retten. Sie wollen nicht mich. Sie wollen nur den Bären. Wenn ich den Stock einfach wegwerfe und in den Wald renne, dann könnte ich – …

Nein! Entschlossen umklammere ich das Holz noch fester und mache einen Schritt auf den vordersten Hund zu. Ich werde nicht weichen. Ich werde nicht den einzigen Menschen aufgeben, der mich versteht, der für mich da ist und so ist wie ich. Niemals. Und wenn ich dabei sterbe, dann soll es so sein. Auch wenn meine Knie vor Angst schlottern, werde ich nicht weichen. Ich bin nicht so wie meine Schwester und setze mein eigenes Wohl über das eines Menschen, den ich liebe und brauche.

»Halte durch, Vater«, sage ich leise, ohne den Blick von den Hunden vor mir zu nehmen. »Ich werde uns beschützen.«

Entschlossen stürme ich nach vorne, den Stock zum Schlag über den Kopf erhoben, doch der Hund, auf den ich gezielt habe, weicht leichtfüßig mit einem Sprung zur Seite aus und ich treffe nur Schnee. Durch die Wucht des Schlages gerate ich aus dem Gleichgewicht und falle der Länge nach hin. Zu allem Überfluss lasse ich dabei auch noch den Ast los.

Ich höre hinter mir ihr Knurren und das Aufeinanderschnappen ihrer Zähne, dann das gequälte, tiefe Schreien des Bären.

Ohne auch nur einen Augenblick länger mit der Suche nach meiner Waffe im Schnee zu vergeuden, komme ich wieder auf die Füße, renne auf die Hunde zu und stoße zwei von ihnen mit der Schulter voran vom Rücken meines Vaters. Zwei weitere haben sich bereits in seinem Nackenfell verbissen und reißen an seinem Pelz. Er keucht vor Schmerzen und versucht, sich aufzubäumen, doch seine Kraft reicht nicht aus und seine Pranken finden im aufgeweichten Schnee keinen Halt. Es ist für ihn unmöglich, sich gegen die Hunde zur Wehr zu setzen, und jede Bewegung, die er macht, ist kraftloser als die davor.

»Verschwindet!«, schreie ich und schlage mit bloßen Fäusten nach ihnen. Die Tränen in meinen Augen nehmen mir die Sicht, doch ich haue blindlings weiter um mich, in der Hoffnung, die Hunde irgendwie vertreiben zu können. Vaters schmerzerfülltes Schreien gellt in meinen Ohren und lässt mich nur noch mehr weinen.

Ich habe versagt. Ich bin nutzlos. Ich konnte uns nicht beschützen und nun werden wir beide hier sterben.

Einer der Hunde, nach dem ich gerade schlage, lässt von meinem Vater ab und beißt stattdessen in mein Handgelenk. Ich kreische vor Schmerz, als sich die spitzen Zähne durch die vor Kälte fast gefühllose Haut bis hinunter auf den Knochen bohren.

Mit fahrigen Bewegungen seiner Vorderbeine versucht Vater, die anderen Hunde halbwegs auf Abstand zu halten, doch er ist so langsam und dadurch berechenbar, dass es für die Jagdhunde ein Leichtes ist, ihm auszuweichen.

Meine Beine geben nach und ich sacke in den Schnee neben Vater. Es ist vorbei. Wir können es unmöglich schaffen.

Ich berge das Gesicht am dichten Fell des Bären und lasse den Tränen freien Lauf, während ich versuche, das Knurren und Schnappen um mich herum auszublenden.

Dann höre ich einen scharfen Pfiff, der über die Lichtung hallt, und schrecke hoch. Mein Blick schweift von einer Seite zur anderen, bis ich ihn sehe. Ein junger Mann auf einem schwarzen Pferd kommt auf die Lichtung geprescht, direkt auf uns zu.

Ich sehe, wie er die Finger erneut an die Lippen führt und wieder einen Pfiff ausstößt, der die Hunde dazu bewegt, von meinem Vater abzulassen. Schnell rapple ich mich hoch, um den Schaden anzusehen, doch etwas anderes lässt mich gleich wieder zu Boden gehen.

Ungläubig schaue ich hinauf in den Himmel, der sich bereits orange verfärbt hat.

Nein, nicht jetzt! Bitte nicht jetzt!, flehe ich stumm, doch das Reißen hat bereits Besitz von meinen Knochen und Muskeln ergriffen und damit begonnen, mich in die andere Gestalt zu zwingen. *Ich darf mich jetzt nicht verwandeln!*

Mit all der Willenskraft, die ich noch aufbringen kann, stemme ich mich gegen die Verwandlung. Der Mann auf dem Pferd ist mit Sicherheit ein Jäger. Er wird Vater umbringen, und wenn ich mich verwandle, kann ich ihn nicht davon abhalten.

Bitte, bettle ich in Gedanken die Götter an, *gebt mir nur noch ein paar Minuten, um es zu erklären!*

Weil meine Beine mich nicht mehr tragen, ziehe ich mich mit den Händen am Fell entlang zu Vaters Kopf. Aus verschiedenen Wunden und Kratzern an seinem Nacken und Hals quillt Blut, aber nichts davon ist so bedenklich wie die Verletzung an seinem Fuß.

»Gleich verwandelst du dich zurück«, wispere ich ihm zu, während ich sanft sein Gesicht streichle. »Gleich wirst du wieder ein Mensch und sie werden sich um deine Wunden kümmern. Niemand wird dir mehr etwas tun. Halte nur noch ein paar Augenblicke länger durch.«

Seine Lider sind halb geschlossen und ich kann seine goldenen Augen nur noch schwach erkennen. Ich beiße die Zähne zusammen und versuche mit aller Macht, das Zittern und Zerren zu ignorieren, das meinen Körper schüttelt. Schnell hebe ich den Kopf, um zu schauen, wo der Jäger bleibt. Dann stemme ich mich hoch, winke ihm zu. Ich muss es ihm erklären, solange ich noch kann. Ich muss ihm sagen, dass er hier keinen Bären, sondern einen Menschen vor sich hat.

Der Mann springt vom Pferd und kommt mit großen Schritten durch den Schnee auf uns zu gestapft. Seine Schritte knirschen laut in meinen Ohren, denn sie sind das einzige Geräusch auf …

Moment. *Das einzige Geräusch?*

Panisch fliegt mein Blick zurück zum Gesicht meines Vaters. Ich senke den Kopf, lehne mein Ohr an seine Schnauze. Doch da ist nichts! Kein Luftzug, kein Geräusch!

»Nein!«, keuche ich und schaue auf seinen Brustkorb. Auch dieser hebt und senkt sich nicht mehr. »Atme, verdammt noch mal!«

»Fräulein!«, hallt eine Stimme über die Lichtung. Wie betäubt richte ich meinen tränenverschleierten Blick auf den jungen Mann, der sich mir vorsichtig nähert. »Bitte geht weg von diesem Untier. Es wird Euch sonst töten!«

Unsinn!, will ich ihn anschreien, doch selbst dafür habe ich keine Kraft mehr. Reglos liegt die massige Gestalt des Bären, aus dem jegliches Leben gewichen ist, vor mir. Wie konnte das nur passieren? Vielleicht ist er nur ohnmächtig. Das muss es sein. Er *darf* einfach nicht– …

Jemand berührt mich an der Schulter und ich zucke zusammen, schaue nach oben und sehe nur strahlend blaue Augen, sonst nichts. In diesem Moment explodiert etwas in meinem Herzen, das ich nicht einordnen kann. Es ist, als würde meine Welt, die gerade aus ihren Angeln gerissen wurde, durch diesen einzigen Blick wieder zurechtgerückt werden, und ich spüre beinahe so etwas wie Frieden, der meinen geschwächten Körper durchströmt. Es fühlt sich … *richtig* an.

Im nächsten Augenblick verliere ich den Kampf gegen die Verwandlung, breite die schwarzen Schwingen aus und fliege mit einem lauten Schrei hinauf in den heller werdenden Himmel. Dort kreise ich eine Weile, warte darauf, dass auch mein Vater sich endlich zurückverwandelt, doch nichts geschieht. Er bleibt dort als Bär liegen. Leblos, inmitten des blutgetränkten Schnees. Neben ihm steht der Jäger, der fassungslos zu mir herauf in den Himmel schaut, die Hand schützend über die Augen erhoben.

Auch wenn ich eben dachte, meine Welt wäre wieder heil, so war es ein Irrtum. Meine Welt wird nie wieder so sein, wie sie einmal war.

KAPITEL 7

Ich wage es nicht, weit weg zu fliegen, aber nahe heran traue ich mich auch nicht. Der Jäger, der vorhin auf die Lichtung gekommen und die Hunde von uns weggerufen hat, bleibt die ganze Zeit über bei Vaters totem Bärenkörper. Er fesselt meine Aufmerksamkeit, was ich mir nicht erklären kann. Klar, ich bin ihm dankbar, dass er mich vor diesen Bestien gerettet und sich um mich Sorgen gemacht hat. Aber ist das ein Grund, ihn ständig von dem Baum, auf dem ich sitze, zu beobachten? Etwas zieht mich zu ihm hin und jeder Meter, den ich mich von ihm entferne, schneidet sich tief und scharf in meine Seele.

War er es, der Vater so getrieben hat, dass er in eine Falle gelaufen ist? War er es, der die Hunde auf Vater gehetzt hat? Ja, so muss es sein. Er ist daran schuld, dass mein Vater tot im Schnee liegt.

Unbändige Wut wallt in mir auf und überdeckt jedes andere Gefühl, selbst die tiefe Trauer über meinen Verlust.

Rache. Das ist das einzige, woran ich gerade denken kann. Ich werde den, der für Vaters Tod verantwortlich ist, zur Strecke bringen, egal, wer es sein mag. Er hat mir das Wichtigste auf dieser Welt genommen und ich kann es nie wieder zurückerlangen. Meine scharfen Krallen bohren sich in den Ast unter mir, einige Holzsplitter segeln zusammen mit den Schneeflocken zu Boden. Ich werde herausfinden, wer für die Treibjagd letzte Nacht verantwortlich ist, und ich werde ihn dafür büßen lassen. Und wenn es das Letzte ist, was ich tue. Mein Leben hat durch Vaters Tod sowieso seinen Sinn verloren.

Ich habe nur noch einen letzten Gang vor mir, ehe ich mich auf meine Rache konzentrieren kann.

Nachdem ich den ganzen Tag über beobachtet habe, wie immer mehr Jäger, Adlige und andere Männer auf die Lichtung geströmt und den riesigen Bären begutachtet haben, fliege ich bei Sonnenuntergang zurück zur Höhle. Meine Kleidung von heute Morgen auf der

Lichtung hat der junge Jäger beiseitegeschafft, also muss ich auf die zurückgreifen, die Vater mitgebracht hat. Kurz darauf setzt die Verwandlung ein.

Vater ... Allein der bloße Gedanke an ihn lässt mir das Herz schwer werden. Wie soll ich ohne ihn leben? Was kann ich ohne ihn machen? Er war es, der mich vor Mutters Schikanen beschützt hat. Er war der Einzige, der mich verstanden hat. Nun bin ich allein, von einem Moment auf den anderen, und ich weiß nicht, was ich tun soll.

Meine Hände zittern, als ich das Unterkleid überstreife. Die Bisswunde des Hundes an meinem Handgelenk ist fast vollkommen verschwunden. Warum konnte Vater sich nicht zurückverwandeln? War es für ihn schon zu spät? Hatte er zu viel Blut verloren? Noch immer spüre ich die Kälte um mich herum nicht, sie ist nichts im Vergleich zu der, die in meinem Inneren herrscht. Ohne Umhang oder Schuhe mache ich mich auf den Weg zur Hütte, während meine Gedanken nur darum kreisen, wie ich den Schuldigen für Vaters Tod büßen lassen kann.

Der Weg kommt mir endlos vor, mehrere Male rutsche ich im Schnee aus und falle hin. Als ich endlich vor der Tür stehe, bin ich durchnässt, doch noch immer spüre ich weder die Kälte des Schnees unter meinen nackten Füßen noch den eisigen Wind, der gegen mein nasses Kleid peitscht. Es ist, als wäre mein Körper genauso betäubt wie mein Innerstes.

Licht scheint durch das Fenster und ich klopfe an die Tür. Keine Ahnung, warum ich das mache. Vielleicht, weil ich mich wie eine Fremde fühle. Jetzt verbindet mich emotional nichts mehr mit dieser Familie, und mir ist klar, dass ich hier nicht bleiben werde.

Was ich mache, nachdem ich meine Rache genommen habe – sofern ich es überleben sollte –, weiß ich noch nicht. Aber in diese Hütte, zu dieser Familie zurückzukehren, steht für mich nicht zur Wahl. Lieber lebe ich fortan auf der Straße und bettle um mein nächstes Essen.

Ich bin nur hier, weil ich der Meinung bin, dass Mutter es von mir erfahren sollte. Sie soll von mir erfahren, dass Vater ... dass er ...

Verbissen versuche ich, die dummen Tränen wegzublinzeln, die mir in die Augen steigen. Sie ändern nichts daran, dass er nicht mehr da ist und ich nun alleine und schwach bin. Für das, was ich vorhabe, ist Schwäche nur hinderlich und nicht zu gebrauchen. Wenn es sein muss, werde ich den König töten, falls er es war, der den Angriff auf Vater geführt hat. Der unbändige Drang nach Rache ist das Einzige, was mich noch auf den Beinen hält. Auf nichts anderes kann ich mich im Moment konzentrieren und vielleicht ist das auch gut so. Die Wut, die in mir brodelt und meine Handlungen bestimmt, betäubt die Trauer und die Leere, die mich sonst zusammenbrechen lassen würde.

Nach dem zweiten Klopfen öffnet Mutter die Tür. Sie sieht gehetzt aus und ich werfe einen Blick an ihr vorbei in den Innenraum. Beatrix, meine Schwester, sitzt am Tisch. Ich sehe, wie sie zittert, an ihren Unterarmen erkenne ich blaue Male, wo jemand sie gepackt und festgehalten hat. Ihre eine Gesichtshälfte ist geschwollen und ihre Augen sind rot umrändert. Sie wagt nicht aufzublicken und zuckt bei jedem Geräusch – und sei es nur das Knistern des Kamins – zusammen. Ich warte bei ihrem Anblick auf so etwas wie Mitleid, das in mir aufflammt, doch da ist nichts. Nur Leere. Und eine Stimme, die mir zuflüstert, dass sie es nicht anders verdient hat. Kurz erschrecke ich darüber, denn ich war eigentlich nie jemand, der anderen etwas Schlechtes gewünscht hat, aber anscheinend kommt jeder irgendwann an einen Punkt, an dem das geschieht. Wäre sie mir in jener Nacht zu Hilfe gekommen, so wie ich es für sie getan hätte, hätten es sich diese Männer beim nächsten Mal zweimal überlegt, die Hand an eine von uns zu legen. Wir hätten zusammengehalten und uns gegenseitig beschützt.

Doch es kam anders und nun muss Beatrix mit den Konsequenzen leben. Genau wie ich.

»Was willst du?«, fragt Mutter barsch und versperrt mir den Blick auf meine jammervolle Schwester. Einerlei, ich will sie eh nicht mehr sehen.

Ich hebe das Kinn und begegne Mutters eiskaltem Blick mit genauso viel Kälte, und für einen Moment sehe ich Unsicherheit in ihren Augen. Direkte Konfrontation ist sie von mir nicht gewohnt, doch ich habe es satt, nach ihrer Pfeife zu tanzen. Diese Zeiten sind nun ein für alle Mal vorbei.

»Sie haben ihn«, sage ich und bin selbst erstaunt, wie klar und gefasst meine Stimme klingt, obwohl ich innerlich schreie. »Sie haben Vater getötet.«

»Sie haben den Bären geschnappt?«, fragt Mutter und ihr Gesicht nimmt einen entrückten Ausdruck an.

Ich schüttle schnell den Kopf. »Nein, nicht den Bären. Vater. Sie haben Vater getötet. Verstehst du?«

Doch meine Worte dringen nicht zu ihr durch. Ihre Augen funkeln im Mondlicht und ihr Mund verzieht sich zu einem beinahe irren Lächeln. »Endlich«, murmelt sie dann und ich meine mich verhört zu haben.

»Was?«, frage ich schockiert. Das kann sie nicht ernst meinen!

»Endlich bin ich frei!« Ihr manischer Blick richtet sich nun auf mich und sie hebt die Hand, packt mich an der Schulter und stößt mich mit solch einer Wucht von sich, dass ich das Gleichgewicht verliere und im getauten Schneematsch lande. Fassungslos starre ich nach oben, unfähig, auch nur den kleinen Finger zu rühren. »Endlich! Endlich wurde ich von diesem Bärenmonster befreit und bin nun bereit, einen richtigen Mann zu wählen.«

»Vater war ein richtiger Mann!«, schreie ich sie an. »Warum hast du ihn überhaupt genommen? Du musst doch gewusst haben, dass er-«

»Er hat mich verzaubert«, unterbricht sie mich. »Er war nicht normal, doch als ich das merkte, war es bereits zu spät. Und irgendwann hatte ich die Brut dieses Teufels in meinem Körper. Doch das Schlimmste war deine Geburt, denn du bist genauso verdorben, wie er es war!«

Ihre Worte sind wie Peitschenhiebe. Auch wenn ich dachte, dass ich eigentlich keine Tränen mehr in mir habe, kann ich nichts gegen die Ströme tun, die nun meine Wangen hinunterlaufen. Ich will nicht hören, was sie sagt. Ihre Worte verletzen mich tief in meiner Seele und ich weiß genau, dass ich mich wahrscheinlich nie davon erholen werde.

»Wie kannst du so etwas sagen?«, wispere ich.

»Ich bin froh, dass diese Bestie endlich tot ist.«

»Diese Bestie war dein *Ehemann*!«

»Er war ein Monster!« Ihr Blick richtet sich wieder auf mich und ich wappne mich für die Worte, die nun unweigerlich folgen werden. »Genau wie du.«

Obwohl ich wusste, dass sie das zu mir sagen wird, zerbricht etwas in mir, das nie im Herzen einer Tochter zerbrechen sollte.

»Ab heute habe ich ein Kind weniger. Wage es nie wieder, mir unter die Augen zu treten!« Mit diesen Worten macht sie einen Schritt nach hinten und schmeißt die Hüttentür schwungvoll zu.

Fassungslos bleibe ich im Schlamm sitzen, ziehe die Knie an und lege den Kopf darauf, um den Tränen freien Lauf zu lassen.

KAPITEL 8

Wie in Trance stolpere ich zurück zur Höhle. Wie ich dorthin gelange, weiß ich im Nachhinein nicht mehr. Es interessiert mich auch nicht. Mir ist klar, dass ich nichts mehr habe, was mich hier hält, also beginne ich, die paar Habseligkeiten, die ich noch besitze, zusammenzupacken. Andächtig streiche ich über den ledernen Einband von Vaters Buch. Es ist alles, was mir von ihm geblieben ist. Für mich ist klar, dass ich es mitnehmen werde, auch wenn ich kein einziges Wort lesen kann und es mich nur zusätzlich belasten wird. Aber das bin ich ihm schuldig. Ihm war das Buch sehr wichtig und nun bin ich die Letzte von uns, die den Fluch in sich trägt. Es ist meine Pflicht, es zu beschützen, so wie er es getan hat.

Ich packe das Buch zu den Kleidern zum Wechseln, und auch Vaters Kleidung, die ich einfach nicht hierlassen will, und verschließe das Bündel. Mehr habe ich nicht, was ich mitnehmen könnte. Nachdem ich mir den Umhang umgeworfen und die Stiefel angezogen habe, mache ich mich auf den Weg in die Dunkelheit. Ich will noch heute Nacht den König und sein Gefolge finden und mich so lange an ihre Fersen heften, bis ich herausgefunden habe, wer für die Jagd letzte Nacht verantwortlich war. Dann werde ich einen Weg finden, ihn meinen Schmerz fühlen zu lassen.

Es ist mir egal, ob ich dabei sterbe – und ich glaube fest daran, dass ich dabei sterben werde. Mir ist bewusst, dass es ein Himmelfahrtskommando ist, doch es ist das, was mich vorantreibt.

Das Einzige, was mich einen Fuß vor den anderen setzen lässt, ist mein brennender Wunsch nach Rache.

Ich verfolge die Jagdgesellschaft nun schon eine Weile. Es ist nicht schwer, ihnen auf der Spur zu bleiben. Sie kommen nur sehr langsam voran und machen in jedem Dorf, an dem sie vorbeikommen, Halt. Dort kehren sie im Gasthaus oder in umliegenden Wohnhäusern ein und feiern die erfolgreiche Jagd.

Tagsüber folge ich ihnen als Falke und lasse sie keine Sekunde aus den Augen. Wenn ich mir sicher bin, dass sie ihren neuen Rastplatz erreicht haben, fliege ich zurück zu dem Ort, an dem ich meine wenigen Habseligkeiten versteckt habe, und warte auf die Verwandlung. Sobald ich wieder ein Mensch bin, laufe ich zu Fuß den Weg noch einmal und versuche, in unmittelbarer Nähe der Gesellschaft zu bleiben. Mehrmals übernachte ich im Stall oder in einem Schuppen und friere dabei erbärmlich, doch mein glühender Wunsch nach Rache hält mich aufrecht. An viel Schlaf ist ohnehin nicht zu denken. Bei jedem Geräusch schrecke ich hoch, aus Angst, dass die Gesellschaft doch früher als angenommen weiterzieht und ich ihrer Spur nicht mehr folgen kann. Zum Glück reiht sich ein Dorf ans andere, sodass der Weg, den wir zurücklegen, meist nur sehr kurz ist.

Ich habe keine Ahnung, wann ich zuletzt etwas Richtiges gegessen oder in einem ordentlichen Bett geschlafen habe, aber all das ist zweitrangig. Jeden Tag und jede Nacht versuche ich herauszufinden, wer genau für die Jagd verantwortlich war. Und sobald ich es weiß, werde ich ihm nah genug kommen, damit ich ihn töten kann, notfalls mit bloßen Händen. Egal, wer es ist. Zweifel oder Zögern verspüre ich schon lange nicht mehr.

Ich bin gefangen in meiner Einsamkeit und nur meine Rache wird mich davon erlösen können.

Nach einer Woche erreichen wir die erste größere Stadt.

Wie durch ein Wunder bin ich dem Gefolge bisher nicht aufgefallen. Ich gebe mein Bestes, um mich des Nachts in den Schatten zu halten und bin immer in sicherem Abstand unterwegs.

In der Stadt jedoch kann ich zum ersten Mal auch nachts etwas tun. Schweren Herzens versetze ich Vaters Ehering, den ich in seiner Hosentasche gefunden habe. Er braucht ihn nicht mehr und auch das Ungeheuer, das einmal meine Mutter war, hat ihn nicht verdient. Von einem Teil der Goldmünzen kaufe ich mir einen kleinen Dolch, den ich mit einem schmalen Lederriemen an meinem Unterschenkel, verdeckt von meinem Kleid, befestige.

Für eine weitere Goldmünze wage ich es, ins Gasthaus einzukehren. Der Duft nach Gebratenem weht mir schon aus mehreren Metern Entfernung entgegen und lässt mir das Wasser im Mund zusammenlaufen. Das laute Knurren meines Magens erinnert mich daran, dass ich mich die letzten Tage nur von Mäusen ernährt habe – wenn überhaupt. Bisher hat es mich nicht gestört, doch nachdem ich nun täglich an den Gasthäusern vorbeikomme und aus der Ferne zusehe, wie die Jäger sich die köstlich duftenden Braten hineinschaufeln, wächst in mir der Wunsch, wieder einmal richtiges Essen im Mund zu spüren. Ich kann meine Rache nicht vollenden, wenn ich vorher verhungere oder vor Erschöpfung umkippe. Entschlossen ziehe ich die Kapuze meines Umhangs tief ins Gesicht und betrete die Taverne.

Im Vergleich zu den kleinen Katen bei uns zu Hause, die sich Gasthaus nennen, wirkt dieses beinahe wie ein Palast. Über mehrere Etagen stehen runde Tische verteilt, an denen Menschen sitzen, die trinken, essen, würfeln oder sich unterhalten. Es herrscht eine unglaubliche Lautstärke, die in meinen mittlerweile auf Stille getrimmten Ohren weh tut, sodass ich im ersten Moment den Kopf zwischen die Schultern ziehe.

Vorsichtig blicke ich mich nach allen Seiten um, doch niemand scheint Notiz von mir zu nehmen. Ich bin eine Wanderin, wie sie hier zuhauf täglich ein und aus gehen. Erleichtert atme ich auf, während ich mir durch die Massen einen Weg zu einem Tisch in der hintersten Ecke des Schankraums bahne. Es ist stickig und das Atmen fällt mir schwer, doch der Hunger lässt mich vorwärts gehen. Die Aussicht auf eine warme Mahlzeit ohne Fell und Innereien lässt mich für einen Moment meine Pläne beinahe vergessen. Als ich hier bin und die Wärme und all die Gerüche um mich herum spüre, werden meine Glieder schwer und ich sehne mich nach nichts mehr als einem weichen Bett.

Und ich werde prompt unvorsichtig.

Anstatt mich zuerst umzusehen und meine Umgebung auszukundschaften, steuere ich auf den erstbesten freien Tisch zu und setze mich hin.

Ich spüre ihn noch bevor ich seine Stimme höre. Es ist, als würde etwas tief in meinem Herzen zum Schwingen gebracht werden und sich über meinen ganzen Körper ausbreiten.

Schnell schüttle ich den Kopf, um diese trügerischen Gedanken zu vertreiben, die ich nicht einordnen kann. Mein Herz rast und auch meine Atmung geht schneller, ohne dass ich mich bewegt habe. Ich fasse mir an die Brust, spüre das wilde Schlagen unter meiner Hand und frage mich, woher es plötzlich kommt.

Dann höre ich seine Stimme und zusammen mit ihr kriecht die eiskalte Erinnerung an den schlimmsten Augenblick meines Lebens wieder in mein Gedächtnis.

»Aber wenn ich es dir doch sage!«

Panisch vor Angst, gleich erkannt zu werden, verharre ich und ziehe meine Kapuze mit beiden Händen noch tiefer ins Gesicht. Das kann er nicht sein! Das ist nicht der Jäger, der auf die Lichtung kam und die Hunde zurückgepfiffen hat. Ich habe ihn seit diesem Tag nicht mehr gesehen. Es ist, als wäre er vom Erdboden verschluckt gewesen. Als Falke habe ich das gesamte Gefolge mehrmals überflogen, habe mir jedes der Gesichter im Tross eingeprägt – aber von ihm, dem jungen Mann mit den blauen Augen, fehlte jede Spur. Es ist unmöglich, dass er nun im selben Gasthaus – und noch dazu direkt neben meinem Tisch! – sitzt.

»Geht das schon wieder los?«, sagt eine andere Stimme, die sich ebenso nah anhört wie die erste. »Wie oft muss ich es dir noch sagen, Aeric? Da war kein Mädchen. Nirgendwo. Wie soll auch ein Mädchen in der Nacht mitten in den Wald kommen? Du musst dir das eingebildet haben.«

Ich höre, wie ein Humpen auf den Tisch geknallt wird, und zucke zusammen. *Aufstehen.* Ich muss aufstehen und verschwinden. Wenn sie mich entdecken- … Dann war vielleicht alles umsonst.

»Ich hab mir das nicht eingebildet!«, sagt die erste Stimme, die des Jägers. »Ich habe mit ihr gesprochen. Ich habe sie sogar berührt. Wie kann sie dann eine Einbildung sein?«

Unwillkürlich bleibe ich sitzen, obwohl ich weiß, dass ich schleunigst meine Beine in die Hand nehmen und gehen sollte. Sie reden von dem Tag, an dem Vater gestorben ist. Vielleicht wissen sie Genaueres über die Jagd? Vielleicht kann ich von ihnen erfahren, wer für die Fallen, die Hunde und die Hetzjagd verantwortlich ist. Bisher habe ich keinerlei Hinweise, denen ich nachgehen könnte. Trotz der Tage und Nächte, die ich mir um die Ohren schlage und in denen ich dem königlichen Tross folge, habe ich niemanden mehr über die Jagd sprechen hören. Die Männer des Königs zeigen zwar stolz Vaters schwarzen Pelz in jeder Ortschaft und brüsten sich damit, die armen Bürger von diesem Untier befreit zu haben, doch dem unruhigen Gemurmel bei diesen Ansprachen habe ich entnommen, dass der König selbst gar nicht an der Jagd teilgenommen hat. Zumindest wird das erzählt. Ich glaube es erst, wenn ich es mit Sicherheit weiß. Und selbst wenn er in dieser Nacht nicht zur Jagd geritten ist, hat er sie doch beauftragt. Allein dafür möchte ich ihm schon die Augen auskratzen. Dummerweise wird der König so gut bewacht, dass es mir selbst als Falke unmöglich wäre, nahe genug an ihn heranzukommen, wenn er sich überhaupt mal öffentlich zeigt. Die meiste Zeit über wird er in einer Kutsche umhergefahren, deren Fenster verhüllt sind, und so gut wie niemand traut sich in seine Nähe.

»Natürlich ist es eine Einbildung!«, sagt die zweite Stimme. »Mädchen verschwinden nicht einfach oder lösen sich in Luft auf. Da war niemand.«

»Aber ihre Kleider … Da lagen ihre Kleider. Du hast sie doch auch gesehen.«

»Ich habe dort vor allem sehr viel Blut gesehen. Es würde mich nicht wundern, wenn diese Bestie jemanden zerfleischt und nur die Kleider übriggelassen hätte.«

Ohne dass ich es verhindern kann, springe ich von meinem Platz auf, sodass mein Stuhl polternd nach hinten umkippt. Augenblicklich kommen die Gespräche um mich herum zum Erliegen und alle Blicke sind auf mich gerichtet. Ich wage nicht einmal zu atmen und beiße mir fest auf die Lippen, damit ich dem Kerl, der gerade behauptet hat, mein Vater wäre eine mordende Bestie gewesen, keine passende Erwiderung an den Kopf werfe. Oder mit dem stumpfen Messer, das vor mir auf dem Tisch liegt, auf ihn losgehe, um ihm die lügnerische Zunge herauszuschneiden.

Ich ziehe den Kopf zwischen die Schultern und versuche, mir einen Weg durch das Gedränge nach draußen zu bahnen. So gern ich auch eine warme Mahlzeit gehabt hätte, ich kann mir unmöglich weiter dieses haarsträubende Gerede anhören, ohne meinen Dolch zu zücken.

Als ich mich an dem Tisch der beiden Männer vorbeischiebe, den Blick starr nach unten gerichtet, packt mich jemand an meinem Handgelenk und ich wirbele panisch herum. Ich schaue nicht auf, blicke nur auf die Hand, die mich festhält. Ich will nicht wissen, zu wem sie gehört, doch das unrhythmische Schlagen meines Herzens sagt mir, dass es die Hand des jungen Jägers sein muss. Ich versuche mich zu befreien, doch sein Griff ist eisern, sodass ich kurz vor Schmerzen wimmere. Für einen Moment lockern sich seine Finger, dann greift er mit der anderen Hand nach und schiebt meinen Ärmel ein Stück nach oben, um so mein Handgelenk freizulegen.

»Schade«, murmelt er und seine Stimme geht mir durch und durch. »Ich dachte, Ihr wärt-«

Weiter kommt er nicht, denn ich nutze den Moment und entziehe ihm meinen Arm, wirble herum und stürze aus dem Gasthaus.

Ich weiß genau, wonach er gesucht hat: Nach den Bissspuren des Hundes, der mich am Arm erwischt hat. Ob er etwas ahnt?

Gedankenverloren streiche ich mit der Hand über das rechte Handgelenk, als könnte ich so die Wärme seiner Finger noch eine Weile länger auf meiner Haut spüren.

KAPITEL 9

Der Vorfall letzte Nacht hat mich vorsichtiger werden lassen. Ich folge dem Tross nun in einem größeren Abstand, zumindest als Mensch.

Nach zwei weiteren Tagen erreichen der König und sein Gefolge eine Stadt namens Eisenfels. Sie ist imposanter als die vorherige, und in meinen Augen scheint sie sich bis zum Horizont zu erstrecken. Noch nie habe ich so viele Häuser, Hütten, Menschen und Tiere auf einem Haufen gesehen. Selbst aus der Luft sieht es eindrucksvoll aus. Als ich über ein dunkles Bollwerk fliege, steigt mir ein beißender Geruch in die empfindliche Nase. Einige Raben kreuzen meinen Weg und krächzen aufgeregt, als ich den baumelnden Leichen zu nahe komme, über die sie sich gerade hermachen. Ich erschaudere kurz bei ihrem halb verwesten Anblick. Ich habe keine Ahnung, was die Leute verbrochen haben, aber mir fallen nur ein paar Dinge ein, die schlimm genug wären, um sie hier in der kalten Winterluft verrotten zu lassen.

Die Ermordung meines Vaters zum Beispiel.

Für einen Moment habe ich das Gefolge aus den Augen verloren und beinahe panische flattere ich über die Dächer, in der Hoffnung, sie schnell wiederzufinden. Ich sehe weder die ganzen Wagen noch die prunkvoll geschmückte Kutsche des Königs.

Verdammt! Wie konnte ich mich nur von den Häusern und den Leichen ablenken lassen? Ich flattere auf der Stelle, während meine Falkenaugen die Straßen unter mir absuchen. Doch da ist nichts! Als hätte sich die Erde aufgetan und sie allesamt verschlungen.

Das Herz pumpt wie wild in meiner kleinen Falkenbrust und ich schließe schnell die Augen, ermahne mich, ruhig und gleichmäßig zu atmen. Ich darf nicht die Nerven verlieren. Ich folge ihnen seit fast zwei Wochen. So kurz vor meinem Ziel darf ich nicht versagen!

Als mein Herzschlag sich langsam wieder normalisiert, spüre ich es: Ein Ziehen, als wäre ein unsichtbares Band um meine Seele geschlungen, das mich zu einem bestimmten Ort leiten will. Was ist das nur?

Mit halb geschlossenen Augen fliege ich langsam diesem seltsamen Gefühl nach, das mich quer durch die ganze Stadt führt. Als die Zeit weiter vergeht und der Himmel sich langsam verdunkelt, spüre ich wieder diese kribbelige Nervosität in mir aufsteigen. Ich muss zurück zu dem hohlen Baum, in dem ich mein Bündel und Vaters Buch zurückgelassen habe. Nicht auszudenken, was geschehen würde, wenn ich mich mitten in der Stadt verwandle! Nein, daran darf ich nicht einmal denken!

Gerade als ich mich dazu entscheide, umzukehren, nimmt das Ziepen in meiner Brust zu, bis ich das Gefühl habe, dass es mir das Herz zerreißt. Selbst das Atmen fällt mir schwer und es grenzt fast an körperlichen Schmerz. Ich werfe einen letzten, abschätzenden Blick in den Himmel und beschließe, noch für zehn Minuten dem Gefühl zu folgen und dann, wenn ich nichts gefunden habe, umzudrehen und zum Versteck zurückzufliegen.

Ich kreise über einem Gasthaus am Rande der Stadt, ganz nahe an den steinernen Grenzmauern. Hier ist das Gefühl am stärksten, doch ich wage es nicht, tiefer zu fliegen. Zu groß ist meine Angst- … Ja, wovor eigentlich? Vom Aussehen her unterscheide ich mich auf den ersten Blick nicht von den zahllosen Raben, die schäkernd auf den Dächern sitzen oder sogar über die Straßen flitzen, um in den Pflasterritzen nach Essensresten zu suchen. Soll ich es wagen?

Das Gefühl zieht mich tiefer nach unten, als laste ein unsichtbarer Stein auf meinem Rücken, der mich zu Boden drückt. Während ich mich umsehe, um sicherzugehen, dass mich auch niemand beobachtet, segle ich nach unten und lande vorsichtig auf dem Fensterbrett des Gasthauses. Das Fenster ist dreckig und beschlagen, und ohne meine scharfen Augen wäre es mir unmöglich, drinnen etwas zu erkennen. Doch so schaue ich direkt auf den Tisch, an dem zwei junge Männer sitzen. Und einen von ihnen kenne ich.

Es ist der Jäger von der Lichtung.

Vielleicht ist es Schicksal, ich weiß es nicht. Warum sonst sollte ich ihm ständig über den Weg laufen? Jedes Mal, wenn ich ihn sehe, ist es, als würde ich meinen Vater erneut unter meinen Händen sterben sehen. Tiefe Traurigkeit überkommt mich, als ich zurück zu dem hohlen Baum fliege und mich verwandle.

Wenn es wirklich Schicksal ist, dass ich ihm immer wieder begegne, sollte ich es vielleicht für mich nutzen. Er war bei der Jagd dabei. Wenn er mir nicht sagen kann, wer außer dem König für all das verantwortlich ist, wer kann es dann?

Unschlüssig kaue ich auf meiner Unterlippe, als ich in mein Kleid schlüpfe. Kann ich den Mut aufbringen, ihn direkt darauf anzusprechen? Ich muss darauf achten, dass er keinen Verdacht schöpft. Ihm ist schon aufgefallen, dass ich ihnen folge. Bisher kann es noch ein Zufall sein, aber … wenn es öfters geschieht, wird er misstrauisch werden. Ich sollte mich vielleicht besser von ihm fernhalten und einen der anderen Jäger befragen. Aber eigentlich will ich das nicht. Ich will die Antworten, nach denen ich suche, von *ihm*.

Allein seine Berührung an meinem Handgelenk hat mich schon völlig aus der Fassung gebracht. Was wird das erst, wenn ich ihn direkt ansehe und mit ihm spreche? Ich habe keinerlei Übung darin, mit jungen Männern zu reden. Wie auch? Bei Nacht war ich immer allein und musste Mutters Aufgaben erledigen. Ich werde mich mit Sicherheit bis auf die Knochen blamieren …

Trotz meiner Zweifel kämme ich mir seit Tagen zum ersten Mal wieder die blonden Haare mit den Fingern und flechte sie zu einem dicken Zopf. Ebenso achte ich darauf, dass auf dem Kleid, das ich trage, keine Flecken sind. So viel Mühe mit meinem Äußeren habe ich mir schon lange nicht mehr gegeben und irgendwo tief in mir stimmt mich das fröhlich. Zumindest ein bisschen, auch wenn ich es nicht zugeben will.

Ich schlüpfe in die Stiefel, schnappe mir das Bündel mit der Wechselkleidung und dem Buch und mache mich auf den Weg zurück in die Stadt.

Ich finde das Gasthaus sofort wieder. Einerseits weil ich ein gutes Gedächtnis habe, andererseits weil ich nur dem Gefühl folgen musste.

Mein Herz klopft mir bis zum Hals, als ich im Mondschein vor der Tür der Taverne stehe und das laute Gemurmel von drinnen zu mir dringt. Noch immer weiß ich nicht, ob ich es wagen soll, ihn anzusprechen und nach der Nacht der Jagd zu fragen. Was soll ich sagen? Was soll ich antworten, wenn er mich etwas fragt? Die Wahrheit kann ich ihm unmöglich erzählen. Wer würde mir glauben? Wahrscheinlich würde ich bei meinem Glück dann noch draußen bei den armen Seelen baumeln und ein Festmahl für die Krähen abgeben.

Am liebsten würde ich mich umdrehen und in einer der dunklen Gassen verschwinden, doch das darf ich nicht. Ich werde Vater rächen, koste es, was es wolle. Es ist vollkommen gleichgültig, ob ich mich dabei blamiere.

Ich schlage die Kapuze hoch, hole tief Luft und betrete das Gasthaus.

Der Geruch nach Essen, der mir entgegenschlägt, lässt mich beinahe taumeln, und ich bin mir sicher, dass das ohrenbetäubende Knurren meines Magens sämtliche Gespräche übertönt.

Ohne lange zu überlegen oder wieder zu zaudern, rutsche ich auf einen Stuhl am Tisch neben den beiden Männern und ordere bei der Bedienung das heutige Tagesgericht. Mir ist absolut egal, was es ist, Hauptsache, es füllt meinen Magen und ist warm.

Während ich dasitze und warte, überkommt mich wieder Unsicherheit. Ich schaue verstohlen im Gastraum umher, doch als mir einige interessierte Blicke der männlichen Gäste begegnen, lasse ich das schnell wieder. Um mich zu beschäftigen, angle ich das Buch aus dem Bündel und lege es auf den Tisch vor mir, nachdem ich die restlichen Krümel mit dem Handrücken hinuntergefegt habe. Wahllos schlage ich es auf und blättere durch die Seiten, betrachte die Zeichnungen und versuche so, mich selbst zu beruhigen.

Immer wieder wandert mein Blick an den Nachbartisch, doch wegen meiner Kapuze kann ich die beiden nicht richtig erkennen. Ich wage nicht sie abzunehmen oder gar direkt zu ihnen hinüberzugehen.

Als die Bedienung wieder vorbeiläuft, ordere ich ein Glas Wein. Vielleicht schaffe ich es, mir etwas Mut anzutrinken, auch wenn ich noch nie in meinem Leben Alkohol getrunken habe. Aber irgendwann ist immer das erste Mal.

Der Wein wird zügig gebracht und ich leere das Glas in einem Zug. Die dunkelrote Flüssigkeit schmeckt bitter und kratzt im Hals. Ich muss mich regelrecht davon abhalten, angewidert die Zunge rauszustrecken. Es ist mir unbegreiflich, wie man dieses Gesöff mögen kann. Hoffentlich kommt bald mein Essen, damit ich diesen Geschmack aus...

Ein Schatten fällt auf meinen Tisch und ich hebe dankbar den Kopf, weil ich denke, dass die Bedienung endlich mein bestelltes Tagesgericht bringt und mich vor dem Hungertod rettet, doch stattdessen blicke ich in ein Männergesicht.

Ich schnappe nach Luft. Alles in mir schreit danach, sofort wieder den Blick zu senken, doch ich bin gefangen von den strahlend blauen Augen, die mich aufmerksam mustern.

Das ist er, flüstert eine Stimme aus dem hintersten Winkel meines Kopfes. *Der Jäger von der Lichtung.*

Ja, kein Zweifel. Ich hatte damals zwar keine Gelegenheit, ihn näher zu betrachten, aber diese Augen würde ich niemals vergessen. Die hohen Wangen- und markanten Kieferknochen verleihen seinem Gesicht etwas Jungenhaftes. Seine Haare sind kurz und glänzen kupfern im Schein der Kerzen, obwohl sie bei Tageslicht wohl dunkelblond oder hellbraun sind.

Ohne zu fragen, zieht er sich einen Stuhl heran und setzt sich rittlings darauf, wobei er die Arme über die Lehne kreuzt und mich noch immer beobachtet. Am liebsten würde ich mich unter seinem Blick winden, so intensiv ist er.

»Sagt mal, verfolgt Ihr mich?«, fragt er, nachdem er mich scheinbar eine halbe Ewigkeit einfach nur angesehen hat.

Hilflos öffne und schließe ich den Mund, ohne dass ein Ton herauskommt. O Götter, er muss mich für eine Irre halten, wenn ich nicht bald etwas sage! Aber so sehr ich mich auch bemühe, weigern sich meine Lippen, auch nur ein einziges Wort zu bilden.

Jemand greift nach meiner Hand und ich drehe den Kopf nach rechts. Dort hat sich der andere Mann über sie gebeugt und haucht einen Handkuss darauf.

»Bitte verzeiht meinem Kameraden, Fräulein. Er neigt dazu, zu direkt zu sein.« Er zwinkert mir zu, und ohne dass ich es verhindern kann, steigt mir die Röte in die Wangen. Unbeholfen entwinde ich ihm meine Hand und lege sie zurück in meinen Schoß.

Dieser Mann sieht ganz anders aus als der Jäger. Seine Haare sind von einem dunklen Braun, leicht gelockt und länger. Seine Augen leuchten in einem hellen Grün, das mich an die Wiesen im Sommer erinnert. Auf seinen Wangen steht ein leichter Bartschatten, der ihn etwas älter erscheinen lässt, als er vermutlich ist.

»Ganz schön warm für einen Umhang mit Kapuze«, murmelt der Dunkelhaarige und verzieht spöttisch seinen Mund.

Als ich nicht reagiere, schaut er den Blonden an und zuckt mit den Schultern.

»Was lest Ihr da?«, fragt der Blonde und zeigt auf das aufgeschlagene Buch vor mir.

Ich schlucke all die Spucke hinunter, die sich in meinem Mund gesammelt hat, räuspere mich kurz und sage dann: »Nichts.«

Ganz toll, Miranda, tadelt mich eine innere Stimme. *Du willst Antworten von ihnen, also musst du dich auch mit ihnen unterhalten!*

»*Nichts?*«, wiederholt der Blonde. »Aber Ihr habt ein Buch-«

»Ich kann nicht lesen«, unterbreche ich ihn und funkle ihn unter meiner Kapuze wütend an. Ich sehe, wie er sich nur mit Mühe ein Lachen verkneifen kann, was mich nur noch wütender werden lässt.

»Mein Freund hier«, lenkt mich der Brünette ab, »ist der Meinung, dass er Euch schon einmal gesehen hätte.«

Jetzt ist es so weit, denke ich mir. *Jetzt muss ich ihm sagen, dass ich das Mädchen von der Lichtung bin. Dann kann ich ihn fragen, wer die Jagd auf meinen Vater geleitet hat. Tu es! Sag es!*

Doch stattdessen presse ich nur fest die Lippen aufeinander und starre auf die ineinander verschlungenen Hände in meinem Schoß.

Der Brünette scheint mein Dilemma zu bemerken und wechselt schnell das Thema. »Aber wo sind unsere Manieren?« Er steht auf und deutet eine Verbeugung in meine Richtung an. »Mein Name ist William. Und mein Freund hier, der Euch die ganze Zeit anstarrt wie ein Wahnsinniger, heißt Aeric. Freut mich, Eure Bekanntschaft zu machen, Fräulein …«

Er erhebt am Ende seine Stimme wie zu einer Frage und fast flüsternd antworte ich, ohne den Kopf zu heben: »Miranda.«

»Sehr schön«, sagt William. »Also, Miranda, seid Ihr meinem Freund Aeric schon einmal begegnet? Ich meine, abgesehen von neulich in der Taverne. Als Ihr zufällig auch neben uns saßt. So gesehen kommt es mir auch fast vor, als würdet Ihr uns verfolgen.«

Er sagt es mit einem Lächeln und sehr viel Spott in der Stimme, doch ich fühle mich ertappt.

»Tja, anscheinend nicht«, murmelt William, als ich nicht antworte. Dann haut er Aeric, der mich immer noch über die Stuhllehne beobachtet, freundschaftlich auf die Schulter. »Ich geh mal schauen, wo unser Bier bleibt.« Mit diesen Worten verschwindet er in der Menge und ich spüre Aerics Blick noch eindringender als zuvor auf mir.

Komischerweise meldet sich das zerrende Gefühl in mir nicht, so als hätte es nie existiert. Fantasiere ich etwa? Ob das am Schlafmangel liegt?

Ich sehe zwei Hände langsam in meinem von der Kapuze begrenzten Gesichtsfeld auftauchen und zucke unwillkürlich zurück.

»Ich tue Euch nichts«, sagt Aeric, der sich nach vorne über die Lehne gebeugt hat und nach meiner Kapuze greift. Völlig reglos bleibe ich sitzen, wage nicht einmal zu atmen, während er mir langsam, beinahe behutsam, die Kapuze vom Kopf streicht, ohne mich dabei direkt zu berühren.

Etwas, das ich nicht deuten kann, blitzt in seinen blauen Augen auf, als er mich ansieht. Sein Blick folgt den Konturen meines Gesichts und gleitet dann an meinem langen Zopf, der nach vorne über meine Schulter hängt, hinab.

»Ihr seht jemandem sehr ähnlich, den ich vor Kurzem getroffen habe«, sagt er, nachdem er mich eingehend gemustert hat. »Doch das könnt Ihr unmöglich sein. Das Mädchen hatte eine Verletzung. Genau«, er greift nach meinem rechten Handgelenk und schiebt mit dem Daumen den Stoff ein Stück nach oben, »hier.«

Sein Daumen verweilt an der empfindlichen Stelle meiner Haut und ich bin mir sicher, dass er meinen wild pochenden Puls spüren kann. Noch nie wurde ich auf diese Art von einem Mann berührt. Das hier, diese simple Berührung an einer Stelle, die eigentlich nichts Besonderes ist, löst bei mir Empfindungen aus, die ich niemals für möglich gehalten hätte. Mein Gesicht glüht, als hätte ich Fieber. Wahrscheinlich habe ich das auch. Oder es liegt an dem billigen

Wein, den ich viel zu schnell getrunken habe. Niemals würde ich so einen Unsinn in normalem Zustand denken! Ich kann mich doch nicht von so etwas ablenken lassen!

Ruckartig ziehe ich meinen Arm zurück und unterbinde die Berührung.

Eisige Stille senkt sich über uns. Ich muss mir dringend einen anderen aus dem Tross suchen, den ich über die Jagd ausfragen kann, denn bei diesem Mann bekomme ich kein Wort heraus.

»Habt Ihr die Trophäe des Königs schon gesehen?«, fragt Aeric, wobei er den Blick durch den Schankraum schweifen lässt.

Ich zögere und habe Mühe, die bittere Galle hinunterzuschlucken, die mir im Hals aufsteigt. »Ihr meint den Bären«, antworte ich tonlos.

»Ah, Ihr könnt also doch reden.« Er schaut mich an und zieht einen seiner Mundwinkel nach oben. Ich muss bei diesem Anblick blinzeln. »Ihr habt also den Bären schon gesehen.«

Keine Frage, sondern eine Feststellung, deshalb senke ich den Kopf und nicke bloß, um nicht Gefahr zu laufen, dass mir noch entschlüpft, was ich davon halte, dass sie die Haut meines Vaters herumzeigen wie auf einem Jahrmarkt. Es ist barbarisch.

»Ich halte nichts von der Jagd auf so große, majestätische Tiere«, sagt Aeric.

Augenblicklich ruckt mein Kopf wieder nach oben und ich starre ihn an. Hat er das eben wirklich gesagt? Aber er war einer der Jäger und auf der Lichtung … Er hat die Hunde mit einem einzigen Pfiff kontrolliert … Wie gern würde ich seinen Worten glauben, dass er diese Jagd genauso abstoßend fand wie ich. Jede Faser meines Körpers sehnt sich danach, ohne dass ich weiß, wieso. Es ist einfach so. Genau wie das Gefühl, das mich zu etwas hinzieht. Es ist da, ohne dass ich weiß, woher es kommt oder warum es da ist. Vielleicht bilde ich mir auch all das nur ein und meine Seele schreit in Wahrheit danach, endlich Ruhe zu finden.

Wir schweigen wieder, doch diesmal ist es keine unangenehme Stille. Beinahe stiehlt sich ein kleines Lächeln auf meine Lippen, weil ich mich wohlfühle in Aerics Gegenwart. Es ist komisch. Ich habe noch nie zusammen mit einem Mann an einem Tisch gesessen, der nicht zu meiner Familie gehört hat, und mich gut dabei gefühlt. Hier mit ihm zu sitzen, einfach nur seine Gegenwart zu spüren, auch wenn keiner von uns ein Wort sagt, fühlt sich … *richtig* an. Ich habe das schon einmal gedacht, am Morgen auf der Lichtung, als ich ihn zum ersten Mal sah.

»Soll ich Euch etwas vorlesen?«, fragt er nach einer Weile und deutet auf das aufgeschlagene Buch, das noch immer vor mir liegt.

»Es ist nur ein altes Märchenbuch. Ein Familienbesitz«, sage ich ausweichend. »Ich schaue mir gern die Zeichnungen darin an.«

»Ja, die sind wirklich schön.« Dabei schaut er jedoch mich und nicht die Buchseiten an, was in meinem Bauch ein aufgeregtes und mir unbekanntes Flattern auslöst.

»Aeric!«, ertönt Williams Stimme laut über das Gemurmel der anderen Gäste, und Aeric dreht sich sofort um. »Schnell, wir müssen gehen!« Ohne auf eine Reaktion zu warten, wirft William der Bedienung ein paar Goldmünzen zu und stürmt zum Ausgang.

Ich sehe, wie Aeric mit den Zähnen knirscht, als er sich wieder zu mir umdreht. Dann greift er meine Hand, beugt sich darüber und haucht, wie zuvor William, einen Kuss darauf. »Ich hoffe, Ihr verfolgt mich weiter, Miranda.«

Ohne dass ich etwas erwidern kann, dreht er sich um und eilt seinem Freund hinaus in die Nacht. Ich bleibe allein und verwirrt in der Taverne sitzen.

KAPITEL 10

Irgendwann wird dann mein Essen gebracht. Obwohl ich mich so darauf gefreut habe, endlich etwas Warmes in den Bauch zu kriegen, kann ich es nicht genießen. Meine Gedanken kreisen die ganze Zeit um die Begegnung mit den beiden Männern, aber es ist vor allem meine eigene Feigheit, die mich innerlich zerfrisst. Das, und das Gefühl, zu etwas hingezogen zu werden, das sich immer weiter von mir entfernt und dem ich am liebsten folgen würde.

Ich ordere für die Goldmünze, die ich der Wirtin auf den klebrigen Tresen lege, noch ein Zimmer für die Nacht im oberen Stockwerk und schärfe ihr ein, mich vor Tagesanbruch zu wecken. Mein gesamter Körper schmerzt, vor allem mein Rücken, und ich möchte nichts lieber tun, als mich auf eine weiche Matratze zu legen. Ich habe schon so lange nachts nicht mehr richtig geschlafen, weil ich immer bei jedem kleinen Geräusch hochgeschreckt bin, aus Angst, das Gefolge könnte weiterziehen und ich würde es verpassen.

Das Zimmer, das die Wirtin mir zuweist, ist klein, jedoch größer als alles, in dem ich bisher gelebt habe. Auch scheint es sauber zu sein. Auf den ersten Blick entdecke ich zumindest keine schwarzen Punkte auf dem grauen Leinen. Es ist zwar spärlich eingerichtet, doch ich finde alles, was ich benötige: Ein Stuhl steht vor einem kleinen Waschtisch, gegenüber ein Bett.

Nachdem ich meinen Umhang über den Stuhl gelegt habe, schlendere ich zu dem kleinen Fenster und öffne es. Der Mond steht leuchtend hell am Himmel. Es ist eine klare, aber auch bitterkalte Nacht, in der keine einzige Wolke das Strahlen der Sterne verdunkelt.

Während ich in den Nachthimmel starre, gehe ich wieder und wieder das Gespräch mit Aeric, dem blonden Jäger, durch. Immer wieder erreiche ich den Punkt, an dem ich hätte sagen sollen, dass ich das Mädchen von der Lichtung bin. Nein, das sollte ich nicht tun, aber etwas in mir verlangt danach, ihm die Wahrheit zu sagen. Ich hätte ihn nach der Jagd fragen sollen. Ich hätte fragen sollen, ob er es war, der die Hunde auf meinen Vater gehetzt und ihn so in die Bärenfalle getrieben hat, die seine Hinterpfote in …

Schnell schüttle ich den Kopf, um den Anblick von Vaters zerfetzter Pfote aus meinem Gedächtnis zu vertreiben. Ich kann mir gar nicht vorstellen, welche Schmerzen und Ängste er bis zuletzt ausgestanden haben muss. Und ich konnte nichts für ihn tun. Das Einzige, was mir zu tun bleibt, ist, seinen Tod zu rächen. Nur dafür bin ich hier. Was danach mit mir geschehen soll, weiß ich nicht und es kümmert mich auch nicht. Wenn es wirklich der König oder ein anderer hochrangiger Adeliger war, der die Jagd geleitet hat, werde ich kaum unbeschadet nah genug an ihn herankommen, um ihn dafür büßen zu lassen. Wahrscheinlich werde ich schon vorher von dem Schwert einer Wache durchbohrt, lange bevor ich meine Rache genommen habe.

Ich balle meine Rechte zur Faust und lasse sie auf den hölzernen Fensterrahmen sausen. Ich weiß, dass mein Plan schwachsinnig ist und dass ich ihn wahrscheinlich nicht überleben werde. Schließlich habe ich keinerlei Erfahrungen im Nahkampf oder im Umgang mit Waffen. Wie ich mein Glück kenne, fasse ich sogar den kleinen Dolch, den ich mir gekauft habe, an der falschen Seite an, wenn es hart auf hart kommt. Doch mein Wunsch nach Vergeltung ist das Einzige, was mich jeden Tag antreibt weiterzumachen, denn sonst habe ich nichts. Keine Familie. Kein Heim. Keine Freunde. Ich bin allein. Niemanden wird es interessieren, ob ich sterbe oder nicht.

Ein schriller Pfiff hallt durch die Gasse vor meinem Fenster und ich blicke mich verwirrt um.

»Hier, Fräulein!«, ruft es von unten. Als ich hinabsehe, entdecke ich Aeric, der zu meinem Fenster emporschaut. Im ersten Moment schwanke ich zwischen *Zurückschrecken-und-sofort-das-Fenster-zuknallen* und *Mich-interessiert-nach-vorne-beugen.* Sein Winken und Lächeln lassen mich dann Letzteres tun, auch wenn ich mich dabei unwohl fühle. Es kribbelt seltsam in meinem Bauch, was mich auf der Hut sein lässt.

»W-Was kann ich für Euch tun?«, frage ich, während ich mich vorsichtig ein Stück aus dem Fenster lehne und in die dunkle Gasse nach unten schaue.

»Ich …« Aeric senkt den Kopf und schaut auf seine Stiefel. Was für eine seltsame Reaktion! Warum ruft er mich, wenn er mir nichts zu sagen hat? »Möchtet Ihr vielleicht morgen früh die Stadt mit mir ansehen? Meine Familie hat hier einen kleinen Sommersitz … Wir könnten gemeinsam ausreiten … oder etwas anderes, was Euch gefällt. Vielleicht ein Ausflug zum See?«

Ich blinzle mehrmals, um mir Zeit zu geben, seine Worte zu verarbeiten. Hat er mich gerade gefragt, ob ich Zeit mit ihm verbringen möchte? An einem See? »Es ist Winter«, sage ich, weil es das Erste ist, was mir einfällt.

»Dann wohl eher nicht der See.« Ich sehe, wie seine Schultern nach unten sacken.

»Ich habe leider den ganzen Tag etwas vor«, sage ich ausweichend. Wie soll ich auch den Tag mit ihm verbringen? Als Falke? Das würde nicht gut gehen …

»Gut, ich habe verstanden …« Die Art, wie er neben seinen Schultern nun auch den Kopf hängen lässt, weckt in mir das Gefühl, ihn in den Arm zu nehmen und aufmunternd über seinen Rücken zu streicheln. Wo kommt das auf einmal her? Er wirkt so niedergeschlagen wegen meiner Worte, dass ich es fast selbst spüre.

»Aber ich hätte morgen nach Sonnenuntergang noch nichts vor«, sage ich schnell und warte gespannt auf seine Reaktion.

Sofort schaut er wieder zu mir und das Strahlen auf seinem Gesicht scheint die ganze Gasse auszuleuchten. Unweigerlich muss auch ich lächeln, etwas, das ich seit einer gefühlten Ewigkeit nicht mehr getan habe. Ein schlechtes Gewissen keimt in mir auf und eine leise Stimme wirft mir vor, dass ich meine Mission vergessen würde. Doch ich weiß, dass das nicht stimmt. Aeric ist zu einem wichtigen Bestandteil meiner Mission geworden, denn von ihm werde ich die Informationen bekommen, die ich brauche. Nichtsdestotrotz möchte ich wirklich gern Zeit mit ihm verbringen und die Sorgen für einen Moment vergessen.

»Müsst Ihr so spät nicht zu Hause sein?«, fragt er dann, doch ich höre noch immer die Freude in seiner Stimme, obwohl er mir die Chance gibt, mein Angebot zu überdenken.

Mit einem kleinen Lächeln schüttle ich den Kopf. »Nein. Ich bin für eine Weile hier zu Hause.« Ich deute mit einer Geste auf das kleine gemietete Zimmer hinter mir, das er von der Gasse aus nicht sehen kann.

»Dann freue ich mich auf morgen Abend«, sagt Aeric und deutet eine Verbeugung an. »Ich warte unten in der Schänke auf Euch.«

»Ich werde da sein«, antworte ich und spüre wieder dieses Flattern in meinem Bauch.

Er lächelt mich an, ehe er sich umdreht und von den dunklen Schatten verschluckt wird.

Meine Finger zittern, als ich das Fenster schließe. Was war das? Warum fühle ich mich so … berauscht? Ich wünschte, dass es schon morgen Abend und ich wieder ein Mensch wäre.

Es dauert eine ganze Weile, bis ich einschlafe, obwohl ich erschöpft bin. Noch ewig drehen sich meine Gedanken um Aeric und sein Lächeln, das so unbekannte Gefühle in mir auslöst.

Seit er gegangen ist, spüre ich auch wieder dieses Ziehen in der Brust. Ob es etwas mit ihm zu tun hat? Aber warum? Schließlich kenne ich ihn kaum …

Irgendwann muss ich doch eingeschlafen sein, denn das Nächste, was ich weiß, ist das Zerren und Stauchen in meinen Knochen, das die bevorstehende Verwandlung ankündigt.

Panisch reiße ich die Augen auf und weiß im ersten Moment nicht, wo ich bin. Dann fällt es mir wieder ein. Ich bin in einem Gasthaus in einer Stadt, weit weg von zu Hause. Obwohl ich der Wirtin gestern Abend noch eingeschärft habe, mich vor den ersten Sonnenstrahlen zu wecken, liege ich noch schlafend im Bett.

Verdammt! Ich werfe die Decke von mir und krieche aus dem Bett, weil mich meine Beine bereits nicht mehr tragen. Genau in diesem Moment höre ich von draußen die energische Stimme der Wirtin, die mich ruft und an meine Tür klopft. Warum ausgerechnet jetzt?

Eigentlich wollte ich vor Sonnenaufgang meine Sachen und vor allem Vaters Buch aus der Stadt schaffen und im angrenzenden Wald verstecken, bis ich sie abends wieder abhole. All meine Habseligkeiten den ganzen Tag über unbeaufsichtigt in dieser Spelunke zu lassen, wäre mir nicht in den Sinn gekommen. Nun scheint es, als hätte ich keine andere Wahl.

Ich schleppe mich zur Tür und überprüfe, ob der Riegel vorgeschoben ist.

»Danke, ich bin wach«, würge ich hervor, ehe mir kurz darauf ein Krächzen entweicht. Zum Glück scheint es die Wirtin zu besänftigen, denn ich höre ihre sich entfernenden Schritte.

Mein ganzer Körper wird geschüttelt, doch ich stemme mich mit aller Macht gegen die Verwandlung. Es bereitet mir Schmerzen und ich schnappe mittlerweile nur noch flach nach Luft, aber ich darf es noch nicht zulassen. Ich muss zuerst das Fenster öffnen. Zu groß ist meine Angst, als Falke hier im Zimmer gefunden zu werden. Auf allen vieren krieche ich zur gegenüberliegenden Seite des Zimmers und benötige mehrere Anläufe, bis meine verkrampften Finger den Verschluss des Fensters öffnen können.

Als ich eine Seite aufgestoßen habe, lasse ich mich fallen.

Erst nachdem ich auf einem der gegenüberliegenden Dächer lande, normalisiert sich meine Atmung. Ich schaue zurück zum geöffneten Fenster des Zimmers und beginne zu zögern. Es befindet sich im ersten Stock des Gebäudes. Ein findiger Dieb hätte keinerlei Probleme, dort hochzukommen. Ich habe zwar keine Dinge von Wert außer meinem Dolch und ein paar Goldmünzen, die noch von Vaters verkauftem Ehering übrig sind, aber allein die Vorstellung, dass jemand Fremdes Hand an meine Sachen und vor allem an Vaters Buch legen könnte, hinterlässt ein flaues Gefühl in meinem Magen.

Vielleicht sollte ich den ganzen Tag über hierbleiben und das Fenster im Auge behalten. Aber was, wenn wirklich jemand versucht einzubrechen? Könnte ich ihn in meiner jetzigen Gestalt davon abhalten?

Ich beschließe, erst einmal was zu essen zu suchen und verlasse die Stadt, obgleich ich mit den Gedanken immer noch bei dem geöffneten Fenster zu meinem Zimmer bin.

In Windeseile fange ich mir eine Maus und schlinge sie hinunter, ehe ich schnurstracks zurückkehre.

Auf meinem Weg fällt mein Blick auf zwei Gestalten, die sich mit ihren Pferden in der Gasse hinter der Taverne aufhalten, und ich werde stutzig. Ihre Gesichter sind durch die Kapuzen ihrer dunklen Mäntel verhüllt, aber ich bin mir sicher, dass es sich um zwei Männer handelt.

Sie schauen direkt hinauf zum geöffneten Fenster und eine Unruhe überkommt mich. Was mache ich, wenn sie wirklich versuchen, an der Fassade hochzuklettern? Die beiden stecken die Köpfe zusammen und trotz meiner geschärften Sinne kann ich nicht verstehen, über was sie reden. Kurz darauf tritt der eine nah an die windschiefe Hauswand heran und greift nach oben, um sich an einem hervorstehenden Stein hochzuziehen.

Sie wollen wirklich in mein Zimmer! Es sind Diebe!

Ohne groß nachzudenken, breite ich die Flügel aus und schieße auf den einen zu. Laut krächzend schwirre ich um seinen Kopf und lasse meine Krallen ein paar Mal knapp an seinem Gesicht vorbeisausen. Er versucht mich mit einer Handbewegung zu vertreiben, doch davon lasse ich mich nicht beeindrucken. Ich werde erst von ihm ablassen, wenn er von meinem Zimmerfenster verschwindet.

Ich fliege einen Bogen, um einen erneuten Scheinangriff zu starten, als der zweite Mann nach etwas greift, das am Sattel seines Pferdes befestigt ist, und es auf mich richtet.

Ich bin so sehr auf den Mann fixiert, der noch immer auf halber Höhe an der Mauer hängt, dass ich den zweiten zu sehr vernachlässige. Und das wird mir nun zum Verhängnis.

Ich sehe die Armbrust, die er direkt auf mich richtet, nicht. Erst als ein stechender Schmerz sich zwischen meinen Flügel und den Brustkorb bohrt, wird mir mein Fehler bewusst. Wie ein Stein falle ich zu Boden.

Es ist zu spät.

Sie wollen wirklich in mein Zimmer! Es sind Diebe!

Ohne groß nachzudenken, breite ich die Flügel aus und schieße auf den einen zu. Laut krächzend schwirre ich um seinen Kopf und lasse meine Krallen ein paar Mal knapp an seinem Gesicht vorbeisausen. Er versucht mich mit einer Handbewegung zu vertreiben, doch davon lasse ich mich nicht beeindrucken. Ich werde erst von ihm ablassen, wenn er von meinem Zimmerfenster verschwindet.

Ich fliege einen Bogen, um einen erneuten Scheinangriff zu starten, als der zweite Mann nach etwas greift, das am Sattel seines Pferdes befestigt ist, und es auf mich richtet.

Es ist zu spät.

KAPITEL 11

AERIC

Mit zwischen die Schultern gezogenem Kopf warte ich auf den nächsten Angriff des schwarzen Vogels. Als er ausbleibt, sehe ich mich nach allen Seiten um.

»Ich hab ihn erwischt«, ruft Will von unten. Seine Worte verursachen mir eine Gänsehaut, sodass ich mich von der Hauswand abstoße und zu Boden springe.

»Was meinst du mit erwischt?«, frage ich, als ich zwei Schritte auf ihn zumache. Dann sehe ich den Vogel auf dem Boden liegen.

»Na, den Raben, der dich attackiert hat. Eine geflügelte Ratte weniger in unserer Stadt.« Er sagt es, als solle ich ihm dafür einen Orden verleihen.

»Du Narr!«, knurre ich und beuge mich über das gefiederte Tier, aus dessen Schulter ein Pfeilschaft ragt. »Das ist kein Rabe. Hast du den Schnabel und die Krallen nicht gesehen?« Kurz blicke ich hoch und sehe auf Wills Gesicht nur Verwirrung. »Das ist ein Greifvogel.«

»Wenn du das sagst … Du bist da der Experte.«

»Allerdings.« Behutsam streiche ich über das samtene schwarze Gefieder und bin erleichtert, als ich eine flache Atmung spüre. Ganz vorsichtig schiebe ich beide Hände unter den Vogel und hebe ihn hoch, immer darauf bedacht, ihn so wenig wie möglich zu bewegen, damit sich der Pfeil nicht noch tiefer festsetzt. Als ich mich davon überzeugt habe, dass er zwar verletzt ist, aber außer Lebensgefahr zu sein scheint, berge ich ihn in meiner Armbeuge unter dem Umhang. »Bring mein Pferd nach Hause. Wir treffen uns später bei Phil.«

»Was?«, fragt Will verwirrt. »Ich dachte, du wolltest zu deiner kleinen Freundin. Lässt du dich nun von einem Vogel davon abbringen?«

»Ja«, lautet meine Antwort und ich lasse Will ohne ein weiteres Wort stehen. Selbst Miranda, über die ich eigentlich mehr herausfinden wollte, ist jetzt unwichtig. Alles, was für mich gerade zählt, ist, den Vogel zu retten, den mein bester Freund so leichtfertig angeschossen hat. Sieht er denn nicht, dass es sich dabei nicht um eine simple Krähe handelt? Der schwungvoll nach unten gebogene und scharfe Schnabel sowie die spitzen Krallen sollten doch selbst einem Laien wie Will auffallen!

So gut es geht versuche ich, die Bewegungen meiner schnellen Schritte zu dämpfen, denn ich weiß, dass ein Vogelskelett und die Muskeln sehr empfindlich sind. Es ist sowieso ein Wunder, dass ein guter Schütze wie Will ihn nicht sofort getötet hat. Der Vogel hat wirklich mehr Glück als Verstand. Normalerweise trifft Will sein Ziel immer mit einer Präzision, die schon ans Übermenschliche grenzt. Seine Passion für die Jagd nach Wildtieren ruft bei mir nur Kopfschütteln hervor. Es will mir nicht in den Kopf, wie man Spaß dabei empfinden kann, solch majestätische Kreaturen wie Wölfe, Hirsche oder Bären zu hetzen und aus purer Freude zu töten. Würden wir wenigstens das Fleisch benötigen, um zu überleben, wäre ich anderer Ansicht, aber für Will ist die Jagd eine einzige Leidenschaft.

Meine Prioritäten liegen anders, sehr zum Leidwesen meines Vaters. Ich gehe zwar gern auf die Jagd, aber ich bevorzuge die Beizjagd. Die Arbeit mit diesen gefiederten Jägern der Lüfte übt einen besonderen Reiz auf mich aus.

Phil, der königliche Falkner, bei dem ich eine Ausbildung absolviere, wird wissen, um welchen Vogel es sich handelt. Und wenn einer es schafft, dem Kleinen wieder auf die Beine zu helfen, dann Phil. Die Erfahrung, die der alte Mann nach fast fünfzig Jahren als Falkner besitzt, ist unübertroffen.

Zu Fuß ist der Weg zu seinem Anwesen, das außerhalb der Stadt auf einem kleinen Hügel liegt, weit und beschwerlich, vor allem, weil ich nicht so schnell laufen kann, wie ich gerne möchte. Die Kapuze tief ins Gesicht gezogen, weiche ich entgegenkommenden Karren und Menschenmassen aus, immer darauf bedacht, mir keinen Knuff in die Seite, in der ich den Vogel im Arm halte, einzuhandeln. Bisher hat das Tier sich noch nicht bewegt und ich lasse die freie Hand immer mal wieder über seine Brust und den Bauch gleiten, um die Atmung zu überprüfen.

Der Weg zum Haus ist mit kleinen Steinen ausgelegt, die unter meinen Stiefelsohlen knirschen. Ich mache mir gar nicht erst die

Mühe, den alten Mann in seiner Hütte zu suchen, sondern steuere gleich die Falknerei dahinter an. Schon von Weitem kann ich das Krächzen und aufgeregte Gurren der verschiedenen Greifvögel hören, die Phil beherbergt. Acht Käfige sind gefüllt mit unterschiedlichen Jägern der Lüfte. Ich lasse die Eulen und Bussarde links liegen, denn ich weiß, dass Phil gerade einen besonderen Gast von einem Unterhändler der Elfen bekommen hat.

Wie ich vermutet habe, finde ich ihn im letzten umzäunten Gehege, wo er sich vorsichtig der Smaragdklaue nähert, einem sehr seltenen und sehr großen Greifvogel, der nur in den Wäldern des Mondberges beheimatet ist. Es gibt unzählige Legenden über diese Tiere und keine, die ich gehört habe, wird ihrem tatsächlichen Anblick gerecht. Ich habe die Smaragdklaue schon dreimal gesehen, seit sie gebracht wurde, doch immer wieder stockt mir der Atem. Es ist nicht nur ihre imposante Größe – keine Ahnung, wie man dieses Monstrum später auf seinem Unterarm halten soll! –, sondern vor allem die Farbe ihres Gefieders. Wie ihr Name vermuten lässt, schimmert es in unzähligen Grüntönen. Woher die Färbung kommt, weiß niemand. Einige Falkner vermuten, dass die Vögel kleine Steine des im Mondlicht scheinenden Berggesteins fressen und dadurch ein solches Gefieder bekommen.

Auch jetzt stehe ich einige Sekunden mit offenem Mund da und bestaune diese anmutige Kreatur. Als sie mich sieht, spreizt sie die Schwingen und lässt ein lautes Krächzen hören.

Phil duckt sich und geht in Deckung, denn noch ist die Smaragdklaue alles andere als zahm und abgerichtet für die Beizjagd.

»Musst du mich so erschrecken!«, schimpft der Alte, während er mich aus dem riesigen Käfig schiebt. »Das Vieh hätte mir den Kopf abbeißen können.«

Das ist zwar übertrieben, dennoch mache ich ein reumütiges Gesicht. Neben William ist Phil der Einzige, von dem ich keine Sonderbehandlung erwarten kann.

»Was willst du überhaupt hier?«, fragt er und wirft ein paar Fleischbrocken in das Adlergehege, an dem wir gerade vorbeilaufen. »Du hattest dir doch heute extra frei genommen.«

Ich schlage meinen Umhang zurück und schiebe den Arm vor, auf dem der schwarze Vogel liegt. »Will hat ihn angeschossen«, erkläre ich.

Kurz legt sich Phils Stirn in tiefe Falten. Wahrscheinlich fragt er sich, warum ich ihm einen Raben bringe. Doch dann fallen auch ihm der Schnabel und die Krallen des Tieres auf, die eindeutig nicht zu einem Raben passen.

»Was ist das?«, fragt er murmelnd und beugt sich näher über meinen Arm. »Ein Falke?« Seine Stimme klingt unsicher. »Ich habe noch nie von einer kohlschwarzen Falkenart gehört ... Aber der Schnabel und der Körperbau lassen keinen anderen Schluss zu. Bring ihn schnell hinein, damit ich mich um ihn kümmern kann!«

Ich laufe voraus zu dem kleinen Anbau, der direkt an die Gehege grenzt. Es ist keine Hütte, eher nur ein überdachtes Zimmer. Hier behandelt Phil verletzte oder kranke Tiere, bis sie wieder kräftig genug sind, um zu den anderen gelassen zu werden. Ich versuche, den beißenden Geruch nach Medizin und Ausscheidungen zu ignorieren, der diesen Anbau umgibt. Nicht selten verletzt sich ein Tier bei der Jagd. Neulich hat ein Hase, der sich im Todeskampf wie wild gewunden und dabei ausgetreten hat, einem der Habichte, mit denen ich arbeite, den Flügel gebrochen.

»Hey, mein Großer«, begrüße ich den Patienten, der mit bandagiertem Flügel in einem kleinen Käfig hockt. Phil meinte, es sei kein komplizierter Bruch und bald könne ich wieder mit dem Tier arbeiten.

Vorsichtig lege ich den schwarzen Vogel auf den Tisch. Es beunruhigt mich, dass er sich nicht bewegt. Selbst der Habicht mit dem gebrochenen Flügel hat wie wild mit dem gesunden geschlagen und gekrächzt, als wir ihn zu zweit behandeln mussten.

Endlich humpelt auch Phil in die Hütte. In den letzten Jahren hat er immer häufiger über schmerzende Gelenke geklagt und auch sein Rücken ist mittlerweile krumm. Schon seit Jahren muss er sich selbst für kurze Strecken auf seinen Gehstock stützen und humpelt eher, als dass er geht. Für ihn ist es unmöglich, zu Pferd mit zur Jagd zu reiten. Das überlässt er seit geraumer Zeit mir, obwohl meine Ausbildung noch nicht abgeschlossen ist. Dafür muss ich noch einen wilden Greifvogel abrichten und eine bestimmte vorgegebene Anzahl von Wildtieren mit ihm erlegen. Mein Blick ruht wie gebannt auf dem schwarzen Falken, der schwach die Brust hebt und senkt.

Ich weiß nicht, warum, aber tief in mir spüre ich, dass dieser Falke der Vogel sein wird, den ich zähmen werde. Schon in dem Moment, als ich ihn vom Boden aufgehoben habe, spürte ich, dass er etwas Besonderes ist. Vielleicht nicht so außergewöhnlich wie die Smaragdklaue, aber ich hätte sowieso keine Ahnung, wie ich das Vieh abrichten soll, schließlich reicht es mir fast bis zum Bauchnabel. Viel zu groß für die Jagd im Wald. Aber dieser schwarze Falke …

»Nun mach schon Platz, Junge!«, befiehlt Phil barsch und schiebt mich zur Seite. Mit den Fingerspitzen fährt er über das Brustgefieder des Tiers und ertastet die Eintrittsstelle des Pfeils, der noch immer zwischen Brust und Flügel steckt. Kurz flammt so etwas wie Eifersucht in mir auf, als ich sehe, wie vorsichtig, ja beinahe zärtlich er den Falken berührt.

Meinen Falken.

Ich schüttle mich kurz. Das ist doch lächerlich! Ich verlagere das Gewicht von einem Bein aufs andere, um mein Unbehagen zu überspielen.

»Reich mir mal den Tiegel. Den mit den Sonnenblättern drauf«, weist Phil mich an, ohne dabei aufzusehen. Ich tue wie mir geheißen. Da ich ihm schon oft assistiert habe, weiß ich genau, nach welchem Mittel er verlangt und greife zielsicher das richtige zwischen all den Tiegeln, Tuben und Gläsern.

»Wird er durchkommen?«, frage ich, nachdem ich ihm das gewünschte Mittel auf den Tisch gestellt habe. Als Phil mir nicht sofort antwortet, muss ich mich dazu zwingen, den alten Mann nicht bei den Schultern zu packen und die Antwort, die ich hören will, aus ihm herauszuschütteln. Ich kann Will keinen Vorwurf machen, dass er auf den Vogel geschossen hat – immerhin hielt er ihn für einen gewöhnlichen Raben, die unsere kleine Stadt wie eine Plage heimsuchen –, aber ich werde es ihn büßen lassen, wenn mein Falke stirbt.

Phil schmiert die Sonnenblatt-Salbe großzügig um die Eintrittswunde. Während meiner Ausbildung habe ich gelernt, dass sie dazu dient, die Wunde vor Infektionen zu schützen und gleichzeitig die Schmerzen zu betäuben.

Dann packt er den Pfeilschaft und zieht ihn mit einem Ruck heraus. Mir bleibt dabei fast das Herz stehen. Achtlos lässt er den Pfeil zu Boden fallen und widmet sich sofort wieder der Verletzung.

»Zwei Zentimeter weiter rechts und ich hätte nichts mehr für sie tun können«, sagt Phil, während er erneut etwas Salbe auf die Wunde streicht, aus der Blut quillt.

Erleichtert atme ich auf. »*Sie*?«, frage ich dann.

Phil nickt. »Den Rest machst du. Kümmere dich gut um dein Falkenmädchen.«

Perplex schaue ich zu, wie er erst dem Habicht im Käfig etwas zu fressen durch die Gitterstäbe steckt und anschließend aus der Hütte humpelt. Phil hat mir noch nie die Behandlung eines verletzten Vogels überlassen. Augenblicklich sackt mein Magen herab. Was, wenn ich einen Fehler mache? Wenn ich etwas übersehe und der Falke doch stirbt?

Als ich zögerlich wieder auf den Tisch zugehe, fühlen sich meine Beine an, als würden Steine an ihnen hängen. Noch immer liegt der Falke reglos da, doch ohne den Pfeilschaft, der aus seinem Körper ragt, sieht er fast friedlich aus, wie er da liegt. *Sie*, verbessere ich mich. Der Falke ist eine *Sie*. Keine Ahnung, wie Phil das so schnell gesehen hat. Ich muss wohl noch viel lernen.

Nachdem ich mich überzeugt habe, dass die Wunde nicht übermäßig blutet und auch noch genügend Sonnenblatt-Salbe aufgetragen ist, wickle ich mein Falkenmädchen in einen festen Verband, der ihren ganzen Körper umfasst. So besteht keine Gefahr, dass sie sich versehentlich verletzt, während sie bewusstlos ist. Was ich mit ihr mache, wenn sie aufwacht, weiß ich noch nicht. Mir widerstrebt die Vorstellung, sie schon jetzt in einen der kleinen Käfige zu setzen. Der verletzte Habicht kennt es und weiß, dass er, sobald er wieder genesen ist, wieder zu den anderen Habichten kommt. Die schwarze Falkin jedoch ist ein Wildtier. Sie hat keine Erfahrung mit Gefangenschaft und würde sicher eingehen, wenn sie verletzt, bewegungsunfähig und noch dazu eingesperrt in einer völlig fremden Umgebung aufwacht. Sicherlich ist es Schwachsinn, aber ich habe das Gefühl, dass sie mich braucht, wenn sie wieder zu sich kommt.

Also lege ich sie zurück in meine Armbeuge, schlage schützend den Umhang darüber und gehe hinüber zu Phils Haus, wo ich den Großteil meiner Zeit verbringe und mittlerweile auch ein eigenes Zimmer habe.

Draußen treffe ich auf William, der mit verschränkten Armen an der Hauswand lehnt, auf mich wartet und dabei in den Himmel starrt.

»Und?«, fragt er, als er mich sieht. »Ist das Vieh tot?«

Augenblicklich verfinstert sich meine Miene. »Nein, sie lebt. Seit wann bist du so ein schlechter Schütze?«

»Sie?«, fragt er ungläubig. »Willst du das Vieh etwa behalten?« Er wirft der Ausbeulung unter meinem Umhang einen unverhohlenen Blick zu.

»Sie ist kein Vieh, Will, und auch kein Rabe. Sie ist ein schwarzer Falke und wird, wenn sie sich von deinem Schuss erholt hat, von mir ausgebildet werden.«

»Ein schwarzer Falke?«, wiederholt Will. »Davon habe ich ja noch nie gehört … Und damit willst du deine Prüfung machen? Ich dachte immer, dass du dir etwas … Ausgefalleneres aussuchst als einen Falken.«

»Sie *ist* außergewöhnlich«, widerspreche ich hitzig. Jede Beleidigung des Vogels in meinem Arm scheint direkt mich zu treffen. Am liebsten würde ich meinem besten Freund an die Gurgel gehen und ihn so zum Schweigen bringen.

Schnell hebt Will begütigend die Hände. »Ist ja schon gut. Mann, bist du heute dünnhäutig! Ich bin eigentlich nur hier, um zu fragen, ob du deine Kleine heute Abend noch treffen willst. Oder kümmerst du dich um deine Federfreundin?«

Ich knirsche mit den Zähnen. Es erfordert schon beinahe körperliche Kraft, nicht auf Wills Sticheleien einzugehen. An Miranda habe ich die ganze Zeit über nicht gedacht, dabei hat sie den ganzen letzten Tag meine Gedanken beherrscht. Ich habe mich so auf ein Treffen heute Abend gefreut – bei dem Will von Anfang an nicht eingeladen war –, aber ich kann den Falken nicht unbeaufsichtigt lassen. Was, wenn sie aufwacht und panisch wird? Bei Phil will ich sie auch nicht lassen. Er ist zwar Experte, was die Pflege von Greifvögeln angeht, aber er hat mir die Aufsicht über sie übertragen. Zum ersten Mal in meiner Ausbildung will er, dass ich etwas eigenständig mache, ohne dass er mir pausenlos über die Schulter sieht.

Ich stehe vor einem Dilemma … Einerseits möchte ich nichts lieber tun, als mich heute Abend mit Miranda zu treffen, denn ihre strahlenden Augen, die funkeln wie reines Gold, gehen mir einfach nicht aus dem Kopf. Andererseits habe ich vielleicht endlich den Greifvogel gefunden, mit dem ich meine Ausbildung beenden kann. Und sie ist verletzt und braucht mich …

»Würdest du heute Abend zum Gasthaus gehen und mich bei Miranda entschuldigen? Sag ihr, ich komme im Laufe der nächsten drei Tage noch mal bei ihr vorbei, um sie zu sehen.« Ich schaue hinunter auf meinen Arm und streiche vorsichtig mit dem Zeigefinger über den Kopf des Falkenmädchens. Noch immer sind seine Augen fest verschlossen, doch ich freue mich darauf, sie endlich zu sehen. »Sag ihr, dass es mir leid tut, aber ich muss mich um etwas Wichtiges kümmern.«

»Schon klar«, murmelt Will und geht zurück zu seinem Pferd. »Mach aber am Ende nicht mich dafür verantwortlich, wenn sie mich lieber mag als dich. Auf mich hat die Kleine nämlich auch bleibenden Eindruck hinterlassen.«

Obwohl mich seine Stichelei treffen sollte, kann ich ihm nur verschmitzt zulächeln. »Ja. Nur ein Blinder würde sie übersehen. Aber bilde dir nichts ein. Am Ende werde ich es sein, der ihr einen Kuss stiehlt.«

»Die Wette gilt!«, ruft er lachend und schwingt sich auf den Rücken seines braunen Rosses. »Ich komme morgen wieder bei dir vorbei. Sieh zu, dass deine kostbare Federfreundin bis dahin nicht das Zeitliche segnet!«

Ehe ich etwas erwidern kann, tritt er seinem Pferd in die Flanken und galoppiert den Hang hinunter zurück in die Stadt.

Ich gehe zurück zu Phils Hütte. Aus dem Schornstein steigt Rauch auf, was bedeutet, dass er etwas zu essen macht. Im selben Moment gibt mein Magen ein lautes Knurren von sich.

Ich schlüpfe in die Küche und spähe in die eisernen Töpfe, die an Stangen über dem offenen Feuer hängen.

»Was gibt es heute Leckeres?«, frage ich und will mit der freien Hand nach dem Löffel greifen, der in einem der Töpfe steckt, doch Phil haut mir mit seinem Stock auf die Hand.

»Du kennst die Regeln, Aeric. Keine Vögel in der Hütte. Ihr Platz ist draußen in den Gehegen oder, wenn sie verletzt sind, im Kurhäuschen. Hier drin will ich sie nicht haben.«

Mit zusammengekniffenen Augen taxiert er meinen angewinkelten Arm und schnell breite ich wieder schützend den Umhang darüber aus.

»Ich kann sie nicht in ein Gehege tun. Und ich werde sie auch nicht allein bei den kranken Vögeln lassen. Sie ist nicht in Gefangenschaft geboren oder trainiert worden. Sie wird Angst haben, wenn sie aufwacht, aber ich werde dann für sie da sein.«

Phil gluckst, versucht aber, sein Lachen mit einem Husten zu kaschieren. »Auch wenn sie selten zu sein scheint, ist sie doch nichts anderes als ein verdammter Vogel. Du machst dir viel zu viele Gedanken.«

Ich merke, wie ich automatisch die Augenbrauen zusammenziehe und meinen Lehrmeister wütend anstarre, doch ich schlucke wohlweislich meine Antwort hinunter. Ich würde unweigerlich den Kürzeren ziehen, wenn ich mich mit ihm anlege. Im schlimmsten Fall würde er mir mein Falkenmädchen wegnehmen, weil er denkt, ich wäre zu unreif, um mich um es kümmern zu können. Deshalb balle ich die freie Hand zur Faust und werfe Phil zumindest in Gedanken all die Dinge an den Kopf, die ich ihm gerade gern offen ins Gesicht sagen würde.

»Du bekommst erst etwas zu essen, wenn du den Vogel nach draußen gebracht hast«, sagt Phil nach einer Weile des Schweigens und sieht mich abwartend an.

Ich stehe auf und deute eine Verbeugung in seine Richtung an. »Ich wünsche eine gute Nacht, mein Lehrer«, sage ich mit zusammengebissenen Zähnen, drehe mich um und verlasse die Hütte.

Dieser alte Kauz! Was ist so schlimm daran, wenn ich den Vogel beim Suppe löffeln im Arm behalte? Phil und seine dämlichen Prinzipien! Manchmal ist es nervig, dass er es wagt, so mit mir umzuspringen. Außer Will traut sich das niemand.

Als ich draußen vor der Hütte stehe, atme ich zweimal tief die langsam kühler werdende Abendluft ein. Ich muss nur noch meine Abschlussprüfung bestehen und dann muss ich mich nie wieder von ihm herumkommandieren lassen. Die Prüfung – mein großes Ziel. Meine Unabhängigkeit.

»Und mit dir, kleines Falkenmädchen, ist dieses Ziel in greifbare Nähe gerückt«, murmle ich und liebkose das kohlschwarze Gefieder mit den Fingerspitzen.

KAPITEL 12

MIRANDA

Alles um mich herum nehme ich wie durch einen dichten Nebelschleier wahr.

Stechender Schmerz, der mir fast den Verstand raubt, durchzuckt meinen Körper ... Meine Schulter ...

Ich höre Stimmen ... Gemurmel ...

Dann spüre ich wieder diesen Schmerz, schlimmer diesmal, als würde jemand versuchen, meinen Arm auszureißen ... Nein, meinen Flügel. Ich bin ein Falke ...

Der stechende Schmerz verschwindet, pocht nur noch dumpf durch mich hindurch. Nur noch ein schwacher Abklatsch ...

Ich schaffe es nicht, meine Augen zu öffnen. Wo bin ich? Was passiert mit mir? Wieder diese Stimmen ... Eine davon kenne ich, aber mir will nicht einfallen, woher. Ich kann überhaupt nicht denken. Alles ist wirr, zusammenhanglos. Als würde ich versuchen, etwas durch eine dicke Eisschicht erkennen zu wollen.

Mir ist kalt ... Mein Körper zittert. Werde ich sterben? Was ist das Letzte, woran ich mich erinnern kann? Da wollte jemand ... in mein Zimmer klettern. Ich habe ihn angegriffen. Was ist danach geschehen? Ich weiß es nicht ... Alles dreht sich in meinem Kopf. Es tut weh, mich erinnern zu wollen. Und die Kälte ... Die Kälte ...

Wieso spüre ich sie auf einmal so deutlich? Damals auf der Lichtung habe ich nicht den Schnee unter meinen nackten Füßen gespürt oder den kalten Nachtwind, der durch meine Kleidung gefahren ist. Aber jetzt ... Jetzt fühle ich mich, als würde ich in Eiswasser treiben und ertrinken.

Dann ist da plötzlich Wärme. Ich schwebe ... Ohne dass ich mich bewege, weiß ich, dass ich nicht auf dem Boden liege. Etwas Warmes hält mich.

Ein bekannter Geruch umgibt mich. Nein, nicht bekannt. Nur ein Teil davon. Er erinnert mich ... an früher. An die Blumen, die im Garten vor unserer Hütte geblüht haben, als ich klein war. Als ich mich noch nicht jeden Tag in einen Falken verwandeln musste. Mutter liebte ihren Garten. Sie hegte und pflegte die Blumen, die dort wuchsen. Wie hießen sie doch gleich? Es ist schon so lange her, dass ich mich nicht mehr an ihren Namen erinnern kann, dennoch beschwört allein dieser schwache Duft eine meiner kostbarsten Erinnerungen herauf.

Da ist noch mehr. Der Blumenduft ist nur schwach, wird überlagert von Pferd und einem stechenden Geruch. Medizin? Und Tod. Ich rieche den Tod. Wo bin ich nur?

Dann verschwindet ein Teil der Gerüche. Ich bewege mich. Nun, zumindest werde ich bewegt. Ich spüre das sachte Wiegen. Dann sind da wieder Stimmen, doch ich kann mich nicht genug darauf konzentrieren, um sie zu verstehen. Mein Verstand driftet immer wieder ab und ich sinke in Schwärze.

Ich komme erst wieder zu mir, als ich kühlere Luft um mich spüre. Ich höre eine Stimme murmeln. *Falkenmädchen*, sagt die Stimme. Ja, das bin ich. Zum ersten Mal werde ich so genannt. Weiß jemand, was ich bin? Was ich für ein Monster bin? Aber die Stimme klingt sanft, beinahe zärtlich, und als wäre das nicht schon genug, spüre ich eine Berührung. Federleicht, fast flüchtig, und doch klar genug, um sie mir nicht nur einzubilden.

Zum ersten Mal seit sehr langer Zeit fühle ich mich … geborgen.

Mitten in der Nacht schaffe ich es, meine Lider zumindest einen Spalt weit zu öffnen. Es ist dunkel und ich habe keine Ahnung, wo ich bin. Es riecht fremd. Auch die Geräusche sind anders als die aus der Stadt.

Da ich all diese Eindrücke zu genau wahrnehmen kann, weiß ich, dass ich mich nicht zurückverwandelt habe. Aber wie kann das sein? Ich versuche mich zu bewegen, und sofort schießt ein stechender Schmerz in meine Schulter, der mich aufschreien lässt. Abgesehen von dem Schmerz kann ich meine Flügel nicht bewegen. Ich versuche die flammenden Qualen zu ignorieren, die mit jeder Bewegung weiter durch meinen Falkenkörper ziehen, während ich wieder und wieder meine Flügel ausbreiten will, doch nichts geschieht. Es ist, als seien sie … fixiert.

Ein Rascheln neben mir lässt meinen Kopf herumfahren. Ich bin nicht allein! Die Schmerzen sind augenblicklich vergessen, dafür hämmert mein Herz in wilder Panik. Wie konnte ich nicht bemerken, dass hier noch jemand ist? Wie konnte ich so nachlässig sein? Erneut versuche ich, meine Flügel auszubreiten, um fliehen zu können, doch egal, wie sehr ich drücke und mich dehne, ich kann sie einfach nicht bewegen.

Eine Kerze wird angezündet und das plötzliche Licht sticht in meinen Augen, die an Dunkelheit gewöhnt sind. Wie erstarrt bleibe ich liegen und versuche panisch zu erkennen, wo ich mich befinde, doch nichts kommt mir bekannt vor. Was ist nur mit mir passiert?

Schemenhaft taucht über mir eine Gestalt auf, die sich zu mir herunterbeugt. Also liege ich auf dem Boden. Starke Hände umschließen meinen Körper, ganz vorsichtig, aber fest genug, damit ich nicht runterfallen kann, während ich hochgehoben und zu einem Tisch getragen werde. Wieder versuche ich, mich zu wehren und zu entkommen. Wer weiß, was dieser Fremde mit mir anstellen will! Doch durch die Fesseln und die Schmerzen erreiche ich gar nichts, außer dass meine Angst sich nur noch mehr steigert.

Ich werde behutsam auf eine Art Tisch gelegt. Um mich herum sehe ich Töpfchen und Tiegel stehen, und der beißende Geruch nach Medizin ist hier besonders stark. Die Gestalt entfernt sich, um die Kerze zu holen, kommt dann aber wieder.

»Beruhige dich, Falkenmädchen«, murmelt die Gestalt und augenblicklich höre ich auf, mich zu wehren. Ich kenne diese Stimme … Ich habe sie schon mehrmals gehört, aber ich schaffe es nicht, sie in Zusammenhang mit dieser Umgebung zu bringen.

Es ist Aeric. Wie auch zuvor in der Taverne glänzt sein Haar kupfern im Schein des Kerzenlichts, das die Hütte nur spärlich ausleuchtet. Alles, was ich sehe, ist sein Gesicht, das sich konzentriert über mich beugt, und aus dem Augenwinkel der Tisch, auf dem ich mich befinde.

»Lass mich mal unter den Verband sehen, ob deine Wunde wieder aufgerissen ist«, sagt er, als würde er zu einem kleinen Kind sprechen.

Ich tue wie mir geheißen und stelle jede Gegenwehr ein. Vorsichtig entfernt er die Bandagen, die um meinen Körper gewickelt waren und mich daran gehindert haben, mich zu bewegen. Sobald er nicht mehr fixiert ist, sackt mein verletzter Flügel ein Stück nach hinten und lässt erneut glühenden Schmerz durch mich hindurchjagen. Mein erster Impuls ist, vor den Schmerzen zu fliehen, doch da hat Aeric bereits seine Hand über meine Brust gelegt.

»Du darfst dich nicht bewegen«, sagt er, während er zwischen den Tiegeln nach etwas wühlt. Weiß er etwa, dass ich ihn verstehen kann? Oder redet er einfach so mit mir, als sei ich ein Mensch? »Ah, da ist sie ja.« Mit einer Hand spreizt er meinen verletzten Flügel ein Stück, bis er die Stelle erreichen kann, an der er zu meinem Rücken übergeht. Dort ist der Schmerz am intensivsten. »Ich lasse dich jetzt los, in Ordnung? Versuch bitte, dich nicht zu bewegen, bis ich die Salbe aufgetragen habe.«

Salbe? Was für eine Salbe? Nur schwer widerstehe ich dem Drang zu nicken, doch zum Glück hat er seinen Blick bereits abgewandt, um nach dem Salbentiegel zu greifen. Nachdem er zwei Finger hineingetaucht hat, verstreicht er die schmierige Masse direkt dort, wo der Schmerz am stärksten ist. Auch wenn seine Berührungen federleicht sind, verursacht diese Salbe jedoch ein so starkes Brennen, dass ich unweigerlich zusammenzucke.

»Schon gut«, flüstert er und streicht über mein Brustgefieder. »Es wird gleich besser.«

Am liebsten würde ich ihn anschreien und ihm sagen, dass er sich sein *»Es wird gleich besser«* sonst wo …

Moment … Der Schmerz … Er ebbt ab. Wie kann das sein? Verwirrt blinzelnd drehe ich den Kopf und schaue auf meinen Flügel, den Aeric noch immer leicht ausgestreckt hält.

»Siehst du?«, sagt er mit einem Lächeln in der Stimme. »Alles halb so wild. Phil sagt, dass du schon bald wieder fliegen kannst.«

Phil? Wer ist denn Phil? Und wo bin ich hier eigentlich? Wie komme ich hierher? So viele Fragen wirbeln in meinem Kopf wild durcheinander, doch ich kann keine einzige stellen. Weil ich noch immer ein Falke bin, obwohl ich mich eigentlich hätte verwandeln müssen. Ob das an meiner Verletzung liegt, die mich schwächt? Durch Aerics Behandlung und meiner schnellen Heilung wird die Wunde in ein paar Tagen nichts weiter als eine blasse Erinnerung sein.

Vorsichtig lockert Aeric den Griff um meinen gespannten Flügel, sodass ich ihn wieder anlegen kann. Die Schmerzen sind nur noch ein dumpfes Pochen. Der Jäger greift nach den Bandagen, die unordentlich neben mir liegen, und wickelt sie zu einer Rolle auf.

»Weißt du«, erzählt er dabei, »ich glaube, es ist Schicksal, dass wir uns begegnet sind.«

Wovon redet er da? Weiß er, dass ich ein Mensch bin, oder redet er immer so mit Greifvögeln? Irgendwie ist all das befremdlich für mich.

Nachdem er fertig mit aufrollen ist, beginnt er, mir wieder diese Fixierungsbandage umzulegen. Dazu hebt er mich vorsichtig an, sodass er auch an meinen Rücken kommt. Seine Berührungen sind routiniert, aber gleichzeitig sanft und vorsichtig. Als würde er ein rohes Ei bandagieren. Auf einmal habe ich keine Angst mehr, auch wenn ich immer noch nicht weiß, was hier eigentlich los ist.

»So lange schon suche ich nach dem *einen* Vogel, den ich ausbilden und mit dem ich meine Prüfung absolvieren kann.«

Prüfung? Ich verstehe nicht ein einziges Wort, aber seiner Stimme zu lauschen, beruhigt mich. Von mir aus kann er die ganze Nacht reden, auch wenn nichts davon einen Sinn für mich ergibt. Ich bin zufrieden damit, ihm einfach nur zuhören zu können.

»Wir zwei, mein Falkenmädchen, werden es allen zeigen, die Zweifel an mir hatten. Wir werden ihnen zeigen, was es heißt, wenn Mensch und Tier zusammenarbeiten und eine Einheit bilden.«

Ich stutze. Wie hat er mich eben genannt? *Falkenmädchen*? Ich erinnere mich dunkel, dass er mich eben nach dem Aufwachen ebenfalls schon so gerufen hat. Außer ihm hat mich noch nie jemand so genannt, nicht einmal mein Vater. Ich war immer das Mondscheinmädchen, und auch nur, wenn die Leute im Dorf einen guten Tag hatten … Nie hat einer mich nach dem benannt, was ich wirklich bin. Dieser junge Mann tut es nun, ganz unbewusst und ohne die Wahrheit zu kennen. Ich bin mir nicht sicher, ob ich mich darüber freuen oder davor fürchten soll … Was wird er tun oder denken, wenn er herausfindet, was für ein Monster ich bin?

Nachdem er mich fertig bandagiert hat, betrachtet er mich mit schief gelegtem Kopf,. »Du hast so wundervolle Augen«, murmelt er. »Wie flüssiges Gold, aber doch heller als all die anderen Falken.

Irgendwie leuchtender und reiner. Die Farbe erinnert mich an die Augen eines Mädchens, das ich getroffen habe.«

Ich schlucke gegen einen dicken Kloß in meinem Hals an. Das Gespräch nimmt eine Wendung, die mir nicht gefällt. Ich will nicht, dass er es herausfindet. Er wird sich von mir abwenden, so wie alle anderen auch. Ich weiß nicht, ob ich das noch einmal verkraften könnte ...

»Als mein persönlicher Greifvogel brauchst du natürlich einen Namen. Ich kann dich schließlich nicht immer nur *Falkenmädchen* nennen.« Er zwinkert mir zu und für einen Moment vergesse ich zu atmen. Woher kommt nur dieses Gefühl, das sich in meiner Brust eingenistet hat? Erst dieses komische Ziehen und nun das ... Bin ich krank? »Das Mädchen, das die gleichen Augen hat wie du, heißt Miranda. Würde dir dieser Name gefallen?«

Er streicht mit dem Zeigefinger über meinen Kopf, während ich einfach nur reglos daliegen kann. Dann hebt er mich vorsichtig hoch, legt mich in seine Armbeuge, die ich fast komplett ausfülle, und trägt mich zu einem provisorischen Bett, das an der einen Seite der Hütte errichtet wurde. Langsam legt er sich hin, wobei er mich noch immer im Arm hält, und breitet die Decke über uns aus. So sehr ich es auch versuche, ich schaffe es nicht, meinen Blick von seinen leuchtend blauen Augen zu lösen. Sie blicken auf mich herab, scheinen mich zu liebkosen, als sei ich etwas unvorstellbar Kostbares. Noch nie hat mich jemand so angesehen. Und schon gar nicht, wenn ich in meiner Falkengestalt war. Was macht diesen Mann anders? Warum schlägt mein Herz bei seinem Anblick so fest und stark, als wolle es mir etwas sagen?

»Schlaf gut, Miranda«, murmelt er, zieht mich näher an sich und schließt die Augen.

Umgeben von dem Blumenduft meiner Kindheit, falle auch ich in einen tiefen, sorglosen Schlaf.

KAPITEL 13

Komischerweise weiß ich am nächsten Morgen sofort, wo ich mich befinde. Ich bin mir nicht sicher, ob es an dem Duft liegt, der mich umfängt und der mir ein gewisses Maß an Frieden schenkt, oder daran, dass das Erste, was ich höre, Aerics gleichmäßige Atemzüge sind. Egal, jedenfalls wache ich nicht verwirrt und verängstigt auf wie während der Nacht. Ich fühle mich erholt und erfrischt. Selbst meine Wunde scheint verheilt zu sein, denn ich spüre nicht einmal mehr den dumpfen Schmerz. Ich habe schon fast vergessen, wie gut sich Schlafen anfühlen kann …

Da ich immer noch in den Bandagen stecke, kann ich mich nicht groß bewegen, also begnüge ich mich damit, meine Umgebung etwas in Augenschein zu nehmen. Die Hütte, in der wir uns befinden, ist klein und zweckmäßig, als wäre sie nur dafür erbaut worden, um Aeric einen Schlafplatz zu geben. Ist er so arm, dass er auf so etwas angewiesen ist? In der Taverne kam er mir nicht so vor, als wir uns den einen Abend unterhalten haben … Ich kann mich noch gut daran erinnern, dass ich seine feine Kleidung beinahe neidisch gemustert habe. Ich drehe den Kopf zu ihm. Auch jetzt im Schlaf trägt er ein Wams aus feinem Tuch mit aufwändigen Stickereien am Saum. So etwas trägt niemand, der in einer so schäbigen Hütte haust. Ich kann mir nicht vorstellen, dass der König seine ihm unterstellten Jäger mit solch einer Kleidung ausstattet.

Was mich zu der Erkenntnis bringt, dass ich rein gar nichts über Aeric weiß. Außer dass er einer der Jäger des Königs ist. Ich sollte misstrauischer ihm gegenüber sein und doch erfüllt es mich mit Zufriedenheit, hier neben ihm zu liegen und ihn im Schlaf zu beobachten. So etwas habe ich noch nie getan. Wie auch? Bisher habe ich noch niemanden getroffen, der beide Seiten von mir akzeptiert. Trotzdem machen mir diese Gefühle Angst. Sie sind mir fremd und ich habe keine Ahnung, wo sie mich hinführen werden.

Aeric bewegt sich im Schlaf und runzelt die Stirn, als würde er im Traum etwas sehen, das ihm nicht gefällt. Ich weiß genau, wie das ist. Seit Vaters Tod wurde ich von Albträumen heimgesucht, wann immer ich die Augen schloss. Wieder und wieder erlebte ich den Augenblick seines Todes und spürte eine eisige Leere in mir. Bis auf diese Nacht. Zum ersten Mal seit Wochen habe ich traumlos geschlafen.

Langsam schlägt Aeric die Augen auf, deren Blick in den ersten Sekunden ziellos durch den Raum huscht, ehe er an mir hängen bleibt. Augenblicklich erscheint auf seinen Lippen ein Lächeln, das mein Herz zum Stolpern bringt. Sein Blick geht mir unter die Haut, doch sofort sind die alten Zweifel wieder da. Würde er mich auch so anlächeln, wenn er die Wahrheit wüsste? Nein, bestimmt nicht. Dann würde er mich ansehen wie ein ... Monster, so wie all die anderen Menschen. Oder mitleidig wie mein Vater, der wusste, wie ich mich fühlte.

»Hast du gut geschlafen, Miranda?«

Meinen Namen aus seinem Mund zu hören, lässt mich kurz die Luft anhalten, bis mir wieder einfällt, dass er meine Falkengestalt in der vergangenen Nacht so getauft hat.

Aeric setzt sich auf und reibt sich mit dem Handrücken den Schlaf aus den Augen. Seine dunkelblonden Haare stehen wild nach allen Seiten ab. Ich versuche, das kupferne Leuchten in ihnen zu erkennen, aber wahrscheinlich erscheint es wirklich nur bei Kerzenschein. *Schade.*

Nachdem er sich laut gähnend gestreckt hat, hebt er mich vorsichtig hoch und geht mit mir zum Tisch, der auf der anderen Seite der Hütte steht.

»Dann wollen wir doch mal nach deiner Verletzung sehen. Wie fühlst du dich heute, mein Falkenmädchen?«

Mit flinken Fingern beginnt er mich aus den Bandagen zu wickeln und ich halte so still wie möglich. An den Spitznamen – noch dazu mit einem *mein* davor – habe ich mich noch nicht gewöhnt. Aber auch wenn ich mich durch seine Worte nicht in einer Schockstarre befunden hätte, hätte ich mich nicht gewehrt. Seine Berührungen sind sanft und geschäftig, jedoch scheinen sie etwas tief in mir zu erreichen, das für lange Zeit allein im Dunkeln saß.

Nachdem die letzte Lage entfernt ist, nimmt Aeric die Spitze meines Flügels vorsichtig zwischen zwei Finger und zieht ihn langsam nach außen, immer darauf bedacht, mir keine unnötigen Schmerzen zuzufügen. Die andere Hand hat er gespreizt auf meinen Brustkorb gelegt, wohl um mich daran zu hindern, mich zu bewegen oder gar zu fliehen.

Als er mehrmals blinzelt, benutzt er diese Hand, um mein Gefieder an der Übergangsstelle von Flügel zum Rücken auseinanderzuschieben.

»Das kann doch nicht sein«, murmelt er, während er immer noch damit beschäftigt ist, nach einer Wunde oder zumindest einem Schorf zu suchen. Er weiß nicht, dass er nichts finden wird. Nicht einmal eine Narbe scheint geblieben zu sein.

Dies ist das einzig Positive an meinem Fluch: Ich brauche keine Angst vor nicht lebensbedrohlichen Verletzungen zu haben. Vater hatte leider weniger Glück …

»Nun«, meint Aeric und lässt langsam meinen Flügel los. »Wie es scheint, hat Phils Sonnenblatt-Salbe wahre Wunder bei dir gewirkt, Miranda. Ich glaube, ich kann dich ins Gehege zu den anderen Falken setzen.«

Was?! Moment! Gehege? Andere Falken? So habe ich mir das aber nicht vorgestellt!

Sobald er mich loslässt, hüpfe ich auf die Füße und plustere mein Gefieder auf.

»Hey, langsam!«, ermahnt er mich, doch ich mache keinerlei Anstalten zu fliegen oder zu fliehen, schließlich komme ich eh nicht aus dieser geschlossenen Hütte. Ich stehe einfach nur da und starre ihn an. »Was ist los?«

Ich mache einen Schritt nach vorne auf ihn zu, und als er nicht zurückweicht, breite ich die Flügel aus und fliege auf seine Schulter.

Erschrocken zieht er den Kopf zwischen die Schultern. Vielleicht dachte er, ich wolle ihn angreifen, doch nichts liegt mir ferner.

Ganz im Gegenteil …

Langsam, ähnlich wie eine Schnecke, die sich aus ihrem Haus wagt, hebt er den Kopf und schaut zu mir auf. Dann streicht er vorsichtig mit dem Handrücken über mein Brustgefieder.

»Braves Mädchen«, murmelt er immer wieder. Allein der Klang seiner Stimme beruhigt mich und ich vergesse beinahe, warum ich eben noch wütend auf ihn war. »Ich würde dich ja auch gerne hierbehalten, aber du würdest wegfliegen …«

Wieder plustere ich mich auf und schüttele den Kopf. Wie soll ich ihm nur begreiflich machen, dass ich auf keinen Fall in dieses Gehege will? Ich bin mir sicher, dass die anderen Falken sofort merken, dass mit mir etwas nicht stimmt. Vater hat mir einmal davon erzählt, dass er des Nachts einem anderen Bären begegnet ist, der sich wild brüllend auf ihn gestürzt hat. Tiere merken, dass wir nicht zu ihnen gehören. Ihre Sinne lassen sich nicht so leicht täuschen wie die Augen der Menschen. Die Falken im Gehege würden mich innerhalb von Minuten zerfleischen, ohne dass ich den Hauch einer Chance hätte. Und selbst wenn nicht: Was mache ich heute Nacht, wenn ich mich zurückverwandeln werde?

Aeric runzelt die Stirn, während er mich betrachtet. Ich kann förmlich spüren, wie er das Für und Wider abwägt.

»Tut mir leid, Miranda«, sagt er. »Phil würde mich ausschimpfen, wenn ich dich den ganzen Tag mit mir herumschleppe. Aber ich kann schauen, ob einer der hinteren Käfige leer ist. Dann werde ich dich erst einmal dort unterbringen, bis ich mit deiner Ausbildung anfangen kann. Was sagst du dazu?«

In einem leeren Käfig bin ich zwar vor den Übergriffen der anderen Vögel geschützt, aber was soll ich tun, wenn ich mich wieder in einen Menschen verwandle? Werde ich es schaffen, den Käfig von innen zu öffnen und zu fliehen? Ich habe eigentlich keine Lust, das herauszufinden. Aber ich brauche eine Lösung für die Nacht, denn es ist egal, ob ich mich in einem Käfig oder direkt neben Aeric zurückverwandle – ich *werde* mich zurückverwandeln und ich habe unwahrscheinliche Angst vor seiner Reaktion. Wird er beide Seiten von mir akzeptieren oder wird er mich als Monster ansehen, so wie alle anderen auch? Habe ich den Mut, das herauszufinden?

Noch ehe ich eine Antwort auf meine Frage habe, wird die Tür aufgestoßen und kracht lautstark an die Wand. Ein eiskalter Wind und ein paar einzelne Schneeflocken wehen in die kleine Hütte. Aeric hebt schützend den Arm vor sein Gesicht und blinzelt die vermummte Gestalt an, die nun eintritt und sich den Schnee von den Stiefeln und dem Umhang klopft.

»So früh schon unterwegs, Will?«, fragt Aeric dann und geht auf den Ankömmling zu.

»Was für ein Sauwetter«, knurrt der andere. Dann hebt er den Kopf. »Nanu? Ist deine Federfreundin etwa schon genesen?« Seine grünen Augen fixieren mich und ich fühle mich beinahe etwas unwohl unter seinem Blick.

»Mach schnell die Tür hinter dir zu. Ich will nicht, dass sie wegfliegt.«

Als ob ich freiwillig da raus in die Eiseskälte wollen würde …

William tut wie ihm geheißen und geht dann zu dem kleinen Kamin in der Ecke, in dem ein schwaches Feuer glimmt.

»Hast du sie getroffen?«, fragt Aeric und ich spüre seine Nervosität. Sein Oberkörper zittert unter meinen Krallen vor Anspannung. »Was hat sie gesagt? War sie sehr enttäuscht?«

»Du überschätzt deine Wirkung auf Frauen, mein Freund«, brummt William, während er sich die Hände reibt. »Sie war nicht da.«

»Was?« Aeric klingt ehrlich schockiert.

Mittlerweile weiß ich, von wem sie reden: von mir. Zumindest von meinem menschlichen Ich, das für den Abend, nach Sonnenuntergang, eine Verabredung mit Aeric hatte. Ich konnte unmöglich da sein, schließlich war ich hier – als Falke.

»Was meinst du mit ›*Sie war nicht da*‹? Ist sie überhaupt nicht aufgetaucht?«

William seufzt, zieht seinen Umhang aus, den er achtlos zu Boden fallen lässt, und dreht sich zu uns um. »Sie ist wie vom Erdboden verschluckt. Ich hab sogar mit der Wirtin gesprochen. Sie meinte, sie hätte Miranda in der Frühe noch geweckt und das Mädchen hätte ihr geantwortet. Sie hat sie jedoch nicht die Treppe hinunterkommen sehen. In ihrem Zimmer war sie auch nicht. Es ist, als hätte deine Freundin sich in Luft aufgelöst und wäre zum Fenster hinausgesegelt.«

Es ist schon fast erschreckend, wie nah an der Wahrheit er mit dieser Vermutung ist …

Aeric verschränkt die Arme. »Das ist doch Unsinn! Wie soll sie einfach so verschwinden?«

»Woher soll ich das wissen? Aber …« William greift hinter sich und holt ein Bündel hervor, bei dessen Anblick mir fast das Herz stehen bleibt. »Ich war in ihrem Zimmer.«

»Du warst *was*?«

»Beruhige dich, Mann! Wie ich schon sagte: Sie war nicht da. Auf dem Boden lagen Klamotten wild herum. Ich habe auch ihr Goldbündel und einen Dolch gefunden. Und das Buch, das sie mit sich herumgeschleppt hat. Ist alles hier drin.«

»Warum, bei allen Göttern, steigst du einfach in das Zimmer eines Mädchens? Bist du *wahnsinnig*?«

Die Antwort auf diese Frage interessiert mich auch brennend. Was hatte dieser Kerl in meinem Zimmer zu suchen?

»Du solltest mir lieber dankbar sein, alter Freund. Die Wirtin wollte sie hinausschmeißen, weil sie noch kein Gold für diesen Tag gesehen hat. Dann wären all ihre Sachen entweder bei der Wirtin oder im Müll gelandet. Und dafür sind sie doch wirklich zu schade, nicht wahr? Außerdem wolltest du gestern doch selbst durch das Fenster in ihr Zimmer einsteigen.«

»Im Gegensatz zu dir wollte ich nur einen kurzen Blick durchs Fenster werfen, um sicherzugehen, dass sie wirklich nicht da ist und mich nicht nur hingehalten hat. Aber … Aber was, wenn sie zurückkommt und all ihre Sachen sind weg? Sie kam mir nicht so vor, als wäre sie von hier.«

»Da hast du recht«, bestätigt William. »Niemand kennt sie. Ich hab mich umgehört. Das Mädchen ist ein Geist. Und mal ehrlich: Wer würde sich nicht an diese Augen erinnern, die funkeln wie eine frisch polierte Goldmünze?«

Ich blicke kurz hinab und sehe Aerics Gesicht im Profil. Mir entgeht nicht, wie sich seine Kiefermuskeln anspannen.

»Jedenfalls ist sie weg. Wahrscheinlich schon über alle Berge.« William hält das Bündel mit all meinen Habseligkeiten hoch. »Hier, als kleines Andenken an sie. Schlag sie dir aus dem Kopf.«

Zögernd greift Aeric danach und hält das Bündel dann schützend vor sich. »Leichter gesagt als getan«, murmelt er. »Ich weiß, dass du mir nicht glaubst, aber ich hab sie gesehen. Auf dieser Lichtung im Wald. Das *war* sie, da bin ich mir sicher. Wie du schon sagtest, solche Augen vergisst man nicht. Und dann war sie plötzlich verschwunden, als hätte sie sich in Luft aufgelöst.« Er grinst und schaut zu mir hoch. »Wenigstens hast auch du diese schönen Augen, nicht wahr, mein Falkenmädchen?«

Sein Lächeln löst ein wohliges Kribbeln in meinem Bauch aus, ebenso wie seine Worte.

»Es war dunkel, damals auf der Lichtung, und du warst die ganze Nacht den Hunden gefolgt. Wahrscheinlich warst du nur müde oder das schwache Zwielicht hat dir einen Streich gespielt. Wie dem auch sei – vielleicht ist es besser, dass sie nicht aufgetaucht ist«, sagt William und angelt nach seinem Umhang auf dem Boden. »Dein Vater wäre nie und nimmer mit ihr einverstanden gewesen, egal, wie schön sie ist. Für ihn zählen andere Dinge.«

»Ich weiß«, murmelt Aeric und schaut auf seine Schuhspitzen. »Aber keines der Mädchen, das meine Eltern für mich ausgesucht haben, hat auch nur im Entferntesten mein Interesse geweckt.«

»Tja, das ist nun einmal dein Los, mein Freund. Ich möchte wirklich nicht mit dir tauschen.« Nachdem er seinen Umhang wieder übergeworfen hat, haut er Aeric freundschaftlich auf die freie Schulter. »Ich mache mich wieder auf den Weg. Wir sehen uns spätestens übermorgen Abend zum Bankett.«

»Erinnere mich bloß nicht daran«, jammert Aeric. »Ich werde mich bis dahin hier bei Phil verkriechen und schon ein wenig mit meinem neuen Falken trainieren.«

»Mach das. Ich weiß wie immer nicht, wo du bist, falls mich jemand fragen sollte.«

»Du bist der Beste, Will.«

»Ich weiß.« Mit einem breiten Grinsen schlägt William die Kapuze hoch, dreht sich um und stapft hinaus in den Schnee.

Als er weg ist, schließt Aeric die Tür und lässt sich seufzend aufs Bett sinken. Das Bündel mit meinen Besitztümern hat er neben sich gelegt. Er wirkt so niedergeschlagen, dass ich ihn am liebsten umarmen und tröstend über den Kopf streicheln würde. Stattdessen hüpfe ich von seiner Schulter auf seinen Schoß und stupse ihn mit dem Schnabel ans Kinn.

»He, was machst du denn?«, fragt er grinsend und streicht mir mit dem Zeigefinger über den Kopf. Genüsslich schließe ich die Augen. »Du hast bestimmt Hunger, nicht wahr? Vielleicht sollten wir deine erste Fütterung gleich mit einer Trainingseinheit verbinden, was meinst du?«

Ich habe keine Ahnung, was von mir als Jagdvogel erwartet wird, aber ich bin bereit, es zu lernen, solange ich dabei weiter in

Aerics Nähe bleiben kann. Und vielleicht, nur vielleicht, akzeptiert er mich als das, was ich bin. Noch kennt er meine beiden Gestalten nur getrennt voneinander, doch nach dem, was er gerade zu William gesagt hat, habe ich die Hoffnung, dass er mich nicht als Monster ansehen wird, wenn er die Wahrheit erfährt.

Aeric setzt mich auf dem Tisch ab, während er sich umzieht. Und obwohl die Versuchung groß ist, schaffe ich es, starr an die gegenüberliegende Wand zu schauen. Erst als der Großteil seiner Haut bedeckt ist, wage ich, in seine Richtung zu blicken. Er plappert unentwegt mit mir – selbst wenn sein Mund gerade durch ein Oberteil verdeckt wird –, aber ich verstehe nicht ein Wort, das er sagt. Zu sehr bin ich damit beschäftigt, meinen Blick davon abzuhalten, doch nur mal ganz kurz rüberzuschauen.

Als er fertig und in mehrere Lagen Stoff eingepackt ist, hält er mir seinen Unterarm hin, um den eine dicke Schicht Leder gewickelt ist. Er will mich mit einem Stück Fleisch auf seinen Arm locken. Wenn ich könnte, würde ich spöttisch die Augenbrauen nach oben ziehen. Was soll das? Als ob ich eine Sondereinladung bräuchte!

Ich ignoriere das Fleischstück – was verdammt schwer ist, da ich mächtigen Hunger habe –, klettere mit beiden Füßen auf seinen Unterarm und versenke meine Krallen in der dicken Lederschicht. Sofort habe ich einen besseren Halt. Vorhin, als ich auf seiner Schulter saß, habe ich mich nicht getraut, mich ordentlich festzuhalten, aus Angst, ihn mit meinen scharfen Krallen zu verletzen. Nun muss ich mir keine Gedanken darum machen.

Er redet mir immer wieder aufmunternd zu, lobt mich, als wäre ich ein Hund, der ein neues Kunststück erlernen soll, und hält mir erneut das Fleischstück hin. Diesmal lasse ich mich nicht lange bitten, schnappe zu und schlinge es in Windeseile hinunter. Grummelnd verlangt mein Magen nach mehr.

»Braves Mädchen«, murmelt Aeric und krault mit der Fingerspitze mein Brustgefieder, während er mich auf dem Arm nach draußen trägt.

Nun weiß ich, warum er sich so dick eingepackt hat. An einen so kalten Winter kann ich mich nicht erinnern. Es ist nicht unbedingt die

Kälte an sich, sondern der schneidende Wind, der einem durch und durch geht und bis auf die Knochen frieren lässt. Schnell plustere ich mein Gefieder auf, aber auch das hält den frostigen Wind nicht auf.

Aeric geht zu einem überdachten Tisch ganz am anderen Ende der Anlage. Darauf liegen allerlei Utensilien aufgereiht, wie etwa eine kleine Flöte, Seile und Sachen, die aussehen wie Waschbärschwänze oder Hasenpfoten. Bei näherer Betrachtung stelle ich fest, dass es *tatsächlich* Waschbärschwänze und Hasenpfoten sind, denn ich rieche den süßlichen Geruch von Verwesung.

Er greift nach einem dünnen, aber langen Lederseil, dessen eines Ende er um meinen rechten Fuß bindet. Das andere wickelt er sich mehrmals um die Hand und zurrt es dann fest. Anschließend greift er nach einem der Waschbärenschwänze und wirft ihn ein paar Meter entfernt in den Schnee.

»Dann wollen wir mal sehen, was du kannst, Miranda.« Ruckartig hebt Aeric seinen Arm, sodass ich automatisch die Flügel ausbreite und fliege.

Ich weiß, was er von mir erwartet: Ich soll mich auf diesen halb verwesten Waschbärenschwanz stürzen, ihn packen und zu Aeric zurückfliegen. Zur Sicherheit, damit ich nicht sofort verschwinde, hat er mir dieses Seil um den Fuß gebunden. Als ob ich das auch nur in Betracht ziehen würde …

Mit großen blauen Augen schaut er zu mir auf, und nachdem ich eine Weile auf der Stelle geflattert bin, gebe ich nach und stürze mich auf den Schwanz. Beim ersten Versuch habe ich nur pappigen Schnee zwischen den Krallen, also probiere ich es ein weiteres Mal und – siehe da – diesmal hat es geklappt. Beinahe ein bisschen stolz segle ich zurück zu Aeric und lande, so anmutig es mit diesem verwesenden Ding in meiner linken Kralle möglich ist, auf seinem Unterarm. Sofort hält er mir einen weiteren Fleischbrocken hin, den ich gierig hinunterschlucke, und nimmt mir den stinkenden Waschbärenschwanz ab. Ich beneide ihn darum, dass er den widerlichen Geruch nicht ertragen muss.

»Du bist so ein schlaues Mädchen!«, lobt er mich unablässig, wobei ich am liebsten mit den Augen rollen würde. Klar, ich bin eigentlich ein Mensch und verstehe ja, was er zu mir sagt. Trotzdem komme ich mir bei seinen überschwänglichen Lobeshymnen vor, als würde er mich für dumm halten.

Gerade als er nach einer der Hasenpfoten, die genauso widerwärtig riechen, greifen will, wird Aeric von einem Mann gerufen, der durch den Schnee auf uns zuhinkt.

»Da bist du ja«, sagt der alte Mann schnaufend, als er uns erreicht hat. »Wieso trainierst du schon mit ihr?«

Aufgeregt berichtet Aeric über meine wundersame Genesung und beteuert immer wieder, welch fantastische Wirkung diese Sonnenblatt-Salbe hätte.

»Und wie macht sie sich?«, fragt der Mann.

»Sie hat beim ersten Mal die Attrappe zurückgebracht. Ist das nicht bemerkenswert?« Aeric zieht seinen angewinkelten Arm näher an seinen Körper und streicht über meinen Rücken. »Ich wusste gleich, dass sie etwas Besonderes ist.«

Der Alte nickt brummend. »Nun bring sie aber schnell ins Gehege zu den anderen, wenn es ihr besser geht. Ein Abgesandter deines Vaters sucht nach dir.«

Augenblicklich hört Aeric auf, mich zu streicheln, und starrt in den Schnee. Mir entgeht nicht, wie seine Kiefermuskeln arbeiten.

»Er sagte, es sei dringend. Und du weißt, dass du ihn nicht warten lassen solltest«, fügt der Mann hinzu, nachdem Aeric sich nicht von der Stelle rührt.

»Jawohl, Sir«, presst Aeric zwischen zusammengebissenen Zähnen hervor, deutet eine leichte Verbeugung an und stapft mit mir auf dem Arm zurück zu den Gehegen.

Er wird mich doch nicht wirklich in einen dieser Käfige zu anderen – echten! – Falken stecken, oder? Das kann er nicht machen! Panisch schlage ich mit den Flügeln, versuche wegzufliegen, doch Aeric hält das Lederseil fest umklammert.

»Tut mir leid, mein Falkenmädchen, aber ich muss dich für eine Weile verlassen. Ich bin bald wieder da, in Ordnung? Solange musst du zu den anderen Falken, sonst reißt Phil mir den Kopf ab, wenn ich mich über seine Anweisungen hinwegsetze.«

Nein!, will ich am liebsten schreien. *Es ist nicht in Ordnung! Gar nichts ist in Ordnung!* Er kann mich doch nicht wirklich - …

Aber da hat er bereits die Zwischentür geöffnet, die wie eine Schleuse fungiert und einen kleinen Gang vom eigentlichen Gehege abtrennt. Erst nachdem er die Tür wieder hinter sich geschlossen hat, öffnet er die Tür zum eigentlichen Gehege.

Noch bevor er einen Fuß hineingesetzt hat, ist uns die Aufmerksamkeit der anderen Falken sicher. Mit einem lauten Kreischen fliegen sie an das hintere Ende, um so viel Abstand wie möglich zwischen sich und Aeric zu bringen. Und wahrscheinlich auch zwischen mich. Ein ungutes Gefühl überkommt mich und wie von selbst sinke ich immer weiter in mir zusammen, mache mich klein, in der Hoffnung, so ihren scharfen Augen – und Krallen – entgehen zu können.

Aeric scheint von all dem nichts zu bemerken und geht zu dem halb abgeschnittenen Baumstamm, der ihm am nächsten ist, und wartet darauf, dass ich seinen Arm verlasse. Stattdessen schlage ich meine Krallen noch fester in den Lederschutz und tue so, als würde ich nicht verstehen, was er von mir will.

Genervt seufzt er, packt mich mit der freien Hand direkt hinter den Flügeln und versucht mich hochzuheben. Verbissen halte ich mich fest.

»Mir gefällt das doch auch nicht. Aber ich muss gehen, sonst kommt mein Vater hierher und glaube mir, das will niemand.«

Ich sehe echten Schmerz und Bedauern in seinem Blick und frage mich, was für ein Mensch sein Vater sein muss, wenn Aeric so viel Angst davor hat, ihm hier zu begegnen.

»Ich komme zurück so schnell ich kann, das verspreche ich.«

Zögerlich löse ich die Krallen aus dem Leder und flattere zu einem der Äste. Nachdem Aeric das Seil von meinem Fuß entfernt hat, streicht er mir noch einmal über die Brust, dreht sich dann um und geht ohne ein weiteres Wort.

Noch bevor die äußere Tür wieder ins Schloss gefallen ist, spüre ich die Blicke der anderen Falken in meinem Nacken. Ich wage es nicht, mich umzudrehen, sehe aber auch keinen Fluchtweg für mich.

Ich bin ihnen hier drin auf Gedeih und Verderb ausgeliefert und niemand wird kommen, um mir zu helfen.

Irgendwie schaffe ich es, keinem der anderen Falken zu nahe zu kommen. Sie lassen mich keine Sekunde aus den Augen, aber sie wagen sich auch nicht an mich heran. Gleich nachdem Aeric gegangen ist, bin ich zum äußersten Ast geflogen, um so weit wie möglich von den anderen Vögeln entfernt zu sein.

Ich spüre, wie sie mich mustern und beobachten. Sie wissen genau, dass mit mir etwas nicht stimmt. Dass ich nicht so bin wie sie. Ich habe Glück, dass sie mich nicht direkt attackieren.

Während ich warte und nicht wage mich zu bewegen, spüre ich die Kälte umso deutlicher. Die Zeit vergeht quälend langsam, doch Aeric kommt nicht zurück. Ob er mich vergessen hat? Ein Blick zum Himmel verrät mir trotz der dichten Schneewolken, dass es nicht mehr lange dauern kann, bis die Nacht anbricht. Und was das für mich bedeutet, will ich mir gar nicht vorstellen. Ich werde hier drin ohne Kleidung jämmerlich erfrieren, denn ich bezweifle, dass ich von innen die Türen des Geheges öffnen kann. Und selbst wenn: Was mache ich dann? Zwar hat William vorhin das Bündel mit meinen Sachen gebracht, aber ob ich es schaffe, ungesehen bis zur Hütte zu gelangen, kann ich nicht einschätzen.

Noch während ich darüber nachdenke, wie ich am besten vorgehen sollte, stellt sich das wohlbekannte Ziehen in meinen Knochen ein.

Nein, noch nicht!, denke ich, doch es ist nicht mehr aufzuhalten. Mein ganzer Körper bebt und ich schaffe es nicht, mich dagegen zu wehren. Zu lange habe ich mich nicht in meine menschliche Gestalt verwandelt, die nun mit aller Macht herauswill.

Schnell lasse ich mich nach unten gleiten, und es dauert nur wenige Augenblicke, bis sich meine Finger Halt suchend in den Schnee krallen. Ich beiße die Zähne zusammen, um nicht aufzuschreien. Schon ewig hat eine Verwandlung mir nicht mehr solche Schmerzen bereitet wie diese. Ob es daran liegt, dass ich mich aufgrund der Verletzung länger als sonst nicht gewandelt habe?

Erst als alles überstanden ist, lasse ich keuchend die Luft entweichen, die ich bis dahin angehalten habe. Schwer atmend bleibe ich im Schnee liegen, bis auch die letzte Schmerzwelle abgeebbt ist. Ich bin mir nicht sicher, ob das Zittern, das mich überkommt, von der Anstrengung oder der Kälte herrührt.

Als ich mühsam den Kopf hebe, begegne ich den funkelnden Augen zweier Falken, die sich mir nähern. Weiter oben in den Bäumen sitzen weitere drei, die mich beäugen. Mein Herz hämmert wie wild, während ich vorsichtig von ihnen wegrutsche. *Keine ruckartigen Bewegungen!*, schärfe ich mir ein und versuche zumindest die Falken, die mir am nächsten sind, nicht aus den Augen zu lassen.

Als sie anfangen laut zu krächzen, halte ich mir erschrocken die Ohren zu.

Diesen Moment der Schwäche nutzen sie, um anzugreifen.

KAPITEL 14

Ihre spitzen Schnäbel und Krallen schneiden sich wie Dolche in meine Haut, mir gelingt es nicht, sie auf Abstand zu halten. Im Nachhinein weiß ich nicht, ob ihr lautes Krächzen oder meine Schreie den alten Mann angelockt haben. Es ist mir auch egal, denn erst als er mit seinem Gehstock gegen das Gatter schlägt, lassen die Falken von mir ab.

Keuchend hocke ich im Schnee, zitternd, blutend und verängstigt.

»Bei allen Göttern«, murmelt der Alte, als er mich entdeckt. »Wie kommst du da hinein, Mädchen?«

Nur mit Mühe schaffe ich es, den Kopf zu heben und ihn anzusehen, während ich mit meinen zerschrammten Armen versuche, mich halbwegs zu bedecken. Antworten kann ich ihm nicht, denn meine Kehle ist wie zugeschnürt. Als er meinem Blick begegnet, öffnet er sofort die Schleuse und betritt das Gehege. Schnell nimmt er seinen Umhang ab, legt ihn mir über und stützt mich, während ich auf wackeligen Beinen zum Stehen komme.

»Komm, ich bringe dich erst mal ins Warme. Dann erzählst du mir, was du nackt in meinem Falkengehege machst.«

Er packt mich fest an den Schultern und führt mich aus dem Gehege, begleitet vom empörten Krächzen der Falken.

Als wir die Hütte des Alten erreichen, bin ich unendlich erleichtert, denn meine zitternden Beine hätten mich keine zehn Meter mehr getragen. Er bedeutet mir, auf einem Schemel nahe des Kamins Platz zu nehmen. Als ich sitze, geht er zu einer Anrichte und gießt eine dampfende Flüssigkeit in einen Becher, den er mir reicht. Der beißende Geruch lässt mich auf ein alkoholisches Gebräu schließen, doch das ist mir herzlich egal. Solange es mich wärmt und das Zittern vertreibt, würde ich alles trinken.

Nachdem ich den Becher geleert und ihm wortlos wieder zurückgereicht habe, zieht der Alte sich einen Stuhl heran und lehnt sich zu mir vor.

»Also, Mädchen. Dann lass mal hören. Von Anfang an, bitte.«

Ich schlucke hart, bekomme aber trotzdem kein Wort heraus. Meine Kehle ist eng und das Atmen fällt mir schwer. Was soll ich ihm erzählen? Etwa die Wahrheit? Dann würde er mich sofort vom Hof jagen – im besten Fall.

Als ich nichts sage, fragt er: »Weißt du, wo du bist?«

Ich nicke, presse aber weiterhin die Lippen aufeinander, weil ich noch immer nicht weiß, was und wie viel ich ihm erzählen kann.

»Mein Name ist Phil«, sagt er und ich hebe den Kopf. »Ich bin der oberste Falkner des Königs und mir obliegt die Ausbildung und Versorgung seiner Greifvögel. Interessierst du dich für Greifvögel?«

»Nicht wirklich«, erwidere ich mit kratziger Stimme und räuspere mich. »Es ist eher so, dass ich keine Wahl habe.«

»Das verstehe ich nicht«, meint er kopfschüttelnd. Nachdem ich wieder nicht antworte, ändert er seine Taktik. »Verrätst du mir deinen Namen?«

»Miranda«, hauche ich und weiche seinem Blick aus.

»Das ist interessant«, sagt Phil. »Mein Lehrling Aeric hat erst gestern seinen neuen Falken ebenfalls Miranda getauft. Was für ein Zufall!«

Ich muss das Gesicht verzogen haben, denn nachdem er mich eingehend gemustert hat, fügt er hinzu: »Es *ist* doch ein Zufall, oder?«

Ich wende schnell den Kopf ab, sodass er mein Gesicht nicht mehr sehen kann, und ziehe den Umhang noch enger um mich, um das Zittern zu verbergen. Er ist der Wahrheit auf der Spur! Er darf sie nicht herausfinden! Das würde alles zerstören. Niemand darf wissen, *was* ich bin. Ich kann mich noch gut daran erinnern, was die Dorfbewohner dem schwarzen Bären antun wollten, nachdem sie es herausgefunden haben. Damals, vor unserem letzten Umzug, als mein Vater noch lebte und für mich da war.

»Wo ist deine Familie, Mädchen?«, fragt Phil, als ich weiterhin schweige. »Sicherlich sucht bereits jemand nach einem hübschen Ding wie dir.«

»Nein«, sage ich schnell. »Niemand vermisst mich. Ich bin allein.«

Nachdenklich lässt Phil die Hand über seinen Bart gleiten. Sein Blick ist mitleidig und irgendwie macht das alles nur noch schlimmer.

Ich will sein Mitleid nicht. Im Grunde will ich nicht einmal seine Hilfe und schon gar nicht will ich dieses Gespräch!

Abrupt stehe ich auf. »Meine Sachen«, murmle ich. »Sie sind in dem Bündel, das der junge Mann vorhin gebracht hat. Ich werde sie holen und gehen. Danke für Eure Hilfe.«

Ich starre stur in die Flammen, während ich all das monoton herunterrassle. Dann drehe ich mich um und will die Hütte verlassen, doch Phil hält mich am Arm fest.

»Das Bündel liegt dort drüben auf dem Tisch.« Mit einem Kopfnicken weist er auf den Küchentisch im angrenzenden Zimmer. Mein Magen sackt bei seinen Worten herab. Wie kommt er an meine Sachen? Hat er Aerics Hütte durchwühlt, während wir trainiert haben? »Das Buch, das du bei dir hast ...« Mein Herzschlag gerät aus dem Rhythmus. »Woher hast du es?«

»Das geht Euch nichts an«, sage ich mit mehr Schärfe in der Stimme als beabsichtigt. »Ich will es zurück. Sofort! Und die anderen Sachen auch. Dann werdet Ihr mich nie wiedersehen.«

Phil betrachtet mich nachdenklich und ich wende den Blick ab, weil ich es nicht ertrage, so angesehen zu werden. Es ist nicht dieser abwertend-abschätzende Blick, den mir meine Mutter gern zugeworfen hat. Phils Augen taxieren mich regelrecht, als versuchen sie, etwas in mir zu sehen. Die Angst, dass er herausfindet, dass ich anders bin, ist beinahe übermächtig. Ich muss sofort von hier verschwinden, aber ich werde nicht ohne Vaters Buch – und ohne Kleidung – hinaus in den Schnee gehen.

Ich entwinde ihm meinen Arm und eile in das Nachbarzimmer, schnappe mir das Bündel und klemme das Buch unter den Arm.

»Du bist eines der Götterkinder, nicht wahr?«, fragt Phil aus dem Nebenraum. Meine Hand, die bereits über der Türklinke schwebt und sie hinunterdrücken will, verharrt regungslos in der Luft. Jeder einzelne Muskel in meinem Körper ist zum Zerreißen gespannt. Phils Worte müssen meiner Einbildung entsprungen sein, anders kann ich es mir nicht erklären. Er kann nichts darüber wissen, es sei denn ...

»Ich hab es mir gleich gedacht«, sagt er, steht auf und kommt in den Raum gelaufen, wobei er das rechte Bein nachzieht. Ich wage nicht, mich umzudrehen, sondern starre noch immer auf die Holztür vor mir. »Solche Augen gibt es nur bei den Göttern.«

Er greift nach dem Buch und zieht es langsam unter meinem Arm hervor. Ich lasse es geschehen, weil ich nicht weiß, was ich sonst tun soll. Einerseits will ich wissen, was er über mich und meine Art weiß. Andererseits möchte ich meine Sachen nehmen, von hier verschwinden und hoffen, dass er niemals jemandem gegenüber ein Wort über mich verliert.

Phil legt das Buch auf den Tisch und beginnt, darin herumzublättern. Ich höre das Umschlagen der Seiten und drehe langsam den Kopf in seine Richtung.

»Hier«, sagt er und zeigt mit dem Finger auf das aufgeschlagene Buch. »Diese Frau habe ich kennengelernt, als ich noch jung und ungestüm war. Viele, viele Jahre ist es her. Ist sie deine Mutter?«

Ich befehle meinen Füßen, einen Schritt vor den anderen zu setzen, und gehe auf den Tisch zu. Das gezeichnete Bild zeigt eine junge, lächelnde Frau. Darunter ist ein Hase abgebildet.

»Nein«, antworte ich. »Ich kenne die Frau nicht.« Meine Finger zittern, als ich mehrere Seiten nach hinten blättere, genauso vorsichtig, wie Vater es mir gezeigt hat. Bei dem Bild von ihm und dem Bären darunter verharre ich und fahre zärtlich mit den Fingerspitzen darüber. »Das war mein Vater.«

Phil beugt sich ein Stück über den Tisch und kneift die Augen zusammen. Im ersten Moment sagt er nichts, dann scheint er den Zusammenhang zu verstehen. »Der schwarze Bär, auf den sie Jagd gemacht haben …«

Wieder wirft er mir diesen mitleidigen Blick zu und erneut habe ich das Bedürfnis zu fliehen. Ich will nicht so angesehen werden!

»Und du bist der schwarze Falke, den Aeric gestern angeschleppt hat«, schlussfolgert er, nachdem er einen Blick auf die gegenüberliegende Seite mit dem Portrait meines jüngeren Ichs geworfen hat.

Ich nicke und schlage das Buch zu. »Ich werde jetzt gehen. Bitte lasst mir wenigstens einen kleinen Vorsprung, ehe Ihr es jemandem erzählt. Ich verspreche, dass ich Euch nie wieder behelligen werde.«

Phil blinzelt mehrmals und runzelt die Stirn. »Warum sollte ich es jemandem erzählen? Ich fühle mich geehrt, dass ein Kind der Götter in meiner bescheidenen Hütte weilt. Niemand wird dir ein Leid zufügen, Mädchen. Das verspreche ich. Also, was hältst du davon, wenn du dir etwas anziehst und wir uns wieder vor den Kamin setzen? Bei der Kälte werden meine alten Glieder immer steif und die Wärme hilft mir ein bisschen.«

Ich zögere. Warum ist er so freundlich zu mir? Was erhofft er sich? Aber spielt das eine Rolle? Ich habe die Wahl nach draußen in den Schnee zu gehen, ohne eine wirkliche Ahnung, wohin ich mich wenden soll. Oder ich bleibe hier, in der warmen Hütte, beim obersten Falkner des Königs, der garantiert etwas über die Jagd auf meinen Vater weiß und der mir vielleicht auch sagen kann, wer dafür verantwortlich ist. Noch nie war ich jemandem aus dem inneren Jagdkreis so nah wie jetzt. Wenn der Falkner nicht weiß, wer die Jagd auf den schwarzen Bären angeordnet hat, kann keiner mir helfen.

Es ist komisch, in Phils Nähe zu sein. Abgesehen von meiner Familie ist er der erste Mensch, der weiß, dass ich mich in einen Falken verwandle. Noch dazu weiß der alte Mann über die Götterkinder Bescheid. Wer weiß, welche Antworten er mir noch geben könnte …

Phil humpelt wieder zum Kamin und ich nutze die Zeit, um in mein Kleid zu schlüpfen. Nachdem ich mich angezogen und meine Haare zu einem Zopf geflochten habe, gehe ich zögerlich zu ihm. Noch immer ist der Drang zu fliehen fast übermächtig in mir, aber letztendlich siegt die Vernunft. Ich muss hierbleiben oder unverrichteter Dinge einem Leben ins Antlitz sehen, das wahrscheinlich noch viel schlimmer werden wird als das, was ich bisher gekannt habe. Ich habe alle Brücken hinter mir abgebrochen. Es gibt niemanden, zu dem ich gehen, an den ich mich in meiner Not wenden könnte. Mir bleibt nur der Weg nach vorne.

»Wer war für die Jagd auf meinen Vater verantwortlich?«, frage ich, nachdem ich mich auf den Schemel gesetzt habe. Meine Hände zittern, während ich auf eine Antwort des alten Mannes warte. »Wer hat veranlasst, einen schwarzen Bären zu jagen, der nie jemandem ein Leid zugefügt hat?«

Phil schweigt einen Moment, als müsse er erst die richtigen Worte finden, und starrt dabei in die tanzenden Flammen vor sich. Dann holt er tief Luft, ehe er antwortet: »Es ging nicht darum, ob der Bär gefährlich war, sondern einzig und allein sein auffälliges Aussehen war den Jägern wichtig.«

Den Jägern … Mehrzahl, aber wieder keine Namen. Warum kann er mir nicht einfach sagen, was ich wissen will?

»Woher wussten die Jäger von ihm?« Ich ändere meine Taktik, da ich auf direktem Wege keine Informationen aus dem alten Mann herausbekomme.

»Das willst du nicht wissen«, antwortet er ausweichend. »Dein Vater ist tot und es gibt nichts, was du oder ich daran ändern können. Finde dich damit ab.«

»Niemals!«, zische ich wütend. »Ich werde erst Ruhe geben, wenn ich weiß, wer für den Tod meines Vaters verantwortlich ist!«

»Dann wird das auch dein Tod sein, Mädchen. Willst du das wirklich riskieren?«

Phil schaut mich mit ausdrucksloser Miene an und ich nicke stumm. Unversehrt davonzukommen, kam bisher sowieso nicht in meinem Plan vor. Es gibt für jemanden wie mich keinen Ort. Im besten Fall könnte ich mich als Hure in der Stadt verdingen, immer in der Angst, dass jemand meine morgendliche Verwandlung mit ansieht. Normale Menschen wären bei solch einem Anblick nicht so mitfühlend wie Phil. Der Scheiterhaufen oder der Strick wären mir sicher.

»Woher kennt Ihr andere wie mich? Warum habt Ihr keine Angst vor mir?«, murmle ich, denn diese Frage brennt mir unter den Nägeln.

Phil schaut gedankenverloren ins Feuer und streckt seine Beine, ehe er mir antwortet. »Die Frau in deinem Buch … Ich habe sie gekannt. Sie lebte am Hof des alten Königs und verzauberte alle mit ihrer Schönheit. Mich eingeschlossen.« Er grinst bei der Erinnerung, ehe sich seine Miene verdunkelt. »Eines Nachts stellte ich ihr nach. Sie hatte mir vollkommen den Kopf verdreht und ich wollte ihr meine Gefühle gestehen. Doch ich konnte sie nicht finden. Wieder und wieder klopfte ich an ihre Tür, aber von drinnen hörte ich keinen einzigen Laut. Dann bemerkte ich, dass die Tür nicht verschlossen war, und drückte die Klinke nach unten. Im Zimmer war es dunkel, nur der Mond schien fahl durch das Fenster hinein, und ich konnte auch niemanden sehen. Statt der schönen Frau, die ich zu finden gehofft hatte, saß dort ein schwarzer Hase und starrte mich aus weit aufgerissenen goldenen Augen an. Ich dachte im ersten Moment, dass es sich um ihr zahmes Haustier handele, und nahm den Hasen mit, der sich widerstandslos auf meinem Arm hinaustragen ließ. Ich setzte das Tier draußen in den Schlossgarten, wo es am jungen Gras knabberte, und sprach die ganze Zeit mit ihm. Fragte, wo denn seine Herrin zu solch einer späten Stunde sei. Und ehe ich mich's versah, graute der Morgen, während ich immer noch mit dem Hasen sprach. Als ich kurz den Kopf hob, um das Farbspiel am Himmel zu bewundern, saß plötzlich kein langohriges Tier mehr im Gras ...«

Die ganze Zeit habe ich stumm Phils Geschichte gelauscht, doch mir war von Anfang an klar, auf was es hinauslaufen wird. »Was habt Ihr dann mit ihr gemacht?«

Der alte Mann räuspert sich verlegen. »Im ersten Moment wusste ich überhaupt nicht, was geschehen war. Auf einmal saß meine Angebetete splitternackt vor mir im Gras, während der Morgentau auf ihrer fast weißen Haut glitzerte. Ich konnte sie einfach nur anstarren, verstehst du? Wenn ich das nun so erzähle, schäme ich mich beinahe. Doch sie lächelte nur. Irgendwann kam ich wieder zu mir und legte ihr meinen Umhang um die Schultern. Noch immer war ich unfähig, auch nur ein verständliches Wort hervorzubringen.«

Als er verstummt und verträumt in die Flammen schaut, frage ich: »Und was ist dann geschehen?«

Phil blinzelt mehrmals und schaut dann zu mir, als würde ihm erst jetzt wieder bewusst werden, dass ich noch da bin. »Sie stand auf, reichte mir die Hand und zog mich ebenfalls nach oben. Ich glaube, ich habe sie gefragt, ob ihr Haustier weggelaufen sei.«

Beinahe muss ich grinsen. Anscheinend hatte der junge Phil den Zusammenhang nicht verstanden. Für jemanden, der noch nie Kontakt zu Menschen mit dem Fluch gehabt hat, muss es schwer sein, das Unwahrscheinliche zu akzeptieren.

»Wie war ihr Name?«, frage ich nach einer Weile des Schweigens.

»Karla«, antwortet Phil und lächelt, wobei sich um seine Augen unzählige feine Fältchen bilden, die ihn jedoch nicht älter aussehen lassen. Ganz im Gegenteil: Es ist, als würde die Erinnerung an die Frau, die sich des Nachts in einen Hasen verwandelte, ihn wieder zu dem jungen Mann werden lassen, der sein Herz an dieses sonderbare Geschöpf verloren hatte.

»Was ist mit ihr geschehen?«

Augenblicklich erlischt der freudige Glanz in seinen Augen und ich wünsche mir, ich könnte meine Frage rückgängig machen. »Ich liebte sie und sie liebte mich«, sagt er fast flüsternd, und gerade als ich fragen will, was daran falsch ist, fährt er fort: »Doch das war nicht genug.«

Es dauert lange, bis er weiterspricht, und für einen Moment schwimmen seine Augen in Tränen. »Sie verließ mich von einem Tag auf den anderen. Ließ alles hinter sich: unser Haus, unsere Stellung, unser gemeinsames Leben. Kein Wort des Bedauerns kam über ihre Lippen. Sie sagte nur, dass sie *ihn* endlich gefunden hätte, drehte sich um und schloss die Tür hinter sich. Seitdem habe ich sie nie mehr gesehen.«

»*Ihn*? Wen meint Ihr damit? Irgendeinen anderen Mann? Dafür hat sie Euch verlassen?«

»Nein, Kind. Nicht irgendeinen anderen Mann, sondern den Einen, der für sie bestimmt ist. Ihren Gefährten.«

Gefährte ... Davon hat Vater mir damals in der Höhle erzählt, als er das Buch mitgebracht hat. Wenn ich mich nur noch genau daran erinnern könnte, was er gesagt hat ... Doch all die Erinnerungen an meinen Vater kreisen ausschließlich um seine letzten Augenblicke auf der Lichtung. Selbst die schönen Erinnerungen sind wie ausgelöscht. Überlagert von dem Schrecken, den ich mit ansehen musste.

»Ich verstehe nicht ... Warum hat sie Euch verlassen?«

Ein trauriges Lächeln umspielt Phils Lippen. »Weil es so vorherbestimmt war. Dagegen konnte sich keiner von uns wehren. Ich habe lange gebraucht, es zu verstehen, aber ich habe im ersten Moment gewusst, dass es für sie keinen anderen Weg geben kann. Es ist etwas, das niemand von uns planen oder ignorieren konnte. Wie ein Sog wurde sie von dem Anderen angezogen.«

Phil seufzt und verzieht das Gesicht, als wäre die Erinnerung daran zu schmerzhaft. »Egal, wie sehr ihr Verstand versuchte, sich dagegen zu wehren, ihr Herz wusste, dass es keine andere Möglichkeit gab. Diese Kraft, diese Anziehung, ist für uns normale Sterbliche kaum zu begreifen, aber ich hatte das Glück, sie mit eigenen Augen zu sehen. Nun ja, *Glück* war es für mich wohl eher nicht, denn ich habe dadurch die einzige Frau verloren, die ich je geliebt habe.«

Bei seinen Worten schüttle ich ungläubig den Kopf. »Wie könnt Ihr … Ich meine … Ihr habt sie geliebt und sie verlässt Euch einfach so. Wie könnt Ihr hier sitzen und lächeln? Hasst Ihr sie nicht?«

Phils Schultern beben, als er über meine Worte lacht, und für einen Moment ist der tieftraurige Ausdruck aus seinen Augen verschwunden. »Wie könnte ich sie hassen? Nein, in meinem Herzen wird sie immer die Eine bleiben, aber ich habe mich damit abgefunden, dass die Götter andere Pläne mit ihr hatten. Sie hat sich ihr Schicksal nicht ausgesucht, ebenso wenig wie du. Es war vorherbestimmt, dass sich die beiden früher oder später treffen, doch natürlich habe ich gehofft, dass es *später* passieren würde. Als sie ging …«

Er blinzelt mehrmals kurz, ehe er fortfährt. »Als sie die Tür hinter sich schloss, zerbrach etwas in mir, das gebe ich zu. Nie wieder habe ich eine Frau so sehr geliebt wie sie. Keine konnte ihren Platz einnehmen, und nun sieh mich an.« Er breitet die Arme aus, als wolle er alles um sich herum in seine Worte einschließen. »Ich bin ein alter Mann, der alleine inmitten von Vögeln lebt. Ich habe keine Kinder, keine Frau, niemanden, den es interessiert, ob ich morgen früh wieder die Augen aufschlage oder tot in meinem Bett liegen bleibe. Ich mache Karla keinen Vorwurf, denn es gab für sie keinen anderen Weg, aber ich hätte einen anderen Weg für mich finden können.«

»Aber sie hat Euch *verlassen* …«, versuche ich es erneut. »Ich verstehe das nicht …«

»Das wirst du, Kind. Eines Tages wird es dir genauso ergehen, und dann wirst du dich entscheiden müssen. Aber eine wirkliche Wahl wirst du nicht haben, denn es wird nur einen einzigen Weg geben. Hatte dein Vater seine Gefährtin gefunden?«

Ich blicke auf meinen Schoß und schüttle den Kopf. Nein, meine Mutter war garantiert nicht seine Gefährtin und ich frage mich, wie er es so viele Jahre mit ihr ausgehalten hat.

»Es ist nichts, was die Kinder des Mondes sich aussuchen, weißt du? Es geschieht einfach. Sie werden wie durch unsichtbare Fäden zueinander hingezogen, wenn sie sich endlich begegnen, und weder das Götterkind noch der Gefährte kann sich dagegen wehren. Egal, wie ihr Leben bisher ausgesehen haben mag.« Phil dreht den Kopf und schaut zu Vaters Buch, das noch immer aufgeschlagen auf dem Tisch liegt. »Als Karla ging, ließ sie das Buch zurück. Ein paar Mal war ich kurz davor, es vor Wut und Eifersucht ins Feuer zu werfen, weil ich das Lächeln auf ihrem Bild nicht länger ertragen konnte. Es erinnerte mich jeden Tag aufs Neue an das, was ich verloren hatte. Doch dann begann ich darin zu blättern und zu lesen. Ich wusste, dass sie ein Götterkind war, aber in dem Buch all die vergangenen Generation und dieses ganze Wissen zu finden, ließ mich zögern. Ich konnte es nicht zerstören, also beschloss ich, etwas Sinnvolles damit anzufangen und machte mich auf die Suche nach weiteren Götterkindern. Irgendwann traf ich auf deinen Vater.«

»Ihr habt ihn gekannt?«, frage ich erstaunt.

»Gekannt wäre zu viel gesagt. Ich verfasste im Buch den Eintrag über ihn und hinterließ es ihm dann. Ich war irgendwie froh, es endlich los zu sein, aber andererseits spürte ich nun auch diese Leere in mir, weil ich nicht wusste, was ich ab jetzt mit meiner Zeit anfangen sollte. Also ging ich beim damaligen Falkner in die Lehre.«

»Von Euch hat Vater also dieses Buch.«

Phil nickt. »Ich habe gehofft, dass es für euch Götterkinder einen Nutzen hat. Seitdem sind so viele Jahre vergangen, dass ich gar nicht mehr an dieses alte Ding gedacht habe. Erst als Aeric gestern den verletzten schwarzen Falken brachte, dachte ich mir, dass etwas seltsam an dem Vogel ist.« Sein Blick ist auf einmal forschend und fixiert mich. »Also, Mädchen, warum bist du hier?«

»Um den zu töten, der meinen Vater ermorden ließ«, antworte ich wahrheitsgemäß und ohne Scheu.

Nur für einen kurzen Moment verengen sich Phils Augen zu Schlitzen. »Ist das wirklich alles?«

Was soll diese Frage? »Ja«, sage ich bestimmt, doch der Alte scheint mit dieser Antwort nicht zufrieden zu sein. Ein ungutes Gefühl breitet sich in meinem Magen aus, weil ich nicht weiß, worauf er hinauswill.

Dann spüre ich es. Augenblicklich fasse ich mir mit der Hand an die Brust, in der mein Herz unregelmäßig schlägt, und schnappe nach Luft. »Er kommt zurück«, murmle ich, wobei mein Blick unruhig durchs Zimmer gleitet auf der Suche nach einem Versteck. Er darf mich hier nicht sehen, nicht als Mensch. Wie soll ich ihm das erklären?

Ich will von meinem Schemel aufspringen und aus dem Zimmer eilen, um mich zu verstecken, doch Phil packt mich am Handgelenk und hält mich zurück. Zwischen seinen buschigen Augenbrauen hat sich eine steile Falte gebildet, während er mich mustert.

»Wer kommt zurück?«, fragt er.

Hört er es denn nicht? Nein, wahrscheinlich nicht, denn ich höre es selbst nicht. Da sind weder Pferdegetrappel noch Schritte zu vernehmen, dafür ist es noch zu früh und er ist noch nicht nah genug an der Hütte. Doch woher weiß ich es dann? Die Wahrheit ist für mich klar: Ich spüre es. Ich spüre es so deutlich wie Phils warme Hand an meinem Handgelenk. Die Unruhe in mir wächst mit jeder Sekunde, die verstreicht. Ich muss gehen, muss mich verstecken bis zum Sonnenaufgang. Erst dann darf er mich wieder zu Gesicht bekommen. Ich darf nicht riskieren, dass er meine menschliche Gestalt hier findet und Fragen stellt.

»Lasst mich gehen, bitte!«, flehe ich und versuche, ihm meinen Arm zu entwenden, doch Phil hält ihn eisern fest.

»Wer kommt?«, fragt er erneut, diesmal mit einem drohenden und gleichzeitig eiskalten Unterton, der seine Stimme beinahe vibrieren lässt.

»Aeric«, würge ich hervor. Dieses Ziehen in meiner Brust wird immer stärker und lässt mich keinen klaren Gedanken mehr fassen. Ich fühle mich, als würde sich jeder meiner Sinne nach ihm ausstrecken, ihn willkommen heißen, dabei will ich nichts anderes, als von hier zu verschwinden. Mein Kopf weiß das, doch mein Körper leistet Widerstand.

Als ich den Namen des jungen Jägers ausspreche, erscheint Entsetzen in Phils Gesichtszügen, und er nimmt seine Hand von mir. »Du kannst ihn spüren?«

Ich nicke schwach. Mittlerweile geht mein Atem stoßweise, doch mein Körper will noch immer nicht den Befehlen meines Gehirns gehorchen. Obwohl Phil mich losgelassen hat, bleibe ich wie angewurzelt stehen.

Phil reibt sich mit der Hand übers Gesicht. »Das ist nicht gut«, murmelt er. »Gar nicht gut.«

Ich habe keine Ahnung, was er da brabbelt, und eigentlich interessiert es mich auch nicht. Das Ziehen wird stärker, doch anstatt schmerzhaft zu sein, erfüllt es mich mit Freude. Meine Beine wollen sich auf das unsichtbare Ende des Bandes zubewegen und ich kann sie nur mit Mühe davon abhalten. Eigentlich sollten sie sich in die komplett entgegengesetzte Richtung bewegen, anstatt auf ihn zu.

Wieder presse ich die Hand auf den Brustkorb, um mein schnell schlagendes Herz zu beruhigen. »Was bedeutet das?«, wispere ich.

Wieder und wieder schüttelt Phil den Kopf. Dann nimmt er mich bei der Hand und führt mich zurück zum Schemel. Meine Knie zittern, als ich mich dankbar darauf sinken lasse. Er ist nun ganz nah, das spüre ich deutlich, an Flucht oder Verstecken ist nicht mehr zu denken. Wie soll ich ihm erklären, dass ich hier bin? Was, wenn er nach seinem Falken sehen will? Oder wenn er, genau wie Phil, eine Verbindung zwischen diesen beiden Wesen sieht? Kann ich darauf hoffen, dass er genauso verständnisvoll ist wie der alte Mann, der schon andere wie mich getroffen hat? Oder wird Aeric sich von mir abwenden?

Ich schüttle mich, um diese Gedanken zu verscheuchen. Warum zerbreche ich mir nur den Kopf darüber? Es ist unwichtig, was dieser junge Jäger über mich denkt! Er ist nur ein Mittel zum Zweck, um endlich den zu finden, der meinen Vater töten ließ. Es ist absolut egal, was Aeric über mich denken mag. Ich werde auch aus Phil alles herausbekommen, was ich wissen muss, und nur das zählt. Nichts anderes!

»Seit wann geht das schon? Dass du ihn spüren kannst, meine ich«, fragt Phil und reißt mich damit aus meinen Gedanken.

Ich überlege einen Moment, ehe ich antworte. »Von Anfang an, glaube ich. Seit ich ihm auf der Lichtung im Wald begegnet bin, als mein Vater- …« Ich schlucke krampfhaft gegen die Enge in meinem Hals an. »Als er starb. Seitdem habe ich dieses Gefühl, dass ich immer weiß, wo er ist, und ich ihm so folgen kann. Deshalb fiel es mir auch leicht, die Jagdgesellschaft nicht aus den Augen zu verlieren.«

Phil öffnet den Mund, um mir etwas zu sagen, doch im selben Augenblick wird die Tür zur Hütte aufgestoßen und ein eiskalter Windhauch trägt Schnee zu uns hinein. Mein Kopf fliegt herum, während mein eigener Herzschlag in meinen Ohren widerhallt. Ich kralle meine Finger in das Holz des Schemels, um ihr Zittern zu verbergen.

Eine vermummte Gestalt tritt in die Hütte und klopft sich den Schnee von der Kleidung. Auch wenn ich nur den Sehschlitz für die Augen zwischen all den Stofflagen erkennen kann, weiß ich, wer es ist. Unfähig, irgendwas zu sagen oder zu tun, sitze ich vor dem Kamin und starre ihn an.

Er starrt zurück. Mit einem tiefen Seufzer steht Phil auf und hilft dem Ankömmling, sich aus der Kleidung zu schälen. Aeric lässt es widerspruchslos über sich ergehen, ohne den Blick von mir zu nehmen. Nervös schaue ich mich in dem kleinen Zimmer um, wo es nichts gibt, das meine Aufmerksamkeit länger als den Bruchteil einer Sekunde halten kann, aber alles ist besser, als ihm in die Augen sehen zu müssen.

»Wie geht es deinem alten Herrn?«, unterbricht Phil das Schweigen, das sich wie eine bleierne Decke über uns gelegt hat.

Aeric braucht eine Weile, um zu reagieren. »Schlecht, wie immer.«

»Also hat das Mittel nicht gewirkt.« Keine Frage, sondern eine Feststellung. So als wäre es ihm von vornherein klar gewesen.

»Was macht sie hier?«

Zögerlich hebe ich den Kopf und sehe Aeric an, der diese Frage gestellt hat. Was soll ich antworten? Mehrmals öffne und schließe ich meinen Mund, ohne dass auch nur ein Laut herauskommt. Das Atmen fällt mir schwer und ich fühle meine Haut unter seinem eindringlichen Blick brennen.

»Sie hat ihre Sachen gesucht, die William mitgenommen hat«, kommt mir Phil zu Hilfe und lenkt Aerics Aufmerksamkeit von mir ab. Als er mich nicht mehr direkt ansieht, gestatte ich mir wieder zu atmen. »Sie wollte gerade wieder gehen.«

Ich öffne den Mund, um zu widersprechen, doch Aeric kommt mir zuvor. »Gehen? Wohin?« Er schaut zu mir, dann wieder zu Phil. »Da draußen tobt ein Schneesturm. Da kann sie unmöglich hinaus! Außerdem ist es mitten in der Nacht.«

»So?« Phil verschränkt die Arme und schaut den Jüngeren abwartend an.

Unsicher komme ich auf die Füße. »Ich sollte jetzt wirklich gehen.« Meine Stimme ist nichts weiter als ein heiseres Krächzen. Ich habe keine Ahnung, wo ich hingehen soll, aber ich will keine Sekunde länger hierbleiben. Meine Nerven sind zum Zerreißen gespannt und dieses Pulsieren in meiner Brust, das neben meinem eigentlichen Herzschlag zu existieren scheint, macht mich nur noch unruhiger. Die kühle Nachtluft wird mich wieder beruhigen.

»Du wirst nirgendwo hingehen«, sagt Aeric in einem Tonfall, der keinen Widerspruch duldet, und tatsächlich bleibe ich für einen Moment stehen. »Du holst dir da draußen den Tod!«

Ohne dass ich es bemerkt habe, ist Phil neben mich getreten und legt mir die Hand auf die Schulter. Für die Dauer eines Wimpernschlags huscht etwas Wildes, Unberechenbares durch Aerics Blick, ist aber genauso schnell wieder verschwunden.

»Interessant«, murmelt Phil und nimmt seine Hand wieder von mir.

Ich zwänge mich an Aeric vorbei, darauf bedacht, ihn nicht zu berühren, um meine wenigen Habseligkeiten zusammenzuklauben. Er scheint meinen Wunsch nach Abstand nicht zu bemerken, denn als ich auf seiner Höhe bin, greift er nach meiner Hand, verflechtet seine Finger mit meinen, als wäre es das Natürlichste von der Welt, und hält sie fest.

»Geh nicht«, flüstert er so leise, dass nur ich ihn hören kann, und doch lassen diese zwei kleinen Worte meinen ganzen Körper erschaudern.

Das hätte nicht passieren dürfen. Er hätte mich hier nicht als Menschen sehen sollen. Morgen früh, wenn ich wieder der Falke bin, wird er sich fragen, warum ich fort bin. Jedenfalls würde ich mich das fragen, wenn unsere Rollen vertauscht wären. Es würde mich zermürben, denn die Wahrheit ist so unglaublich, dass sie meinen Verstand nicht erreichen würde.

»Ich kann nicht bleiben«, flüstere ich eben so leise, mache jedoch keine Anstalten, ihm meine Hand zu entziehen. Zu sehr genieße ich das Gefühl der Wärme und seiner Haut an meiner, als dass ich es freiwillig zu früh beenden würde.

»Warum nicht?«

Seine Frage ist einfach und doch weiß ich keine Antwort darauf. Im Grunde fürchte ich nichts mehr als seine Reaktion auf meine Verwandlung, die unweigerlich beim ersten Sonnenstrahl einsetzen wird. Selbst wenn er sie nicht mit eigenen Augen sieht, werde ich doch ohne ein Wort der Entschuldigung oder Erklärung verschwunden sein. Und das will ich nicht. Deshalb sollte ich jetzt gehen, jetzt, wenn ich es ihm zumindest etwas begreiflich machen kann.

»Wartet irgendwer auf dich?« Seine Worte sind vorsichtig gewählt und zeugen von einer Verletzlichkeit, die ich ihm nicht zugetraut hätte.

Resigniert schließe ich die Augen. »Nein. Niemand wartet auf mich.« Es hat keinen Sinn, mich weiter in Lügen zu verstricken, als ich es ohnehin schon getan habe.

»Dann bleib. Bitte.«

»Ich kann nicht.« Schnell drehe ich mich um, damit ich sein Gesicht nicht sehe. Und er nicht meines. Natürlich würde ich lieber hier drin bleiben, als draußen durch die eiskalte Schneenacht zu stapfen. Doch ich habe Angst davor, dadurch eine Grenze zu überschreiten, über deren Existenz ich selbst kaum etwas weiß.

»Wo kann ich dich finden?«

»Nirgendwo.«

»Wo willst du jetzt hin, mitten in der Nacht?«

»Ich weiß es nicht.«

Ich umklammere die Kante des Tisches vor mir, bis meine Knöchel weiß hervortreten. Obwohl ich jede seiner Fragen wahrheitsgemäß beantworte, fühle ich mich mit jedem Wort, das meinen Mund verlässt, niedergeschlagener, und mit jeder Abweisung zieht sich mein Herz weiter zusammen. Alles in mir schreit danach, nicht zu gehen, sondern zu bleiben und zu sehen, was geschieht, doch deswegen bin ich nicht hier. Ich bin hier, um den Tod meines Vaters zu rächen.

Ich schließe die Augen und atme tief ein und aus, bis ich meine wild durcheinanderwirbelnden Gefühle zumindest halbwegs unter Kontrolle habe. Dann straffe ich die Schultern und sehe Phil an. »Danke für die Gastfreundschaft.« Schnell schnappe ich mir das Buch, klemme es mir unter den Arm und laufe damit zu dem Bündel.

»Warte, Miranda!«, höre ich Aerics Stimme hinter mir, während ich hastig das Buch in das Bündel stopfe, es zuschnüre und mir über die Schulter werfe. »Du kannst so nicht nach draußen. Es ist eiskalt. Du wirst erfrieren!«

»Aeric.« Phil hält seinen Schützling an der Schulter zurück. »Lässt du mich kurz mit ihr alleine sprechen?«

»Was? Aber …« Unsicher huscht sein Blick zwischen mir und Phil hin und her. Schließlich nickt er, hebt seinen Umhang auf, der auf dem Boden liegt, und geht zur Tür, vor der ich gerade stehe. Ich vergrabe meine zitternden Hände in den Falten meines Rockes, während ich steif einen Schritt zur Seite mache. Als Aeric die Tür aufzieht, will ich trotz der beißenden Kälte, die mir entgegenschlägt, am liebsten sofort nach draußen flüchten und in der Dunkelheit der Nacht verschwinden. Stattdessen bleibe ich stehen und sehe zu, wie er mit hängenden Schultern hinaus in den Schnee stapft, der ihm bis über die Knöchel reicht.

Geräuschvoll atme ich aus. Mein Kopf dröhnt und ich fühle mich ausgezehrt, als wäre ich den ganzen Tag einen Berg hinaufgestiegen. Setzen, ich muss mich setzen.

Als er sieht, wie ich kurz schwanke, führt Phil mich zurück zum Kamin. Warum bin ich aufgestanden? Nun sitze ich doch wieder hier. Es ist alles so sinnlos …

»Also, Mädchen. Erzählst du mir, was da eben los war? Warum bist du so blass?«

»Ich fühle mich nicht gut«, murmle ich. »Vielleicht ist das noch eine Nachwirkung der Verletzung, die ich hatte.« Es ist eine Lüge, aber Phil gegenüber geht sie mir leichter über die Lippen. Sein Blick schaut nicht wie Aerics direkt in die dunklen Abgründe meiner Seele und droht mich zu verschlingen. Nachdem Aeric die Hütte verlassen hat, kann ich wieder atmen, und doch fällt mir jeder einzelne Atemzug so schwer, als würden Steine auf meiner Brust liegen und sie hinunterdrücken.

»Wie fühlst du dich, wenn du ihn siehst?«

Seine Frage verwirrt mich und ich brauche einen Moment, um darüber nachzudenken. »Ich kenne ihn nicht«, antworte ich ausweichend. Eigentlich ist es die Wahrheit. Warum fühle ich mich dann so leer, wenn er nicht in meiner Nähe ist?

Ich weiß genau, dass er nicht weit weg ist. Wahrscheinlich geht er direkt vor der Hütte auf und ab und wartet darauf, endlich wieder hineingerufen zu werden. Selbst diese Steinwände, die uns trennen, kommen mir wie eine kleine Unendlichkeit vor.

»Ich frage dich noch einmal, warum du hier bist, Mädchen.« Ich hole Luft, um dem Alten dasselbe zu sagen wie zuvor: Dass ich hier bin, um den Tod meines Vaters zu rächen. Doch Phil hebt schnell die Hand und lässt mich verstummen. »Du hättest mehrmals einfach gehen können. Niemand von uns hätte dich mit Gewalt zurückgehalten. Warum bist du also noch hier?«

Ich presse meine Lippen zu einem schmalen Strich zusammen, während ich in meinem Kopf nach einer plausiblen Antwort suche.

Als ich nicht antworte, seufzt Phil und lehnt sich zurück. »Ich habe das schon einmal gesehen, weißt du? Damals, in einem anderen Leben, zumindest fühlt es sich so an. Dass du seine Nähe spüren kannst und die Art, wie er dich ansieht, kann nur eines bedeuten. Aber glaube mir, Kind, das wird nicht gut gehen.«

»Ich habe keine Ahnung, wovon Ihr da sprecht!«, fahre ich ihn an. In mir brodelt es, ohne dass ich weiß, woher diese Wut kommt.

»Du weißt genau, wovon ich spreche. Aber lass dir gesagt sein, dass du dir keinen schlechteren Gefährten hättest aussuchen können.«

»Er ist nicht mein Gefährte! An so einen Irrsinn glaube ich nicht! Das sind nur Geschichten, die man meinesgleichen erzählt, um ihnen Hoffnung zu geben. Ich brauche das nicht! Das Einzige, was ich brauche, ist meine Rache!«

Mit einem Grinsen im Gesicht verschränkt der Alte die Arme. »Nun gut. Ich werde dir den Namen desjenigen sagen, der für die Jagd verantwortlich war. Aber nur unter der Bedingung, dass du gehst und nie wieder hierher zurückkommst.«

Mein Kopf schreit, dass ich meinen Mund öffnen und *Einverstanden* sagen soll, doch meine Lippen zucken nicht einmal. Was hält mich hier? Diese Stadt interessiert mich nicht. Hier werde ich mir kein neues Leben aufbauen können, ohne in ständiger Angst vor der Entdeckung zu leben.

Aber was, wenn Phil recht hat? Was, wenn er … wenn Aeric tatsächlich mein Gefährte ist? Was wäre, wenn dadurch mein Fluch gelöst werden könnte? Darf ich wirklich hoffen?

»Wie ich es mir dachte«, sagt der Alte zufrieden, was mich mit den Zähnen knirschen lässt.

»Nehmen wir für einen kurzen Moment an, Aeric wäre wirklich … mein Gefährte …« Allein es laut auszusprechen, schickt ein wohliges Gefühl durch meinen Körper, das ich sofort versuche zu verdrängen.

»Was meintet Ihr vorhin damit, dass ich mir keinen schlechteren hätte aussuchen können?«

Das zufriedene Grinsen verschwindet aus Phils Gesicht und macht Traurigkeit und Mitgefühl Platz. Augenblicklich bildet sich ein eisiger Klumpen in meinem Bauch und ich würde alles dafür geben, meine Frage zurücknehmen zu können.

»Ich weiß, dass du ihn dir nicht freiwillig ausgesucht hast, Mädchen, aber eure Zukunft steht unter keinem guten Stern.« Er legt seine Hand auf meine und drückt sie. »Aeric ist der einzige Sohn des Mannes, der die Jagd auf deinen Vater befohlen hat.«

KAPITEL 15

AERIC

Es ist bitterkalt und ich spüre seit einer Weile meine Zehen nicht mehr. Meine Hände habe ich mir unter die Achseln geschoben, um sie halbwegs warm zu halten, doch das klappt eher schlecht als recht.

Immer wieder fliegt mein Blick zur Tür der Hütte, vor der ich auf und ab laufe. Was haben die beiden darin zu bereden? Und vor allem so lange? Ob ich einfach wieder hineingehen sollte? Warum haben sie mich nach draußen geschickt? Gibt es etwas, das ich nicht wissen darf?

Diese Fragen, auf die ich keine Antwort finde, zermürben mich jede Sekunde mehr, und es fehlt nicht mehr viel, bis ich die Tür einfach einschlage.

Mit jedem Atemzug beißt die kalte Nachtluft in meinen Lungen.

Ich muss mich ablenken, um nicht vollends den Verstand zu verlieren. Keine Ahnung, warum ich auf einmal so bin. Vielleicht bin ich einfach nur froh, dass Miranda da ist, und habe Angst, sie gleich wieder zu verlieren. Aber irgendwie glaube ich das nicht. Irgendwie ist da … mehr. Etwas, das ich nicht beschreiben kann. Ein Gefühl, so tief und rein, das sich in mir festgesetzt hat und mich nicht mehr loslässt.

Vielleicht sollte ich zu meinem Falkenmädchen gehen. Sicherlich hat sie Angst allein inmitten all der anderen fremden Greifvögel. Ich fühle mich auf einmal noch miserabler, weil ich, seitdem ich hier bin, keinen Gedanken an die andere, die geflügelte Miranda verschwendet habe. Und dabei ist sie doch die, auf die ich all meine Hoffnungen baue. Nur mit ihr wird es mir möglich sein, die Prüfung zu bestehen und mich endlich von meinem Vater lossagen zu können. Nun ja, ganz werde ich von ihm nie loskommen, dazu ist die Bürde, die auf meinen Schultern lastet, einfach zu groß. Aber ich bekomme dadurch Freiraum und Zeit, die ich für mich habe, abseits der Bankette, Empfänge und all der jungen, heiratswilligen Mädchen, deren leere Köpfe nur zum Frisieren vorhanden sind.

Hier bei Phil kann ich der sein, der ich wirklich bin. Für ein paar Stunden am Tag bin ich nichts weiter als ein Lehrling. Die niederen Aufgaben, die ich in den Gehegen verrichten muss, sind nicht unter meiner Würde, ganz im Gegenteil: Sie lassen mich aufblühen. Bisher hält mein Vater meine Arbeit für einen sinnlosen Müßiggang, aber wenn ich es tatsächlich schaffen sollte, die Prüfung zu bestehen, wird er keinen Grund mehr haben, mich für meinen Aufenthalt hier zu schelten.

Alles steht und fällt mit der Ausbildung des schwarzen Falken. Obwohl ich schon mehrere Jahre hier bin, habe ich zu keinem der Vögel eine solche Verbindung gespürt wie zu meinem Falkenmädchen. Als sie mir beinahe buchstäblich vor die Füße gefallen ist, war mir klar, dass dies kein Zufall sein konnte. Es war Schicksal.

Meine Füße tragen mich durch den frisch gefallenen Schnee hinüber zum Falkengehege. Ich schnalze ein paar Mal mit der Zunge und rufe ihren Namen, doch nur die anderen Falken scharren sich um mich, in der Hoffnung, ein paar Fleischbrocken ergattern zu können.

Augenblicklich spüre ich eine Enge in meiner Brust. Wo ist sie? Wieder und wieder rufe ich ihren Namen, doch außer den anderen Falken sehe ich nichts im Gehege. Einige Male rutschen meine klammen Finger am Schloss zur Schleuse ab und ich brauche mehr Anläufe als sonst, um es zu öffnen. Im Gehege suche ich jeden Winkel nach meinem Falken ab. Mein Rufen wird immer lauter und verzweifelter. Die anderen Vögel gehen auf Abstand, als sie merken, dass ich nichts zu fressen für sie dabei habe.

Wo ist mein Falkenmädchen? Wie kann es aus dem Gehege verschwunden sein? Das ist unmöglich! Haben die anderen Vögel sie- …? Nein, dann müsste ich Blut oder zumindest schwarze Federn finden, aber es ist so, als wäre sie nie hier gewesen. Bin ich in der Dunkelheit zum falschen Gehege gelaufen?

Ich haste aus dem Käfig und laufe die anderen ab, obwohl ich natürlich genau weiß, dass ich beim richtigen Gehege war. Ich hätte sie niemals zu den Adlern oder Bussarden gesetzt! Niemals hätte ich einen solchen Fehler gerade bei ihr begangen. Sie muss hier irgendwo sein!

Ob Phil sie wieder aus dem Gehege geholt hat, um sich ihre Wunde nochmals anzusehen?

Ich zittere, ohne die Kälte zu spüren. Wenn Phil auch nicht weiß, wo sie ist, dann … Ich weiß nicht, was ich dann machen soll.

Eilig haste ich zurück zur Hütte. Mir ist mittlerweile egal, dass ich mehr oder weniger höflich hinausgebeten wurde – hier geht es um mein Falkenmädchen! Vollkommen egal, was die beiden da drin zu bereden haben, ich werde jetzt hineingehen.

Ich verzichte auf anklopfen und reiße die quietschende Holztür einfach auf.

»Es ist mir egal, ob er sein Sohn ist. Ich werde ihn töten, und wenn es das Letzte ist, was ich tue!«

Mirandas Stimme klingt aufgebracht. So habe ich sie noch nie gehört. Ein zartes Wesen wie sie will jemanden töten? Nein, das muss ein Irrtum sein. Sie könnte nicht einmal einer Fliege etwas zuleide tun.

Phil entdeckt mich als Erster und erhebt sich mühsam. »Habe ich dir nicht gesagt, dass du draußen warten sollst?«, herrscht er mich an, doch ich zucke nicht mal mit der Wimper. Es ist mir egal, was er mir an den Kopf werfen wird.

»Sie ist weg!«, unterbreche ich den Alten schnell, ehe er zu weiteren Schimpftiraden ansetzt. »Mein Falkenmädchen ist weg!«

Im Augenwinkel sehe ich, wie Miranda zusammenzuckt, und mir entgeht auch nicht, wie Phils Blick für einen Moment zu ihr huscht, ehe er mich wieder fixiert. »Du hast sie in der Dunkelheit nur übersehen, Junge. Schließlich ist sie nachtschwarz.«

»Unsinn! Ich war im Gehege, habe jeden Winkel abgesucht, aber sie ist verschwunden. Wir müssen sie suchen!«

Miranda atmet tief ein und legt Phil eine Hand auf die Schulter. Diese vertrauliche Geste lässt ein Gefühl in mir aufbrodeln, das ich bisher nicht gekannt habe: Eifersucht. Es fehlt nicht viel und ich würde ihre Hand nehmen und sie von dem anderen Mann wegzerren. Dass dieser andere Mann mein Lehrer ist und ihr Großvater sein könnte, spielt dabei keine Rolle. Allein dass sie so nah bei einem anderen Mann steht, bringt mein Blut vor Wut zum Kochen.

Dann schaut sie mich mit ihren funkelnden Goldaugen an und ich vergesse, warum ich eben so wütend war. Für einen Moment vergesse ich sogar meinen eigenen Namen, denn er ist ihr gegenüber bedeutungslos.

»Es wird morgen wieder da sein, dein Falkenmädchen«, sagt sie und schenkt mir ein kleines Lächeln, das mich beinahe aus dem Gleichgewicht bringt.

Ich frage nicht, woher sie das weiß. Die Art, wie sie es sagt und wie sie mich dabei ansieht, lässt keinen Zweifel zu. Ich glaube ihr.

»Du solltest dich jetzt ausruhen, Kind. Das war selbst für dich ein bisschen viel für einen Tag«, sagt Phil und Miranda nickt abwesend. Ich sehe ihr an, dass sie mit ihren Gedanken ganz woanders ist, und das vorhin Gesagte kommt mir wieder in den Sinn. Denkt sie tatsächlich darüber nach, jemanden zu töten? Was kann ihr nur zugestoßen sein, dass sie so etwas überhaupt in Erwägung zieht?

Während ich darüber nachdenke, fällt mir auf, dass ich rein gar nichts über sie weiß. Sie taucht aus dem Nichts auf – erst bei diesem Bären auf der Lichtung, dann in der Schänke und nun hier im Haus meines Lehrers –, ohne dass ich weiß, woher sie kommt und wohin sie will. Sie ist wie ein Geist: unberechenbar und geheimnisvoll. Mein Blick gleitet über ihren Körper, der so klein und zierlich ist, dass ich ihn am liebsten an mich drücken und vor allen Widrigkeiten dieser Welt beschützen will.

Niemand soll ihr auch nur ein Haar krümmen. Nicht, solange ich lebe.

»Ich werde dir helfen.« Die Worte sprudeln aus meinem Mund, ohne dass ich sie überhaupt gedacht habe. Und doch fühlen sie sich richtig an. Ich habe zwar keine Ahnung, wie ich ihr helfen soll, aber allein meine Bereitschaft dazu kundzutun, ist ein Anfang.

Doch im nächsten Moment bereue ich meine unbedachten Worte, als Miranda mich mit spöttisch hochgezogener Augenbraue mustert.

»Ihr?«, fragt sie und muss den Kopf ein Stück in den Nacken legen, um zu mir aufblicken zu können. Wenn ich es wollte – und im Grunde *will* ich es – könnte ich bequem mein Kinn auf ihren Scheitel legen. »Wie gedenkt denn ein Falkner in Ausbildung, mir zu helfen?«

Ehe Phil dazwischengehen kann – und das hat er vor, das sehe ich ihm deutlich an –, sinke ich vor Miranda auf ein Knie und lege die Faust an die Brust. »Aeric Arustelle, Prinz der Menschen, zu Euren Diensten, Mylady.«

Miranda schnappt geräuschvoll nach Luft und weicht einen kleinen Schritt zurück, während Phil sich mit der Hand übers Gesicht reibt. Doch für einen Rückzieher ist es nun zu spät. Mein Titel ist etwas, mit dem ich nicht hausieren gehe. Ich genieße es, in Gegenwart derer zu sein, die mich wie einen normalen Menschen behandeln, mit all meinen Ecken und Kanten, und die nicht ständig im Hinterkopf haben, dass sie mit ihren Worten ihren nächsten König beleidigen könnten.

Noch immer hat Miranda kein Wort gesprochen und ich beiße vorsorglich die Zähne zusammen, damit ich nicht wieder etwas Unbedachtes sage. Was denkt sie gerade? Ist sie schockiert? Überrascht? Ich würde es gerne wissen, doch ich wage nicht, den Kopf zu heben und ihrem Goldblick zu begegnen. Zu groß ist meine Angst, darin nur Abneigung zu erkennen. Also knie ich weiter mit gesenktem Kopf vor ihr, während mir vor Aufregung selbst das Atmen schwerfällt. In der Stille, die uns umgibt, meine ich, unser beider Herzschläge unnatürlich laut zu hören.

Es ist Phils Seufzen, das die Stille zerbricht. »Nun steh schon auf, Junge«, knurrt er und zerrt mich auf die Füße. Am liebsten will ich ihn von mir stoßen oder köpfen lassen – oder beides! –, weil er mir diesen Moment mit Miranda ruiniert hat, doch ich schlucke meinen Ärger hinunter. Stattdessen fliegt mein Blick wie von selbst zu der jungen blonden Frau, die mich unverwandt mustert. Es ist mir unmöglich, aus ihrer Miene zu erkennen, was sie denkt, und dieses Unwissen facht die Rastlosigkeit in meinem Innern noch mehr an.

Ich ignoriere Phils Hand an meinem Oberarm und deute eine leichte Verbeugung in ihre Richtung an. »Was ich gesagt habe, meine ich ernst. Wenn du meine Hilfe benötigst, egal bei was, werde ich dir zur Seite stehen.«

Nachdem sie ein paar Mal geblinzelt hat, kommt Leben in ihren Körper. »Nein, das werdet Ihr nicht, Prinz. Nicht bei dem, was ich vorhabe.« Sie neigt respektvoll den Kopf, doch gerade diese Geste ist wie ein Stich in mein Herz. *Wie all die anderen*, geht es mir durch den Kopf. »Gute Nacht«, sagt sie schnell und schiebt sich an mir vorbei. Ich will nach ihr greifen, doch Phil hält mich zurück.

Als sie bereits an der Tür ist, schaffe ich es endlich, mich von Phil loszumachen. »Wann werde ich dich wiedersehen?«

Sie bleibt an der Schwelle stehen, dreht sich jedoch nicht zu mir um. Die sekundenlange Stille lässt mich den Atem anhalten.

»Niemals«, antwortet sie und verschwindet hinaus in die Nacht.

Mit jedem Zentimeter, den sie sich von mir entfernt und von der Dunkelheit verschluckt wird, fühlt sich mein Herz an, als würde es in einem eisernen Griff zerquetscht werden. Ich denke für einen Moment darüber nach, ihr hinterherzulaufen, doch Phils Griff an meinem Unterarm ist unerbittlich.

MIRANDA

Der Prinz? Er ist der verdammte Prinz?!

Bei all dem »Glück«, was ich in letzter Zeit hatte, muss Aeric natürlich ausgerechnet ein Prinz sein. Als ich es erfahren habe, dachte ich, mein Herz müsse stehen bleiben. Nicht, dass es schlimm genug ist, dass ich seinen Vater töten will, nein, nun stellt sich auch tatsächlich heraus, dass die Person, deren Tod ich mir herbeiwünsche, niemand Geringeres als der König ist. Ich hatte damit gerechnet, aber es wirklich zu wissen, ist ein gewaltiger Unterschied. Wie kann ich es schaffen, nah genug an ihn heranzukommen, um mein Vorhaben in die Tat umzusetzen?

Ich reibe mir über die Arme, um mich wenigstens ein bisschen aufzuwärmen. Wie kam ich überhaupt auf die blöde Idee, hinaus in eine Schneenacht zu flüchten? Drinnen bei Phil war es zumindest warm und behaglich.

Für einen kurzen Moment war dieses Kribbeln in meinem Bauch, als Aeric völlig aufgelöst nach seinem Falken gesucht hat, und beinahe hätte ich ihm die Wahrheit erzählt. Dass der Falke und ich eins sind. Zum Glück konnte ich meinen Mund halten. Jedoch ließ ich mich dazu hinreißen, ihm zu sagen, dass sein Falkenmädchen morgen früh wieder da wäre. Wie konnte ich nur so dumm sein? Ich will nicht wieder in den Käfig zurück, geschweige denn Aeric noch mal unter die Augen treten. Doch wo soll ich sonst hin?

Allein jetzt schmerzt innerlich jeder Schritt, den ich mich von ihm entferne, und ich kann meine Beine nur mit Mühe davon überzeugen, weiter einen Fuß vor den anderen zu setzen. Am liebsten würden sie auf dem Absatz kehrtmachen und mich zu dem anderen Ende des Bandes tragen, das in mein Herz schneidet und es bluten lässt. Ich beiße die Zähne zusammen und gehe weiter, auch wenn ich nicht weiß, wo ich hin soll.

Bis vorhin hielt ich Aeric für einen normalen Falknerlehrling. Es war mir zwar klar, dass er besser gestellt, wenn nicht gar adlig ist – dazu brauchte ich nur seine perfekten Manieren oder das feine Tuch sehen, das er immer am Leibe trägt –, aber niemals wäre ich auf die Idee gekommen, dass er der verdammte Menschenprinz ist!

Warum ausgerechnet er? Was ist, wenn Phil mit seiner Vermutung recht behält und Aeric wirklich mein … Gefährte ist? Daran darf ich nicht denken! Ich flüchte mich in die Sicherheit, dass auch mein Vater niemals seine Gefährtin gefunden hat. Es wird für alle besser sein, wenn ich weiterhin so tue, als würde ich nichts spüren. Nichts wird sich für mich ändern und ich kann mich endlich wieder auf das konzentrieren, was für mich wichtig ist.

KAPITEL 16

MIRANDA

Ich weiß nicht mehr, wie ich die Nacht verbracht habe. In Gedanken, so viel ist klar. Irgendwie habe ich es geschafft, nicht zu erfrieren und mich in diesem Schneetreiben nicht zu verlaufen.

Noch vor den ersten Sonnenstrahlen stehe ich wieder vor Phils Hütte. Ohne dass ich es gemerkt habe, haben mich meine Füße wie von selbst hierher zurückgetragen.

Ich möchte schreien.

Ich will nicht hier sein, doch diese Verbindung, dieses Band, wie ich es nenne, hat mich zurückkommen lassen. Auch ohne durch die beschlagenen Fenster zu sehen, weiß ich mit Sicherheit, dass Aeric noch in der Hütte ist.

Seufzend und mit hängenden Schultern gehe ich hinüber zum Falkenkäfig. Aufgeregt flattern die Vögel herum, als sie mich sehen, und ich bleibe kurz unschlüssig davor stehen. Soll ich in den Käfig gehen? Nein, Aeric hat mich gestern Nacht bereits darin gesucht und nicht gefunden. Außerdem traue ich den aggressiven Vögeln kein Stück über den Weg. Ich beschließe, mich hinter den angrenzenden Bäumen zu verstecken und auf die Verwandlung zu warten. So kann ich auch meine Kleider zurechtlegen, ohne dass sie sofort jemandem auffallen, schließlich weiß ich nicht mit Sicherheit, ob nicht noch mehr Lehrlinge oder Gehilfen in der Falknerei herumlaufen oder ob es nur Phil und Aeric gibt. Das Risiko, erneut entdeckt zu werden, ist mir zu groß.

Der pappige Schnee knirscht unter meinen Füßen, als ich zu den Bäumen husche und mich dahinter verberge.

Von Weitem höre ich das Knarzen der alten Hüttentür und sofort macht mein Herz einen Satz. Er kommt, um zu sehen, ob ich wirklich zurück bin. Na ja, nicht ich, mein anderes Ich … Ach, alles ist so verwirrend! Es wäre viel einfacher, wenn ich ihm alles sagen könnte. Aber dann müsste ich ihm auch erzählen, was ich hier mache, was mich antreibt.

Das könnte ich nicht. Allein die Vorstellung, ihm zu sagen, dass ich hier bin, um seinen Vater zu töten, lässt Übelkeit in mir aufsteigen.

Ich höre das entfernte Knirschen von Schnee. Schritte, die näher kommen. Panisch fliegt mein Blick nach oben zum Himmel, der sich langsam heller färbt, doch noch immer spüre ich kein Kribbeln, kein Ziehen und Zerren, das die Verwandlung ankündigt. *Geh schneller auf, Sonne!*, denke ich verbissen und erschrecke gleichzeitig über diesen Gedanken. Seit wann sehne ich denn meine Verwandlung herbei? Ich fasse mir an den Kopf. Nein, kein Fieber. Aber irgendwas scheint wirklich nicht mit mir zu stimmen, wenn ich plötzlich so denke.

Das Quietschen der Käfigtür lässt meinen Kopf herumfahren und ich spähe vorsichtig an dem Baumstamm vorbei, hinter dem ich mich verstecke. Er ist zu früh! Warum ist er so früh hier? Ich will ihn anschreien, ihm sagen, dass er zurück in die verdammte Hütte gehen soll, bis die Sonne aufgegangen ist, doch ich beiße die Zähne zusammen, während ich unruhig von einem Fuß auf den anderen trete.

Als ich seine hängenden Schultern sehe, weil das Falkenmädchen nicht wie versprochen im Käfig auf ihn wartet, überkommt mich Mitleid mit ihm. Es fehlt nicht viel und ich verlasse mein Versteck, um ihm alles zu sagen, weil allein der Anblick seiner niedergeschlagenen Körperhaltung mein Herz schwer werden lässt.

Dann – endlich! – spüre ich das bekannte Ziehen in meinen Gliedern, spüre das Kribbeln auf meiner Haut, aus der gleich unzählige kohlschwarze Federn sprießen werden. Anders als die letzten Male lasse ich die Verwandlung zu, heiße sie willkommen und verspüre kaum Schmerzen dabei. Es ist wie eine Befreiung, obwohl ich diese Gestalt, dieses Monster, das in mir wohnt, aus tiefster Seele verabscheue. Aber nun ist es anders. Nun gibt es jemanden, dem selbst diese Gestalt etwas bedeutet, dennoch wage ich nicht, Hoffnung zu schöpfen. Dafür ist in den letzten Wochen zu viel passiert.

Hoffnung ist etwas, das ich mir nie wieder zugestehen werde.

Die Kleider fallen an meinem schrumpfenden Körper zu Boden und nur einen Lidschlag später breite ich die Flügel aus, auf denen die schwarzen Federn im Schein der aufgehenden Sonne strahlen.

Ich warte nicht länger, schlage ein paar Mal mit meinen Schwingen, wodurch ich etwas Schnee unter mir aufwirble, und fliege direkt auf Aeric zu. Noch bevor er mich bemerkt, lande ich auf seiner Schulter und er zuckt erschrocken zusammen.

»Da bist du ja!«, ruft er, als er sich von seinem ersten Schreck erholt hat. »Warte … Wie kommst du aus dem Käfig? Egal, Hauptsache, du bist wieder da!«

Ich lege den Kopf schräg und amüsiere mich im Stillen über seine kindliche Freude. Auf einmal kommt mir die Vorstellung, dass dieser junge Mann wirklich der Prinz sein soll, absolut abwegig vor.

Was würde ich alles dafür geben, wenn er es nicht wäre …

Der Tag vergeht wie im Fluge. Im wahrsten Sinne des Wortes. Ich kann mich nicht mehr daran erinnern, wann ich so oft und so lange in der Luft gewesen bin.

Immer wieder pustet Aeric in eine Pfeife aus Hirschgeweih, auf die er mich trainieren will. So ein Schwachsinn! Als ob ich nicht angeflogen käme, wenn er mich einfach nur rufen würde … Aber anscheinend ist das das normale Vorgehen bei echten Greifvögeln.

Nachdem er gemerkt hat, dass ich auch auf sein Pfeifen reagiere, beginnt das eigentliche Training. Wieder bindet er mir ein langes dünnes Lederseil um einen Fuß, wirft eine Fellattrappe in den Schnee und lässt mich diese greifen und zurückbringen.

Da ich bereits mein halbes Leben lang als Falke für mein leibliches Wohl sorgen musste, ist es für mich nicht schwer, eine Jagd nach Kleintieren nachzuahmen.

Aeric überschüttet mich mit Lob, wann immer ich ihm die Attrappe – gerade ist es der Waschbärenschwanz vom letzten Mal – zurückbringe, und steckt mir kleine Fleischbrocken zu, die ich gierig verschlinge. Mein knurrender Magen erinnert mich daran, dass ich schon lange nichts mehr gegessen habe, und ich kann es kaum noch erwarten, endlich Jagd auf echte Tiere zu machen. So ungern ich es auch zugeben will, scheint das so etwas wie ein Instinkt zu sein, der in mir erwacht, wann immer ich in diesem Körper gefangen bin.

Als der Nachmittag anbricht, geht Aeric mit mir auf seinem mit Leder geschützten Unterarm zu einer Reihe kleiner Käfige. Schon von

Weitem vernehme ich das ängstliche Quieken von Hasen und anderen kleinen Beutetieren und schlage automatisch meine zuckenden Krallen fester in den Armschutz. Allein die Geräusche lassen meinen Jagdtrieb erwachen und mich unruhig werden. Aeric scheint dies zu bemerken, denn er umfasst das Seil, das mich hält, fester.

»Sachte, sachte, mein Falkenmädchen«, murmelt er, als wir uns den Käfigen nähern.

Vor einem beugt Aeric sich hinunter. Kurz bevor er ihn öffnet, sagt er zu mir: »Ich hoffe, dass du schon so weit bist.«

Und ob ich so weit bin!, denke ich, ducke mich etwas und spanne den Rücken an, jederzeit bereit, mich abzustoßen und die Flügel auszubreiten.

Er lässt das Seil los, das nun sinnlos an meinem Fuß baumelt, und öffnet zeitgleich die kleine Käfigtür, aus der sofort ein Hase herausschießt und hakenschlagend sein Heil in der Flucht sucht.

Ich reagiere instinktiv. Ohne nachzudenken, stoße ich mich ab und gleite knapp über dem Schnee hinter dem Hasen her, der panisch versucht, mich abzuschütteln. Doch ich lasse mich durch seine wilden Sprünge im Zickzack nicht beirren. Kurz lasse ich mich vom Wind unter meinen Flügeln ein Stück hinauftragen, ehe ich meine Klauen ausstrecke und auf den Hasen hinabstoße. Noch ehe sich meine Krallen durch sein dichtes Fell bohren, stößt er einen lauten Schrei aus. Das ist das letzte Geräusch, das er von sich gibt.

Schnell, um ihn nicht unnötig leiden zu lassen, ramme ich meinen messerscharfen Schnabel in seinen Nacken und bohre meine Krallen tiefer in das weiche Fleisch. Beinahe augenblicklich hört er auf, sich zu wehren. Nur noch ein gelegentliches Zucken spüre ich unter meinen Füßen, doch auch der wild hämmernde Herzschlag hat aufgehört.

Ich höre den hohen, aber nicht unnatürlichen Ton der Geweihpfeife und mache mich, meine Beute fest zwischen den Klauen, auf den Weg zurück zu Aeric, der freudestrahlend und winkend auf mich wartet. Die Sonnenstrahlen lassen den Schnee um ihn herum und einzelne seiner Haarsträhnen leuchten. Beinahe hätte ich bei diesem fast magischen Anblick meine Beute fallen gelassen. Zumindest gerate ich kurz ins Straucheln und brauche ein paar Flügelschläge, um mich wieder zu fangen.

Sofort legen sich düstere Gedanken über mein klopfendes Herz. Nicht für eine Sekunde habe ich heute an meine Mission gedacht. Ich habe nur die Zeit genossen – die Zeit als Falke! Nein, als *sein Falkenmädchen*. Das darf nicht sein! Ich bin nicht deswegen hier. Ich darf mich nicht sinnlosen Tagträumen hingeben, die niemals Wirklichkeit werden können.

So schwer es mir auch fällt, schließe ich sein lachendes Gesicht und seine leuchtenden blauen Augen aus meinem Herzen aus. Ich darf ihn nicht noch näher an mich heranlassen, um unser beider willen. Durch das, was ich vorhabe, werden wir sonst noch schlimmer verletzt, als es jetzt schon der Fall wäre.

Ich werfe ihm den toten Hasen vor die Füße und augenblicklich färbt sich der Schnee um meine Beute tiefrot. Dann lande ich auf Aerics ausgestrecktem Unterarm, doch ich schaue ihm nicht ins Gesicht. Ich will seine vor Freude glänzenden Augen und den Stolz darin nicht sehen. Seine Hoffnung, die er in mich setzt, kann ich nicht ertragen.

Ich verschließe mich vor den lobenden Worten, die er mir zuflüstert, und den sanften Berührungen. All das spüre ich und will es doch nicht spüren. Es wäre so leicht, mich diesen Gefühlen hinzugeben und mich nicht länger dagegen zu wehren, aber das darf ich nicht. Es würde mich zerstören.

Als der Himmel langsam dunkler wird, werde ich unruhig, und als Aeric mit mir auf dem Arm auf das Falkengehege zusteuert, schlage ich panisch mit den Flügeln, kann aber aufgrund des Seils, das noch immer um meinen Fuß hängt, nicht entkommen. Ich will nicht wieder eingesperrt werden! Was ist, wenn Phil diesmal nicht kommt, um mich vor den spitzen Krallen und Schnäbeln der anderen Vögel zu retten? Ich muss verschwinden!

Ich kreische, schlage hektisch mit meinen Schwingen auf und ab und ignoriere Aerics gemurmelte Worte, die mich beruhigen sollen. Wie soll ich ihm nur verständlich machen, dass ich unter keinen Umständen in dieses Gehege will?

»Was ist denn plötzlich in dich gefahren?«, fragt er leicht verstört, während ich weiterhin wie verrückt mit den Flügeln schlage und versuche, von ihm wegzukommen. Versuchshalber geht er ein paar

Schritte in eine andere Richtung und ich beruhige mich etwas, sobald ich das Gehege nicht mehr direkt vor mir sehe. Trotzdem wummert mein Herz viel zu schnell in der kleinen Falkenbrust. Ich weiß genau, dass ich mich bald zurückverwandeln werde, denn die Sonne lässt den Schnee unter uns schon seit einer Weile nicht mehr glitzern. Bis dahin muss ich wieder bei den Bäumen sein, wo ich meine Kleider zurückgelassen habe. Was ich dann mache, weiß ich noch nicht. Vielleicht gehe ich wieder zu Phil, um die Nacht über nicht frieren zu müssen. Allerdings nur, wenn Aeric nicht dort ist.

Es fällt mir leichter, bei ihm zu sein, wenn ich nicht menschlich bin. Auch er verhält sich dann anders. Gelöster. Aber ich darf nicht vergessen, warum ich hier bin. Heute Nacht werde ich Phil alle Informationen entlocken, die er über den König und dessen Gewohnheiten hat.

»Willst du nicht zu den anderen Falken?«, fragt Aeric dann und reißt mich damit aus meinen Gedanken. Ich deute ein Nicken an, wandle es schnell in ein Plustern um, damit ich mich nicht verrate. »Aber wo soll ich dich sonst hinbringen?«

Ich erlaube mir, einen Blick in sein Gesicht zu werfen. Seine Stirn ist sorgenvoll gerunzelt, während er mich betrachtet und die Möglichkeiten abwägt, die ihm bleiben.

»Ich kann dich nicht mitnehmen. Mein Vater würde aus der Haut fahren … Und in seinem momentanen Zustand darf ich ihn nicht noch weiter aufregen.«

Momentaner Zustand? Was meint er damit? Ist sein Vater krank?

»Und Phil wird dich sicher auch nicht …«

»Bring sie rein, Junge«, ertönt Phils Stimme hinter uns und Aeric wirbelt herum. »Ich kümmere mich heute Nacht um sie. Die anderen Falken haben ihr letzten Abend übel mitgespielt. Ich würde sie nicht erneut in das Gehege stecken, wenn dir wirklich etwas an ihr liegt.«

Ein riesiger Stein fällt mir vom Herzen, doch ich merke, dass Aeric meine Erleichterung nicht teilt.

»Was hat deine Meinung geändert?«, fragt er vorsichtig. »Bisher durfte kein Vogel deine Hütte betreten, egal, wie krank oder schwach er war. Was ist bei ihr anders?«

Phil überlegt eine Weile und ich habe für einen Moment Angst, dass er die Wahrheit erzählt. Dass er mich verrät.

Doch dann sagt der Alte: »Ich sehe das Potential in ihr und fände es schade, wenn sie von den anderen Vögeln in Stücke gerissen wird.«

Bei seinen Worten läuft es mir eiskalt den Rücken hinunter und die Erinnerung an letzte Nacht zieht erneut vor meinem inneren Auge auf.

Langsam, immer noch misstrauisch, geht Aeric auf seinen Lehrmeister zu und streckt zögerlich den Arm aus. »Kann ich mich darauf verlassen, dass du sie gut behandelst?«

Phil verdreht die Augen und schnalzt mit der Zunge. »Als ob ich je einen Vogel nicht gut behandelt hätte. Das spare ich mir für undankbare Lehrlinge auf. Nun gib sie schon her. Die Sonne geht bereits unter und ich bin sicher, dass sie völlig erschöpft ist, nachdem ihr den ganzen Tag trainiert habt. In der Hütte wartet auch bereits dein Freund, dieser William, auf dich.«

Noch immer sind die letzten Zweifel nicht aus Aerics Blick gewichen, doch er löst das dünne Seil von meinem Bein, sodass ich vorsichtig auf Phils ungeschützten Unterarm flattern kann. Erst dann gestatte ich es mir aufzuatmen. Phil weiß, dass ich mich bald zurückverwandeln werde und er wird nicht zulassen, dass mich jemand, vor allem nicht Aeric, dabei sieht.

»Nun geh schon, ehe der Junge mir die letzten Vorräte auffrisst. Warum haben junge Männer nur so einen unstillbaren Appetit?« Phil brummt noch einige Verwünschungen, ehe er mit mir auf dem Arm in Richtung der Bäume geht. »Ich habe deine Kleider heute Morgen aufgesammelt und im Anbau für die verletzten Vögel verstaut«, wispert er so leise, dass nur ich ihn hören kann. Ich nicke kurz, dankbar darüber, dass er mich unterstützt und mitdenkt. An Aeric gewandt, sagt er dann: »Sieh zu, dass ihr beide verschwindet. William ist nicht ohne Grund hier und frisst mir die Haare vom Kopf.«

Aeric, der uns eigentlich folgen wollte, bleibt stehen und schaut unsicher von mir hinüber zur Hütte. Noch immer scheint er sich nicht sicher zu sein, ob er mich gefahrlos in Phils Obhut lassen kann, dann nickt er und geht schnellen Schrittes zur Hütte.

Ich atme erleichtert auf und lasse mich von Phil zum Anbau tragen. Dort lässt er mich auf den Tisch flattern und verlässt das Zimmer.

Keine Sekunde zu früh, denn es dauert nicht lange, bis ich mein Federkleid abstreife und in die Haut einer jungen Frau schlüpfe. Wie versprochen finde ich meine Kleidung fein säuberlich zusammengelegt auf der Liege neben dem Tisch und ziehe mich an.

Als ich fertig bin, öffne ich die Tür. Daneben an der Mauer lehnt Phil und sieht hinauf in den Himmel, wo bereits die ersten Sterne glitzern.

»Danke«, sage ich schlicht und er nickt.

»Ich konnte ja nicht zulassen, dass er dich wieder zu den anderen Falken steckt. Oder dass er erfährt, dass der Falke, auf den er all seine Hoffnungen setzt, und das Mädchen, dem er seit Tagen nachläuft, ein und dasselbe Wesen sind.«

Ich spüre, wie mir das Blut in die Wangen schießt. »Das hat nichts mit ihm zu tun.«

»Ach nein?«, fragt Phil und stößt sich von der Mauer ab.

»Nein«, stelle ich klar und gehe ihm hinterher. Der beißende Winterwind schneidet sich in meine Haut, greift nach meinen Gliedern. Ich ziehe den Umhang enger um mich, doch er kann die Kälte nur unzureichend abhalten. »Ich dachte, ich hätte mich gestern Nacht deutlich ausgedrückt. Ich will ihn als Mensch nicht mehr wiedersehen.«

Endlich erreichen wir Phils Hütte und ich spüre schon aus einigen Metern Entfernung die behagliche Wärme, die drinnen herrscht, wodurch ich meine Schritte im knöcheltiefen Schnee beschleunige.

»Und ich habe gedacht, dass ich dir gestern Nacht erklärt hätte, dass es für dich unmöglich ist, dich von ihm loszusagen.« Er öffnet die Tür und ich schlüpfe hinter ihm in die Hütte. Mit einem wohligen Seufzen lasse ich mich auf den Schemel vor dem knisternden Kamin gleiten und reibe die Hände aneinander, um sie aufzuwärmen.

Obwohl ich versuche, seine Worte zu ignorieren, sickern sie trotzdem in mein Bewusstsein.

»Ich glaube nicht an so einen Schwachsinn«, sage ich monoton und lege so viel Überzeugung wie möglich in meine Worte, auch wenn eine kleine Stimme in meinem Kopf mich eine Lügnerin nennt. »Und an etwas wie Schicksal glaube ich erst recht nicht.« Ich deute auf Vaters Buch, das noch immer aufgeschlagen auf dem Tisch liegt. »Dieser Humbug über Gefährten und die Aufhebung des Fluchs ist nichts weiter als ein Märchen, das uns davon abhalten soll, vollkommen den Verstand zu verlieren. Könnt Ihr Euch vorstellen, wie es ist, wenn man Nacht für Nacht oder wie in meinem Fall Tag für Tag in eine widernatürliche Gestalt gezwungen wird? Wenn man ständig in der Angst lebt, entdeckt und getötet zu werden, weil man nicht so ist wie die anderen?«

Wütend blinzle ich die Tränen weg, die sich hartnäckig in meinen Augen sammeln, während ich die Bilder verdränge, die in meinem Kopf aufflackern. Bilder, Erinnerungen aus meinem Leben. Wie ich meine Schwestern beobachtet und beneidet habe, als sie herausgeputzt in die Stadt liefen. Oder einen Mann fanden und heirateten und unserer zu kleinen Hütte und Mutters strengem Regiment entkommen konnten.

Nichts davon war mir je vergönnt und nichts davon wird mir je vergönnt sein. Mein Leben endete an dem Tag, als Vater blutend im Schnee auf der Lichtung lag.

Seufzend lässt sich Phil auf dem Stuhl neben mir nieder. »Also, da du deine Meinung nicht geändert hast, nehme ich an, dass du noch einige Fragen an mich hast.«

Ich nicke, schaue ihn aber nicht an, sondern starre in die Flammen, bis ich mir sicher bin, dass meine Stimme nicht zittert. »Aeric erwähnte heute, dass sein Vater sich nicht wohlfühlen würde. Was meint er damit?«

Es dauert eine Weile, bis Phil mir antwortet, als müsse er jedes seiner Worte genau abwägen. »Der König stirbt«, sagt er und nun drehe ich mich doch zu ihm um. Habe ich mich verhört? Was meint er damit? »Schon seit Jahren leidet der König an einer mysteriösen Krankheit, die immer häufiger seinen Geist befällt. Die Ärzte und Heiler sind ratlos. In letzter Zeit werden diese … Anfälle immer schlimmer, sodass er zeitweise vergisst, wer er ist und selbst seine Frau – mögen die Götter ihr gnädig sein – und seinen Sohn nicht mehr erkennt. Man erzählt sich, dass er in diesen besonders schlimmen Phasen sein Zimmer zerstört und sämtliche Gegenstände gegen die Wand wirft. Wer ihm zu nahe kommt, ist ebenfalls in Gefahr. Niemand traut sich mehr zu ihm, wenn er einen seiner Anfälle hat. Man sperrt ihn weg wie ein wildes Tier.«

»Das klingt furchtbar«, entweicht es mir, ehe ich meinen Mund fest verschließen kann. Was soll das? Warum habe ich Mitleid mit dem Mann, den ich töten will?

Phil nickt und erzählt weiter. »Niemand weiß, wie man ihm helfen kann. Früher war der König ein mitfühlender und weiser Herrscher – ich erkenne viel in Aeric von ihm –, doch nun wird er mehr und mehr von dieser alles verzehrenden Dunkelheit heimgesucht, die ihn zu etwas macht, das alles andere als menschlich ist. Die Königin starb vor einem Jahr, sodass es nun an Aeric ist, sich um ihn zu kümmern. Jedenfalls kam vor etwas mehr als fünfzehn Monaten ein Elfenheiler nach Eisenfels und sprach von einem Wundermittel, das den Wahnsinn des Königs heilen würde.«

Ich wage nicht aufzusehen, tue es doch und begegne Phils mitleidigem Blick. »Mein Vater«, murmle ich. »Deshalb haben sie den schwarzen Bären gejagt.«

Wieder nickt Phil und brummt etwas Unverständliches. »Der Elfenheiler wusste von euch, von den Götterkindern. Und er überzeugte Aeric und die regierenden Minister, dass nur das Blut eines Ewiglebenden den König heilen kann.«

Aeric … Er war es? »Das ist doch Schwachsinn!«, bricht es aus mir heraus. »Wie soll unser Blut heilen können? Wir sind *verflucht*! Wir sind kein Heilmittel!«

»Das habe ich dem Prinzen zu erklären versucht. Er nahm die Worte des Elfenheilers nicht für bare Münze, aber du musst verstehen, Aeric war und ist verzweifelt. Er sieht seinen Vater leiden, ohne dass er etwas dagegen tun kann. Seine Mutter, an der er sehr gehangen hat, ist aus Kummer über den Zustand ihres Mannes erkrankt und letztendlich daran zerbrochen. Auch ist Aeric, zumindest laut seiner Aussage, nicht bereit für den Thron. Du siehst also, er ist wirklich verzweifelt und klammert sich an jede noch so kleine Möglichkeit, seinem Vater helfen zu können. Er wusste nichts davon, dass das schwarze Tier, das er jagen sollte, ein Nachfahre der Götter war. Der Elfenheiler erzählte ihm nur, dass dieser schwarze Bär von den Göttern mit einem langen und gesunden Leben gesegnet sei und dass sein Blut jedwede Krankheit heilen könnte.«

Phils Worte ergeben zwar einen Sinn, jedoch schneidet sich jede weitere Silbe, die er sagt und mit der er Aeric in Schutz nimmt, wie ein Messer in mein Herz. »Lasst mich raten: Der König ist immer noch wahnsinnig?« Nur mit Mühe kann ich die gleißende Wut, die in mir brodelt, unterdrücken und versuche sie zu überspielen. Dabei weiß ich gar nicht, auf wen ich wütender bin: auf diesen Elfenheiler, auf Aeric, weil er diesem dahergelaufenen Quacksalber geglaubt hat, oder auf Phil, weil er es zugelassen hat, obwohl er es besser wusste.

Sie alle sind in gewisser Weise schuld am Tod meines Vaters. Nicht nur der König ist dafür verantwortlich. Und genau diese Erkenntnis erschüttert mich bis ins Mark. Bisher hatte ich nur ein Ziel vor Augen: den Tod desjenigen, der meinen Vater getötet hat. Doch nun habe ich erfahren, dass kein Einzelner daran schuld war, sondern mehrere, darunter auch Menschen, die ich mittlerweile kenne und die ich … nicht töten kann.

Doch was soll ich sonst tun? Ich bin hier, habe meine Familie verlassen, habe das einzige Leben aufgegeben, das ich kenne, bin in eine fremde, angsteinflößende Stadt gegangen, nur mit einem Ziel, einer Aufgabe vor Augen, die mir nun zwischen den Fingern zerrinnt.

Mein Leben ist mit einem Male vollkommen sinnlos geworden.

Jedwede Anspannung weicht aus meinem Körper und ich sacke in mir zusammen. Was soll ich tun? An wen kann ich mich wenden?

»Wie du schon richtig vermutet hast, ging es dem König nicht besser, nachdem er verschiedene Bluttinkturen des schwarzen Bären zu sich genommen hat. Nein, man könnte sogar sagen, dass sich sein Zustand verschlimmert hat.«

Ich beiße fest die Zähne zusammen, um nicht laut aufzuschreien. Sehe ich aus, als ob ich hören will, wie irgendein wahnsinniger König das Blut meines Vaters trinkt?

»Aeric leidet sehr darunter, weißt du? Nicht nur unter dem Zustand seines Vaters, sondern auch unter dem Einfluss dieses Elfenheilers. Die Beziehungen zu den Elfen stehen schon seit Jahren schlecht und an den Grenzen sind immer mal wieder kleinere Kämpfe ausgebrochen. Doch in den letzten zwei Jahren haben sich unsere Völker noch weiter voneinander entfernt und ich befürchte, dass uns in naher Zukunft ein Krieg bevorstehen wird, wenn nicht bald jemand etwas unternimmt. Der Elfenheiler, der den König kurieren wollte, ist eine ziemlich wichtige Person im inneren Kreis der Elfenregierung. Aeric sieht sich deswegen außerstande, diesen Scharlatan einfach vom Hof zu jagen, zumal er nur der Prinz ist und genau genommen kaum

Befugnisse hat. Er muss sehr umsichtig vorgehen, um das Fass nicht zum Überlaufen zu bringen.«

Kämpfe? Komplizierte Beziehungen? Krieg? Davon höre ich zum ersten Mal. In meinem bisherigen Leben habe ich zwei, vielleicht drei Elfen gesehen, die durch unser kleines Dorf gereist sind. Immer nur von Weitem konnte ich ihre spitzen Ohren und ihre Schönheit bewundern. Das Volk der Elfen war für mich immer so etwas wie ein fernes Märchen, von dem man seinen Kindern vor dem Einschlafen erzählt. Etwas Magisches, Surreales. Auch jetzt scheint es für mich noch immer surreal zu sein, während ich Phil zuhöre, wie er über Elfen und politische Beziehungen spricht. Das ist ein Thema, für das in meinem bisherigen Leben keinerlei Platz war, über das ich nicht einmal eine Sekunde lang einen Gedanken verschwendet habe.

Und auch jetzt interessiert es mich nicht. Es ist mir egal, ob dieser Quacksalber von Elfenheiler irgendein hohes Tier ist. Nur wegen ihm und seinen fixen Ideen haben sie Jagd auf meinen Vater gemacht. Für mich ist er der Hauptschuldige. Der, der ganz oben auf meiner Liste steht. Elf hin oder her, ich werde ihn finden …

»Wo ist er jetzt?«, frage ich und unterbreche Phils Redeschwall, dem ich schon eine ganze Weile nicht mehr folge. »Wo finde ich diesen Elfenheiler?«

»Kind, hast du mir eben nicht zugehört? Diesem Heiler darf nichts geschehen, egal, was er getan hat. Das würde in einem Krieg enden!«

»Er hat meinen Vater getötet!« Meine Stimme überschlägt sich fast vor unterdrückten Emotionen: Wut, Trauer, Hass, Verzweiflung – alles wirbelt wie ein tosender Sturm in mir umher, trägt mich von einem Extrem ins andere. Wie kann Phil nur so ruhig bleiben? Kann er nicht verstehen, wie ich empfinde? Wie hilflos ich mich fühle?

Der Alte steht auf und humpelt in die Küche. Seine ungleichen Schritte hämmern in meinen Ohren, die ich mir am liebsten zuhalten und so die ganze Welt aussperren würde. Doch ich weiß, dass das nur Wunschdenken ist. Egal, was ich tue, ich kann das, was bereits geschehen ist, nicht ungeschehen machen, so sehr ich es mir auch wünsche. Selbst wenn ich den Elfenheiler in die Finger bekomme, würde mein Vater dadurch nicht wieder lebendig werden und ich wäre für den Tod weiterer Unschuldiger verantwortlich.

»Komm schon, Mädchen«, ruft er aus der Küche und ich höre das Klappern von Geschirr. »Ich habe uns Suppe gekocht. Sie wird dir guttun.«

Ich will ihn anschreien, ihm sagen, dass seine blöde Suppe rein gar nichts bewirken wird, doch meine Füße tragen mich bereits an den Tisch, wo ein dampfender Suppenteller auf mich wartet. Das Knurren meines Magens ist ohrenbetäubend, und obwohl sie noch zu heiß zum essen ist, greife ich nach dem Löffel und schaufle die Brühe in mich hinein. Ich spüre jeden Zentimeter, den sie in meinem Hals hinabläuft und wie sie in meinem Magen ankommt, den sie wohlig wärmt.

»Was soll ich jetzt tun?«, flüstere ich, nachdem ich auch einen zweiten Teller Suppe verschlungen habe.

Erst jetzt bemerke ich, dass Phil nichts gegessen, sondern mich die ganze Zeit nachdenklich beobachtet hat. Ich schäme mich … dafür, dass ich ihn angeschrien habe … dafür, dass ich ihm zur Last falle … für alles eigentlich.

»Du solltest das machen, was du von Anfang an hättest machen sollen.«

Ich betrachte ihn stirnrunzelnd, denn ich habe keine Ahnung, was er meint. Was hätte ich von Anfang an tun sollen? Ich hatte nur einen Grund, hier zu sein, und dieser wurde mir genommen. Es bringt mir nichts, einen irren König zu töten, der nicht Herr seiner Sinne ist. Und wenn ich wirklich versuchen sollte, den Elfenheiler zu ermorden, um meine Rache zu bekommen, laufe ich Gefahr, das ganze Königreich in den Abgrund zu stürzen. Ich mag vieles sein, aber egoistisch bin ich nicht. Bisher hatte ich die fixe Idee, dass nur eine einzige Person die Jagd auf meinen Vater verursacht hat. Diese Person wurde zu meinem persönlichen Abbild des Bösen, und ich hielt es für meine Pflicht, den Tod meines Vaters zu rächen. Nun, da ich weiß, dass die Schuld nicht bei einem Einzelnen zu suchen ist, stehe ich vor dem Nichts. Ohne Perspektive. Ohne Zukunft.

Phil wedelt mit seiner Hand vor meinem Gesicht und holt mich dadurch wieder ins Hier und Jetzt zurück. »Du hörst mir heute wirklich nicht zu, oder?«

Niedergeschlagen lasse ich den Kopf hängen, denn ich weiß, dass er recht hat. Ich sollte aufmerksamer sein. Alles, was er mir bisher erzählte, hat mich weitergebracht. Es fällt mir so verdammt schwer, mich zu konzentrieren, während in meinem Innern dieser verzweifelte Sturm tobt. »Was soll ich also Eurer Meinung nach tun?«, frage ich, um an das Gespräch von vorhin anzuknüpfen, wobei ich verbissen versuche, meine Gedanken zu sortieren und nicht wieder abzudriften.

»Mit ihm reden«, antwortet Phil und klingt, als hätte er mir das schon zum zehnten Mal gesagt.

»Mit wem?«, frage ich verwirrt.

Der Alte verdreht die Augen und wirft die Hände ihn die Luft, bevor er übertrieben tief einatmet. »Ist das nicht offensichtlich?«

Wieder verstehe ich es nicht auf Anhieb, dann dämmert es mir. »Nein! Oh nein, ganz sicher nicht!« Wie kommt er auf die Idee, dass ich mit Aeric reden sollte? Ich dachte, ich hätte mich die letzte Nacht klar ausgedrückt. »Es gibt nichts, bei dem er mir helfen könnte. Ich will Abstand zwischen uns.«

»Ach ja? Warum?« Interessiert lehnt Phil sich vor und mir entgeht das siegesgewisse Grinsen nicht, das an seinen Mundwinkeln zupft. Er weiß, dass er einen wunden Punkt getroffen hat …

»Weil es nichts gibt, das ich mit ihm zu bereden hätte«, stelle ich klar.

»Das mit dem Abstand klappt tagsüber aber nicht so ganz, nicht wahr?« Jetzt fängt er auch noch an zu lachen! Was ist daran so witzig?

»Das hat nichts zu bedeuten. Ich will, dass er seine Prüfung schafft, nichts weiter.« Ich höre selbst, wie aufgesetzt meine Worte klingen. Irgendwie falsch. Wie eine lahme Ausrede, die ich mir aus den Fingern sauge, um die Augen vor der Wahrheit zu verschließen. Vielleicht glaube ich es selbst, wenn ich es oft genug wiederhole? »Sobald das erledigt ist, wird er auch mein Falken-Ich nicht mehr wiedersehen.«

»Ist das so?«

»Ja, das ist so!« Mittlerweile klinge ich gereizt. Nicht nur wegen Phils Worte und seiner Nachfragen, sondern wegen seiner Heiterkeit. Er glaubt mir kein einziges Wort, und ich kann es ihm nicht verdenken. Ich glaube mir ja selbst nicht.

»Was ist, wenn ich dir sagen würde, dass Aeric seine Abschlussprüfung auch sehr gut ohne dich besteht? Beispielsweise mit der Smaragdklaue, die ich gerade ausbilde? Ein wundervolles Tier, mit dem er seine Aufgaben mit Bravour bestehen würde.«

Ich sitze stocksteif da und starre auf den Holztisch vor mir, während ich mir auf die Zunge beiße, um nicht zu einer Erwiderung anzusetzen. Warum trifft mich die Vorstellung so, dass Aeric mich nicht braucht? Dass ich austauschbar bin und er mit jedem anderen Vogel seine Prüfung bestehen könnte?

Ich dachte, dass ich etwas Besonderes für ihn sei. War das alles nur Einbildung? Ein Traum?

Ein wissendes Lächeln umspielt Phils Lippen, als ich den Fehler mache und zu ihm aufblicke. »Ah, du bist also doch nicht aus Eis, wie du es gerne vorgibst.«

Doch. Ich bin aus Eis. Musste mein ganzes Leben lang aus Eis sein, musste sämtliche Emotionen tief in mir verschließen, um die Gemeinheiten meiner Mutter, meiner Geschwister oder der Leute aus dem Dorf nicht an mich heranzulassen. Nur so habe ich überlebt. Nur so konnte ich bisher meinen Fluch überstehen. Es ist Schwachsinn, dass sich das geändert haben soll. Ich bin noch immer aus Eis und werde es auch für immer sein. In meinem Leben gibt es nichts, das dieses Eis schmelzen lassen könnte.

Nichts, bis auf … Nein. Es gibt nichts!

»Dann erzähle mir, was du deiner Meinung nach jetzt tun solltest, wenn dir mein Vorschlag nicht gefällt, Kind.«

Wieder schaue ich trotzig auf den Tisch und suche fieberhaft nach einer Antwort. Die Wahrheit ist, dass ich keine Ahnung habe, was ich tun soll. Zu meiner Mutter will ich auf keinen Fall zurück. Aber welche Möglichkeiten habe ich als junge, unverheiratete Frau sonst? Ohne Familie, ohne Schutz?

»Du weißt es nicht, oder? Dann sage ich dir jetzt mal was.« Er beugt sich halb über den Tisch, sodass ich gar nicht anders kann, als meine ganze Aufmerksamkeit ihm zuzuwenden. »Hör auf, davor wegzulaufen, denn es ist zwecklos.«

Wütend lasse ich die Faust auf den Tisch krachen. »Ich laufe nicht weg!« Wieder eine Lüge. Natürlich laufe ich weg. Erst vor meiner Mutter und nun vor meiner ungewissen Zukunft. Ich laufe und laufe und komme doch nie an. Ich werde nie irgendwo ankommen, wenn ich nicht endlich beschließe, die Richtung zu ändern. Doch das würde ich Phil gegenüber niemals zugeben.

»Und ob du wegläufst. Hör auf damit. Höre auf das, was dein Herz dir sagt!«

So ein Schwachsinn!, will ich rufen, doch die Worte bleiben mir im Halse stecken, sitzen dort fest und nehmen mir die Luft zum Atmen.

»Ich weiß, dass du es spürst. Selbst Aeric spürt es, er hat mir davon erzählt. Also hör endlich auf, vor deinen eigenen Gefühlen wegzulaufen. Egal, wohin du gehen wirst, er wird dich finden. Es ist vorherbestimmt.«

»Ich glaube nicht an dieses Schicksalsgefasel! Ich glaube nicht an Bestimmung. Mein Leben wird sich nicht ändern, nur weil es in irgendeinem uralten Buch geschrieben steht.« Ich merke, wie ich mich in Rage rede, doch ich bin außerstande, mich zu stoppen. »Und vor allem kann ein Prinz nicht der Gefährte von jemandem wie mir sein! Also kann er mir auch gestohlen bleiben!«

»Was meinst du damit? War dein Gehirn gestern Nacht wieder auf Abwegen, als er vor dir gekniet und dir Gefolgschaft geschworen hat? Ich bin mir langsam nicht sicher, ob du blind, taub oder einfach nur strohdumm bist!«

Das sitzt! Zielsicher treffen seine Worte einen Nerv, der sämtliche Dämme brechen lässt. Meine eisige Fassade bröckelt und in meinen Augen kribbeln Tränen, die ich viel zu lange zurückgedrängt habe. Mein letztes bisschen Selbsterhaltungstrieb lässt mich die Zähne zusammenbeißen und jedes Gefühl hinunterschlucken.

»Ich habe dir schon einmal gesagt, dass ich genau weiß, wovon ich rede. Die Liebe meines Lebens hat mich verlassen, von einem Tag auf den anderen. Ich weiß genau, wie es aussieht, wenn sich das Band des Schicksals zwischen zwei Menschen spannt. Selbst wenn ich blind wäre, hätte ich es bei euch beiden gespürt. Und du bist eine verdammte Närrin, wenn du es als Humbug abtust. Damit schadest du dir nur selbst, sieh das endlich ein!«

Meine Finger krallen sich in den Stoff meines Kleides, um sich an irgendwas festzuhalten, während meine Welt auseinanderbricht.

Seufzend lehnt Phil sich auf seinem Stuhl zurück und sieht mir dabei zu, wie ich verzweifelt um Fassung ringe.

Als ich meine Atmung halbwegs unter Kontrolle habe, frage ich: »Was geschah mit ihr? Der Frau, die Ihr liebtet?«

Kurz huscht ein Anflug von Schmerz durch Phils Augen, doch er ist genauso schnell wieder verschwunden. »Sie verließ mich, einfach so. Am Abend des einen Tages planten wir noch unsere Hochzeit und am Morgen des nächsten packte sie ihre Sachen, entschuldigte sich bei mir und ging.«

»Und Ihr habt sie gehen lassen?«

»Was sollte ich tun? Ich bin nur ein einfacher Mann, der sich nicht gegen das Schicksal auflehnen kann. Als ich das Funkeln in ihren Augen sah, wusste ich, dass ich keine Chance haben würde. Sie hat mir immer davon erzählt, dass es bei den Götterkindern Gefährten, Seelenverwandte gäbe, aber sie sagte auch, dass viele den ihren niemals finden. Ich klammerte mich an die Hoffnung, dass das auch bei ihr so sein würde, doch ich wurde enttäuscht. Aber ich weiß, dass es für sie so am besten ist. Sie ist glücklich, wo immer sie jetzt auch ist, da bin ich mir sicher. Ich weiß nicht einmal, ob sie noch lebt, aber es vergeht kein Tag meines Lebens, an dem ich nicht an sie denke.« Traurig lächelt er mich an. »Es sollte wohl einfach nicht sein.«

Sein Lächeln, dieses resignierte, aber auch gleichzeitig selige Lächeln, gibt mir den Rest und ungehindert fließen die Tränen meine Wangen hinunter. »Wie?«, flüstere ich. »Wie könnt Ihr nach all dem, was Euch widerfahren ist, noch lächeln?«

Phil steht auf, geht um den Tisch herum und legt mir seine große Hand auf die Schulter. »Weil ich weiß, dass ich nichts falsch gemacht habe. Egal, welchen anderen Weg ich in der Vergangenheit gewählt hätte, ich hätte nichts an diesem Ausgang ändern können. Und die Gewissheit, dass es für sie das Beste war, gab mir die Kraft, jeden Tag weiterzumachen. Hätte ich mich dagegen gestellt, sie daran gehindert zu gehen, hätte ich sie zerbrochen. Manchmal muss man das, was man am meisten liebt, um seiner selbst willen gehen lassen.«

Obwohl ich sie aussperren will, strömen seine Worte tief in mein Innerstes und brechen dort all das Eis und die Mauern auf, die ich über all die Jahre um mich herum errichtet habe.

»Was soll ich tun?«, frage ich mit tränenerstickter Stimme.

»Lass dir von diesem alten Mann den Rat geben, immer auf dein Herz zu hören. Es ist egal, welchen Weg du einschlägst, wichtig ist nur, dass du mit deiner Wahl leben kannst. Also, wirst du es ihm sagen? Die ganze Wahrheit?«

»Er wird es nicht verstehen … Was, wenn er mein anderes Ich nicht akzeptiert?«

»Rede doch keinen Unsinn, Kind! Wie könnte er sein Falkenmädchen nicht akzeptieren? Er redet von nichts anderem mehr. Na ja, mit Ausnahme von dem Mädchen mit den Goldaugen.« Er zwinkert mir zu und ein Lächeln erscheint wieder auf meinen Lippen. Schniefend wische ich mir mit dem Handrücken über die Augen und atme ein paar Mal tief durch.

»Du musst keine Angst haben. Er wird dich nicht zurückweisen. Niemals. Da bin ich mir sicher.« Wieder drückt er meine Schulter und es scheint mir, als gäbe er mir mit dieser einfachen Berührung die Kraft, die ich dringend benötige. Die Kraft, weiterzumachen, egal, was da kommen mag.

»Ich weiß nicht, wie ich es ihm sagen soll«, gebe ich zu. Ich fühle mich überfordert. Noch nie war ich in der Situation, einem jungen Mann meine Gefühle gestehen zu müssen. Ich weiß nicht einmal, wo ich mit meinen Erklärungen beginnen soll …

»Lange Erklärungen werden nicht nötig sein«, sagt Phil und ich erstarre. Was meint er mit *nicht nötig*? Er wird doch nicht … »Du kannst jetzt reinkommen!«, ruft er etwas lauter über seine Schulter und beinahe augenblicklich öffnet sich die Tür zum angrenzenden Schlafzimmer.

Mit offenem Mund starre ich auf die Gestalt, die die kleine Küche betritt. Das darf nicht wahr sein! Er war die ganze Zeit über hier? Wie kann das sein? Wieso habe ich ihn nicht gespürt? Dann wird es mir klar: Ich *habe* ihn gespürt. Ich habe es nur nicht bewusst wahrgenommen, weil wir den ganzen Tag über während des Trainings zusammen waren. Es gab keine räumliche Trennung, also fehlte mir auch das Gefühl des Bandes, das sich mit jedem Meter Entfernung zwischen uns spannt. Er war die ganze Zeit über hier, hat wahrscheinlich jedes Wort mit angehört und hat einen Einblick in die dunklen Tiefen meiner Seele erhalten.

Noch immer unfähig, mich zu bewegen oder etwas zu sagen, schaue ich ihn an, taste seine Mimik nach irgendeiner Regung ab und erwarte, in seinem Gesicht Ekel oder Ablehnung zu erkennen.

Immerhin bin ich ein Monster. Ein Monster, das Aerics Vater töten wollte. Wie könnte er mich nicht hassen?

Doch ich sehe weder Hass noch Zurückweisung. Da ist nichts weiter als ein Funkeln in seinen Augen und ein Lächeln auf seinen Lippen.

Wie ist das möglich?

Ein Schluchzen bildet sich in meinem Hals und ich schlage schnell die Hände vor den Mund, ehe es mir entschlüpfen kann. Gegen die Tränen, die nun wieder fließen, bin ich hingegen machtlos.

»Ich werde mal nach den Vögeln sehen«, brummt Phil in die Stille, die sich über die Hütte gelegt hat, und wirft sich einen Umhang über die Schultern, ehe er zur Tür geht.

Mein erster Gedanke ist, ihn aufzuhalten, ihn zu bitten, uns hier nicht allein zu lassen. Ich weiß natürlich, dass er nur geht, um uns etwas Freiraum zu geben. Trotzdem schüchtert mich die Vorstellung ein, dass ich gleich mit Aeric allein sein werde und ihm alles erzählen muss. Dafür fühle ich mich noch nicht bereit, werde es vielleicht niemals sein. Mein ganzes Leben lang wurde mir eingetrichtert, dass nie und unter keinen Umständen eine Menschenseele davon erfahren darf, was ich bin. Immer sagte Mutter mir, ich sei nicht normal, ich sei ein Monster, das aus ihrem Leib gekrochen kam. Und ich habe ihr das geglaubt. Wie könnte ich auch nicht? Schließlich verwandle ich mich bei jedem ersten Sonnenstrahl in einen Vogel. Das *ist* nicht normal. Warum sollte mich jemand akzeptieren, so anders, wie ich bin?

Das Geräusch der sich schließenden Tür hat etwas Endgültiges und lässt mich zusammenzucken. Jeder einzelne Muskel in meinem Körper ist zum Zerreißen angespannt, jederzeit dazu bereit zu fliehen, wenn es nötig ist. Schnell balle ich meine Hände zu Fäusten, um das Zittern zu verbergen.

Die Stille zwischen uns dehnt sich aus, legt sich wie eine steinerne Decke über uns, während das einzige Geräusch das Knistern und Knacken des Kamins und das Hämmern meines Herzens ist. Ich bin mir sicher, dass er es bis zu sich hören kann, obwohl er noch immer ein paar Meter von mir entfernt steht und sich ebenfalls nicht gerührt hat, seitdem er das Zimmer betreten hat.

Fieberhaft suche ich nach etwas, das ich sagen kann, nach irgendeinem eloquenten Spruch, der diese vertrackte Situation auflockert, doch ich glaube, dass ich in diesem Moment nicht einmal meinen Namen richtig aussprechen könnte.

Als das Schweigen zwischen uns unerträglich zu werden scheint, lächelt mich Aeric mit schräg gelegtem Kopf an. »Da hätte ich mir das Gepfeife heute auch sparen können.«

Als er den Mund aufgemacht hat, habe ich die Luft angehalten, mich innerlich darauf vorbereitet, dass er mich als *nicht normal* und *Monster* bezeichnen wird, habe mich gegen seine Ablehnung abgeschirmt, so gut es mir möglich war. Nachdem ich seine Worte höre, kann ich nicht anders als zu lachen. Es ist ein befreiendes Lachen, das aus den Tiefen meines Herzens kommt und mich für ein paar Augenblicke all die Schrecken vergessen lässt, die mich mein ganzes Leben lang begleitet haben.

Ein fieser Schluckauf hindert mich daran, etwas Geistreiches darauf zu erwidern, und so begnüge ich mich damit, weiterhin zu lachen und meine Tränen zu trocknen.

AERIC

Dass William in der Hütte auf mich warten würde, ist nur ein Vorwand meines alten Lehrmeisters. Anstatt meines besten Freundes finde ich in der Hütte eine Nachricht neben einem aufgeschlagenen Buch. Sofort fällt mein Blick auf die Zeichnung eines jungen Mädchens. Es ist nicht schwer zu erkennen, um wen es sich hierbei handelt, denn obwohl sie damals noch fast kindlich wirkte, ist die Ähnlichkeit zu ihrer jetzigen Erscheinung nicht von der Hand zu weisen. Darunter ist ein schwarzer Falke abgebildet, der mit weit ausgestreckten Flügeln am Himmel fliegt. Was hat das zu bedeuten?

Auf der gegenüberliegenden Buchseite sind ebenfalls zwei Zeichnungen zu finden. Die eines Mannes und darunter … die eines schwarzen Bären.

Mein Gehirn weigert sich vehement, die einzig logische Schlussfolgerung zu akzeptieren, und mein Blick fliegt zwischen den beiden Buchseiten hin und her. Ich weiß nicht, was ich erwarte. Irgendeine

Eingebung vielleicht oder eine andere Idee, die die abstruse Vorstellung, dass es sich bei dem Falken und dem Mädchen um ein und dieselbe Person handeln soll, logisch erklärt. Stattdessen greife ich nach dem Zettel, auf dem ich eine hastig gekritzelte Nachricht von Phil vorfinde, in der er mich bittet, mich im Schlafzimmer zu verstecken und abzuwarten. Was soll das bedeuten?

Als ich schon im Begriff bin, die Hütte zu verlassen, fällt mein Blick wieder auf die Zeichnung von Miranda, die vom Künstler mit großen, traurigen Augen dargestellt wurde, und mit einem Mal wird mir das Herz schwer. Wie kann sich so viel Leid in den Augen eines jungen Mädchens spiegeln?

Irgendwas ist hier im Gange, das spüre ich, und vielleicht ist dies meine einzige Chance, Miranda wiederzusehen, nachdem sie mich in der Nacht zuvor so vor den Kopf gestoßen hat.

Also werfe ich Phils Notiz in den Kamin und verstecke mich im Schlafzimmer des Alten. Die Tür lasse ich einen Spaltbreit offen, damit ich alles hören kann. Es dauert nicht lange, bis Phil zusammen mit Miranda die Hütte betritt. Mein Herz macht einen Satz. Was tut sie hier? Mitten in der Nacht, allein und – kurz erlaube ich mir einen Blick hinaus – so leicht bekleidet, als würde draußen kein Schneesturm toben?

Es kostet mich beinahe körperliche Kraft, nicht sofort nach draußen zu rennen und sie in die Arme zu schließen. Als sie beginnen, sich über mich und meinen Vater zu unterhalten, halte ich es fast nicht mehr aus. Das, was Phil sagt, stimmt zwar, aber es fühlt sich seltsam an, hier im Verborgenen zu sitzen, während mein Lehrmeister der jungen Frau, der auf so seltsame Weise mein Herz gehört, meine gesamte Lebensgeschichte erzählt. Es gibt Dinge, von denen ich nicht will, dass sie sie weiß. Zumindest jetzt noch nicht. Dunkle Dinge, auf die ich nicht stolz bin … Entscheidungen, die ich am liebsten nie getroffen hätte …

Irgendwann kommt das Thema auf Miranda und auf einmal fügen sich die einzelnen Bilder in meinem Kopf zu einem ganzen zusammen. Anfangs weigert sich etwas in mir, daran zu glauben, dass sich ein Mensch in ein Tier verwandeln kann, doch dann frage ich mich, wie ich die ganzen Tage über so blind sein konnte. Meine Hand beginnt zu zittern, während sie über dem Türknauf schwebt und ich im Kopf noch mal alles durchgehe, was ich zu ihr als Falkenmädchen gesagt habe. Götter, was bin ich dumm! Sie muss mich für den schlimmsten Idioten auf dieser Welt halten. Im Grunde warte ich jede Sekunde darauf, dass sie aufsteht und geht. Dass sie ihre Drohung, dass ich sie niemals wiedersehen würde, wirklich wahr macht.

Doch sie bleibt.

Mein Herz stolpert, als ich sie weinen höre. Und als sie von ihrem Leben erzählt, von all den Rückschlägen und Gemeinheiten, die sie ertragen musste, wäre ich beinahe nach draußen gestürmt, hätte sie in die Arme genommen und ihr zugeflüstert, dass ab jetzt alles gut werden würde. Aber kann ich ihr das tatsächlich versprechen? *Will* sie das überhaupt? Ich weiß im Grunde gar nichts mehr ... Vielleicht ist das, was ich gerade erfahren habe, zu viel auf einmal, um es richtig begreifen zu können. Ja, ich brauche einfach mehr Zeit, um all das zu verarbeiten.

Und dann ruft Phil mich ins Zimmer.

Mein Mund ist mit einem Mal staubtrocken und selbst das Atmen fällt mir schwer. Während ich erfolglos versuche, das Zittern unter Kontrolle zu bekommen, öffne ich die Tür und betrete die kleine Küche.

Ich kann es noch immer nicht glauben. Miranda, also die menschliche Miranda, und mein Falkenmädchen sind eins? Wie ist das möglich? Was ist das für ein Zauber?

Ich sehe nur sie, nichts sonst. Ihre großen, funkelnden Augen, die wie die Sonne an einem wolkenlosen Sommertag strahlen und mich ungläubig anstarren. Ich kann es ihr nicht verdenken, fühle ich mich doch selbst wie ein Eindringling, ein heimlicher Lauscher. Hätte sie gewusst, dass ich hier bin, hätte sie Phil all diese Dinge sicherlich nicht erzählt.

Als der Alte uns allein lässt, bin ich plötzlich wieder der kleine Junge, der zum ersten Mal mit zu einem Bankett geschleift und dem intriganten Hofstaat zum Fraß vorgeworfen wird. Ich habe keinen blassen Schimmer, was ich sagen oder tun soll, und ihr scheint es ähnlich zu gehen. Noch nie habe ich mich in der Gegenwart einer Frau so unsicher gefühlt wie in diesem Moment. Was ist hier anders? Aber ihre Nähe hat sich schon von Anfang an anders angefühlt, schon damals, als ich sie auf dieser Lichtung zum ersten Mal gesehen habe. Und ich habe keine Ahnung, warum.

Ich tue das, was ich sonst in diesen Situationen immer mache: Ich sage etwas Lustiges. Zumindest hoffe ich, dass es lustig ist, denn ich plappere einfach mit dem Erstbesten drauflos, das mir in den Sinn kommt.

Und sie lacht! Ein Glück! Ihr glockenhelles Lachen und ihre kindliche Freude über so etwas Simples lässt auch von mir die Anspannung abfallen. Nichtsdestotrotz hämmert mein Herz noch immer wie wild in ihrer Gegenwart.

Wir können nicht die ganze Nacht hier stehen und uns anschweigen. Es ist an mir, die Initiative zu ergreifen, auch wenn ich mich vor ihrer Reaktion fürchte. Ihre Zurückweisung, als ich ihr sagte, dass ich der Prinz bin, steckt mir noch tief in den Knochen. Sie sah mich in dieser Nacht, nach diesem Geständnis an wie all die anderen Höflinge: distanziert und wachsam, als könnte ein einzelnes, unbedachtes Wort in meiner Gegenwart sie ins Verderben stürzen. Ich ertrage es nicht, dass sie mich so ansieht, und ich würde alles, was mir möglich ist, unternehmen, um diesen Blick nie wieder bei ihr sehen zu müssen.

MIRANDA

Als er die Hand nach mir ausstreckt, sind alle Ängste und Vorbehalte, die bis eben noch in meinem Herzen gewütet haben, vergessen. Ich springe förmlich vom Stuhl und überbrücke die schier unendliche Entfernung zwischen uns mit zwei Schritten.

Kurz bevor ich meine Hand in seine lege, zögere ich. Geschieht das gerade wirklich? Kann es sein, dass ich das erreicht habe, was meinem Vater in mehreren Menschenleben nicht vergönnt war? Sollte es *wirklich* so einfach sein?

Doch bevor ich wieder in mein altes Denkmuster verfallen kann, greift Aeric nach meiner Hand und zieht mich in seine Arme. Augenblicklich versteife ich mich bei diesem plötzlichen Körperkontakt, aber als seine Finger beginnen, ganz vorsichtig an meinem Rücken entlangzufahren, entspanne ich mich mit jedem Atemzug mehr. Ich schmiege meine Wange an seine Brust und inhaliere den blumigen Duft, der ihn umgibt und der mich wieder an unbeschwerte Tage erinnert. Auch wenn die Welt sich gerade weiterdrehen mag – für mich bleibt sie stehen. Selbst wenn um mich herum alles zusammenbrechen würde, wäre ich damit zufrieden, weiterhin seinem Herzschlag lauschen zu können.

Als seine Hände an meinem Rücken nach oben wandern, gerät mein Herz ins Stolpern, ebenso wie seines, und beinahe muss ich darüber schmunzeln. Es ist für mich unverständlich, wie er in dieser Situation genauso nervös sein kann wie ich. Für mich ist diese bloße Berührung, diese Nähe eine völlig neue Welt, schließlich ist er der erste Mann, der mich auf diese Weise berührt.

Doch ich könnte mich durchaus daran gewöhnen.

Federleicht wandern seine Hände zu meinem Nacken und dann an meinem Hals nach vorne, wo sie sich vorsichtig, fast fragend, um mein Gesicht legen und es leicht anheben. Ich halte die Luft an, spüre nur seinen warmen Atem auf meinem Gesicht und schaue zögerlich nach oben. Noch immer habe ich Angst, Abneigung oder Ekel in seinem Blick zu erkennen. Es will mir einfach nicht in den Kopf, dass sich alles plötzlich zum Besseren wenden soll.

Seine Daumen streichen über meine Wangen und senden kleine Schauer durch meinen Körper. Wie von selbst lehne ich mich gegen eine seiner Hände, schmiege mich hinein wie eine Katze und kann ihm doch nicht nah genug sein. Mein Blick bleibt an seinen tiefblauen Augen hängen, die so viel Zuneigung ausstrahlen, dass meine Knie weich werden und ich mich sicherheitshalber mit den Fingern in sein Wams kralle, um nicht zu Boden zu gehen.

Als er sich zu mir herunterbeugt, dröhnt mein eigener Herzschlag in meinen Ohren. Auch er scheint die Luft anzuhalten, denn sein warmer Atem, der bis eben noch über mein Gesicht gestrichen ist, ist verschwunden. Stück für Stück nähert sich sein Gesicht dem meinen, bis unsere Nasenspitzen sich berühren. Hektisch schlucke ich gegen die Enge in meinem Hals an, doch noch immer atme ich nicht. Luft wird überbewertet, vor allem in solchen Situationen. Es gibt nur noch ihn und mich und diese Spannung, die beinahe nicht mehr auszuhalten ist. Beide warten wir darauf, dass der jeweils andere den letzten Schritt macht, die letzte Bewegung vollführt. Ich habe nicht den Mut, es zu tun. Was, wenn ich dabei völlig versage? Sicherlich wird er merken, dass ich absolut unerfahren bin. Wird ihn das abschrecken?

Aus halb geschlossenen Lidern beobachtet er meine Reaktion. Ich glaube, dass sich meine Unsicherheit auf ihn überträgt, denn seit er vorsichtig meine Nasenspitze mit seiner berührt hat, hat er sich nicht mehr bewegt. Er scheint genauso erstarrt zu sein wie ich.

Mit einem Mal habe ich Angst. Angst, dass er sich zurückzieht, dass er denkt, dass ich das alles nicht will. Angst, dass ich durch mein Zögern alles zunichtegemacht habe. Nein, das darf nicht passieren!

Meine Finger krallen sich fester in den Stoff seines Wamses, ziehen ihn noch näher an mich, bis kein Lufthauch mehr zwischen uns passt. Ich schließe die Augen und stelle mich auf die Zehenspitzen.

Das Gefühl überrollt mich, trägt mich hinweg, lässt mich schweben. Erst sanft, dann immer fordernder und forscher begegnen sich unsere Lippen, als hätten sie nur darauf gewartet und nie etwas anderes getan. Die Angst, etwas falsch zu machen oder Aeric zu enttäuschen, scheint mit einem Mal weit weg, genauso wie alles andere, was mich vor wenigen Augenblicken noch beschäftigt hat. Ich habe überhaupt nicht die Möglichkeit, mir darüber Gedanken zu machen, denn mein Gehirn hat sich in dem Moment verabschiedet, als unsere Münder verschmolzen.

Meine Hände verschränken sich in seinem Nacken, wo meine Finger mit seinen kupferblonden Haaren spielen. Ich spüre ihn überall, doch nah ist nicht nah genug.

Die Tür zur Hütte wird aufgerissen und wir springen auseinander, als hätte jemand einen Eimer eiskaltes Wasser über uns ausgeschüttet. Hektisch hebt und senkt sich meine Brust, während ich nach Atem ringe. Ein Seitenblick verrät mir, dass es Aeric nicht anders geht, und ich kann ein Lächeln nicht unterdrücken. Noch immer spüre ich seine Lippen auf meinen, habe seinen Geschmack auf der Zunge, fühle seine weichen Haare unter meinen Fingerspitzen.

Erst nach und nach kommt mein Bewusstsein wieder in der wirklichen Welt an und ich schaue auf denjenigen, der uns unterbrochen hat.

»William«, knurrt Aeric ungehalten. Anscheinend ist er genauso wütend über die Unterbrechung wie ich. »Was willst du hier?« Ein »*Mitten in der Nacht*« schwebt in der Luft, doch Aeric spricht es nicht aus.

»E-Entschuldigt bitte.« William sieht wirklich zerknirscht aus. »Ich wusste nicht, dass sie … Was macht sie hier?« Fragend sieht er mich an und mir schießt das Blut in die Wangen. Was er wohl denken mag? Im Grunde kann ich es mir selbst zusammenreimen, was soll eine junge Frau hier mitten in der Nacht schon tun?

Aeric greift nach meinem Handgelenk und zieht mich ein Stück hinter seinen Rücken. »Das geht dich nichts an«, sagt er an William gewandt. »Ich frage dich noch mal: Was willst du hier?«

»Ähm … ja … Ach so! Du musst sofort mitkommen, Aeric! Es geht um deinen Vater.«

Ich spüre, wie sich Aerics Körper versteift. »Was ist mit ihm? Ein erneuter Anfall?«

Traurig schüttelt William den Kopf. »Es ist kein normaler Anfall. Es ist schlimmer. Du solltest wirklich mit mir kommen, ehe es …«

… *zu spät ist.* Die Worte schweben wie eine dunkle Prophezeiung über uns, doch niemand wagt, sie auszusprechen.

Aeric dreht sich zu mir um und ich sehe so viele Emotionen in seinem Blick, dass mein Herz schwer wird. Angst, Schmerz, Trauer, Zerrissenheit – all das kenne ich von mir selbst. Ich weiß genau, wie er sich gerade fühlt.

Ich streiche ihm kurz über den Arm. »Geh. Dein Vater braucht dich jetzt.«

»Aber du … wir …«

Lächelnd schüttele ich den Kopf und bringe ihn zum Verstummen. »Ich werde hier sein. Geh jetzt.«

Aeric nimmt meine Hand und drückt sie kurz, ehe er einen kleinen Handkuss darauf haucht. Dann dreht er sich um und folgt William in die verschneite Nacht. Ich bleibe an der Tür stehen, beobachte sie, bis die Dunkelheit sie endgültig verschluckt hat.

KAPITEL 17

AERIC

Ich möchte Will am liebsten den Hals dafür umdrehen, dass er uns unterbrochen hat, und es wird ganz sicher noch ein Nachspiel haben. Doch im Moment überschatten die Ängste um meinen Vater meine Gedanken, während ich auf meinem Pferd hinter Will durch die Dunkelheit presche.

Die eiskalte Nachtluft, die mir bei diesem halsbrecherischen Tempo entgegenschlägt, sticht auf meiner Haut, doch ich spüre es kaum. Zu sehr mache ich mir Sorgen, als dass ich mich auf etwas anderes konzentrieren könnte. Was meinte Will damit, dass es diesmal schlimmer wäre? Schlimmer als sonst kann ich es mir kaum vorstellen … Und ich *will* es mir auch gar nicht vorstellen!

Der Weg von Phils Hütte zur Burg von Eisenfels ist zum Glück nicht weit, dennoch pumpt mein Pferd wie wild, als ich von seinem Rücken springe und die Zügel im Laufen wortlos einem Stallknecht zuwerfe. Ohne nach rechts und links zu blicken oder auf Will zu warten, haste ich die Treppe nach oben, eile vorbei an den zahllosen, unbewohnten Zimmern, bis ich vor dem Gemach meines Vaters stehe. Schon von Weitem höre ich seine Stimme, sein Schreien und das Poltern von Dingen, die gegen die Wand geworfen werden. Es erschreckt mich nicht, denn mittlerweile bin ich daran gewöhnt.

Kurz tröste ich Vaters Kammerzofe, die mir kreidebleich und völlig aufgelöst entgegenkommt, und schicke sie hinunter in die Küche, wo sie für den Rest der Nacht bleiben soll. Sie nickt dankbar und huscht davon. Ich kann es ihr nicht verdenken, schließlich wäre ich jetzt auch lieber woanders als hier.

Vorsichtig öffne ich die Tür zu Vaters Gemach einen Spaltbreit, immer darauf bedacht, dass mir jederzeit irgendetwas um die Ohren fliegen könnte. Zwar haben wir bereits alle losen Gegenstände wie Vasen, Schemel oder auch Gemälde aus seinem Zimmer verbannt, jedoch ist er ziemlich einfallsreich, was das angeht. Beim letzten Mal hat er mit seinem Nachttopf um sich geworfen. Davor hat er einen Holzfuß von seinem Bettgestell abgebrochen und sich dabei mehrere Splitter eingefangen.

Als ich sicher bin, dass er diesmal nichts nach mir wirft, husche ich leise und vor allem langsam ins Zimmer, um ihn nicht zu erschrecken. Es riecht muffig und ist dunkel. Während besonders schweren Anfällen neigt er dazu, niemanden mehr zu erkennen, auch mich nicht. Und daran, wie laut und anhaltend er gerade schreit, schlussfolgere ich, dass es sich diesmal wieder um einen solchen Anfall handelt. Ich stelle mich auf das Schlimmste ein, denn egal, wie oft ich es erlebe – wenn ein Vater seinen eigenen Sohn oder früher auch seine eigene Ehefrau nicht erkennt, ist das für die Beteiligten ein einschneidendes Erlebnis, das man nicht mit einem einfachen Schulterzucken abtun kann. Mutter ist daran zugrunde gegangen und ich habe mir geschworen, es nicht zu nah an mich heranzulassen, schließlich macht Vater das nicht mit Absicht. Aber es ist verdammt schwer …

Ich breite die Arme ein Stück aus und nähere mich ihm vorsichtig. Er bietet einen jammervollen Anblick, wie er auf dem blanken Steinboden sitzt, die Beine eng an den Körper gezogen, und sich vor und zurück wiegt, während er pausenlos schreit.

Aus Sicherheitsgründen ist der Kamin nicht entfacht und auch sonst erhellt nur eine einzelne Kerze außerhalb Vaters Reichweite den Raum, in dem es bitterkalt ist. Doch mehr Licht brauche ich nicht, um zu erkennen, dass es diesmal wirklich besonders schlimm ist. Auf seinen Armen und in seinem Gesicht erkenne ich blutige Striemen, die er sich mit den Fingernägeln selbst zugefügt haben muss. Mühsam schlucke ich die bittere Galle hinunter, die in meinem Hals hochsteigt.

»Vater«, sage ich leise, während ich mich ihm nähere. »Kannst du mich hören?«

Tatsächlich verstummt er für einen Augenblick und schaut in meine Richtung, fängt dann aber sofort wieder an zu schreien. Ich weiß nicht, ob er aufgrund von Schmerzen schreit oder ob er etwas Schreckliches sieht, das niemand von uns wahrnehmen kann. Eigentlich will ich es auch gar nicht wissen, denn in keinem der beiden Fälle könnte ich ihm helfen. Alles, was wir bisher versucht haben, egal, wen wir zu Rate gezogen haben, war nutzlos oder hat sein Leiden noch verschlimmert. Doch ich wollte nicht aufgeben, habe mich nach Mutters Tod an jede noch so geringe Hoffnung geklammert und bin jeden Weg gegangen, der auch nur minimale Besserung versprochen hat. Ich ging sogar so weit, Mirandas Vater … den schwarzen Bären … Nein, daran will ich nicht denken! Ich werde mich zu einem späteren Zeitpunkt bei ihr entschuldigen und alles tun, um meine Schuld, die ich auf mich geladen habe, zu tilgen, doch nun muss ich mich um meinen eigenen Vater kümmern.

Wo ist diese verdammte Heilerin, wenn man sie braucht? Warum ist sie noch nicht hier? Das ganze Haus muss Vaters Anfall mitbekommen haben. Wie kann sie da einfach nicht auftauchen?

Ich beiße die Zähne zusammen, mache auf dem Absatz kehrt und schnappe mir draußen auf dem Korridor die erste Magd, die meinen Weg kreuzt. Unwirsch weise ich sie an, nach der Elfenheilerin zu schicken und sie sofort hierher bringen zu lassen. Die Magd nickt und eilt davon.

Ich atme mehrmals tief ein und aus, versuche mich zu beruhigen, ehe ich zurück in Vaters Gemach gehe. Es hat keinen Sinn, wenn ich mich aufrege oder ihn anschreie, das macht alles nur noch schlimmer, als es sowieso schon ist. Ich muss einen kühlen Kopf bewahren und besonnen handeln, damit er auch diesen Anfall ohne größeren Schaden übersteht. Mittlerweile gehört es fast zu meinem Alltag, mich um ihn zu kümmern, wenn er in diesem Zustand ist. Seitdem er das Blut des schwarzen Bären getrunken hat, kommen seine Anfälle noch häufiger und sind noch unkontrollierbarer. Früher konnten Mutter und ich uns sicher sein, dass sie nur nach besonders großem Stress auftraten, sodass wir Vater weitestgehend davon fernhalten konnten, doch nun scheint es keine äußerlichen Auslöser mehr zu geben. Die Anfälle kommen und gehen völlig wahllos und ohne dass jemand sie vorhersagen könnte. Ich kann nur darauf reagieren und das Beste hoffen.

Die Vorhänge beiseite zuziehen, wage ich nicht. Zwar ist es draußen dunkel, doch selbst der Schein des Mondes oder der Sterne scheint Vaters Augen Schmerzen zuzufügen.

Kraftlos lehne ich mich von innen gegen die Tür und versuche, meine Ohren vor seinen Schreien zu verschließen. Wo bleibt nur die

Heilerin? Ein bleiernes Gefühl der Hilflosigkeit greift nach mir und lässt mich beinahe zusammensacken.

Ich bin es leid. Ich bin es so leid!

Aber er ist mein Vater. Es ist meine Pflicht, mich um ihn zu kümmern und alles in meiner Macht Stehende zu tun, damit es ihm besser geht. Aber mittlerweile fehlt mir die Kraft dazu. Ich will mein eigenes Leben führen und nicht ständig im Hinterkopf haben, dass ich baldmöglichst wieder nach Hause muss, um nach Vater zu sehen. Ich allein bin während seiner »Abwesenheit« für sämtliche Staatsgeschäfte zuständig, muss Entscheidungen treffen, die über Gedeih oder Verderb Tausender Menschen bestimmen. Die Last auf meinen Schultern ist fast unerträglich.

Ich will es nicht, aber ich muss es tun. Dazu wurde ich geboren. Ich bin der Prinz. Es wird von mir erwartet, dass ich einmal ein genauso glanzvoller König werde, wie mein Vater es vor seiner Erkrankung war.

Immer wieder bete ich im Kopf diese Worte herunter, bis sie keinen Sinn mehr ergeben, reihe dennoch wieder und wieder die Silben aneinander, um nicht völlig den Verstand zu verlieren.

Nichts würde ich lieber tun, als all dem den Rücken zu kehren. Ich brauche keine Reichtümer, kein Schloss, keine Bediensteten. Ich will nur *leben*. Frei sein. Meine eigenen Entscheidungen treffen, ohne dabei ständig daran denken zu müssen, welche weitreichenden Konsequenzen diese für das ganze Volk haben könnten. Aber ich weiß, dass mir das niemals vergönnt sein wird.

Kraftlos lasse ich mich nach unten gleiten und bette den Kopf auf den angewinkelten Knien. Vaters Schreien ist mittlerweile in ein hohes Wimmern übergegangen, das nicht minder an meinen Nerven zehrt.

Es wäre so einfach, jetzt aufzustehen, ein paar Sachen zusammenzupacken und zu gehen. Zu *ihr*. Ich bin mir sicher, dass sie auf mich wartet. Ich würde es gerne tun, alles hinter mir lassen – all die Sorgen, Ängste und Bürden. Doch ich weiß, dass ich es nicht tun werde. Ich kann meinen Vater und all die Menschen, die zu mir aufsehen, nicht im Stich lassen. Es ist meine Pflicht, zu bleiben, ob es mir gefällt oder nicht.

Ein fast schüchternes Klopfen lässt mich hochschrecken. In Windeseile komme ich auf die Füße und reiße die Tür auf.

Und da steht sie. Wunderschön und eiskalt wie ein Wintermorgen bei Sonnenaufgang.

Sie ist klein für eine Elfe, aber ihre geringe Größe macht sie durch die einschüchternde Aura wett, die sie immer zu umgeben scheint. Jeder, an dem sie vorbeirauscht, zieht automatisch den Kopf zwischen die Schultern, um ihren Unmut nicht auf sich zu ziehen.

Auch ich trete zur Seite, ohne ein Wort zu sagen, obwohl ich ihr gerne Vorwürfe machen würde, schließlich ist sie die Heilerin und es ist ihre Aufgabe, dafür zu sorgen, dass es meinem Vater so gut wie möglich geht. Allerdings haben uns ihre Heilversuche nur noch tiefer ins Elend gestürzt, doch mir sind die Hände gebunden.

»Ihr seid früh zurück«, sagt sie mit eisiger, glasklarer Stimme, während sie auf meinen Vater zugeht. Auch ihm scheint ihre Aura nicht zu entgehen, denn er verstummt augenblicklich und starrt sie aus weit aufgerissenen Augen an. Vielleicht ist es auch ihr weißes, hüftlanges Haar, das im Kerzenschein schimmert wie frisch gefallener Schnee, das er anstarrt.

Es ist keine Übertreibung, wenn ich sage, dass Alys, die Elfenheilerin, wahrlich die schönste Frau ist, die ich jemals gesehen habe. Aber ihr Innerstes besteht aus nichts weiter als reinem Eis. Niemand kommt ihr freiwillig zu nah, aus Angst, von ihr verhext zu werden. Auch ich bin froh, wenn ich nicht in ihrer Nähe sein muss, und meide sie, wann immer es mir möglich ist.

»William hat mich geholt, da Vater einen neuen Anfall hat«, sage ich und lege so viel Vorwurf in meine Stimme, wie ich nur kann, ohne Gefahr zu laufen, mir ihren Zorn zuzuziehen. »Wo warst du? Ich kann mir nicht vorstellen, dass du seine Schreie nicht gehört hast.«

Sie wirft mir aus ihren hellblauen Augen einen Blick zu und am liebsten hätte ich mir für meine unbedachten Worte die Zunge abgebissen. Doch sie wendet ihre Aufmerksamkeit wieder Vater zu, berührt ihn kurz mit zwei Fingern an der Stirn, woraufhin er die Augen schließt und anfängt zu schnarchen.

Egal, wie oft ich ihre Zauberkünste mit eigenen Augen sehe, ich werde mich nie daran gewöhnen. Zwar wirkt ihr Schlafzauber nur für eine begrenzte Zeit, allerdings hat sich der Anfall in den meisten Fällen dann gelegt. Ein Dauerzustand ist es jedoch nicht und Vater ist nach seinem unfreiwilligen Tiefschlaf oft noch erschöpfter als sonst, weshalb ich es nur selten gestatte, dass sie zu diesem letzten Mittel greift.

Nachdem Vaters Kopf nach vorne auf seine Brust gesackt ist, hieve ich ihn in sein Bett, decke ihn zu und streiche ihm kurz über die Stirn. So friedlich, wie er daliegt und schläft, könnte man fast vergessen, zu was er während seiner Anfälle fähig ist.

Ein eiskaltes Kribbeln fährt von meinem Nacken aus den Rücken hinunter und ich weiß, dass sie hinter mir steht und mich beobachtet. Mir wäre es am liebsten, sie würde einfach verschwinden. Für immer. Allein schon ihr Anblick lässt mich trotz ihrer blendenden Schönheit erschaudern.

Doch das Schlimmste ist, dass ich sie nicht einfach wegschicken kann. Ich bin ihr ausgeliefert, muss sie ertragen, und das weiß sie ganz genau.

»Danke«, murmle ich, während ich mich umdrehe und mich bemühe, sie nicht anzusehen, doch sie stellt sich mir in den Weg. Ihre Augen blitzen selbst in diesem Dämmerlicht und jedes einzelne Härchen in meinem Nacken stellt sich auf.

»Ist das alles, was Ihr mir zu sagen habt, mein Prinz?«

Ich hasse es, wenn sie mich so nennt. Sie soll mich überhaupt nicht ansprechen! Aber ich schlucke meinen Ärger hinunter und nicke.

»Ich hatte gehofft, dass Ihr mir heute endlich eine Antwort geben würdet.«

Wieder macht sie einen Schritt zur Seite und versperrt mir meinen Fluchtweg. Mein Herz hämmert panisch, denn ich bin für dieses Gespräch nicht gerüstet, obwohl ich weiß, welche Worte sie von mir hören will. Doch niemals würde ich sie freiwillig aussprechen, denn sie würden meinen Untergang bedeuten.

Als meine Mutter noch lebte, kam Alys zum ersten Mal an den Hof. Als Heilerin war es ihr mit ihren Elfenkräften möglich, Vaters Krankheit im Zaum zu halten, wenn sie sie auch nicht heilen konnte. Schon als sie das erste Mal die große Halle betrat, war ich geblendet von ihrer Schönheit. Das war, bevor ich die Kälte kannte, die in ihr wohnt. Hinzu kommt, dass sie nicht nur eine gewöhnliche Elfe ist, sondern der Herrscherfamilie des Elfenvolkes angehört. Eine höchst passende Partie, zumindest wenn es nach meiner Mutter ging. Und so begann sie ohne mein Wissen, mit Alys' beiden älteren Schwestern über eine Vermählung zu verhandeln. Auf dem Sterbebett erzählte Mutter mir, dass die Verhandlungen geglückt seien und Alys daher hier am Hof bleiben würde. Ich war wie vom Donner gerührt, denn mittlerweile wusste ich, dass es in ihrem Herzen weder Freundlichkeit noch Güte gab. Nie und nimmer konnte ich den Rest meines Lebens mit einer solchen Person teilen! Doch es war alles beschlossene Sache. Der drohende Krieg würde durch unsere Vermählung abgewendet werden und so würgte ich das Versprechen heraus, Alys zu heiraten, während ich die Hand meiner sterbenden Mutter hielt.

Alys gegenüber habe ich nie erwähnt, dass ich der Vermählung mehr oder weniger freiwillig zugestimmt habe, aber so langsam scheint sie unruhig zu werden. Ständig fragt sie, ob ich bereits eine Entscheidung getroffen hätte. *Nein!*, will ich schreien. *Ich will dich nicht heiraten, denn mein Herz gehört bereits einer anderen. Und selbst wenn nicht, würde ich dich niemals zur Frau nehmen!*

Aber das kann ich nicht sagen, dürfte es nicht einmal in Erwägung ziehen, ich muss weitreichender denken und das tun, was auch für mein Volk am besten ist. Und so sehr ich es auch drehe und wende: Eine Ehe mit einer Elfenprinzessin würde meinem Volk einen größeren Nutzen bringen als die Heirat eines Mädchens ohne Rang und Namen, das obendrein von einem Fluch befallen ist. Nicht dass es mich persönlich stören würde, aber ich weiß, dass die anderen Adligen und Minister dies nicht so sehen würden.

Mit ihren Intrigen, dem Getuschel, dem Meiden würden Sie Mirandas Leben zerstören. Eine zierliche Person wie sie würde daran zerbrechen. Das darf ich nicht zulassen! Sie musste in ihrem Leben bereits genug durchmachen …

Doch Alys zu heiraten, kommt für mich nicht infrage, selbst wenn ich es meiner sterbenden Mutter versprochen habe. Ich *kann* es nicht tun, egal, wie vorteilhaft diese Vermählung ist. Ich kann sie nicht einmal ansehen, geschweige denn berühren, ohne dass mein Innerstes zu Eis erstarrt. Wie soll ich sie dann als Königin an meiner Seite dulden oder ertragen?

Aber ich weiß, dass ich sie nicht mehr lange hinhalten kann. Wenn ich sie abweise, wird sie zurück an den Elfenhof gehen und ein Krieg wird ausbrechen, unter dem das ganze Land zu leiden haben wird.

Ihre Elfenschwestern, die Königinnen Jocelyn und Bryande, werden diesen Gesichtsverlust nicht ohne einen Vergeltungsschlag hinnehmen, vor allem, weil sie schon lange nach unserem fruchtbaren Land gieren. Sie werden nicht zögern, es sich mit Gewalt zu nehmen, sollte es zu keiner Hochzeit kommen. Und alles nur, weil ich nicht in der Lage bin, meine Pflicht zu erfüllen…

»Hab bitte noch etwas Geduld mit mir«, antworte ich ausweichend. »Vaters Zustand lässt mich keinen klaren Gedanken fassen. Die Zeit ist aufgrund seiner Erkrankung nicht reif, um etwas Freudiges wie eine Verlobung anzukündigen.« Eine glatte Lüge und es wundert mich selbst, wie leicht sie mir über die Lippen kommt, doch ich verspüre keinen Funken Reue. Vielleicht gibt es doch noch Hoffnung, beides zu erreichen: Alys nicht heiraten zu müssen und trotzdem keinen Krieg auszulösen.

Ihre blitzenden Augen verengen sich zu Schlitzen und ich weiche unweigerlich einen Schritt zurück. So viel zur Hoffnung …

»Meine Schwestern warten auf eine Antwort und ich bin des Wartens ebenfalls leid.« Ihre Stimme ist schneidend und ebenso eisig wie der Rest von ihr.

Ihre Schwestern … Wie eine dunkle Bedrohung schweben diese beiden Elfenköniginnen über mir und verfolgen mich. Sie sind der einzige Grund, warum ich Alys noch nicht davongejagt habe. Das und ihre heiligen Fähigkeiten, die meinem Vater zumindest Linderung in schlimmen Stunden verschaffen. Um nichts in der Welt würde ich mich freiwillig mit ihren beiden Schwestern anlegen und ich habe auch keine Lust, ihnen jemals über den Weg zu laufen. Sie würden mich, ohne mit der Wimper zu zucken, vernichten. Und mein gesamtes Volk gleich mit.

»Sobald der Schnee schmilzt«, sage ich schnell, noch ehe ich zu Ende gedacht habe. »Sobald der Schnee schmilzt, werde ich dir eine Antwort geben. Bitte habe bis dahin noch Geduld.« *Und halte deine Schwestern solange weiter hin!*

Alys nickt huldvoll, nicht ohne mir einen frostigen Blick zuzuwerfen, ehe sie sich umdreht und ohne ein weiteres Wort Vaters Zimmer verlässt.

Erst als sie die Tür hinter sich geschlossen hat, erlaube ich mir wieder zu atmen.

Bis zur Schneeschmelze ... Wie bin ich nur auf diese hirnrissige Idee gekommen? Das sind nur noch zwei Monate, wenn ich Glück habe! Was soll ich in dieser kurzen Zeit unternehmen können? Ich bin so ein Idiot! Warum ist mir nichts Besseres eingefallen?

Phil ... Wenn jemand Rat weiß, dann er. Schon mein ganzes Leben war er meine Stütze, wenn mir hier am Hof mal wieder die Decke auf den Kopf fiel. Er nahm mich gegen den Willen meiner Eltern in die Lehre und bildete mich im Umgang mit seinen Greifvögeln aus.

Er weiß alles über mich. Und über *sie*. Vor meinem inneren Auge blitzt das Bild einer lächelnden Miranda auf, deren blondes Haar im Schein des Feuers golden glänzt. Augenblicklich vertreibt diese Erinnerung die Kälte, die Alys in mir hinterlassen hat, und ich kann wieder normal atmen.

Ich werde zurück zu Phil gehen, nicht zuletzt wegen ihr.

Schnell vergewissere ich mich, dass Vater ruhig schläft, und weise auf dem Korridor eine Magd an, jede Stunde nach ihm zu sehen. Dann schnappe ich mir meinen Umhang, lasse mir mein Pferd bringen und presche durch die schwindende Nacht.

MIRANDA

Unruhig laufe ich vor dem Kamin hin und her. Auch Phils genervte Aufforderung, meinen Hintern endlich auf einen Stuhl zu platzieren, ehe ich ihm ein Loch in den Holzboden laufe, hindert mich nicht daran.

Als ich Aeric sagte, dass er gehen soll, habe ich nicht damit gerechnet, wie schwer es mir fällt, ihm tatsächlich zuzusehen, wie er von der Dunkelheit verschluckt wird. Mit jedem Schritt, den er sich von mir entfernte, nahm das Engegefühl in meiner Brust zu, bis ich es fast nicht mehr aushielt und ihm am liebsten gefolgt wäre.

Doch ich blieb. Warum, weiß ich selbst nicht. Es schien mir nicht richtig, ihm nachzulaufen. Ich hatte kein Recht, es zu tun.

Und nun stehe ich hier und warte auf seine Rückkehr, aber ich habe kaum noch Hoffnung, dass er es schafft, vor Sonnenaufgang zurück zu sein. Wenn er überhaupt zurückkommt.

Er wird doch wiederkommen, oder?

Nervös kaue ich auf meiner Unterlippe. Was, wenn er mich nun fallen lässt, weil ich doch nicht so bin, wie er es sich vorgestellt hat? Wegen meiner mangelnden Erfahrung mit Männern fühle ich mich so unsicher …

Ruhig einatmen, Miranda! Es gibt keinen Grund, an allem zu zweifeln. Vielleicht ist es auch der Umstand, dass ich endlich einmal Glück in meinem Leben zu haben scheine, der meine Nerven verrücktspielen lässt. Ich weiß es nicht … Ich weiß nur, dass ich es keine Sekunde länger ohne seine Nähe aushalte!

Gerade als ich mir meinen Umhang schnappen und in den Schnee hinausstapfen will – auch wenn ich keine Ahnung hätte, wo genau ich hingehen müsste –, spüre ich, wie das Ziehen in meiner Brust schwächer wird. Es ist noch immer da und raubt mir den Verstand, aber es ist nicht mehr so stark, dass es mich in allem, was ich tue oder denke, beeinträchtigt. Mein Herz macht einen Satz. Bedeutet das, dass er auf dem Weg zurück zu mir ist?

Auch wenn ich mich dagegen zu wehren versuche, ergreift eine kindliche Vorfreude Besitz von mir. Wieder beginne ich, ziellos auf und ab zu laufen, aber diesmal ist es, weil ich es nicht abwarten kann, bis er endlich hier ist.

»Nun hör endlich auf damit!«, schimpft Phil erneut. »Du machst mich noch wahnsinnig!«

»Er kommt zurück«, kiekse ich und wundere mich über meine hohe Stimme.

»Meine Güte, du benimmst dich ja wie ein liebeskrankes Weib!«

Ich verzichte, ihn darauf hinzuweisen, dass ich genau das bin. Ach du je! Bin ich das tatsächlich? Kann ich das überhaupt schon denken? Ich spüre, wie meine Wangen rot werden und auch mein restliches Gesicht sich erhitzt. Bin ich wirklich verliebt? In einen Prinzen?

Auf einmal bin ich wieder nervös. Wie soll ich mich verhalten, wenn er da ist? *Ganz normal* scheidet aus, dazu bin ich nicht fähig. Aber wie dann?

Das Zerren in meiner Brust nimmt immer weiter ab und macht einem Gefühl der Zufriedenheit Platz. Zum ersten Mal in meinem Leben spüre ich so etwas wie Ruhe und Zufriedenheit. Es fühlt sich seltsam an und eine leise Stimme in meinem Hinterkopf ermahnt mich, dass dieses Gefühl nicht von Dauer sein wird und ich darüber hinaus meine Mission nicht vergessen darf.

Ach ja, meine Mission ... Die Rache am Mörder meines Vaters. Für ein paar Stunden habe ich ihn tatsächlich vergessen: den wahren Grund, warum ich hier bin. Meine Aufregung ist wie weggeblasen und macht einer düsteren Schwere in mir Platz.

Vater ... Wie konnte ich ihn vergessen? Was bin ich nur für eine Tochter?

Ich gräme mich so sehr, dass ich gar nicht mitbekomme, wie das Ziehen in meinem Herzen weiter abebbt, und zucke erschrocken zusammen, als die Tür zur Hütte aufgestoßen wird.

Aeric! Er ist zurück.

Doch ich brauche nur einen flüchtigen Blick in sein Gesicht zu werfen, um zu sehen, dass etwas ganz und gar nicht in Ordnung ist.

Langsam mache ich einen Schritt auf ihn zu. Er steht noch immer im Türrahmen. Hinter ihm höre ich sein Pferd schwer atmen, ein schneidender Wind wirbelt den Schnee um seine Füße auf und trägt einige Flocken in die Hütte hinein. Seine Miene ist so sehr von tiefer Traurigkeit erfüllt, dass ich jede Sekunde damit rechne, dass er in Tränen ausbricht. Was ist nur geschehen? Ob sein Vater ... ?

Vorsichtig strecke ich eine Hand nach ihm aus und sofort kommt Bewegung in ihn. Mit zwei großen Schritten ist er bei mir und zieht mich fest in seine Arme, bis ich kaum noch atmen kann. Aufgrund der plötzlichen Nähe stoße ich einen kleinen erschrockenen Laut aus, verstumme jedoch, als er sich herunterbeugt und seinen Kopf auf meine Schulter legt. Beruhigend streiche ich mit einer Hand über seinen Rücken. Mit deren anderen fahre ich durch seine Haare, murmle dabei leise Worte ohne Zusammenhang, während ich ihm einfach nur den Halt gebe, den er gerade dringend benötigt.

Ich habe keinerlei Zeitgefühl. Wir stehen einfach nur da, eng umschlungen, klammern uns an den anderen und versuchen, unser Schicksal zu vergessen. Zumindest glaube ich, dass es ihm genauso geht wie mir. Nur am Rande bekomme ich mit, wie Phil aufsteht, zur Tür humpelt, sie lauter als nötig zuwirft und dabei etwas Unverständliches brummt. Bis vor einer Weile habe ich mir noch Sorgen gemacht, was er denken wird, wenn er Aeric und mich zusammen sieht, doch jetzt, wo es so weit ist, ist es mir komplett egal.

»Was ist passiert?« Es kostet mich eine Menge Überwindung, diese Frage zu stellen, aber ich möchte ihm helfen. Wenn sein Vater die Nacht nicht überlebt haben sollte, will ich, dass er von meinem Verständnis für seine Situation weiß. Ich habe keine Ahnung, ob er seinem Vater genauso nah stand wie ich meinem, aber ich will nichts lieber, als sein Halt in dieser schweren Stunde zu sein.

»Es geht ihm besser«, sagt er undeutlich, weil sein Gesicht an meinem Hals lehnt. Ein wohliger Schauer rieselt durch meinen Körper, als ich seine Lippenbewegungen und seinen warmen Atem an meiner Haut spüre.

Was hat er gesagt? Ich versuche mich zu konzentrieren, aber es fällt mir verdammt schwer, wenn er mir so nah ist.

»Deinem Vater geht es besser?«, vergewissere ich mich, nachdem ich meine Gedanken geordnet habe. Warum ist er dann so niedergeschlagen? »Das ist toll, wenn er sich besser fühlt.«

Ein schwaches Nicken ist seine Antwort, während sich seine Arme noch fester um mich schließen und ich unsicher auf den Zehenspitzen balanciere. Was ist bloß los mit ihm? Er wirkt so niedergeschlagen, als hätte man ihm alles genommen, was ihm lieb und teuer ist.

»Dann konnte der Elfenheiler deinem Vater helfen?«, frage ich, nachdem ich das Schweigen und diese Ungewissheit nicht mehr aushalte. Ich möchte ihn ansehen, ihm in seine Augen schauen und seinen Schmerz durch meine Berührungen lindern, doch ich habe das Gefühl, dass er mich das nicht tun lassen wird.

Und diese Erkenntnis versetzt mir einen Stich mitten ins Herz.

Aeric gibt ein abschätzendes Geräusch von sich, das ich nicht einordnen kann und das meine Ungewissheit nur noch mehr wachsen lässt.

Fieberhaft suche ich nach einer Möglichkeit, normal mit ihm sprechen zu können, doch jeder Versuch wird von ihm abgeblockt. Was ist bloß los?

»Was hat sie jetzt wieder getan?« Es ist Phils Stimme, die bei Aeric eine Regung hervorruft. Er hebt seinen Kopf und löst seine Arme von mir. Ohne seine feste Umarmung fühle ich mich seltsam verloren und muss mich zusammenreißen, um mich nicht wieder an ihn zu klammern. Sein Blick gleitet über meine Schulter nach hinten, wo Phil sitzt, doch seine Miene ist wie versteinert.

»Dasselbe wie immer«, antwortet er seinem Mentor emotionslos.

»*Sie?*«, frage ich. Ich habe keine Ahnung, von wem die beiden sprechen, und fühle mich ausgeschlossen.

Ich trete einen Schritt zurück, auch wenn diese körperliche Kluft zu Aeric Überwindung kostet, und drehe mich zu Phil um, der Aeric abschätzend vom Tisch aus mustert. Was geht hier vor? Was verschweigen die beiden?

»Wer ist sie?«, frage ich erneut, diesmal mit einer gehörigen Portion Schärfe in der Stimme. »Was bedeutet das?«

Einige Herzschläge lang sagt niemand ein Wort. Ich kann von draußen nur das Stürmen des Windes hören. Und das Rauschen des Bluts in meinen Ohren.

»Willst du es ihr nicht sagen?«, fragt Phil mit hochgezogenen Augenbrauen. Es scheint, als würde es ihm Spaß machen, mich noch länger auf die Folter zu spannen.

Ich drehe den Kopf zu Aeric, der meinem Blick ausweicht. »Was willst du mir nicht sagen?« Übelkeit steigt in mir auf, während ich in meinem Kopf sämtliche Möglichkeiten für sein komisches Verhalten durchgehe. Jede einzelne davon würde mich auf der Stelle zerstören.

»Das Mädchen hat ein Recht darauf, es zu erfahren, findest du nicht?« Es ist wieder Phil, der für mich Partei ergreift und die Stille vertreibt. Ich könnte ihm dafür um den Hals fallen, wenn meine Füße sich nicht anfühlen würden, als bestünden sie aus Blei. Warum kann Aeric mich nicht verstehen? Warum kann er mir nicht endlich sagen, was hier gespielt wird, und mich von meinem Leiden und dieser nagenden Ungewissheit erlösen?

»Wenn du es ihr nicht sagen willst, werde ich es tun müssen, Junge.«

Phils Worte lassen mich bittere Galle schmecken. Meine Knie sind weich und drohen unter mir nachzugeben. Es muss etwas Schreckliches sein, was er mir verheimlicht. Aber wieso? Wieso kann er es mir nicht sagen?

»Gut, ganz wie du willst.« Phil löst den Blick von seinem Lehrling und schaut mich unverwandt an. Ich möchte mich verstecken, mich in Luft auflösen, gar nicht hier sein, denn ich weiß, dass das, was er mir sagen wird, alles verändern wird. Alles, wovon ich bis vor Kurzem noch dachte, es endlich gefunden zu haben. All meine Hoffnungen auf eine Zukunft frei von Leid werden gleich zerschmettert werden, das weiß ich genau. Es fehlt nicht viel und ich halte mir wie ein kleines Kind die Ohren zu, in dem Versuch, dadurch alles Schlechte und die Welt aussperren zu können.

Der Alte lehnt sich ein Stück vor. Gerade als er den Mund öffnet, um mir endlich die grausige, alles verändernde Wahrheit zu sagen, wird er von Aeric unterbrochen. »Nicht!« Es folgt eine angespannte Stille, in der meine Nerven noch mehr verrücktspielen und beinahe zerreißen. »Ich werde- … Ich muss es ihr sagen.«

Mit einem kurzen, zufriedenen Grinsen lässt sich Phil wieder zurück an seine Stuhllehne sinken, lässt seinen Blick jedoch weiterhin auf mir ruhen. Am ganzen Körper zitternd schaue ich zu Aeric, suche verzweifelt nach irgendeiner Regung in seinem versteinerten Gesicht, finde jedoch nichts.

»Sie …«, beginnt er stockend. »Sie ist der Heiler.«

»Der Heiler? Du meinst, der Elfenheiler, der deinem Vater helfen wollte, ist eine Frau?«, frage ich verwirrt.

Aeric nickt. Das soll das große Geheimnis sein, wegen dem die beiden einen solchen Aufstand machen? Da muss noch mehr sein. Da ist *garantiert* noch mehr. Und das macht mir Angst. Ich schaue ihn an, warte auf weitere Erklärungen, doch wieder hüllt er sich in Schweigen, was mich fast wahnsinnig werden lässt. *Sag doch endlich etwas, verdammt noch mal!*

Auf ein Knurren von Phil hin, spricht Aeric weiter. »Sie ist- … Sie gehört zur königlichen Familie der Elfen. Und meine Mutter … Sie wollte, dass wir … dass wir unsere verfeindeten Völker durch eine … Verbindung vereinen.«

Ich verstehe kein einziges Wort. Vielleicht hat sich mein Gehirn auch wegen des ganzen Stresses bereits verabschiedet, aber das, was Aeric mir erzählt, ergibt für mich nicht im Entferntesten einen Sinn. Deshalb kann ich nichts weiter tun, als ihn anzustarren.

»Aeric musste seiner sterbenden Mutter versprechen, die Heilerin, die auch gleichzeitig eine Elfenprinzessin ist, zu heiraten«, erklärt Phil, der mein Problem erkannt hat.

Beide Männer starren mich abwartend an, warten gespannt auf meine Reaktion, während die Worte nach und nach, Stückchen für Stückchen, in mein Bewusstsein sickern. Ich höre sie, verstehe sie, doch ich weigere mich hartnäckig, sie zu glauben.

Aeric ist versprochen. Er ist einer anderen Frau, nein, einer Prinzessin versprochen.

Nun sacke ich endgültig zu Boden, weil meine Beine sich weigern, mich nur eine Sekunde länger zu tragen. Mein ganzer Körper scheint gleichzeitig schwerelos und kraftlos zu sein. Aeric macht einen Schritt auf mich zu, doch ich halte ihn mit einer Geste davon ab, mir zu nahe zu kommen. Ich ertrage jetzt nichts und niemanden in meiner Nähe.

Warum … Warum? Was soll ich bloß tun? Mein Herz zieht sich schmerzhaft zusammen, für eine Sekunde glaube ich, es würde jeden Moment aufhören zu schlagen. Der Mann, von dem ich dachte, dass er mein Gefährte wäre, ist einer anderen, einer Prinzessin, versprochen und wird niemals mir gehören können.

KAPITEL 18

Irgendwann, als ich sicher bin, dass meine Beine mich wieder tragen, renne ich in Phils Schlafzimmer und werfe die Tür hinter mir zu. Zitternd lasse ich mich mit dem Rücken an ihr hinuntergleiten und schlinge die Arme um die Knie. Aerics Klopfen und sein Bitten, dass ich wieder rauskommen möge, ignoriere ich geflissentlich. Ich will ihn nicht sehen. Weder ihn noch Phil, denn sie haben mich beide belogen.

Andererseits … Wären meine Gefühle anders, wenn ich von Anfang an die Wahrheit gewusst hätte? Wäre Aeric trotzdem mein Gefährte, auch wenn mir klar gewesen wäre, dass er einer anderen versprochen ist? Bestimmt, denn bei Phil war es ähnlich, wenn ich seinen Erzählungen Glauben schenke. Auch seine Frau verließ ihn für einen anderen. Ich fand es schrecklich, als er mir das erzählt und dabei gelächelt hat. Er tat mir leid, denn er hatte es einfach nicht verdient. Nun bin ich im Begriff, etwas Ähnliches zu tun oder es zumindest in Erwägung zu ziehen … Was Vater wohl von mir denken würde, wenn er mich jetzt sehen könnte? Er wäre schockiert, da bin ich mir sicher. Er würde über mich den Kopf schütteln und vor sich hin murmeln, dass ich nicht mehr sein kleines Mädchen sei. Dass ich nur noch meine eigenen Ziele im Kopf hätte, ohne dabei an andere zu denken.

Irgendwann verstummt das Klopfen hinter mir – ich bin mir sicher, dass Aeric mittlerweile blutige Fingerknöchel haben muss, doch ich weigere mich, Mitleid mit ihm zu empfinden! – und ich schaue sehnsüchtig zum Fenster hinauf.

Will diese verdammte Sonne nicht endlich aufgehen?

Ich halte es keine Sekunde länger hier aus, in dem Wissen, dass mich nichts weiter als diese Tür von ihm trennt. Einerseits zieht es mich zu ihm, als würden wir beide am jeweils anderen Ende eines Fadens hängen. Andererseits fühle ich mich von mir selbst abgestoßen, dass ich überhaupt in Erwägung ziehe, den Mann, der einer anderen gehört, auch nur zu berühren.

Geschweige denn zu küssen … Aber dieser Kuss … Er war so viel mehr als alles, was ich mir je erträumt habe. Ich würde alles dafür geben, dieses Gefühl wieder auf meinen Lippen spüren zu können.

Beinahe muss ich mich bei diesem Gedanken schütteln. Ich muss hier weg. Ich muss aus dieser Hütte raus, weg von ihm, um endlich wieder einen klaren Kopf zu bekommen, ehe ich komplett den Verstand verliere.

Ich rapple mich hoch, was bei meinen steifen Gliedern gar nicht so einfach ist, wanke zu dem kleinen Fenster und ziehe die Vorhänge ein Stück zur Seite. Der Himmel ist wolkenverhangen, färbt sich aber bereits in ein dunkles Lila. Jetzt ist es jeden Moment so weit.

Als ich das Kribbeln spüre, das von meinen Füßen aus durch meinen Körper schießt, wird die Tür zu meinem Zufluchtsraum aufgestoßen und ich wirbele herum.

Mit zusammengepressten Lippen begegne ich Aerics Blick. Verbissen versuche ich, mich gegen all die aufwallenden Emotionen zu wappnen, doch nachdem ich kurz in seine Augen geschaut habe, gerate ich wieder ins Wanken. So viel Schmerz und Qual kann ich erkennen, dass es mir das eigene Herz schwer werden lässt.

Leidet er etwa genauso wie ich?

Nein, ich darf mich nicht erweichen lassen. Ich brauche Abstand und Ruhe, um über alles nachdenken zu können. Daher lasse ich meine Mimik zu einer eisigen Maske werden, während ich auf einen Punkt neben seinem Ohr starre, um ihn nicht direkt ansehen zu müssen, doch das halte ich nur einen Moment lang durch.

Als die Verwandlung einsetzt, verschwindet der gequälte Ausdruck aus seinen Augen und er beobachtet mit offenem Mund, wie mein Körper schrumpft und aus meiner Haut schwarze Federn sprießen. Nur wenige Augenblicke später breite ich die Flügel aus und flüchte durch das Fenster, während ich krampfhaft versuche, Aerics Rufe zu ignorieren.

AERIC

Phil haut mir auf den Rücken. Eine Spur zu fest, um es als aufmunternde Geste werten zu können. Beinahe komme ich aus dem Gleichgewicht.

»Mach nicht so ein Gesicht, Junge!«, schimpft er. »Sie ist nicht weit weg. Sicher sucht sie sich was zu essen, denn sie hat die ganze

Nacht keinen Bissen runtergekriegt, weil sie zu beschäftigt damit war, auf deine Rückkehr zu warten.«

Sie hat auf mich gewartet? Und ich Idiot komme zurück und muss ihr so was erzählen! Ich hätte damit warten sollen, bis das, was auch immer zwischen uns ist, geklärt ist oder zumindest, bis ich den Hauch einer Ahnung habe, was ich wegen Alys unternehmen soll.

Ich will sie suchen, ihr nachgehen und alles erklären. Ich hätte es vorhin schon getan, aber sie hat mich ausgesperrt. Meine Fäuste haben vor Verlangen gezuckt, diese verdammte Tür, hinter der sie sich verschanzt hatte, einfach einzuschlagen, doch dann hätte mich Phil einen Kopf kürzer gemacht. Prinz oder nicht, für ihn bin ich sein Lehrling und er wird mit mir verfahren, wie er es für richtig hält. Ich mag diese unkomplizierte Eigenschaft an ihm, aber manchmal, so wie heute, bringt sie mich in Schwierigkeiten.

»Sie wird zurückkommen.« Mit einem Kopfnicken deutet Phil in sein Schlafzimmer, wo Mirandas Kleid unordentlich auf dem Boden liegt. »Ihre ganzen Sachen sind hier. Außerdem hat sie keinen Ort, wo sie sonst hingehen könnte.«

»Hat sie keine Familie?«

Phil wiegt den Kopf hin und her. »Sie hat nur ihren Vater erwähnt, der bei der Jagd getötet wurde.«

Die Jagd … Die Lichtung … Der tote schwarze Bär, neben dem eine junge Frau im Schnee hockt. Bilder, die ich mit aller Macht verdrängt habe und an die ich mich am liebsten nie mehr erinnern wollte. Die Jagd auf den Bären zu gestatten, war der schlimmste Fehler, den ich je begangen habe. Auch wenn ich mich nicht aktiv daran beteiligt habe, geschah es doch mit meiner Erlaubnis. Ich hatte von Anfang an Zweifel an Alys' Methoden, aber nach Mutters Tod war ich so verzweifelt, dass ich nach jeder Möglichkeit griff, die sich mir in der Dunkelheit bot. Niemals wäre es mir in den Sinn gekommen, dass dieser Bär … dass er eigentlich ein Mensch war. Noch dazu ein Vater.

Ich habe noch nie in einem Krieg gekämpft. Zwar bin ich im Umgang mit Waffen geschult, für den Fall der Fälle, aber ich musste mein Schwert noch nie gegen einen anderen Menschen ziehen. Der tote Bär – Mirandas Vater – ist der erste Mensch, der durch meine

Hand gestorben ist, auch wenn ich ihn nicht selbst getötet habe. Ich war dort, ich habe es erlaubt und nur das zählt in meinen Augen.

Sie muss mich dafür hassen …

Als ich vorhin beobachtet habe, wie sie ihre menschliche Hülle im Schein der aufgehenden Sonne ablegte, war ich geblendet von dem Anblick. Noch nie habe ich etwas Schöneres gesehen. Jeder Zweifel, den ich noch an ihrer Geschichte hatte, war wie ausgelöscht.

»Was ist mit ihrer Mutter?«, frage ich dann. »Hat sie Geschwister?«

»Sie hat niemanden sonst erwähnt. Nur dass sie allein ist und nicht weiß, wo sie hingehen soll.«

Deshalb hat Phil sie also aufgenommen. Er hatte schon immer eine Schwäche für Jungfrauen in Nöten. Doch eigentlich wäre es an mir, sie zu beschützen und ihr eine Familie zu geben.

Und ich habe es vermasselt.

Ich will hinaus stürmen, um nach ihr zu suchen, doch Phil hält mich zurück. »Lass das sein, Junge. Sie kommt zurück, sobald sie bereit ist. Gib ihr Zeit und – um der Götter willen! – überstürze nicht wieder alles!«

Er hat recht, das weiß ich. Trotzdem hasse ich es, zum Nichtstun verdammt zu sein. Jede Sekunde, die ich nicht bei ihr bin, ist verlorene Zeit.

»Komm, Junge, und setz dich zu mir. Wenn du willst, werde ich dir noch etwas über sie erzählen.«

Sofort bin ich hellhörig und folge Phil zum Tisch. Ungeduldig beobachte ich, wie er sich langsam auf den Stuhl setzt und in dem Buch zu blättern beginnt, das noch immer aufgeschlagen daliegt. Ich habe es gestern Abend schon gesehen. Es enthält Aufzeichnungen über Miranda und ihren Vater, aber ich kam noch nicht dazu, die Texte zu lesen, die ebenfalls darin stehen.

Phil blättert vorsichtig, um die vergilbten Seiten nicht zu beschädigen, zum Anfang des Buches.

»Ah, da ist es ja!«, sagt er, als er die richtige Textstelle gefunden hat. Neugierig beuge ich mich nach vorne.

Die Schrift ist alt und beinahe verblasst.

»Was steht da?«, frage ich, weil ich es von meiner Position aus nicht entziffern kann.

»Zuerst muss ich dich etwas fragen.« Ich werde unruhig, als ich Phils forschenden Blick auf mir spüre, und es kostet mich Überwindung, ihn weiter anzusehen. »Ich meine, ich war vorhin anwesend, auch wenn ihr beide das wohl vergessen habt.«

Ich weiß, was er meint, aber ich schäme mich nicht. Ich habe nichts Falsches getan, also schweige ich und warte ab, auf was er hinauswill.

»Ihr wirktet … sehr vertraut, auch wenn ihr euch noch nicht lange kennt.«

Ich nicke nur. Was soll ich auch sonst dazu sagen? Dass ich mich selbst darüber wundere, was zwischen uns geschieht? Dass es für mich selbst nicht nachvollziehbar ist, wie dieses Mädchen mir dermaßen den Kopf verdrehen kann, dass ich alles andere um mich herum vergesse? Nein, normal ist das mit Sicherheit nicht. Zumindest habe ich das noch bei keiner anderen gespürt. Mehr als körperliche Anziehung war es nie gewesen, aber Miranda gibt mir das Gefühl, dass sie auf den Grund meiner Seele schauen kann und mich trotzdem akzeptiert. Bei ihr fühle ich mich geborgen. Bei ihr bin ich nicht der Prinz, sondern einfach nur *Aeric*.

»Hast du eine Ahnung, was das bedeutet?«

»Nein«, antworte ich wahrheitsgemäß.

Phil nickt wissend und streicht mit der Hand über die aufgeschlagene Buchseite. »Das hab ich mir gedacht. Deshalb werde ich euch helfen. Ihr braucht Führung, sonst werdet ihr scheitern.«

»Ich habe keine Ahnung, wovon du redest.«

»Du weißt, was sie ist. Du hast es heute mit eigenen Augen gesehen. Ein wundervoller Anblick, nicht wahr?« Ohne meine Antwort abzuwarten, fährt er fort: »Miranda ist ein Kind der Götter. Es gibt noch mehr wie sie und sie alle haben eins gemeinsam: Sie verwandeln sich in Tiere. Normalerweise nachts, aber Miranda ist anders. Sie nimmt tagsüber die Gestalt eines schwarzen Falken an. Vielleicht hat sie mehr von ihrem Ahn, dem Sonnengott, in sich als die anderen Götterkinder, wer weiß? Sie hält sich für verflucht, doch in Wahrheit ist es ein Schutzmechanismus. Die verbotenen Kinder konnten sich so dem Zorn des Himmelsvater entziehen.«

»Ich kenne die Geschichte«, unterbreche ich ihn und hoffe, dass er endlich zum Punkt kommt.

Phil räuspert sich kurz. »Wie dem auch sei. Miranda ist jedenfalls ein Nachfahre der Götter. Das Besondere an ihr – neben der Tatsache, dass sie sich in ein Tier verwandelt – ist der Umstand, dass es nur einen Menschen auf der Welt gibt, der für sie bestimmt ist. Man nennt es den Gefährten.«

Er macht eine Pause, als warte er darauf, dass ich etwas dazu sage, doch ich hülle mich in Schweigen, während ich versuche, das Gesagte zu verarbeiten.

Als ich nicht reagiere, dreht er das Buch zu mir um, nicht ohne dabei genervt mit den Augen zu rollen. Mit dem Zeigefinger deutet er auf die Mitte der Seite und ich überfliege den Text.

Im Grunde steht da nichts anderes als das, was er mir eben erzählt hat, und ich schaue ihn stirnrunzelnd an. »Was hat das mit mir zu tun?«

»Spürst du es?«

»Was denn?«, frage ich verwirrt, weil ich keine Ahnung habe, was er meint.

»Das Band.«

Was für ein Band?, will ich rufen, doch die Worte bleiben mir im Halse stecken. Wie von selbst legt sich meine Hand auf mein Herz, als könne diese Berührung den Schmerz lindern, den ich schon den ganzen Morgen verspüre. Doch nichts vermag die Leere und das Ziehen zu vertreiben, das seit einigen Tagen mein ständiger Begleiter ist. Es ist immer da, außer …

… außer wenn Miranda in der Nähe ist.

Phil lehnt sich mit einem zufriedenen Grinsen zurück.

»Was hat das zu bedeuten?«, frage ich.

»Du spürst es also auch.« Keine Frage, sondern eine Feststellung.

»Was heißt *auch*? Was ist das? Ich dachte schon, ich sei krank …« Tatsächlich dachte ich, dass dieses dumpfe Ziehen der Vorbote einer ähnlich schlimmen Krankheit sei wie die, unter der mein Vater leidet. Ich glaube, ich fürchte mich vor nichts auf der Welt mehr, als eines Tages so zu werden wie er …

»Diese Verbindung, die ihr spürt, nennt sich *Band* und ist-«

»Miranda spürt das auch?« Es ist mir egal, was Phil gerade sagen wollte. Ich will nur wissen, ob Miranda das Gleiche fühlt wie ich. Allein beim Gedanken daran klopft mein Herz schneller und für einen Moment vergesse ich das Ziehen.

»Unterbrich mich doch nicht, Junge!«, schimpft Phil. »Natürlich spürt sie das, schließlich ist diese Verbindung für sie einzigartig.«

Erleichtert atme ich auf. Es ist also keine Einbildung und ihr geht es genauso. Ich glaube, ich war noch nie so glücklich wie in diesem Moment. Aber was bedeutet das? Was hat Phil vorhin erzählt? Irgendwas über Gefährten …

»*Du* bist für sie einzigartig, Aeric.«

»Woher willst du das wissen?«, frage ich, obwohl ich vor Freude jauchzen will, doch die Unsicherheit bleibt.

»Weil ich Augen im Kopf habe, Junge«, antwortet mein Lehrmeister und rollt mit den selbigen. »Ihr beide müsst es nur endlich akzeptieren.«

»Was akzeptieren?«

»Dass es Schicksal ist, dass ihr euch begegnet seid. Denn ihr seid Gefährten.«

MIRANDA

Nachdem ich zwei Mäuse gefangen und verschlungen habe, lande ich auf einem Baum. Ich habe keine Ahnung, wo ich mich befinde, weil ich einfach kopflos davongeflogen bin. Nichts um mich herum kommt mir bekannt vor, doch das macht nichts. Ich habe eh nicht vor, so schnell wieder zurück zu Phils Hütte zu fliegen. Garantiert ist Aeric noch dort und egal, wie sehr mich diese Verbindung auch zurückzieht, ich werde hierbleiben. Wo auch immer *hier* ist.

AERIC

Noch stundenlang lasse ich mir von Phil alles über die Kinder des Mondes und ihre Gefährten erzählen. Bei jeder neuen Information macht mein Herz vor Aufregung einen kleinen Satz. Immer noch hört sich für mich alles wie eine Legende an, die einfach nicht wahr sein kann, und doch kann ich das, was ich fühle, nicht leugnen. Oder das, was ich heute Morgen mit eigenen Augen gesehen habe. Die letzten Zweifel, die ich noch hatte, wurden in dem Moment ausgelöscht, als schwarze Federn aus ihrer Haut sprossen.

Es ist nicht viel, was Phil mir aus seiner Erfahrung erzählen oder aus den kryptischen Anmerkungen im Buch deuten kann, aber es ist besser als nichts. Jedes Wort, jede Erkenntnis, jedes Fünkchen Wissen lässt mich Miranda besser verstehen.

Besonders interessant finde ich die Buchpassage über die *Bindung*. Es wird von einem Blutaustausch berichtet, der die beiden Gefährten endgültig und unwiderruflich miteinander verbinden soll. Doch es ist nichts darüber zu finden, was genau das bedeutet.

Als Phil mir erzählt, dass die Götterkinder mit einem besonders langen Leben gesegnet sind, sinkt meine Freude. Bedeutet das, dass ich altern werde, während Miranda jung bleibt?

»Du hast mir noch gar nicht gesagt, was sie diesmal angestellt hat«, unterbricht Phil meine Gedanken. »Alys meine ich. Du warst ziemlich durch den Wind, als du gestern Nacht wieder hergekommen bist. Ist mit deinem alten Herrn alles in Ordnung?«

»Er hat es überstanden, aber es scheint immer schlimmer zu werden. Alys konnte ihn einschlafen lassen, aber du weißt ja, dass das nur kurzzeitig hilft. Sobald er wieder aufwacht, ist sein Zustand oft schlechter als vorher.« Ich seufze tief, denn eigentlich würde ich lieber weiter über Miranda nachdenken, als mich mit meinem eigenen Schicksal zu befassen. »Als ich gehen wollte, hat sich Alys mir in den Weg gestellt und eine Antwort verlangt.«

»Das ist übel … Wie lange wirst du sie noch hinhalten können?«

Ich zucke hilflos mit den Schultern. »Bis zur Schneeschmelze, allerhöchstens. Ich weiß nicht, was danach passieren wird. Aber wie ich Alys kenne, wird sie sofort zu ihren Schwestern rennen, die an unseren Grenzen schon mit den Füßen scharren. Sie würden nichts lieber tun, als uns anzugreifen. Darauf warten sie schon viele Jahrzehnte, und wenn ich Alys tatsächlich zurückweise, nehmen sie es garantiert als Vorwand.«

Phil nickt. »Ich habe ihre beiden älteren Schwestern einmal gesehen, als ich noch am Hof gelebt habe. Damals kamen sie zu frostigen Friedensverhandlungen, die alles andere als gut verliefen. Glaub mir, gegen die beiden ist Alys ein Lämmchen. Vor allem die Älteste – ich glaube, sie hieß Bryande – ist eine Kriegerin durch und durch, die nichts lieber macht, als anderen ihr Schwert in den Leib zu rammen. Aber vor der zweitältesten, der regierenden Königin, solltest du dich am meisten in Acht nehmen.«

»Mutter hat mir einmal von ihr erzählt. Sie heißt Jocelyn, wenn ich mich recht entsinne, und soll eine mächtige Zauberin sein.«

»Nicht nur das. Sie ist eine Herrscherin, die den vollen Rückhalt ihres Volkes hat und mit allen Wassern gewaschen ist. Leg dich niemals mit ihr an! Tue alles, damit sie zufrieden ist, denn sie würde dich mit einem Fingerschnippen vernichten!«

Hilflos werfe ich die Hände in die Luft. »Das sagst du so einfach! Selbst bevor ich Miranda getroffen habe, hätte ich mir nie vorstellen können, Alys zu heiraten. Ach, ich hätte meiner Mutter niemals dieses Versprechen geben dürfen …«

»Du hattest keine Wahl. Auch ohne dieses Versprechen kannst du Alys nicht einfach vom Hof jagen. Wie du schon sagtest, wird sie jeden noch so kleinen Vorwand nutzen, um ihre Schwestern zum Angriff zu bewegen.«

»Was soll ich tun?«, frage ich verzweifelt, denn egal, wie ich es drehe und wende, ich komme einfach zu keiner zufriedenstellenden Lösung.

»Weißt du, Miranda hat mich dasselbe gefragt. Auch sie weiß nicht, was sie tun soll. Ich verstehe dein Zögern, aber irgendwann wirst du eine Entscheidung treffen müssen. Entscheidest du dich für Alys, was die logischere Wahl wäre, könntest du einen Krieg verhindern und Völker, die seit Generationen verfeindet sind, vereinen. Folgst du hingegen deinem Herzen und wählst Miranda, wirst du Frieden finden und glücklich sein, da bin ich mir sicher, aber es besteht die Gefahr, dass du dein ganzes Volk ins Unglück stürzt.«

»Danke für die aufmunternden Worte«, knurre ich und stütze meinen Kopf, der auf einmal schwer ist, in meine Handflächen.

Phil gibt ein Schnauben von sich. »Nun tue nicht so, als hättest du dich nicht schon längst entschieden! Du musst nur noch nach einer Lösung suchen, wie du Alys am Hof behalten kannst.«

»Ich habe nicht die Absicht, sie am Hof zu lassen. Ich kann ihre Anwesenheit nicht ertragen. Sie ist wie ein wandelnder Eisregen.«

»Du wirst einen Weg finden müssen, Junge. Gibt es nichts, was sie begehrt? Etwas, für das sie sogar die Ehe mit dir vergessen würde?«

Ich überlege angestrengt, aber mir will nichts einfallen. Vielleicht liegt es daran, dass ich mich nie mit Alys über persönliche Dinge unterhalten habe, sondern immer nur über Vaters Krankheit. Ich habe keine Ahnung, was sie will oder für was sie bereit wäre, alles aufzugeben.

Aber ich werde es herausfinden. Das ist meine Chance! Der Ausweg, nach dem ich die ganze Zeit gesucht habe. Ich muss ihr einfach etwas geben, das sie mehr will als die Krone der Menschen.

Und dann werde ich endlich frei sein.

Frei für Miranda.

KAPITEL 19

MIRANDA

Die Stunden verfliegen, während sich meine Gedanken um nichts anderes als Aeric drehen. Ich könnte mich selbst dafür ohrfeigen, wenn ich Hände hätte …

Zögerlich habe ich schon vor einer Weile damit begonnen, zurückzufliegen. Immer Stück für Stück, mit vielen Pausen, in denen ich mich frage, was ich hier eigentlich mache.

Den Rückweg zu finden, ist einfach: Ich muss einfach nur der Verbindung folgen. Das Ziehen, das mich zu ihm zurückbringt, wird schwächer, sobald ich mich in die richtige Richtung bewege.

Ich weiß nicht, ob ich dafür bereit bin, ihn wiederzusehen, aber ich will auch nicht nackt mitten im Nirgendwo im Schnee festsitzen … Also beiße ich die Zähne – oder vielmehr den Schnabel – zusammen und fliege zurück. Vielleicht schaffe ich es, ihn zu ignorieren.

Ja, klar, Miranda, rede dir das nur ein …

Als mir die Umgebung bekannt vorkommt, drossle ich nochmals mein Tempo. Die Sonne geht zwar bereits unter, aber noch immer habe ich Zweifel, ob ich das Richtige tue.

Am besten wäre es, wenn ich es endlich schaffe, all meine Sachen zu packen und zu verschwinden. Wenn ich einfach gehe und alles, was geschehen ist, hinter mir lasse.

Schließlich ist all das, was ich empfinde, nichts weiter als ein Traum, der niemals wahr werden wird.

Als könnte ich an der Seite des Prinzen stehen! Natürlich gibt es eine Prinzessin, die ihm bereits versprochen ist. Ich als verfluchte Bauerntochter habe nicht den Hauch einer Chance, was auch immer ich fühlen mag.

Es ist unmöglich, dass er sich für mich entscheiden würde.

Als ich das Kribbeln in meinem Körper spüre, fliege ich schnell durch das Fenster zurück ins Schlafzimmer. Meine Kleidung liegt sauber zusammengelegt auf dem Bett und für einen kurzen Moment frage ich mich, wer dafür verantwortlich ist. War es Aeric? Oder Phil? Aber letztendlich ist es egal.

Diesmal schmerzt mich die Rückverwandlung. Das Strecken meines Körpers lässt mich aufkeuchen.

»Miranda?«

Natürlich ... Er ist noch da und hat mich gehört. Wie sollte es auch sonst sein? Ich wusste zwar, dass er hier ist, aber ich habe gehofft, ihm nicht sofort zu begegnen.

Wortlos schlüpfe ich in Unter- und Überkleid, schnüre es vorne zusammen und flechte mir die blonden Haare zu einem langen Zopf. Als ich mir die letzten widerspenstigen Strähnen hinter die Ohren gestrichen habe, öffne ich die Tür und will aus dem Zimmer treten.

Die ganze Zeit über habe ich mir eingeschärft, nicht stehen zu bleiben. Ich wollte schnurstracks durch Phils Hütte gehen, meine Sachen zusammenklauben und verschwinden, ohne ein Wort zu sagen und ohne jemanden anzusehen.

Doch bereits vor der Tür wird mein Vorhaben zunichtegemacht, denn Aeric steht im Türrahmen, noch bevor ich einen Schritt hinaustreten kann.

Ich starre auf seine breite Brust, an die er mich stürmisch zieht und mich damit so überrascht, dass ich ein Quieken von mir gebe.

Anstatt mich mit Händen und Füßen gegen diese Umarmung zu wehren, registriert mein Gehirn mit Schrecken, wie meine Finger an seinem Rücken entlangfahren und sich mein Gesicht an ihn schmiegt. Doch ich bin machtlos, mich gegen meinen Körper zu wehren, ganz gleich, was ich denke. Es fühlt sich richtig an, was ich tue, und für kurze Zeit vergesse ich all die Zweifel, die mich den ganzen Tag über verfolgt haben. Hier, in seinen Armen, ist die Prinzessin, der er versprochen ist, am anderen Ende der Welt und nicht wichtig. Hier gibt es nur uns beide.

Und Phil.

»Willkommen zurück, Miranda«, erklingt seine Stimme aus Richtung Küche. »Ich hoffe, du hast Hunger mitgebracht.«

Wie aufs Stichwort gibt mein Magen ein Knurren von sich und Aerics Körper bebt vor unterdrücktem Lachen.

Er entlässt mich aus der engen Umarmung, beugt sich zu mir hinunter und küsst mich auf die Stirn. Genießerisch schließe ich die Augen bei dieser sanften Berührung und hätte beinahe laut aufgeseufzt.

Dann nimmt er meine Hand, die in seiner fast verschwindet, verschränkt seine Finger mit meinen und führt mich in die Küche. Ein herrlicher Duft nach gebratenem Fleisch steigt mir in die Nase und lässt mir das Wasser im Mund zusammenlaufen.

Ich lasse mich auf den Stuhl sinken, den Aeric für mich herangezogen hat, und beobachte die beiden Männer, wie sie in der Küche hantieren. Sie scheinen öfters zusammen zu kochen, denn all ihre Handgriffe sind routiniert und aufeinander abgestimmt.

Als endlich der Fasanenbraten auf dem Tisch steht, kann ich mich kaum zurückhalten, so hungrig bin ich.

Nach zwei großen Portionen lehne ich mich zufrieden zurück und streiche mir über den vollgeschlagenen Bauch.

»Ich kann mich nicht erinnern, wann ich zuletzt so gut gegessen habe«, lobe ich die beiden und es entspricht absolut der Wahrheit. Ich bin mir nicht einmal sicher, *ob* ich überhaupt schon mal so etwas Leckeres gegessen habe …

»Das freut mich, Kind«, entgegnet Phil freundlich und räumt den Tisch ab. Ich will aufstehen und ihm helfen, doch er hält mich zurück. »Nein, du bist mein Gast und wirst sitzen bleiben. Ich bin mir sicher, dass du einen anstrengenden Tag hattest. Ruh dich aus, ich kümmere mich um den Abwasch.« Mit diesen Worten stapelt er die Teller übereinander und trägt sie zur Spüle.

Ich bleibe mit Aeric am Tisch sitzen und sofort ist die gelöste Stimmung verschwunden. Mir ist klar, dass ich einem Gespräch mit ihm nicht mehr entkommen kann, also hole ich tief Luft und mache den Anfang.

»Es tut mir leid«, nuschle ich. »Dass ich heute Morgen einfach abgehauen bin.«

Aeric nimmt über den Tisch hinweg meine Hand. »Nein, es muss dir nicht leid tun. Es war meine Schuld. Ich hätte dir von Anfang an von ihr erzählen sollen. Spätestens vor unserem … Kuss.«

Als er den Kuss erwähnt, steigt mir wieder die Röte in die Wangen und ich brauche einen Augenblick, um mich zu sammeln.

»Ich hätte sie wirklich erwähnen sollen«, fährt Aeric fort, »aber sie ist so unwichtig, dass ich sie vergessen habe.«

»Unwichtig? Sie ist deine Verlobte!« Es kostet mich Überwindung, dieses Wort über die Lippen zu bringen, doch es muss gesagt werden.

Schnell schüttelt Aeric den Kopf. »Sie ist niemand, über den du dir Sorgen machen musst. Ja, sie ist eine Elfenprinzessin, aber ich habe nicht vor, sie zu heiraten. Das hatte ich nie, auch nicht, bevor ich dich kannte. Ich bin mit ihr geschlagen und muss einen Ausweg finden, der nicht die Zerstörung meines Volkes beinhaltet.«

Vielleicht war das als Witz gemeint, den ich nicht verstanden habe, doch das Grinsen gefriert auf seinen Lippen und sieht mit einem Mal schief und unecht aus. Er leidet unter dieser Frau, das kann ich ihm deutlich ansehen. Ich habe sie noch nie getroffen, trotzdem entwickle ich bereits einen Hass auf sie.

»Phil hat ... Er hat mir heute vieles über dich erzählt. Warum du dich verwandelst und dass du ... allein bist. Hast du keine Familie?«

Ich wähle meine Worte mit Bedacht. »Keine, die mich haben will. Für meine Mutter bin ich ein Monster und meine Geschwister habe ich nie wirklich kennengelernt, weil ich tagsüber ein Falke bin. Mein Vater war der Einzige, der mich verstanden und zu mir gehalten hat.«

»Der Tod deines Vaters tut mir sehr leid und ich weiß nicht, wie ich das je wiedergutmachen soll.«

Nun ist es an mir, den Kopf zu schütteln. »Du hast ihn nicht getötet. Ich habe gehofft, dass eine einzige Person dafür verantwortlich war, doch ich weiß jetzt, dass so vieles dazu geführt hat.« Als ich mich an die Momente auf der Lichtung zurückerinnere, steigen mir Tränen in die Augen. Ich wische sie mit der freien Hand weg, ehe sie meine Wangen hinunterrollen können. »Aber selbst wenn ... Es würde Vater nicht wieder lebendig machen, egal, wie sehr ich es mir wünsche. Er wird nicht wiederkommen.«

Aeric streicht mit seinem Daumen über meinen Handrücken, wodurch ich mich ein wenig beruhige. Er wartet, bis meine Tränen versiegt sind, ehe er weiterspricht. »Phil hat mir außerdem von den Gefährten erzählt.«

Sofort werde ich hellhörig. Wieso hat der Alte das gemacht? Vor allem, nachdem ich erfahren habe, dass Aeric verlobt ist. Hätte Phil sich nicht ein bisschen zurückhalten können? Ich bin mir selbst nicht einmal sicher, was ich denken oder fühlen soll …

»Stimmt es, dass du es auch spürst? Diese Verbindung zwischen uns meine ich.«

Aerics himmelblaue Augen strahlen, als er mich ansieht, und mein Herz beginnt bei diesem Anblick zu stolpern. Unfähig, auch nur einen Ton von mir zu gehen, nicke ich. Ein seliges Lächeln erscheint auf seinen Lippen. Bedeutet das, … dass er es auch fühlt?

»Ich habe es dir schon einmal gesagt. Ich werde dir helfen und dir zur Seite stehen. Daran hat sich nichts geändert.«

Ich ringe mit mir, ob ich meine Frage wirklich stellen soll, beschließe aber, dass es keinen Grund gibt, mich noch länger zu grämen. Ich brauche klare Verhältnisse, ehe ich komplett den Verstand verliere. »Und was ist mit mir?« Meine Stimme ist nicht mehr als ein heiseres Flüstern. »Darf ich auch hoffen, irgendwann an deiner Seite stehen zu können?«

Ich bin ein Bauernmädchen. Ein Niemand aus dem Nirgendwo. Ein Mädchen, das er erst seit ein paar Tagen kennt. Obendrein lastet ein uralter Fluch auf mir. Es scheint mir unmöglich, dass er sich für mich entscheiden könnte. Keiner bei klarem Verstand würde das tun. Wie sollte jemand wie ich die Frau an der Seite des Prinzen sein können?

Ich beiße mir auf die Unterlippe, um durch diesen Schmerz den zu betäuben, der in meiner Brust tobt, und um die dummen Tränen zurückzuhalten, die sich schon wieder in meinen Augen sammeln. Wann bin ich eine Heulsuse geworden? Die Antwort ist einfach: Es hat alles mit ihm zu tun. Nur mit ihm.

Aeric mustert mich lange, ehe er meine Hand loslässt und aufsteht.

Das war's, schießt es mir durch den Kopf. *Nun werde ich wieder enttäuscht und verlassen.*

Das Schaben seines Stuhls über den Steinboden kreischt unnatürlich laut in meinen Ohren. Müde schließe ich die Augen, wobei dicke Tränen herauskullern, ohne dass ich etwas dagegen tun kann. Ich schäme mich dafür, so schwach zu erscheinen – schon wieder. Ich kann mir keine Schwäche leisten und doch bin ich machtlos gegen die Emotionen, die in mir wild durcheinanderwirbeln wie ein Wintersturm.

Ich bin so sehr in meinem eigenen Schmerz gefangen, dass ich nicht merke, wie Aeric um den Tisch herum und vor mir in die Hocke geht. Erst als er meine Hand in seine nimmt, öffne ich die Augen und schaue überrascht in sein Gesicht. Warum ist er hier? So nah bei mir … Dabei dachte ich, er würde gehen und mich zurücklassen.

»Irgendwann«, flüstert er so leise, dass nur ich ihn hören kann. »Irgendwann dauert mir zu lang, aber ich schwöre dir, dass du eines Tages an meiner Seite stehen wirst.« Bei diesen Worten krallen sich meine Finger an seine, um mir den Halt zu geben, den ich brauche. »Bis es so weit ist, muss ich mich noch um eine Sache kümmern und ich weiß nicht, wie lange das dauern wird. Wäre es … Wärst du bereit, so lange auf mich zu warten, bis ich frei bin? Wirst du noch da sein, um an meiner Seite zu stehen?«

Im ersten Moment bin ich wie vor den Kopf gestoßen. Fragt er mich das wirklich? Glaubt er tatsächlich, meine Antwort darauf würde Nein lauten? Oder sagt er das, um mich hinzuhalten? In seinen Augen suche ich nach einem Anflug von Zweifel, von Lüge oder Hintergedanken, doch ich sehe nichts dergleichen. Ich sehe dasselbe, was sich gerade auch in meinem Herzen abspielt: Angst, Unglaube und … *Hoffnung.*

Seine Augenbrauen ziehen sich zusammen, sodass sich eine steile Falte dazwischen bildet, als ich noch immer nicht antworte. Ich bin nicht in der Lage, meine Antwort in die richtigen Worte zu fassen. Nur am Rande bemerke ich, wie sich mein Mund mehrere Male öffnet und schließt, ohne dass ein Laut herauskommt.

»Ich verstehe schon«, murmelt Aeric dann, nachdem er die Augen geschlossen hat und sich erhebt.

Schnell klammere ich mich an seinen Arm, um ihn am Gehen zu hindern. *Nun sag endlich etwas, Miranda!*

»Ja«, krächze ich, weil meine Stimme versagt. Er schaut auf mich hinunter und die Welt um uns herum scheint zum Stillstand zu kommen. Meine Finger verkrampfen sich am Ärmel seines weißen Hemdes, während ich mehrmals durchatme. Ich schaffe es nicht, seinem forschenden, aber seltsam emotionslosen Blick standzuhalten, und starre stattdessen auf meine Hände, bis ich endlich wieder in der Lage bin zu sprechen. »Egal, wie lange es dauert. Ich werde warten.«

Die Sekunden verstreichen, doch ich nehme nichts anderes wahr als mein wild schlagendes Herz und das Blut, das durch meine Ohren rauscht. Dann umfasst er meine Hände und zieht mich mit einem Ruck auf die Füße. Ich bin so überrascht darüber, dass ich das Gleichgewicht verliere und gegen seine Brust falle. Seine Arme schließen sich um mich, hüllen mich ein und geben mir Halt.

Ich zittere, ohne zu wissen, warum. Und er zittert auch. Ich spüre es deutlich unter meinen Fingerspitzen, ebenso wie das Klopfen seines Herzens, das mit meinem um die Wette schlägt.

»Ich weiß nicht, wer du bist oder woher du kommst«, sagt er und ich wage, meinen Kopf zu heben, um ihn anzusehen. »Und ich weiß auch noch nicht wirklich, was du bist. Aber all das interessiert mich nicht. Mich interessiert weder deine gesellschaftliche Stellung noch dein Stammbaum. Es gibt nur eins, das mich interessiert, und das bist du.« Er lässt seine Hände an meiner Seite nach oben wandern, sie gleiten über meine Schultern und legen sich um mein Gesicht. »Ich habe keine Ahnung von deinem Fluch, aber das ist egal, denn ich liebe beide Seiten an dir. Ja, ich liebe dich, Miranda, auch wenn ich fast nichts über dich weiß, doch das stört mich nicht. Ich spüre diese tiefe Verbundenheit zwischen uns schon seit dem ersten Mal, als ich dich auf der Lichtung gesehen habe. Ich will, dass du meine Königin wirst.«

Ich, eine Königin ... Irgendwie will das nicht in meinem Kopf. Es ist für mich auch nicht ausschlaggebend. Anders als so viele Mädchen in meinem Alter habe ich nie davon geträumt, eine Prinzessin zu sein. Ich wollte nur *normal* sein. Dass ich nun einen Mann gefunden habe, der selbst meine *andere* Seite schätzt und akzeptiert, fühlt sich wie ein Traum an. Und wenn es wirklich ein Traum ist, will ich nie wieder erwachen.

Ich räuspere mich, damit meine Stimme nicht klingt wie die eines kleinen Mädchens. »Es ist mir egal, ob du der Prinz und der zukünftige König der Menschen bist. Du bist mein Gefährte, auch wenn ich noch nicht wirklich weiß, was das bedeutet. Ich spüre es und nur das allein zählt. Ich weiß nicht, ob ich mich zur Königin eigne, aber wenn das nötig ist, um an deiner Seite bleiben zu können, werde ich mein Bestes geben.«

Sein Lächeln bringt meine Welt zum Leuchten. Als er sich dann zu mir hinunterbeugt, um mich zu küssen, ist es komplett um mich geschehen. All das, was ich bisher erlebt habe, all die schlechten Erfahrungen, all der Hass, der mir entgegengeschlagen ist, versinkt angesichts dieses Augenblicks in Bedeutungslosigkeit. Ich klammere mich an ihn, als würde mein Leben davon abhängen. Und genauso ist es. Selbst wenn ich die Sache mit den Gefährten noch nicht in Gänze verstanden habe, spüre ich, dass ich nur mit ihm komplett bin. Dass ich ohne ihn nur noch ein Schatten meiner selbst wäre.

»Nun, ihr beiden.« Phils Stimme wirkt erneut wie ein Eimer kaltes Wasser und ich löse mich von Aeric, der genervt die Augen verdreht. »Da ihr euch ja nun endlich einig seid, wäre es jetzt an der Zeit, dass ihr den Pakt besiegelt.«

Erst jetzt fällt mir das große Messer auf, das er in seiner knorrigen Hand hält, und ich weiche einen Schritt zurück. Was will er damit? Als er es mir mit dem Griff voran reicht, kann ich nichts anderes tun, als ihn fragend anzusehen.

Phil verzieht das Gesicht, ehe er antwortet: »Na, der Pakt! Es steht doch alles im Buch.«

»Ich kann nicht lesen«, gebe ich kleinlaut zu und verstecke mich hinter Aerics breitem Rücken.

»Worte allein genügen nicht. Du musst den Pakt mit deinem Gefährten mit Blut besiegeln. Erst dann wirst du von deinem Fluch befreit sein.«

»Ich …« Ungläubig starre ich ihn mit offenem Mund an. »Ich werde … frei sein?« Selbst als ich die Worte wiederhole und Phil bekräftigend nickt, kann ich es noch nicht glauben. Das muss ein Traum sein, da bin ich mir *ganz* sicher. Alles, was ich dafür tun muss, ist, es mit meinem Blut zu besiegeln? Dann bin ich frei? Einfach so?

»Lass es uns versuchen«, sagt Aeric und schiebt mich sanft nach vorne, lässt dabei meine Schultern aber nicht los. Sicher merkt er, dass meine Beine kurz davor sind, mich nicht mehr zu tragen. Das ist zu viel für mich.

Zu viel auf einmal, das ich nicht verarbeiten kann.

Zu viel, das ich nicht glauben kann.

Mit zitternden Fingern greife ich nach dem Messer und es grenzt an ein Wunder, dass es nicht sofort wieder zu Boden fällt. Meine Hände sind eiskalt und gefühllos, als sie sich um den Holzgriff legen.

»Was muss ich tun?«, wispere ich unsicher.

»Nun, das wird nicht genau erwähnt«, sagt Phil ausweichend und es fehlt nicht viel, dass ich ihm das Messer entgegenschleudere. Erst weckt er diese Hoffnungen in mir und nun hat er keine Ahnung, wie das funktioniert? »In der Passage steht nur, dass das Band mit Blut besiegelt werden muss.«

Ich starre auf das Messer, dessen Klinge im Schein des Kaminfeuers glänzt. Aufmunternd drückt Aeric meine Schultern und ich schlucke den Kloß in meinem Hals hinunter, während ich die Klinge in meine andere Handfläche drücke. Augenblicklich fährt ein scharfer Schmerz meinen Arm hinauf, doch ich beiße die Zähne zusammen und gebe keinen Laut von mir.

Aeric nimmt mir das Messer aus der Hand und drückt es ebenfalls in seine Handfläche, wobei er nicht einmal mit der Wimper zuckt. Dann hält er mir seine blutende Hand entgegen und zögerlich lege ich meine hinein. Es brennt, als sich die Wunden berühren, und ich ziehe scharf die Luft ein.

Doch auf einmal vertreibt gleißende Hitze den Schmerz und rauscht ausgehend von meiner Handfläche durch meinen ganzen Körper. Es ist, als würde sich die Welt, wie ich sie bisher gekannt habe, verschieben und neu ausrichten. Eine tiefe Zufriedenheit überkommt mich und hüllt mich ein wie ein Kokon. All das Schlechte scheint meilenweit entfernt und unwichtig. Ich fühle mich, als würde ich schweben.

Ein kurzer Blick in Aerics Gesicht verrät mir, dass er sich ebenfalls so fühlen muss. Alle Sorgen scheinen von uns abzufallen.

»Was war das?«, wispert er, als wir unsere Hände voneinander lösen.

»Das Band«, erklärt Phil schlicht. »Ihr beide seid nun fürs Leben verbunden. Dadurch habt ihr viele Vorteile.«

»Und die wären?«, fragt Aeric.

»Ein langes Leben. Selbst du als einfacher Mensch wirst sehr alt werden, ohne dass dein Körper Anzeichen deines Alters zeigen wird. Du wirst immer aussehen wie jetzt, egal, wie viele Jahre ins Land ziehen werden.«

»Ewiges Leben?«

»Nein, nicht ewig. Nur länger. Eure Leben sind miteinander verbunden, was mich zum Nachteil der Verbindung bringt.« Mahnend hebt Phil den Zeigefinger. »Stirbt der eine, wird der andere ihm unweigerlich folgen. Haben sich die Gefährten erst einmal gefunden und verbunden, ist es ihnen unmöglich, ohne den anderen weiterzuleben. Selbst eine räumliche Entfernung wird für euch beide zu einem Problem werden. Ihr seid aneinander gebunden und werdet immer die Nähe des anderen suchen.«

»Und das erwähnst du erst jetzt?«, fragt Aeric, grinst aber dabei.

Phil zuckt mit den Schultern. »Keiner von euch beiden hat danach gefragt. Ihr wart zu sehr … mit anderen Dingen beschäftigt. Ist das ein Problem?«

»Nein, von meiner Seite aus nicht«, sagt Aeric lächelnd, nimmt meine Hand und drückt sie.

Ich wende mich an Phil. »Woher wisst Ihr das alles?«, frage ich.

Phils Blick ist in die Ferne gerichtet, als könne er an der Wand hinter uns etwas sehen, das uns verborgen bleibt. »Ich habe das schon einmal erlebt.« Ich bin mir sicher, dass er von der Frau redet, der einst sein Herz gehörte, und die ihn für ihren Gefährten verlassen hat. So hart es auch klingen mag, aber jetzt, nachdem ich selbst diese Verbindung eingegangen bin, verstehe ich ihre Beweggründe. Ohne Aeric, ohne meinen Gefährten wäre ich ein Nichts. Ich wäre nicht komplett. »Es ist eine göttliche Verbindung, die euch euer restliches Leben lang vereinen wird.«

»Was ist mit meinem Fluch?«, frage ich vorsichtig und gebe mir Mühe, nicht allzu hoffnungsvoll zu klingen. Eine Befreiung von meinem Fluch wäre nach dem, was ich bis jetzt schon erhalten habe, vielleicht zu viel verlangt.

Phil geht um uns herum und stößt die Tür auf. Sofort zieht ein eiskalter Wind zu uns herein, der mich frösteln lässt. »Probier es aus«, fordert er mich auf.

Zögerlich löse ich mich von Aeric und trete vor die Hütte. Und tatsächlich: Der Himmel beginnt sich aufzuhellen. Ein neuer Tag bricht an, eine erneute Verwandlung steht bevor. Ich drehe mich zu Aeric um, der im Türrahmen stehen geblieben ist, und lächle ihm traurig zu. Wieder werde ich einen Tag ohne ihn verbringen müssen, an dem ich ihn nicht berühren kann.

Dann spüre ich etwas, das mich nach Luft japsen lässt. Zaghaft und mit wenig Kraft tasten sich die ersten Sonnenstrahlen des Tages über dem Horizont empor und tauchen die Welt in eine glitzernde Schneelandschaft. Als sie meine Haut berühren, breche ich in Tränen aus, doch diesmal sind es Tränen der Freude. Auch wenn sie nicht warm sind, so spüre ich doch deutlich die Sonnenstrahlen auf meiner Haut. Etwas, das ich schon seit vielen Jahren nicht mehr gespürt habe.

Lachend renne ich hinaus in den Schnee und schiebe die Ärmel meines Unterkleids über meine Ellenbogen nach oben, um so viel Sonne auf mir zu spüren wie möglich. Tief in mir spüre ich das Ziehen, das sonst meine Verwandlung ankündigt. Es ist da, ich könnte es hervorholen, wenn ich es wollte, aber es bricht nicht unweigerlich aus, wie all die Jahre zuvor. Ich kann es nun steuern, bin in der Lage, es zuzulassen oder es zu unterdrücken, wenn ich es nicht will.

Ich bin ihn los, meinen Fluch. Ich bin frei. Ich bin endlich frei. Nach so langer Zeit kann ich nun ein normales Leben führen, ohne mich beim ersten Sonnenstrahl in einen Falken verwandeln zu müssen.

Abwechselnd schluchzend und lachend falle ich in den Schnee, koste die Kälte auf meiner Haut aus, während ich der Sonne dabei zusehe, wie sie den Himmel erklimmt. Nach einer Weile wird mein Körper von einem fiesen Schluckauf geschüttelt.

Aeric wirft einen Schatten auf mich, als er auf mich zukommt. Ich setze mich auf und er legt mir einen Umhang um die Schultern. »Komm wieder in die Hütte. Du erkältest dich noch.«

Ich lächle zu ihm empor und genieße das Farbspiel seiner Haare, das die Sonne zum Leuchten bringt. Kupfer und Gold wechseln sich mit einem hellen Braun ab. Er reicht mir die Hand und hilft mir auf. Ich schmiege mich an seine Brust und er lehnt seine Wange auf meinen Kopf.

»Auch wenn du dich jetzt nicht mehr verwandelst, du wirst trotzdem immer mein Falkenmädchen bleiben.«

»Damit kann ich leben«, sage ich lächelnd.

KAPITEL 20

AERIC

Es kostet mich eine Menge Überwindung, aber mir ist klar, dass ich gehen muss. Zum Abschied fahre ich ihr mit den Fingern durch die goldblonden Haare und hauche einen Kuss auf ihre Stirn. Kurz erscheint ein kleines Lächeln auf ihren Lippen, ehe sie sich enger an mich schmiegt.

Sofort, nachdem ich sie in die Hütte zurückgebracht habe, sind ihr die Augen zugefallen und ich glaube, dass sie schon geschlafen hat, bevor wir in der Küche ankamen. Schnell hob ich sie auf die Arme und trug sie in Phils Schlafzimmer. Auf meine Frage, wann sie zuletzt geschlafen hätte, murmelte sie nur etwas Unverständliches.

Ich machte den Fehler, mich zu ihr zu legen, und komme seitdem nicht mehr von ihr los. Nicht, dass ich gehen will – ich würde sogar nichts lieber tun, als den ganzen Tag hier liegen zu bleiben und über ihren Schlaf zu wachen –, aber es gibt noch eine Sache, um die ich mich kümmern muss.

Alys.

Je eher ich etwas finde, mit dem ich sie bestechen kann – denn nichts anderes ist es, was ich vorhabe –, desto schneller werde ich mein Versprechen Miranda gegenüber einlösen können. Auch wenn sie mir geschworen hat zu warten, möchte ich es keine Sekunde zu lang hinauszögern. Jetzt, wo sie auch tagsüber nach draußen und durch die Stadt und die Gassen spazieren kann, wird sie früher oder später eine Menge Aufmerksamkeit auf sich ziehen. Wenn ich Alys und die anderen Elfen außen vor lasse, ist Miranda mit Abstand das schönste Mädchen, das mir jemals begegnet ist. Vielleicht bin ich aber auch nicht neutral genug, um das entscheiden zu können. Trotzdem drängt alles in mir danach, es offiziell zu machen, sie auch nach außen hin als *Mein* zu präsentieren.

Als ich Pferde vor der Hütte höre, weiß ich, dass ich es nicht mehr länger hinauszögern kann. Kurz darauf höre ich die Tür und Wills laute Stimme. Schnell klettere aus dem Bett, ehe er Miranda noch aufweckt. Ein letzter Blick auf ihren zierlichen Körper, der zusammengerollt auf Phils Bett liegt und friedlich schläft, lässt meine Entscheidung jedoch ins Wanken geraten.

»Wo ist er?«, höre ich Will fragen und seufze. Meine Schonzeit ist wohl vorbei. Leise öffne ich die Tür zum Schlafzimmer und schlüpfe hinaus, ehe er einen Blick auf sie erhaschen kann. »Mensch, Aeric, ich habe dich den ganzen Morgen gesucht!«

»Geht das auch ein bisschen leiser?«, knurre ich, während ich mich an ihm vorbeischiebe und in die Küche gehe.

»Sag bloß, dass du noch geschlafen hast.«

»Nein«, antworte ich wahrheitsgemäß. »Trotzdem musst du nicht so schreien, das hält ja kein Mensch aus.«

»Willst du mich nicht fragen, warum ich hier bin?«

Ich setze den Becher ab und muss mich beherrschen, nicht genervt die Augen zu verdrehen. »Also schön, Will. Was treibt dich hierher?« Ich mag ihn, wirklich, immerhin ist er von Kindesbeinen an mein bester Freund, aber heute geht er mir auf die Nerven. Immer wenn er hier an meinem Rückzugsort auftaucht, weiß ich, dass etwas im Argen liegt. Nach der Nacht gestern und dem heutigen Morgen steht mir der Sinn nicht nach schlechten Nachrichten, die das Leuchten überschatten, das nun in meinem Leben herrscht. Das ungute Gefühl, dass sein Besuch etwas mit meinem Vater zu tun hat, beschleicht mich.

»Deine kleine Elfe probt den Aufstand am Hof«, sagt er mit einem anzüglichen Grinsen, das ich ihm am liebsten sofort aus dem Gesicht schlagen würde.

»Sie ist nicht meine kleine Elfe«, zische ich zwischen zusammengebissenen Zähnen hindurch. »Das weißt du ganz genau. Ich würde sie lieber heute als morgen loswerden.«

Sofort hebt er beschwichtigend die Hände. »Meine Güte! Da ist heute Morgen aber jemand dünnhäutig …«

»Nun sag schon, was sie diesmal angestellt hat.« Hoffentlich etwas, das es mir erlaubt, sie gleich ohne Angst vom Hof werfen zu können …

William beugt sich ein Stück zu mir. »Sie hat sich auf den Thron gesetzt und Bittsteller empfangen.«

Ich ziehe scharf die Luft ein. »Sie hat *was*?« Dieses Miststück! Wie kann sie es wagen?

Doch William nickt nur. »Glaub es ruhig, ich war dabei. Ich hab sie gefragt, warum sie das macht. Weißt du, was sie geantwortet hat?« Er macht eine Pause und bringt mich fast dazu, ihm an die Gurgel zu gehen, damit er es endlich ausspuckt. »Sie sagte ohne eine Miene zu verziehen, dass sie ja bald Königin ist und sich das Prozedere schon einmal anschauen will.«

Gut, das reicht! Ich stelle den Becher eine Spur zu laut auf den Tisch, ehe ich ohne ein Wort an Phil vorbei aus der Hütte rausche und draußen auf mein Pferd steige. Wohlweislich hat Will zwei Pferde mitgebracht, er ist sofort hinter mir und springt auf seines. Ich wende das Tier hart und presche den Hügel hinunter.

Diesmal ist sie zu weit gegangen!

Kurze Zeit später erreiche ich den Hof und springe noch im Galopp vom Rücken meines Pferdes. Mir entgehen die dankbaren Gesichter der Mägde und Stallburschen nicht, als sie mich sehen. Schon seit dem ersten Tag haben sie sich vor Alys gefürchtet und sind ihr aus dem Weg gegangen, wann immer sie konnten. Die Elfenprinzessin hat ihre Nase von Anfang an in Dinge gesteckt, die sie nichts angingen – schließlich war sie nur hier, um meinen Vater zu heilen –, aber diesmal hat sie eine Grenze überschritten.

Zu schade, dass ich sie nicht auf frischer Tat ertappt habe, dann hätte ich sie sofort vom Hof verbannen können. Als ich sie endlich finde, ist sie im Gemach meines Vaters.

»Ich glaube, wir müssen uns unterhalten, Alys«, sage ich kühl und ohne Umschweife. Mir steht nicht der Sinn nach Höflichkeitsfloskeln.

Sie zuckt nicht einmal zusammen oder zeigt eine anderweitige Regung, dass sie mich gehört oder zumindest wahrgenommen hat. Als wäre sie aus purem Eis …

Ich halte die Tür auf und tippe ungeduldig mit der Fußspitze auf den Boden, bis sie endlich bei meinem Vater fertig ist und mir nach draußen folgt. Noch immer hat sie mich nicht eines Blickes gewürdigt und schreitet mit gestrafften Schultern an mir vorbei, ganz wie ich es von einer Prinzessin erwartet wurde, aber das gerade bei ihr zu denken, lässt mich frösteln. Leise schließe ich die Tür, um den schlafenden König nicht zu wecken. Sicherlich hat sie wieder ihren Schlafzauber angewandt, um ihn zu beruhigen … Doch darum kann ich mich jetzt nicht kümmern.

Ich packe Alys am Arm und schiebe sie, begleitet von den neugierigen Blicken der Angestellten, denen wir auf dem Korridor begegnen, in eines der leer stehenden Gästezimmer. Lauter als nötig werfe ich die Tür hinter mir zu.

»Ich will eine Erklärung«, knurre ich. »Sofort. Und lass dir lieber eine verdammt gute einfallen!«

Ohne auf mich und meinen Ausbruch zu achten, zupft sie mit spitzen Fingern ihre Robe zurecht, während meine Wut mit jeder verstreichenden Sekunde weiter wächst.

»Ich habe keine Ahnung, was Ihr meint«, sagt sie nach einer gefühlten Ewigkeit.

»Ich rede von deinem kleinen Auftritt in der großen Halle.« Stellt sie sich dumm? Sie muss doch wissen, dass sie dabei gesehen wurde. William hat sie sogar darauf angesprochen.

Sie wedelt kurz mit ihrer Hand. »Ach, das meint Ihr. Der ganze Burghof war voller Bittsteller und niemand war da, um sie zu empfangen. Also habe ich das kurzerhand gemacht. Wo wir gerade davon sprechen …« Jetzt dreht sie sich zu mir und starrt mich aus blitzenden Eisaugen an, sodass ich den Drang niederkämpfen muss, den Blick abzuwenden. »Ihr scheint in letzter Zeit sehr beschäftigt zu sein und seid kaum hier anzutreffen. Ihr vernachlässigt Eure Pflichten und Euren Vater.«

»Wage nicht, mir zu sagen, was ich zu tun oder zu lassen habe!« Ich bin kurz davor, sie zu packen und zu schütteln. Wie kann diese Hexe es wagen, mich zu kritisieren? Ich hätte wirklich nicht wenig Lust, ihr Manieren beizubringen …

»Ist das nicht das, was eine gute Ehefrau tun sollte? Ihren Mann auf seine Verfehlungen hinzuweisen?«

»Du bist *nicht* meine Ehefrau!«, brülle ich. Meine Hände sind zu Fäusten geballt. Noch nie habe ich eine Frau geschlagen – oder auch nur darüber nachgedacht! –, aber, bei den Göttern, dieses Weib führt mich wahrlich in Versuchung! Doch ich zwinge mich, ruhig zu bleiben. Mit Wut und Härte werde ich hier nichts erreichen, außer dass ich ihr einen Grund gebe, mir ihre Schwestern auf den Hals zu hetzen. Ich muss einen Weg finden, sie zu überlisten oder zumindest einen Kompromiss mit ihr zu schließen, auch wenn sich alles in mir dagegen sträubt.

»*Noch* nicht. Ich bin *noch* nicht Eure Ehefrau«, fügt sie hinzu und treibt es damit auf die Spitze. Sie sieht genau, dass ich kurz davor bin, die Beherrschung zu verlieren, und nutzt das zu ihrem Vorteil. So viel Kalkül hätte ich dieser Eisprinzessin gar nicht zugetraut …

»Lass … Lass uns ehrlich miteinander sein.« Innerlich zähle ich bis zehn, um mich halbwegs unter Kontrolle zu haben, ehe ich weiterspreche. Ich wähle meine Worte mit Bedacht, aber ich sehe keinen Grund, die Wahrheit zu verschweigen. »Die Ehe mit dir war der Wunsch meiner Mutter. Ich wurde nicht gefragt.«

Augenblicklich verengen sich ihre Augen zu Schlitzen. »Eine Verbindung mit dem Königshaus der Elfen würde nur Vorteile für Euer Volk haben.«

»Ich weiß«, sage ich schnell. Wie komme ich nur da wieder raus? »Aber ist es auch das, was *du* willst?«

Für einen kurzen Moment, nicht länger als ein Wimpernschlag, bröckelt ihre eisige Fassade und ich erhasche einen Blick auf die Frau dahinter, doch ehe ich sie wirklich sehen kann, ist sie wieder ganz die Alte. »Was meint Ihr damit?«

Ich bin auf dem richtigen Weg, das ist mir klar. Ich darf jetzt nur nicht die Nerven verlieren. »Die Frage ist doch ganz einfach. Bist *du* wirklich aus freien Stücken hier? Willst *du* diese Ehe, weil du mich als Mann willst, oder geht es dir um etwas ganz anderes?«

Sekunden verstreichen, in denen ich fest die Zähne zusammenbeiße, um nichts mehr zu sagen. Meine Worte waren richtig, das weiß ich. Das sehe ich an ihrem Blick, der unruhig im Zimmer umherhuscht. Aber, verdammt noch mal, ich will jetzt eine Antwort von ihr, sonst verliere ich noch den Verstand!

»Nein«, flüstert sie nach einer gefühlten Ewigkeit und ein riesiger Stein fällt bei diesem einen, kleinen Wort von meinem Herzen. »Ich will dich nicht.«

Ich übergehe ihre persönliche Anrede. »Was willst du dann?«

Etwas geschieht mit ihr, das sehe ich deutlich. Das Eis verschwindet aus ihrem Blick und macht einem Feuer Platz, das aus ihrem tiefsten Inneren zu lodern scheint. »Macht«, antwortet sie. »Ich will mehr Macht als meine Schwestern.«

Dieses Gespräch nimmt eine Wendung, mit der ich mich nicht wohlfühle. *Du hast deine Antwort, Aeric. Nun dreh dich um und geh! Aber frag bloß nicht weiter!* Doch ich bleibe, entgegen jeglicher Logik. »Für den Frieden … Dafür, dass du, wenn ich dich als meine Königin ablehne, keinen Krieg ausbrechen lässt, wäre ich bereit, dir zu helfen. Was stellst du dir vor?«

Ein bösartiges Grinsen erscheint auf ihren Lippen, das mir das Blut in den Adern gefrieren lässt. Ein Monster … Ich habe ein Monster zum Leben erweckt, da bin ich mir sicher.

»Sie müssen sterben. Alle beide.«

Meint sie etwa … ? »Ich soll deine Schwestern töten? Bist du von Sinnen?«

Doch sie winkt nur ab. »Erst wenn sie tot sind, stehe ich an der Spitze. Ich werde die Königin der Elfen sein.«

»Du bist wahnsinnig! Ich kann unmöglich die beiden mächtigsten Frauen auf dieser Welt töten. Das liegt weit außerhalb meiner Möglichkeiten.« Und weit außerhalb von dem, was ich zu tun bereit bin, schließlich bin ich, im Gegensatz zu ihr, nicht lebensmüde.

Sie zieht einen Schmollmund und überlegt. »Was wäre … Wie wäre es, wenn wir sie nicht töten? Du hast recht, *töten* ist so ein böses Wort.« *Habe ich wirklich jemals geglaubt, dass Alys so etwas wie Verstand besitzt?* »Sie sollen schlafen. Für eine sehr, sehr lange Zeit.«

Schlafen? Meint sie ihren Schlafzauber? »Und was habe ich davon?«, frage ich vorsichtig.

»Sind meine Schwestern aus dem Weg, wirst du keine Probleme mehr mit den Elfen haben, das verspreche ich dir. Sie werden die Grenzen nicht mehr überfallen oder sich an den Menschen vergreifen. Du kannst dadurch nur gewinnen, kleiner Prinz. Sie wären keine Bedrohung für dich. Und du müsstest mich nicht zur Frau nehmen. Zur Königin der Menschen fühle ich mich sowieso nicht berufen, aber das ist die einzige Krone, die in meiner Reichweite ist, solange sich meine Schwestern bester Gesundheit erfreuen.«

Ich beiße erneut die Zähne zusammen und schlucke eine passende Erwiderung hinunter. »Was ist, wenn ich mich weigere?«

Wieder erscheint dieses grausame Lächeln auf ihren Lippen. »Dann werde ich deiner kleinen goldhaarigen Freundin einen Besuch abstatten.«

Ich erstarre und wage nicht zu atmen. Miranda! Woher weiß sie von ihr? Was weiß sie noch? »Woher -«

»Unwichtig«, unterbricht sie mich. »Aber ich kann dir sagen, dass ich alles darüber weiß, *Gefährte*.«

Jetzt macht sie mir wirklich Angst. Nicht nur dieses mulmige Gefühl, das ich sowieso immer in ihrer Gegenwart spüre, sondern richtige, tiefgreifende und alles verzehrende Angst. Nicht nur um mich, sondern vor allem um Miranda. Sie ist so zerbrechlich, so schutzlos und hätte Alys nichts entgegenzusetzen. Ich würde sie verlieren … »Was muss ich tun?«, würge ich hervor.

Alys tritt ganz nah an mich heran und fährt mit ihren eiskalten Fingern meine Wangenknochen entlang. Ich erschaudere und will sie am liebsten wegstoßen, doch das wage ich nicht. »Bring meine Schwestern hierher. Lade sie von mir aus zu deiner Hochzeit mit diesem Bauernmädchen ein. Trenne sie vom Rest ihrer Truppen. Alles andere erledige ich.«

»Warum gehst du nicht einfach zu ihnen und erledigst es da? Warum ziehst du mich da mit rein?«

»Weil sie in ihrem Palast am Mondberg viel zu viel Macht haben. Ich könnte nicht einmal den kleinen Finger rühren, um den Zauber zu weben, und sie würden es schon merken. Aber hier sind sie Gäste. Hier sind sie nicht in ihrer gewohnten Umgebung. Sie werden unvorsichtig sein und nicht auf mich achten, schließlich bin ich ihre Schwester.«

» Was haben dir deine Schwestern getan, dass du sie so sehr hasst?«

»Das braucht dich nicht zu kümmern, kleiner Menschenprinz. Ich sage nur, dass sich im Laufe all der Jahrhunderte eine Menge Hass und Neid angesammelt hat. Wenn du also nicht willst, dass deinem Vater oder deinem Bauernmädchen etwas geschieht, wirst du mir helfen! Du kennst die Alternativen, falls du dich weigern solltest.«

Ergeben schließe ich die Augen. »Ich werde es tun. Aber du versprichst, dass die Kämpfe aufhören werden. Ich will nicht, dass noch mehr von meinem Volk stirbt.«

Sie schnalzt mit der Zunge. »Du weißt schon, dass die Elfen euch nur angreifen, weil ihr Menschen unsere Wälder abholzt und unsere Flüsse verschmutzt, oder? Egal, ich verspreche, dass es keine weiteren Kämpfe geben wird, solange du König bist.«

Solange ich lebe also. Das, was Phil gestern Nacht erklärt hat, kommt mir wieder in den Sinn. Dass mein Leben mit dem von Miranda verbunden ist und ich durch das Band ebenfalls so lange leben werde wie ein Kind der Götter. Gerade noch kann ich ein Grinsen unterdrücken, ehe ich ihre Hand ergreife und sie schüttle. »Abgemacht. Keine Angriffe, solange ich lebe.«

»Du wirst meine Schwestern mehrmals einladen müssen. Handle irgendwas mit ihnen aus, wiege sie in Sicherheit. Und dann, wenn sie mit keinem Angriff rechnen, werde ich zuschlagen.«

Auch wenn es mir nicht gefällt, wie sie vorgehen will, stimme ich ihrem Plan zu. Frieden für mein Volk, ein Leben mit Miranda und keine übermächtigen Elfenherrscherinnen in meinem Nacken haben mich überzeugt.

Schon morgen werde ich einen Boten zum Mondberg schicken, um Jocelyn und Bryande samt Gefolge an den Hof einzuladen.

KAPITEL 21

MIRANDA

Sechs Monate später …

Immer wieder schaue ich in den Spiegel, ohne die Frau, die mich daraus anstarrt, zu erkennen. Das soll ich sein? Unmöglich! Doch da! Sie hebt genauso die Hand wie ich und berührt ihre Wange. Auch ansonsten ahmt sie perfekt jede meiner Bewegungen nach. Und doch kann ich es nicht glauben.

Ihre Augen sind viel zu groß und leuchten goldener als die Sonne. Ihre – meine – Haare sind zu einer kunstvollen Frisur hochgesteckt, aus der die Mägde wie zufällig einzelne Strähnen herausgezogen haben, die gelockt auf meine nackten Schultern fallen.

Die Frau im Spiegel ist so wunderschön und hat nichts, aber auch gar nichts mit dem halb verhungerten und verfluchten Bauernmädchen zu tun, was ich sonst im Spiegelbild sah.

Heute blickt mir eine Königin entgegen, die dieser Bezeichnung alle Ehre macht.

Allein bei dem Gedanken daran, dass heute der große Tag ist, verselbstständigt sich mein Herzschlag und ich bekomme in diesem engen Mieder kaum Luft. Ich habe keine Ahnung, wie meine Kammerzofen mich in dieses Ding aus Stoff, Tüll, Spitze und glänzenden Steinchen hineinbekommen haben. Schon den ganzen Tag bin ich nicht bei der Sache, aber das ist auch kein Wunder.

Heute ist meine Krönung.

Ich glaube es selbst noch nicht, aber heute werde ich nicht nur meinen Gefährten heiraten, sondern auch eine Krone aufs Haupt gesetzt bekommen.

Eine Krone, die ich nicht will.

Das Zittern meiner Hände sieht in den weißen Handschuhen, die ich tragen muss, noch auffälliger aus als normalerweise und ich balle sie schnell zu Fäusten.

Ruhig atmen, Miranda, mahne ich mich selbst, doch es hilft nichts. Die Nervosität lässt Übelkeit in mir aufsteigen und für einen Moment habe ich wirklich Angst, mich auf den Saum meines Kleides zu übergeben. Verdammte Morgenübelkeit!

Als der Anfall vorüber ist, lege ich schützend eine Hand auf den Bauch. Noch sieht man nichts als eine kleine Wölbung, aber bald werde ich es nicht mehr verstecken können. Nicht dass ich es verstecken will, aber ich bin nun kein Bauernmädchen mehr, bei dem es egal ist, wessen Bastard sie austrägt. Dieses Kind wird ein Prinz oder eine Prinzessin werden.

Ein Klopfen an der Tür lässt mich zusammenzucken. »Herein«, rufe ich und William steckt den Kopf herein.

»Bist du so weit?«, fragt er, als er auf mich zugeschlendert kommt. Auch er hat sich heute herausgeputzt. Ein enges, dunkelrotes Wams betont jeden seiner Muskeln und auch die dunkelbraunen Haare bilden kein Chaos wie sonst. Er hat sich wirklich Mühe gegeben und das beunruhigt mich noch mehr, denn das ist nicht Wills Art.

Seitdem ich von Phils Hütte hierher in die Burg gezogen bin, wurde Will mehr und mehr zu einem guten Freund für mich. Seine unbeschwerte Art, mit der er mich sofort in die Arme schloss und als die Frau seines besten Freundes begrüßte, und seine unerschütterliche Treue Aeric gegenüber bilden für mich einen wichtigen Grundpfeiler an diesem Hof. Er gibt mir den Rückhalt, den ich täglich brauche, denn Aeric sehe ich immer seltener.

Kurz nach meiner Ankunft starb sein Vater. Ich habe ihn nur einmal kurz gesehen und das war kein erfreuliches Zusammentreffen. Er warf nur einen einzigen Blick auf mich und fing an, aus tiefster Seele zu schreien. Seit diesem Vorfall bin ich nie wieder in sein Zimmer gegangen.

»Ich glaube, ich werde nie so weit sein«, antworte ich Will und erhebe mich vorsichtig, um nicht auf den Kleidersaum zu treten. »Aber wenn ich hier rumsitze, wird es auch nicht besser.«

Er schenkt mir ein übermütiges Grinsen und seine grünen Augen funkeln mich an. »So ist's richtig!« Dann reicht er mir seinen Arm und ich hake mich unter, dankbar über die Stütze.

»Und du?«, frage ich, als wir langsam Seite an Seite, weil ich mich in diesen Schuhen und diesem Monstrum von Kleid einfach nicht bewegen kann, durch die Korridore schreiten. »Für wen hast du dich denn rausgeputzt?«

Das witzelnde Funkeln verschwindet aus seinen Augen und er weicht meinem Blick aus. Aha, mehr Informationen brauche ich nicht.

»Er hat sie auch eingeladen?«, frage ich, gebe mir aber Mühe, die Fassungslosigkeit aus meiner Stimme zu verbannen. Wills Nicken bestätigt meine Vermutung: Aeric hat die Elfenherrscherinnen zur Krönung eingeladen. Na, das kann was werden …

Mir reicht schon, wenn mir die dritte von ihnen, Alys, fast jeden Tag über den Weg läuft und mich mit ihrem eisigen Blick erdolcht.

Aber noch schlimmer ist, dass Will- … Nein, selbst es zu denken grenzt an Verrat, denn ich bin die Einzige, die davon weiß. Selbst Aeric ist ahnungslos, und ich weiß es auch nur, weil ich durch puren Zufall über die beiden gestolpert bin.

»Sag bitte nichts«, knurrt er, als ich wieder meine Ermahnungen auf ihn loslassen will, doch ich weiß selbst, dass es keinen Zweck hat. Ich habe kein Recht, über diese Liebe und die Wahl seiner Partnerin zu urteilen, schließlich bin ich die, die den Prinzen bekommen hat. Nur bei mir hat sich alles irgendwie … gefügt. Ja, die ersten öffentlichen Auftritte waren nervenaufreibend, die adligen Damen haben mich gemieden und pikiert ihre Nasen gerümpft, aber all das habe ich überstanden, weil Aeric mir die Kraft dazu gegeben hat. Nun, da er offiziell König ist, ist er oft bis spät in die Nacht unterwegs und ich sitze hier am Hof mit Will als einzigen Vertrauten.

»Wirst du dich nach der Zeremonie gleich zurückziehen oder willst du dich wieder selbst foltern?«, frage ich leise, obwohl ich die Antwort kenne. Er wird von der ersten bis zur letzten Sekunde mit im Saal sein und sie mit Blicken verschlingen, sich nach ihr verzehren und sie stumm von seinem Platz aus anbeten. Und sie wird so tun, als würde sie all das nicht bemerken, um dann einen Vorwand zu suchen, für eine Weile aus der Halle nach draußen zu gehen, wohin

Will ihr folgen wird – ganz *diskret*, versteht sich. Wenn selbst ich, die keinerlei Erfahrung mit Ränkespielen und Hofangelegenheiten hat, mitbekomme, was zwischen den beiden ist, werden das andere auch, es sei denn, sie haben keine Augen im Kopf.

Ich seufze. »Das mit euch beiden wird noch ein böses Ende nehmen«, prophezeie ich, und Will besitzt sogar die Frechheit zu nicken. Wie kann er das auf die leichte Schulter nehmen? »Aeric wird außer sich sein, wenn er davon erfährt. Schließlich ist sie offiziell noch immer der Feind. Die Friedensverhandlungen sind nicht abgeschlossen.«

»Ich glaube einfach daran, dass du deinen kleinen süßen Mund ihm gegenüber halten wirst.«

»Früher oder später wird es noch jemandem außer mir auffallen, der vielleicht nicht so verschwiegen ist wie ich. Du solltest es ihm vorher sagen, ehe er es von jemand anderem erfährt. Das wird ihn zerstören, Will.«

»Ich werde ihm nichts sagen«, beharrt Will. »Da gibt es schließlich nichts zu sagen.«

Es hat keinen Zweck, auf ihn einzureden, das merke ich nicht zum ersten Mal. Ich will mir gar nicht vorstellen, welche Kreise das ziehen wird … »Wie lange geht das mit euch beiden schon? Ein halbes Jahr?«

Will schweigt und ich habe die Befürchtung, dass er gar nicht antworten wird, dann sagt er: »Seitdem sie das erste Mal hier war.«

»Also seit einem halben Jahr …«

Ich erinnere mich noch gut an den Tag, als sie zum ersten Mal einen Fuß auf den Hof setzte. Es war etwa zwei Wochen, nachdem ich ebenfalls in die Burg gezogen bin und alles war noch unter einer dichten Schneedecke verhüllt. Jeder schien die Luft anzuhalten, als sie aus der Kutsche stieg. Schön und kalt wie ein verschneiter Wintermorgen betrachtete sie alles um sich herum, ohne eine Miene zu verziehen. Die Bediensteten sputeten sich, um aus ihrem Sichtfeld zu verschwinden, und selbst ich hatte weiche Knie, als ich ihr an Aerics Seite gegenübertreten musste. Ihrem Blick konnte ich nicht standhalten, aber ich schämte mich nicht dafür. Nicht nur mir ging es so. Jeder spürte die herablassende Kälte, die sie allein durch ihre Anwesenheit versprühte. Jeder hatte Angst, dass sie das Wort an ihn richtete. Jeder – bis auf William. Als er einen einzigen Blick auf sie geworfen hatte, war es um ihn geschehen, und weder Vernunft noch meine Vorbehalte konnten ihn davon abhalten, sich Hals über Kopf in die Königin der Elfen zu verlieben.

Nach dem abendlichen Bankett hatte er sogar den Mut, sie zum Tanz aufzufordern. Bis dahin hatte ich die Hoffnung, dass sie ablehnen und er dadurch das Interesse verlieren würde. Jocelyn betrachtete ihn im ersten Moment tatsächlich wie ein Insekt, das sie gleich mit den Fingern zerquetschen würde, doch irgendwas muss sie in ihm gesehen haben, denn sie legte ihre Hand in seine und ließ sich auf die Tanzfläche führen. Für die Dauer der Musik verschwand die eisige Hülle der Elfenkönigin und ich sah sie sogar lächeln, als Will sie zum Klang der Violinen umherwirbelte.

Zuerst tat ich es als dumme Liebelei ab, die von ganz allein abklingen würde, doch als ich beim nächsten Besuch der Königinnen einen nächtlichen Spaziergang im Burggarten machte, wurde ich eines Besseren belehrt. Ich traute meinen Augen nicht – und nein, ich möchte hier nicht wiedergeben, was ich da gesehen habe. Nicht dass ich prüde wäre. Ich weiß, wie es aussieht, wenn ein Mann bei einer Frau liegt, aber William und die verdammte Elfen*königin* dabei zu erwischen, wie sie es im Burggarten trieben, war selbst für mich zu viel des Guten.

Am nächsten Tag zitierte ich William in mein Gemach und stellte ihn zur Rede. Erst schwieg er eisern, doch als er merkte, dass ich ihn tatsächlich gesehen hatte, flehte er mich an, Aeric nichts davon zu erzählen. Und ich versprach es ihm, denn ich wusste, was mein Gefährte davon halten würde … In seinen Augen wäre es Hochverrat, schließlich war Jocelyn der Feind, auch wenn gerade Friedensverhandlungen mit ihr und ihrem Volk liefen. Es würde Aeric vernichten, wenn er erfahren würde, dass William und Jocelyn ein … ja, ein was? Ein Verhältnis? Eine Beziehung? Ich weiß selbst nicht, wie ich es nennen soll, und ich kann mir auch nicht vorstellen, dass es vonseiten der Königin etwas Ernstes ist. Sicher, William gehört zu den bestaussehendsten Männern am Hof und hat schon mehr Herzen gebrochen, als ich zählen kann. Wäre ich nicht mit Haut und Haaren Aeric verfallen, hätte wohl auch ich ein Auge auf diesen jungen Ritter geworfen. Aber wir reden hier von der Königin der Elfen, die bereits mehrere Hundert Jahre auf dieser Welt lebt und herrscht. Es will mir einfach nicht in den Kopf, dass eine Frau wie sie sich ausgerechnet für William entschieden haben soll … Schließlich geht auch sie Risiken ein, wann immer sie sich zu einem Stelldichein mit dem besten Freund des feindlichen Königs trifft.

Und je mehr ich darüber nachdenke, desto sicherer bin ich mir, dass die ganze Sache früher oder später *richtig* übel enden wird.

Aber ich wage es nicht, Aeric direkt darauf anzusprechen, denn William ist mein Freund, sogar der Einzige, den ich hier bei Hofe habe. Es würde sich wie Verrat anfühlen und ich bringe es einfach nicht über mich, William so in den Rücken zu fallen … Ich kann nur darauf hoffen, dass Aeric – oder jemand anderes – nie davon erfährt, was immer Will und Jocelyn auch tun.

Das Wissen, dass sie heute wieder da sein und sich wie zufällig mit William zurückziehen wird, facht meine Nervosität noch weiter an. Am liebsten würde ich ihn bitten, heute auf ein Treffen mit ihr zu verzichten, um mir nicht den Tag zu verderben, aber ich habe Verständnis für ihn, und das ist das Schlimmste. Ich verstehe aus tiefster Seele, was in ihm vorgeht, und ich verstehe sogar, dass die beiden sich zueinander hingezogen fühlen, selbst über die Grenzen hinaus, schließlich ging es mir mit Aeric nicht anders. Aber trotzdem weiß ich, dass ich es nicht gutheißen dürfte und unterbinden müsste, ohne es tatsächlich zu schaffen.

»Bist du bereit?«, fragt William, als wir vor einer großen Doppeltür stehen bleiben. Ich habe gar nicht bemerkt, wie wir hierhergekommen sind. Erst als ich Phil sehe, der neben der Tür wartet und mit spitzen Fingern an seinen feinen Gewändern zupft, in denen er so ungewohnt aussieht, weiß ich wieder, was ich hier mache. Sofort bildet sich ein eisiger Klumpen in meinem Magen. Nicht, weil ich zweifle oder es mir anders überlegt habe, sondern weil ich mich dem, was vor mir liegt, nicht gewachsen fühle. Egal, wie oft Aeric mir auch beruhigend zugeflüstert hat, dass es nichts gibt, wovor ich mich fürchten müsste, ich werde das Gefühl nicht los, dass dies nicht der richtige Weg für mich ist.

Ich fühle mich nicht bereit, Königin zu werden, doch wenn ich mit Aeric zusammen sein will – und das will ich! –, werde ich diesen Weg gehen müssen. Nicht nur für mich. Meine Hand wandert zu meinem Bauch und legt sich darüber. Auch wenn ich noch nichts merke, so rede ich mir zumindest ein, dass ich diesen Weg für den zweiten Herzschlag in mir beschreiten muss.

Meine Hand zittert, als ich sie in Phils lege, und William verschwindet mit einem wissenden Grinsen durch eine andere Tür.

»Lass mich bitte nicht los«, murmle ich zu Aerics altem Lehrmeister und klammere mich fester als nötig an ihn.

Mit der freien Hand tätschelt er aufmunternd meinen Arm. »Na, na, mein Kind. Kein Grund, nervös zu sein. Das haben schon andere vor dir überstanden. Du wirst das großartig machen.«

»Du hast gut reden … Sie werden mich anstarren. Sie werden tuscheln und mit den Fingern auf mich zeigen und mich *Bauernkönigin* nennen.«

Vor nicht einmal allzu langer Zeit dachte ich, dass das Schlimmste, was jemand zu mir sagen könnte, *Mondscheinmädchen* wäre, aber gegen *Bauernkönigin* war dieser Spitzname geradezu schmeichelhaft …

»Und wenn schon!«, entgegnet Phil. »Du kannst nicht ändern, was du bist, aber du kannst ändern, was aus dir werden wird. Lass sie dich doch Bauernkönigin nennen! Das kann dir vollkommen egal sein. Du stammst nun mal aus diesen Verhältnissen, aber das sagt nichts darüber aus, was für eine Königin du sein wirst.« Er drückt meine Hand. »Ich bin mir sicher, dass du eine wundervolle Königin werden wirst und dass dir deine Herkunft die Weitsicht verleihen wird, die unser Reich und auch unser junger Herrscher dringend brauchen.«

Bei seinen Worten bildet sich ein dicker Kloß in meinem Hals und ich kann nur mit Mühe die Tränen zurückhalten. Dankbar lächle ich ihm zu und erwidere den Druck seiner Hand. Das war genau das, was ich hören musste, um den Sprung ins Ungewisse zu wagen.

»Keine Angst, Kind«, murmelt Phil, als sich die Tür vor uns öffnet und mir beinahe das Herz stehen bleibt. »Ich werde dich weder fallen- noch loslassen. Du wirst unbeschadet vorne ankommen und dann wird alles andere um dich herum sowieso in Vergessenheit geraten.«

Seine Worte in der Götter Ohr!

Ich habe wieder angefangen zu zittern, als die Doppeltür endlich so weit geöffnet ist, dass ich in den großen Saal sehen kann.

Am liebsten würde ich auf der Stelle umdrehen und mich in meinem Zimmer verkriechen.

Noch nie habe ich so viele Menschen auf einem Haufen gesehen. Und sie alle starren mich an.

»Ich kann das nicht«, wispere ich, als meine Beine sich weigern, auch nur einen Schritt vorwärts zu machen. »Ich kann da nicht rein.«

»Du musst aber, Mädchen«, murmelt Phil ebenso leise, dass niemand sonst uns hören kann. »Schau, da vorne! Sieh an all den unwichtigen Menschen vorbei und schau auf das Ende des Saals. Siehst du ihn?«

Mein Blick huscht unruhig umher, bis ich mich endlich dazu zwingen kann, wieder in den Saal zu blicken. Ich gebe mir Mühe, alles andere auszublenden und schaue starr nach vorne zum gegenüberliegenden Ende des Saals, wo zwei Throne auf einem Podest stehen.

Vor dem kleineren steht ein Schemel mit einer glitzernden Krone.

Und vor dem anderen …

Meine Nervosität und alle Zweifel sind mit einem Schlag ausgelöscht. Mich interessieren all diese umstehenden namenlosen Menschen nicht mehr, denn ich sehe nur noch *ihn*. Wie von selbst laufen meine Füße los und ich muss Phil fast hinter mir herschleifen, dann mäßige ich meinen Schritt, bevor ich anfange zu rennen.

Mein Blick ist starr auf Aeric gerichtet, der in seinen weißen Gewändern mit rotem Umhang und funkelnder Krone auf dem Kopf wahrhaft königlich aussieht. Das Lächeln, das er mir schenkt, löst ein Kribbeln in meinem Bauch aus, das mir beinahe den Atem raubt. Durch das bunte Fenster hinter ihm scheint die Sonne direkt auf ihn herab und lässt die kostbaren Edelsteine der Krone und die blonden Strähnen in seinem Haar um die Wette glänzen.

Ich habe nie etwas Schöneres gesehen als Aeric in vollem Staat. Ich weiß, dass sich dieser Anblick für immer in mein Gedächtnis brennen wird.

Neben ihm werde ich erbärmlich aussehen. Minderwertig. Ich leuchte nicht wie er. An diesem Tag scheint Aeric heller zu strahlen als die Sonne. Und wer könnte ihm das verdenken?

Doch ich … Ich bin kein Geschöpf der Sonne. Noch immer habe ich mich nicht daran gewöhnt, die wärmenden Strahlen tagsüber auf meiner blanken Haut zu spüren. Auch wenn es wunderbar ist, fühlt es sich … falsch an. Ich bin das Mondscheinmädchen und werde es immer bleiben. Der Platz im strahlenden Licht gebührt allein Aeric und ich könnte ihm diesen Platz niemals streitig machen. Mir reicht es, die Kraft und die Stütze hinter ihm zu sein. Mehr kann und will ich von meinem Leben nicht verlangen, denn allein das macht mich zur glücklichsten Frau auf dieser Welt.

Ich schreite an Phils Seite durch den Gang und zwinge mich, den Kopf oben und die Schultern gestrafft zu halten, auch wenn ich am liebsten durch einen dunklen Seitengang nach vorne huschen würde, um all diesen abschätzenden Blicken und dem Getuschel zu entgehen. Ich weiß nicht, was sie sagen – ich verschließe bewusst die Ohren vor ihren Worten –, aber ich kann mir nicht vorstellen, dass es etwas Nettes ist. Mit meinem Auftauchen hier am Hof habe ich einer ganzen Menge junger Frauen die Hoffnung geraubt, einmal an Aerics Seite stehen zu können. Es ist klar, dass sie darüber nicht erfreut waren. Aber ich habe schon Schlimmeres überstanden, sage ich mir immer wieder. Wenn ich diese Zeremonie hinter mir habe, gibt es nichts, was Aeric und mich noch trennen kann.

Als ich endlich das Podest erreiche, streckt mir Aeric seine rechte Hand entgegen und Phil legt die meine in die meines Bräutigams. Ich musste nicht lange darüber nachdenken, wen ich zu meinem Brautführer machen würde. Niemand außer Phil wäre dazu infrage gekommen, und er macht seine Sache wirklich gut. Fast könnte ich vergessen, wie schmerzlich mir mein Vater an diesem besonderen Tag fehlt.

Ich spüre die Wärme von Aerics Händen durch den Stoff meiner Handschuhe und wie von selbst verflechten sich unsere Finger miteinander. William, der ein Stück hinter Aeric steht, grinst wissend.

Mein Gefährte führt mich zu dem kleineren Thron, lässt meine Hand los, die sich sofort kalt anfühlt und wieder zu zittern beginnt, und hebt die Krone mit beiden Händen in die Höhe. Ich weiß, was jetzt von mir verlangt wird, aber meine Beine sind so weich, dass ich es nicht schaffe, in die Knie zu gehen. Erst als Phil mir seine Hand auf den Rücken legt und mich dadurch stützt, sinke ich mehr unbeholfen als graziös nach unten und neige den Kopf vor meinem König.

Er sagt irgendwas zu seinem versammelten Volk, aber durch das viel zu laute Rauschen in meinen Ohren nehme ich kein einziges Wort wahr. Hoffentlich wird von mir jetzt nicht erwartet, dass ich etwas erwidere, gar Geistreiches sage, denn ich habe keine Ahnung, um was es gerade geht.

Als ich das Gewicht der Krone auf meinem Kopf spüre, atme ich erleichtert aus, nur um dann gleich wieder vor Anspannung zu erstarren. Obwohl sie perfekt passt, als wäre sie für mich gemacht worden, fühlt sie sich falsch an. Unsicher blicke ich nach oben zu Aeric, der mich noch immer anlächelt und mir seine Hand reicht, um mir aufzuhelfen. Wackelig komme ich auf die Beine und muss mich an ihm festhalten, um nicht wieder zu Boden zu gehen.

Aeric muss es bemerken, denn er hält meine Hand fest umschlungen, als er mich die paar Meter zu meinem Thron führt.

Mein Thron … wie sich das anhört! Allein bei dem Gedanken wird mir schlecht.

Ich atme viel zu schnell, als ich vor dem mit rotem Samt überzogenen, prunkvollen Stuhl stehe, und Aeric räuspert sich neben mir. Ich muss ihn loslassen, mich umdrehen und mich mit möglichst königlicher Miene langsam auf das gepolsterte Ungetüm niederlassen. Was in der Theorie einfach klingt, gestaltet sich für mich zu einer unlösbaren Herausforderung.

»Ich kann das nicht«, wispere ich. Keine Ahnung, wie oft ich diesen Satz heute schon gesagt habe, und doch stehe ich hier mit einer Krone auf dem Kopf. Die Hälfte des Weges habe ich schon geschafft – was lässt mich jetzt also die Nerven verlieren? Die Antwort ist einfach: Ich weiß es selbst nicht. Vielleicht sind es immer noch die tief sitzenden Selbstzweifel, die mir meine Mutter von klein auf eingebläut hat. Vielleicht ist es auch die Tatsache, dass ich selbst nach diesen ganzen Monaten noch nicht begriffen habe, was Aeric an mir findet. Ich bin ein Niemand, ein Bauernmädchen, das noch immer einen Fluch in sich trägt, der ihr ganzes Leben überschatten wird, selbst wenn er vorerst unter Kontrolle ist.

Ein gehässiges Kichern neben mir reißt mich aus meinen Gedanken und ich begegne Alys' stahlblauen Augen. Obwohl sie sich vornehm die Hand vor den Mund hält, kann ich ihre spöttisch nach oben gezogenen Mundwinkel deutlich erkennen. Auch ihr eisiger Blick spricht Bände: Die Art, wie sie mich abschätzig von oben bis unten mustert und dabei garantiert meine zitternden Hände registriert, lässt mich vor Wut schäumen. Schon vom ersten Tag an habe ich die Elfe verabscheut. Als Aeric mich nach unserer Bindung an den Hof brachte, stand sie mit wehendem Haar auf der Brüstung und funkelte mich an wie ein Raubtier, das seine Beute beobachtet. Ich habe mich wirklich bemüht, nett zu ihr zu sein oder mich mit ihr anzufreunden, doch jedes Mal, wenn ich mich ihr näherte, rauschte sie erhobenen Hauptes an mir vorbei und ließ mich stehen. Nicht zu vergessen die ganzen Male, die sie sich an Aerics Arm geklammert hat wie eine Ertrinkende an den rettenden Baumstamm. In diesen Situationen hätte ich ihr am liebsten die Augen ausgekratzt …

Ich atme tief ein und straffe die Schultern. Niemals werde ich zulassen, dass ich versage, während sie mich mit diesem *Ich-hab-es-ja-von-Anfang-an-gewusst-Grinsen* anstarrt.

Niemals!

Ich lasse Aerics Hand los, drehe mich um, wobei mein Kleid schwingt, und starre mit gerecktem Kinn auf die wartende Menge. Es ist so still, dass ich meinen eigenen Herzschlag unnatürlich laut wahrnehme. Mit beiden Händen klammere ich mich an die goldverzierten Armlehnen, während ich mich langsam auf den Thron niederlasse. Hoffentlich fällt mir vor lauter Zittern nicht die Krone vom Kopf …

»Lang lebe die Königin!«, rufen Phil und William wie aus einem Mund und nach und nach fallen auch die anderen ein, bis die Jubelrufe die gesamte Halle erfüllen.

Alle fallen mit ein. Alle, bis auf Alys. Von hinter mir, wo sie steht, erklingt kein einziges Wort. Ich weiß gar nicht, ob sie überhaupt noch da ist, doch – halt! – ich spüre die Kälte, die von ihr ausgeht und widerstehe nur knapp dem Drang, mich umzudrehen und ihr ein triumphierendes Lächeln zuzuwerfen. Das werde ich mir für später aufheben.

KAPITEL 22

Das abendliche Bankett stellt alles in den Schatten, was ich bisher am Hofe gesehen habe.

Es werden Speisen aufgetragen, die fast zu schön angerichtet sind, um sie anzuschneiden. Früchte aus den fernen Ländern der Elfen, deren Namen nicht einmal die Köche aussprechen können, locken mit ihrem süßlichen Duft, der einem das Wasser im Mund zusammenlaufen lässt. Eine schier endlose Tafel wurde zusammengeschoben und doch haben nicht alle geladenen Gäste einen Sitzplatz gefunden. Nun ja, genügend Sitzplätze wären schon vorhanden, aber kein Mensch wagt sich in die Nähe der Elfenköniginnen und ihres Gefolges. Sie sitzen abseits, ausgesondert, dennoch strahlen sie eine solche Würde aus, dass ich sie bis zu mir am anderen Ende des Saales spüren kann.

Den ganzen Abend über beobachte ich die beiden Königinnen Bryande und Jocelyn, vor allem letztere. Jocelyn ist nicht nur wunderschön, nein, sie ist eine Erscheinung. Ich meine, dass ich selbst den alten Phil bei ihrem ersten Zusammentreffen habe murmeln hören: »Jetzt kann ich in Frieden sterben.« Kein Wunder, dass William ihr zu Füßen liegt. Ein kurzer Blick an Aerics andere Seite verrät mir, dass er sogar jetzt den Blick nicht von ihr nehmen kann, auch wenn er versucht, es zu verbergen. Jeder Mensch mit Augen im Kopf muss sehen, wie er Königin Jocelyn anhimmelt.

Bryande, die Älteste der Elfenherrscher, ist ganz anders. Wie der Tag von der Nacht unterscheidet sie sich von ihrer jüngeren Schwester. Bryande ist groß und kräftig und erinnert mit ihrer Statur eher an einen Mann als an eine zarte Elfe. Obwohl ihr Gesicht ebenfalls schön ist, ist es doch kantiger geschnitten, und ihre hellen Haare, die fast silbergrau erscheinen, sind zu einem straffen Zopf geflochten. Sie verströmt als Einzige nicht diese eisige Kälte, die jeden auf Abstand hält, dafür aber eine gehörige Portion Autorität. An ihrem ersten Tag hier hat sie sich mit Aerics Leibwachen angelegt – und sie einen nach dem anderen vorgeführt. Diese Elfe ist eine Kämpferin durch und durch. Um nichts in der Welt würde ich ihr in einer dunklen Gasse oder gar auf einem Schlachtfeld begegnen wollen. Ich bin mir sicher, dass sie ihre Gegner selbst mit verbundenen Händen und einer Hand auf dem Rücken unangespitzt in den Boden rammen würde.

»Hast du keinen Hunger?«, fragt Aeric zu meiner Linken und ich senke den Blick pflichtschuldig auf den vollen Teller vor mir. Lustlos spieße ich eine runde Frucht mit der Gabel auf und esse sie, obwohl ich eigentlich keinen Bissen hinunterbekomme. »Ist dir nicht gut?« Ernste Sorge zeichnet sich auf seinem Gesicht ab und ich habe sofort ein schlechtes Gewissen.

Schnell schüttle ich den Kopf. »Es ist alles in Ordnung«, beruhige ich ihn und schiebe mir noch einen Bissen in den Mund.

»Möchtest du dich zurückziehen? Es war ein anstrengender Tag für dich.«

»Danke, es geht schon.« Auch wenn ich nichts lieber täte, als in meine Gemächer zu flüchten, weiß ich, dass ich das noch nicht kann. Ich bin die Königin und es wird von mir verlangt, an diesem Bankett teilzunehmen. Die Gäste feiern meine Krönung – wie würde es da aussehen, wenn ich einfach aufstehen und gehen würde? Nein, ich will Aeric keinen Anlass geben, sich für mich schämen zu müssen oder seine Entscheidung zu bereuen. Ich werde die Königin sein, die er und Phil von Anfang an in mir gesehen haben.

Lächelnd erwidere ich die Trinksprüche, ohne einen Tropfen Alkohol anzurühren. Ich erröte, wie es von mir erwartet wird, unter den derben, aber wohlwollenden Sprüchen manch männlicher Gäste.

Alles ist, wie es sein soll, an diesem Tag, der der wichtigste in meinem Leben ist. Nicht nur, dass sie mich zur Königin gekrönt haben – das ist nur schmückendes Beiwerk … und vielleicht noch nicht einmal das in meinen Augen. Nein, heute fand außerdem gleichzeitig meine Vermählung mit meinem Gefährten statt, die aber im Gegensatz zu meiner Krönung klein ausfiel. Nur Aeric, ich, sowie William und Phil waren dabei. Es war mein Wunsch, die Vermählung in einem so kleinen Kreis abzuhalten, da ich mich besser entspannen und sie genießen konnte. Mir war von vornherein klar, dass die Krönung für mich zu einem Spießrutenlauf werden würde mit all den Menschen, deshalb wollte ich nicht, dass es mir bei meiner Vermählung genauso erging. Diese menschliche Zeremonie reicht nicht ansatzweise an das heran, was ich während unserer Bindung gespürt habe, und doch ist sie für mich ungeheuer wichtig. Wenigstens etwas Normales in meinem sonst anormalen Leben.

Während ich einem weiteren Trinkspruch lausche, der die Farbe meiner Augen mit Goldmünzen vergleicht – wie originell –, wird die Tür zum Saal aufgestoßen. Augenblicklich verstummen die Gespräche und alle drehen sich zu der Wache um, die nach Luft ringend am Eingang steht.

»Bitte v-verzeiht die Störung«, stammelt er, als Aeric ihn zu sich nach vorne winkt. Die Miene meines Gatten ist versteinert, als erwarte er schlechte Nachrichten.

Langsam bahnt sich der Wachmann einen Weg durch die Menschenmassen, die ihn nur widerwillig vorbeilassen. Eine drückende Stille hat sich über alle gelegt und lässt sie das freudige Ereignis des Zusammenseins vergessen. Selbst auf mich springt die schwelende Anspannung über und im Kopf gehe ich bereits alle schlechten Botschaften durch, die der Wachmann bringen könnte.

Als er an der hohen Tafel steht, beugt er sich vor, sodass nur Aeric, Phil, William und ich ihn verstehen können. »I-Ich komme mit zwei Nachrichten zu Euch, Eure Hoheit.«

»Sprich«, fordert Aeric ihn leise, aber mit Nachdruck auf, und der Wachmann zuckt kurz zusammen. Er ist nervös, was bedeutet, dass es sich nur um schlechte Nachrichten handeln kann. Unweigerlich huscht mein Blick zu den Tischen der Elfen, die uns die ganze Zeit über beobachten. Sie sind die Einzigen im Raum, die nicht angespannt zu sein scheinen, und ich werde das Gefühl nicht los, dass sie genau wissen, was hier vor sich geht. Haben sie etwas geplant, während sie uns mit ihrer Anwesenheit in Sicherheit wiegen? Nein, das kann ich mir nicht vorstellen … oder doch? Zuzutrauen wäre es ihnen, mit ihrer kalten und berechnenden Art.

Ich zwinge mich, meine Aufmerksamkeit wieder auf den stotternden Wachmann zu lenken, der sichtlich Mühe hat, die richtigen Worte für die beiden Nachrichten zu finden, die er uns überbringen muss.

»Nun spuck's schon aus, Junge«, herrscht Phil ihn an, was es nur noch schlimmer macht.

»W-Wir haben K-Kunde von den Grenzen erhalten, Eure Hoheit«, stammelt er. Bei diesen Worten ballen sich Aerics Hände zu Fäusten und ich berühre ihn kurz am Arm, um seine Anspannung ein wenig zu lindern. »Die … die E-Elfen, mein König … Sie haben u-unsere …« Er schluckt angestrengt, ehe er fortfährt: »Sie haben alle Dörfer an den Grenzen dem Erdboden gleichgemacht, Majestät«, würgt er schließlich hervor und ich schnappe nach Luft. Schnell lasse ich die Hand, die ich mir vor den Mund geschlagen habe, wieder sinken, verwandle meine Mimik in eine reglose Maske, um meine Gäste nicht zu ängstigen.

»Sorgt sofort dafür, dass sämtliche Soldaten, die wir entbehren können, an die Grenze geschickt werden. Kümmert euch um die Überlebenden. Bringt die, die alles verloren haben, umgehend hierher«, kommandiert Aeric in gewohnt ruhigem Ton, doch ich sehe, dass es in seinem Inneren brodelt. Wie gerne würde ich jetzt einen Blick auf die Elfenköniginnen werfen. Wissen sie, welche Kunde der Wachmann uns gebracht hat? Grinsen sie hämisch über unsere geschockten Mienen? Doch ich wage es nicht, den Blick von Aeric und der Wache abzuwenden, aus Angst, meine Befürchtungen könnten sich bestätigen.

Der Wachmann will sich gerade umdrehen, um die Befehle seines Königs weiterzugeben, als Aeric über den Tisch greift und ihn am Arm festhält. »Und die zweite Nachricht?«

»R-Richtig. Nun … ähm …« Sein Blick fällt auf mich und ein eisiger Schauer läuft mir den Rücken hinab. »D-Draußen ist eine Frau, d-die behauptet … Nun, sie … Sie sagt, sie wäre die M-Mutter der Königin.«

Vergessen ist jede Fassade, jede Ruhe, die ich nach außen hin ausstrahlen muss, jede Würde. Ich springe auf, raffe meine Röcke und zwänge mich zwischen den Gästen hindurch, die mir gar nicht so schnell Platz machen können, wie ich sie zur Seite schiebe.

Das kann nicht sein! Sie *darf* nicht hier sein! Aber wenn … Wenn sie es wirklich ist, wenn meine Mutter *wirklich* hier ist, darf sie *niemand* zu Gesicht bekommen. Niemand soll sehen, aus welchen Verhältnissen ich stamme. Klar, sie wissen, dass ich ein Bauernmädchen bin – woher sollte sonst mein ungeliebter Beiname

Bauernkönigin stammen? –, aber niemand darf wissen, wie schlimm es *tatsächlich* ist. Die, die mir mein Glück nicht gönnen, tuscheln diesen Namen, wenn sie denken, ich würde sie nicht hören. Um es mir direkt ins Gesicht zu sagen, fehlt ihnen der Mut, und dass ich mit Spottnamen belegt werde, bin ich bereits gewohnt. Dennoch schmerzt es nicht minder, denn es erinnert mich, dass ich auch hierher nicht passe.

Diener verbeugen sich, während sie mir die Türen aufhalten, doch ich haste ohne ein Wort an ihnen vorbei. Sie schauen mir verdutzt hinterher, denn normalerweise ist das nicht meine Art. Sonst rede ich kurz mit ihnen, sage ein paar freundliche Worte. Aber gerade ist nichts normal.

Ich renne auf den Hof. Es ist Nacht und bitterkalt. Der Frühling neigt sich zwar seinem Ende entgegen, trotzdem sind die Nächte oft eisig. Auch jetzt schlinge ich die Arme um meine nackten Schultern und versuche, mich warm zu halten. Gegen das Zittern hilft es allerdings nicht.

Ich schaue mich um. Der Hof ist von zahllosen Fackeln erhellt und einige Wachmänner laufen umher, spähen in die Nacht hinaus oder ziehen ihre Runden auf der Mauerbrüstung. Ich husche quer über den Hof, schaue in den Stallungen und den einzelnen Pferdeboxen nach, doch nirgends ist eine Frau zu sehen. Vielleicht war es nur eine Verwechslung? Nein, das kann ich mir nicht vorstellen. So was kann der Wachmann sich nicht einfach ausdenken. Woher sollte er wissen, dass die letzte Person, die ich heute – oder für den Rest meines Lebens – sehen will, meine Mutter ist? Ich schreite mit erhobenem Haupt zurück über den Hof, während mein Herz gegen meinen Brustkorb trommelt. Die Kälte habe ich bereits vergessen und lehne den Umhang, den mir eine Wache reicht, lächelnd ab, auch wenn ich befürchte, dass das Hochziehen meiner Mundwinkel eher einer fürchterlichen Grimasse ähnelt.

Ich sollte zurück in die Halle gehen. Bestimmt macht Aeric sich Sorgen, weil ich so lange draußen bleibe. Ja, ich sollte wirklich …

»Wie es scheint, haben sie dich tatsächlich zu ihrer Königin gekrönt.«

Die Stimme aus der Dunkelheit lässt mich mitten in der Bewegung erstarren und ich wage nicht, mich umzudrehen, sondern schließe nur gequält die Augen. Auch ohne dass ich sie im schwachen Schein der Fackeln sehe, weiß ich, dass sie es ist. Zu oft und zu lange habe ich diesen abwertenden Unterton in ihrer Stimme gehört, wann immer sie mit mir oder über mich sprach. Ich presse die Lippen zu einem schmalen Strich zusammen und balle die Hände zu Fäusten.

»Was denkst du dir, deine eigene Mutter nicht zu diesen Feierlichkeiten einzuladen?«

Ich höre ihre Schritte hinter mir auf dem Steinpflaster, und mit jedem Schritt, den sie mir näher kommt, kriecht die Kälte tiefer in meine Knochen.

»Du bist nicht meine Mutter«, presse ich zwischen zusammengebissenen Zähnen hervor, doch es ist nicht mehr als ein heiseres Flüstern.

Sie ist ganz nah bei mir, doch ich wage es noch immer nicht, sie anzuschauen. Zu viele grausame Erinnerungen, die ich im Schatten meiner Seele verschlossen habe, würden allein durch ihren Anblick wieder hervorbrechen. Ihre bloße Anwesenheit lässt mich wieder zu dem kleinen Mädchen werden, das von allen, sogar von der eigenen Familie, gemieden wurde und immer nur mit gesenktem Kopf umher lief.

»Rede keinen Unsinn, Kind!«, tadelt sie mich und ich zucke tatsächlich zusammen, warte geduckt auf die schlagende Hand, die mir eine Ohrfeige verpasst. Doch sie kommt nicht. »Wie kannst du damit leben, dass du in solch prunkvollem Luxus haust, während wir unser Dasein in einer windschiefen Hütte fristen? Ohne Vater, der für uns sorgt.«

Auch ohne ihn zu sehen, habe ich den verkniffenen Ausdruck ihres Mundes direkt vor Augen.

»Dir war es doch egal, ob Vater lebt oder stirbt«, flüstere ich. Am liebsten würde ich ihr noch ein: »Also tu bloß nicht so scheinheilig!« an den Kopf werfen, doch die Worte bleiben mir im Halse stecken.

»Du bist ein so undankbares Balg! Ich schäme mich, dich geboren zu haben. Aber du kannst meine Meinung über dich wieder geraderücken, indem du ab jetzt für mich und deine jüngeren Geschwister sorgst. Wie wäre es für den Anfang, wenn du mich in die Halle bittest und mich als die Mutter der Königin vorstellst?« Ihr Tonfall ist süßlich und falsch. Ich spüre, wie sie sich näher zu mir beugt, spüre ihre Wärme und den Geruch ihres ungewaschenen Körpers. Dieser

Geruch weckt so viele schlechte Erinnerungen in mir, dass sich sofort meine Nackenhaare aufstellen.

Doch was soll ich tun? Kann ich sie einfach wegschicken? Sicherlich weiß bereits der halbe Saal, dass meine Mutter auf wundersame Weise am heutigen Abend aufgetaucht ist, und Aeric wird wollen, dass ich sie ihm vorstelle. Nicht weil er ein begründetes Interesse hat, sie kennenzulernen – nein, er kennt die Geschichten und Vorkommnisse meiner Kindheit –, sondern weil es sich als König geziemt, die Mutter seiner Braut willkommen zu heißen. Wie ich ihn kenne, wird er gute Miene zum bösen Spiel machen und sie sobald wie möglich auf irgendein weit entferntes Gut als Baronin oder ähnliches schicken. Weit, weit weg von mir. Zu weit, als dass sie ihre gierigen Krallen wieder in mich schlagen könnte. Aber reicht mir das? Kann ich die Zeit mit ihr überstehen, wo doch schon jede Sekunde ihrer Gegenwart mich überschattet? Nein, ich will sie nicht in meiner Nähe haben, nicht einmal für heute Abend! Aber ich weiß, dass sie sich nicht einfach abweisen lassen wird. Sie riecht die Chance, den Reichtum, der mich jetzt umgibt und der mir herzlich egal ist, aber für sie ist es das Einzige, was zählt.

Damit hättest du nie gerechnet, nicht wahr?, will ich schreien. *Nie hättest du gedacht, dass ich, deine Monster-Tochter, einmal einen Prinzen heiraten und Königin werden würde. Und nun sieh mich an!*

Doch meine Lippen sind wie zugefroren. Ich kann weder auf ihre Aufforderung reagieren noch bin ich in der Lage, sie wegzuschicken und zurück in die Halle zu flüchten. Es wäre ein Leichtes für mich, einen der Wachmänner zu rufen und ihn aufzufordern, meine Mutter vor die Tür zu setzen, doch ich wage es nicht. Hat sie mich selbst nach all diesen Monaten

noch so sehr unter Kontrolle? Ist es die Angst vor ihr und vor dem, wozu sie fähig ist, die mich zögern lässt? Oder ist es nur, weil sie … meine Mutter ist?

Ich weiß es nicht, aber mit jedem verstreichenden Augenblick fühle ich mich schwächer. Das mühsam zusammengekratzte Selbstwertgefühl, das ich am heutigen Tage aufgebaut habe, stürzt allein durch ihre Anwesenheit wie ein Kartenhaus ein. Ich muss etwas tun und zwar schnell! Aber was? Ich fühle mich so hilflos …

»Nun steh hier nicht herum wie festgefroren!«, schnappt sie, als ich noch immer kein Wort über die Lippen bringe. »Na fein, dann bleib von mir aus hier draußen in der Kälte und erfriere. Ich werde mich auch ohne dich da drin amüsieren!«

Sie wirft mit einer Handbewegung ihr fettiges, von zu viel Grau durchzogenes Haar über die Schulter und marschiert in Richtung Burgtor.

Nein! Ich will nicht, dass all diese Menschen und Elfen meine Mutter sehen! Niemand soll wissen, aus welchen Verhältnissen ich tatsächlich stamme. Ich muss etwas tun! Ich muss sie aufhalten! Und doch stehe ich hier, unfähig, auch nur ein Wort zu sagen oder einen Schritt zu machen. Gefangen, frierend, allein.

Gerade als meine Mutter nach dem schmiedeeisernen Toröffner greifen will, wird der Eingang von innen aufgestoßen. Licht und Stimmengewirr dringen hinaus in den Hof und eine Gestalt erscheint im Torbogen.

Verdutzt schaut Aeric auf die Frau direkt vor sich, ehe sein Blick auf mich fällt, wie ich einsam mitten im Burghof stehe. Er braucht nur einen Moment, um die Situation zu erfassen. Mit zusammengezogenen Brauen lässt er meine Mutter, die gerade in einen Knicks hinabsinken will, stehen, kommt auf mich zu und legt mir seinen Umhang um die Schultern.

»Ist alles in Ordnung?«, fragt er leise und mir steigen sofort Tränen in die Augen.

Ja, jetzt ist alles wieder in Ordnung …

An den Schultern führt er mich zurück zum Tor, wobei er immer wieder über meine Arme reibt. Die Wärme tut gut … Es fühlt sich an, als würde sie auch mein Innerstes erreichen, das ich in den wenigen Minuten allein mit meiner Mutter fast völlig abgeschirmt hatte. Die Frau, die noch immer vor dem Tor steht und uns beobachtet, würdigt Aeric keines Blickes.

»I-Ihr müsst der neue König sein, nicht wahr?«, versucht meine Mutter seine Aufmerksamkeit zu erregen, als er mich wortlos an ihr vorbeischieben will.

Bei ihren Worten bleibt er stehen und mein Herz macht einen Satz. Jetzt wird er mit ihr reden, sie hineinbitten. Sie wird mich bis auf die Knochen blamieren. Aeric wird schlecht von mir denken und alle am Hof werden hinter vorgehaltener Hand tuscheln. Sie wird alles verderben. Ist mir nach allem, was ich durchgemacht habe, nicht ein bisschen Glück vergönnt?

Ich will Aeric weiterziehen, mit ihm nach drinnen verschwinden und einfach die Tür hinter mir zuwerfen, um meine Vergangenheit auf ewig auszusperren, doch er hält mich zurück. Vor Frust würde ich am liebsten laut aufschreien, aber wieder bleibe ich stumm. Wie schon fast mein ganzes Leben lang …

Ich bleibe zitternd stehen und beobachte, wie Aeric die abgerissene Gestalt meiner Mutter von oben bis unten mustert. Was sieht er in ihr? Hat er Mitleid, wenn er sie anschaut?

»Bist du die Mutter der Königin?«, fragt er dann. Das tiefe Grollen seiner Stimme lässt mich erschaudern. Selten höre ich diesen autoritären Tonfall bei ihm, meistens nur, wenn er Recht bei einem schweren Vergehen sprechen muss.

Meine Mutter scheint nicht zu bemerken, dass sie sich auf dünnem Eis befindet, denn sie legt den Kopf in den Nacken und lächelt Aeric huldvoll an. »Na, selbstverständlich! Was meint Ihr denn, von wem Miranda ihr gutes Aussehen geerbt hat?«

Wenn sich jetzt der Boden unter meinen Füßen auftun würde, um mich zu verschlingen und nie wieder auszuspucken, wäre ich nicht traurig. Ich glaube, so sehr habe ich mich in meinem ganzen Leben noch nicht für meine Mutter geschämt …

»Nein, tut mir leid, ich kann keinerlei Ähnlichkeit feststellen«, erwidert Aeric eiskalt und ohne eine Miene zu verziehen. »Miranda hat mir viel von dir erzählt.« Hier legt er eine Pause ein, während der ich die Luft anhalte. Meiner Mutter scheint es ebenso zu ergehen, denn sie starrt Aeric aus weit aufgerissenen Augen an, hängt förmlich an seinen Lippen. »Bei allem, was ich vor mir sehe, grenzt es fast an ein Wunder, dass aus Miranda eine so wunderschöne und gutherzige Frau geworden ist.«

Bei jedem Wort zuckt meine Mutter zusammen wie unter einem Peitschenhieb, während ich jedes einzelne davon in mir aufsauge, um endlich wieder gerade stehen zu können.

»Du hast sie ihr ganzes Leben schlecht behandelt, sie verleugnet und sie gedemütigt. Du hast sie schuften lassen und ihr eingeredet, sie wäre ein Monster.«

»Das ist sie auch!«, keift meine Mutter, die sich von ihrer Schockstarre erholt hat, und zeigt mit dem Finger auf mich. »Sie verwandelt sich in ein *Tier*!« Sie redet sich zusehends in Rage, doch ihre Worte haben schon lange den lähmenden Zauber auf mich verloren. »Das ist nicht normal und ich schäme mich dafür, dass so etwas aus meinem Körper gekrochen kam!«

Ich habe nicht gesehen, wie Aeric seine Hand erhoben hat, und es ist das Klatschen von Haut auf Haut, das mich nach Luft schnappen lässt. Er hat sie geschlagen. Er hat meiner Mutter eine Ohrfeige verpasst! Für einen kurzen Moment schwanke ich, ob ich ihm dafür auf die Schulter klopfen oder lieber meine Mutter trösten soll, doch letzteren Gedanken verwerfe ich schnell und straffe stattdessen die Schultern.

»Wage es nie wieder, so von der Königin zu reden. Zu niemandem, hast du gehört? Wenn mir zu Ohren kommt, dass du sie irgendwo – egal, bei wem – schlechtmachst, wirst du meinen Zorn kennenlernen. Ist das klar?« Unter Aerics Worten wird Mutter immer kleiner, bis sie nur noch an ein wimmerndes Bündel erinnert. Ich kann es ihr nicht verdenken. Auch ich hätte Angst, wenn Aeric so etwas – und vor allem in diesem schneidenden Ton – zu mir sagen würde.

Als ich meine Mutter sehe, wie sie gebückt und ängstlich dasteht, so, wie ich mich fast mein ganzes Leben lang gefühlt habe, spüre ich eine ungeahnte Stärke in mir, die mich einen Schritt vortreten lässt. Ich bin nicht mehr so, will nie wieder so sein. Nun bin ich eine Königin.

Ich ziehe einen der goldenen Ringe von meinem Finger und reiche ihn meiner Mutter. »Dies sollte dich für alles entschädigen, was du je für mich getan hast. Es war ohnehin nicht viel. Nimm den Ring und tritt mir nie wieder unter die Augen. Seit Vaters Tod habe ich keine Eltern mehr.«

Sie greift nach dem Ring, erst zögerlich, wobei sie meine Mimik genau beobachtet, dann hastig, als sie bemerkt, dass ich es ernst meine.

Als sie sich umdrehen und ohne ein Wort davonmachen will, hält Aeric sie zurück. »Du hast etwas vergessen.«

Sie bleibt stehen und dreht sich misstrauisch um, darauf bedacht, außerhalb Aerics Reichweite zu sein. »So? Was denn?«

»Du wirst vor deiner Königin niederknien und ihr für das Geschenk danken.«

Selbst ich zucke bei seinen Worten zusammen und bin drauf und dran, ihn zu bitten, das nicht zu verlangen. Jede Sekunde ohne die Anwesenheit meiner Mutter ist eine gewonnene. Wenn es nach mir ginge, könnte sie den Hof nicht schnell genug verlassen. Dass er sie jetzt noch zusätzlich demütigen will, empfinde selbst ich, die keinerlei Sympathien für die eigene Mutter hat, als zu viel.

Mehrere Wachen blicken bereits in unsere Richtung. Ich weiß nicht, wie viel sie von unserem Gespräch mitbekommen haben oder wie vielen von ihnen meine Mutter erzählt hat, wer sie ist. Ihre Blicke sind neugierig. Bestimmt haben sie auch die Ohrfeige gesehen und nun Aerics Forderung gehört. Mir ist klar, dass mein Gefährte es nicht mehr zurücknehmen kann, ohne sein Gesicht zu verlieren. Also lege ich meine Hand auf seinen Arm, atme tief ein und starre meine Mutter dann mit all der Stärke, mit all dem Selbstvertrauen an, das ich mir über die letzten Monate erarbeitet habe. Es ist gleichgültig, welche Beziehung wir einmal hatten und wie schwer diese war – nun bin ich die Königin und sie hat mir die nötige Ehre zu erweisen. Erst recht, nachdem ich ihr ein so kostbares Geschenk gemacht habe, mit dem sie sich und all meine jüngeren Geschwister für mindestens ein Jahr versorgen kann. Dagegen ist ein Kniefall ein lächerlich geringer Preis.

Statt sich dem Willen ihres Königs zu beugen, verengt Mutter die Augen zu Schlitzen und spuckt auf den Boden zu unseren Füßen aus. Ich ziehe angesichts dieser Beleidigung scharf die Luft ein, doch Aeric verzieht keine Miene. Stoisch wie ein Stein starrt er meine Mutter an, die angriffslustig zurückfunkelt. Ich hätte es besser wissen sollen: Trotz meines Aufstiegs wird sich meine Mutter niemals vor mir verneigen. Wäre ich meine Schwester Beatrix oder eines ihrer anderen Mädchen, würde sie vor mir im Staub kriechen. Aber nicht bei mir. Nicht bei ihrer Monster-Tochter, die sie so lange verleugnet hat, bis ihr zu Ohren gekommen ist, dass sie zur Königin gekrönt werden soll. Erst jetzt hat sie sich an mich erinnert, um für sich den größtmöglichen Gewinn herauszuschlagen. Ohne dass ich es verhindern kann, balle ich meine Hände zu Fäusten und ringe verzweifelt um Fassung.

»Wachen!«, ruft Aeric, ohne den Blick von meiner Mutter zu nehmen. Sofort kommen drei Wachleute angerannt und neigen vor mir und dem König den Kopf. »James«, winkt er eine der Wachen näher zu sich.

»Ja, Hoheit?«

»Was würdest du mit einem Fremden tun, der sich weigert, sich vor deiner Königin zu verneigen?«

»Ich würde ihn so lange einsperren, bis er seine Meinung ändert, Hoheit«, kommt James' prompte Antwort, bei der die Gesichtsfarbe meiner Mutter merklich blasser wird, sodass nur noch die rote Stelle von Aerics Ohrfeige geradezu leuchtet.

Mein Gefährte nickt kurz. »Dann führt diese geistig verwirrte Frau in unseren Kerker, bis sie zur Besinnung kommt und gewillt ist, ihr Haupt vor der Königin zu neigen.«

Mit offenem Mund starrt Mutter Aeric an. Sie ist so erstarrt, dass sie sich im ersten Moment nicht einmal gegen die beiden Wachen wehrt, die sie von hinten packen und über den Hof vorwärts Richtung Turm stoßen.

»E-Es tut mir leid!«, ruft sie dann und versucht sich aus dem Griff der Wachleute zu winden. »Miranda! Halte sie auf! Ich habe das nicht so gemeint!«

Aeric gibt mir ein paar Sekunden, um die Wachen zurückzuhalten, doch Mutters Worte perlen an mir ab wie früher der Regen an meinem Falkengefieder. Beinahe verspüre ich so etwas wie Genugtuung, als sie unter lautem Gezeter nach unten zu den Kerkern geführt wird.

»Sorg dafür, dass niemand ihrem Gefasel Glauben schenkt«, weist Aeric James an, bevor er meinen Arm nimmt und mich zurück in die Halle führt. Meine Knie zittern, als ich unsicher einen Fuß vor den anderen setze. Könnte ich mich nicht an meinem Gefährten stützen, wäre ich wahrscheinlich zu Boden gegangen. »Willst du wieder in den Saal oder möchtest du dich nach diesem Zusammentreffen lieber zurückziehen?«

Ich lächle ihn tapfer an. »Nein, ich werde mir von meiner Mutter nicht den Abend verderben lassen. Ich werde mir *nie wieder* etwas von ihr verderben lassen. Du wirst mich also noch etwas an deiner Seite ertragen müssen.«

Auch er lacht und fast vergesse ich diesen Zusammenstoß mit Mutter.

»Was ist mit den Überfällen an den Grenzen?«, frage ich, ehe wir den Saal betreten. »Der Wachmann hat vorhin die Nachricht gebracht, dass die Elfen … Stimmt das?«

Aeric nickt. »Es scheint so. Königin Jocelyn beteuert zwar, dass sie nichts davon gewusst haben will, aber dennoch ist sie vorhin mit ihrer Schwester und ihrem Gefolge aus dem Saal gestürmt, nur kurz nach dir. Ich bin mir sicher, dass sie gerade in aller Eile ihr Gepäck holen und von hier verschwinden werden.«

»Das wirft aber kein gutes Licht auf sie …«

»Nein«, sagt Aeric und klingt wirklich betroffen. »Ich war der festen Überzeugung, dass unsere Friedensverhandlungen gut verlaufen und dass es nur noch eine Frage der Zeit ist, bis wir einen langfristigen Friedensvertrag ausgehandelt hätten. Diese Angriffe jedoch machen all unsere Gespräche und Zugeständnisse zunichte.«

»Und … was bedeutet das?«, frage ich unsicher. Die Trauer in Aerics Augen schnürt mir beinahe die Luft ab.

»Das bedeutet, dass uns ein Krieg mit den Elfen unmittelbar bevorsteht.«

Zweites Buch

DIE BAUERNKÖNIGIN

KAPITEL 23

MIRANDA

Vier Jahre später …

Gedankenverloren starre ich aus dem Fenster, wie schon die ganzen Tage der letzten Wochen. Doch egal, wie sehr ich über die Dächer von Eisenfels hinauf zu den Hügeln schaue und dabei bete – er kommt nicht zurück. Das ziehende Gefühl in meiner Brust ist mittlerweile zu einem dumpfen Pochen geworden, das mir den Schlaf raubt. Ich esse nichts. Ich sehe aus wie ein Geist, wenn ich mich doch einmal aufraffen kann und durch die Korridore wandere.

Nur zwei Dinge geben mir während Aerics Abwesenheit einen Grund, weiterzumachen.

Seufzend stehe ich von der Fensterbank auf und laufe hinüber zur Wiege, in der mein Sohn friedlich schläft. Die kleinen Hände hat er zu Fäustchen geballt.

»Schläft er?«, flüstert meine Tochter Giselle, die vor Kurzem drei Jahre alt geworden ist, von ihrer Spielecke aus. Als ich nicke, springt sie leise auf die Füße und kommt zur Wiege geschlichen. Ich streiche über ihr hellblondes Haar, das sogar noch eine Spur leuchtender ist als meines, während sie sich über das Bettchen beugt und ihrem kleinen Bruder über den bronzefarbenen Flaum streicht. »Er sieht so niedlich aus, wenn er schläft.«

»Das tun alle Kinder«, erwidere ich ebenso leise. Ich nehme sie an der Hand und führe sie zu dem kleinen Tisch, der inmitten des Zimmers steht. »Weißt du noch, was ich dir über die Götter erzählt habe, Giselle?«

Meine Tochter nickt mit ernster Miene. »Natürlich, Mutter.«

Ich lächle sie an und ihre goldenen Augen funkeln vor Begeisterung. Immer wenn ich ihre Augenfarbe sehe, versetzt es mir einen Stich, denn ich weiß genau, was es bedeutet: Sie hat den Fluch von mir geerbt. Auch sie wird sich ab ihrem fünften Lebensjahr in ein Tier verwandeln, aber ich habe mir geschworen, dass ich nicht so sein werde wie meine Mutter. Von klein auf habe ich ihr von den Göttern und dem Fluch erzählt, habe sie auf das, was kommen wird, vorbereitet, auch wenn ich mir nicht sicher bin, ob sie alles, was ich ihr erzählt habe, auch verstanden hat. Aber das ist einerlei. Sobald sie sich zum ersten Mal verwandelt hat, werde ich für sie da sein und ihr beistehen. Ich habe am eigenen Leib erfahren, wie schwer es für ein Mädchen ist, ohne den Rückhalt der eigenen Mutter aufzuwachsen.

Da mein erstes Kind mit goldenen Augen zur Welt kam, hätte ich es nie für möglich gehalten, dass auch mein zweites Kind den Fluch in sich tragen könnte. Doch als der Junge nach der Geburt die Augen öffnete und mich ansah, gefror mir das Blut in den Adern, denn auch seine Augen strahlten wie flüssiges Gold.

Ich verfiel in tiefe Selbstzweifel. Wie konnte ich, nach allem, was ich selbst durchmachen musste, diesen Fluch an beide meiner Kinder weitergeben? Das war nicht gerecht! Wie war so etwas überhaupt möglich? Mein Vater hatte so viele Kinder – und wahrscheinlich noch einige mehr aus seinen früheren Familien – und trotzdem hat er nur mir den Fluch vererbt. Warum traf es bei mir dann ausgerechnet beide?

Auch Phil fand in den Chroniken, wie wir das Buch mittlerweile nannten, keinen Eintrag, dass dies bereits einmal vorgekommen sei. Es dauerte fast drei Wochen, bis ich in der Lage war, meinen Sohn Vaan anzusehen, ohne dabei in Tränen auszubrechen.

Das war zu der Zeit, als Aeric mich erneut verließ, um in den Krieg zu ziehen. Die ersten Tage, in denen er nicht in meiner Nähe war, waren die schlimmsten und ich glaubte, an den Schmerzen in meinem Herzen sterben zu müssen. Doch irgendwie überlebte ich und machte weiter. Im Nachhinein kann ich mich nicht mehr daran erinnern, was ich in dieser Zeit getan habe. Ich war nicht ich selbst, sondern nichts weiter als ein trauriges Abbild.

Nur meine Kinder schafften es, mich aus diesem dunklen Loch herauszuholen. Giselles sonniges Gemüt und ihr Lachen, das selbst am frühen Morgen durch die Burg hallte, ließen mich jeden Tag mit einem Lächeln beginnen. Ich verdrängte den Gedanken an das, was meinen

Kindern bevorstand, und konzentrierte mich stattdessen darauf, ihnen bis dahin eine möglichst sorgenfreie Kindheit zu bereiten.

Ihren Vater sahen sie so gut wie nie. Das einzig Positive war, dass er auch seine Elfenhexe Alys mit an die Front nahm, wann immer er mich allein zurückließ. Sie hätte ich während meiner schlimmen Phasen nicht ertragen können, ohne ihr die Augen auszukratzen, wofür ich mich sogar liebend gerne in einen Falken verwandelt hätte.

Seit meiner Heilung, wie ich es nenne, habe ich mich nicht einmal verwandelt. Ich spüre zwar den Drang in mir, der mich jeden Morgen latent daran erinnert, was ich bin, aber ich kann ihn ignorieren, ohne dass er übermächtig wird oder Besitz von mir ergreift. Das gibt mir Hoffnung für meine Kinder. Auch sie haben die Chance auf ein normales Leben, sobald sie ihren Gefährten gefunden haben. Und wie schwer kann das bei einer Prinzessin und einem Kronprinzen schon sein? Zur Not werde ich das ganze Land antreten lassen, bis sie ihren Gefährten gefunden haben.

Noch brauche ich keinen Gedanken daran zu verschwenden. Selbst Giselle hat knapp zwei unbeschwerte Jahre vor sich, ehe sie sich zum ersten Mal verwandeln wird, und bei Vaan sind es sogar fast fünf Jahre. Trotzdem frage ich manchmal, welche Tierformen sie annehmen werden, wenn es so weit ist.

Als Aeric die Augenfarbe unserer Kinder sah, war ihm ebenfalls klar, was auf sie zukommen würde, und er weihte den engsten Kreis der Bediensteten und Adligen ein. Es würde kein Geheimnis bleiben, sobald sie sich erst verwandeln würden, schließlich ist es unmöglich, einen Prinz und eine Prinzessin, auf denen die Blicke des ganzen Landes ruhen, so zu verstecken, dass niemand es bemerken würde. Deshalb entschieden wir uns dazu, es gleich bekannt zu machen.

Ein leises Klopfen an der Tür lässt mich herumfahren. »Herein«, rufe ich.

Kurz darauf öffnet sich die Tür und William tritt ein. Nachdem er sich vor mir verbeugt hat, wird er mit einem lauten »Onkel Will!« von Giselle in Beschlag genommen. Ihr Schrei hat Vaan aufgeweckt, der seinerseits anfängt zu brüllen. Ich werfe meiner Tochter einen tadelnden Blick zu, während ich meinen Jüngsten aus der Wiege hebe und mit ihm durchs Zimmer laufe, bis er sich beruhigt hat.

»Was gibt es, Will?«, frage ich, nachdem ich meine eigene Stimme wieder verstehen kann.

Er setzt Giselle ab, die sich hartnäckig an seinem Hals festhalten will, und sieht mich an. In seinen Augen sehe ich dieselbe Traurigkeit, die auch mich überkommt, wann immer Aeric fortgeht. Dass er seinen besten Freund und ersten Ritter diesmal nicht mitgenommen hat, lässt nur einen Schluss zu: Er hat sie in die Ecke gedrängt.

Seit fast vier Jahren tobt der Krieg mit den Elfen und Aeric muss zu immer härteren Maßnahmen greifen, um sie in ihre Schranken zu weisen. Einige davon lassen selbst mir aus den Erzählungen das Blut in den Adern gefrieren und es ist fast unmöglich, sie mit meinem sonst so friedliebenden Gefährten in Einklang zu bringen. Ich weiß nicht, wie viele von diesen Schauergeschichten der Wahrheit entsprechen und wie viele Übertreibungen sind, aber als ich zum ersten Mal Aerics Beinamen »Schwarzer Blutkönig« gehört habe, hätte ich beinahe die Nerven verloren.

So ungern ich es zugebe, aber seitdem der Krieg ausgebrochen ist, entgleitet mir mein Gefährte, befindet sich mehr und mehr außerhalb meiner Reichweite, und ich habe keine Ahnung, wie ich das ändern kann. Anfangs habe ich gehofft, dass unsere Kinder – und vor allem unser Sohn, der Thronfolger – uns wieder näher zusammenbringen, doch das Gegenteil scheint der Fall zu sein. Seit die Kinder da sind, entfernt Aeric sich noch weiter von mir, stürzt sich mit seinem ganzen Selbst in einen Krieg, den er unmöglich gewinnen kann, egal, was diese Hexe Alys ihm einflüstern mag. Gegen Jocelyn und die Elfenstreitmacht, die von Bryande selbst angeführt wird, ist er chancenlos.

Normalerweise nahm Aeric immer Will als seinen engsten Vertrauten und Berater mit an die Front, da Will sich nicht nur durch Alys' Worte zu waghalsigen Angriffen hinreißen ließ. Da mein Gefährte seinen ältesten Freund dieses Mal jedoch nicht mitgenommen hat, kann das nur eins bedeuten: Sie haben sie gefunden, die Elfenkönigin, die sich seit Jahren versteckt hält und aus dem Hinterhalt agiert.

»Gibt es Neuigkeiten?«, frage ich, nachdem Will nicht auf meine letzte Frage reagiert hat. »Hast du Nachrichten von Aeric erhalten?«

Ich selbst bekomme so gut wie nie Briefe von ihm. Und wenn doch, so bestehen sie nur aus wenigen Zeilen, aus denen ich nichts schließen kann, weder wie es ihm geht noch was er fühlt.

Will wirkt am Boden zerstört, als sein Blick durchs Zimmer hetzt.

»Sie haben sie, nicht wahr?«, frage ich und gehe langsam auf ihn zu, berühre ihn am Arm. Eine Geste, die tröstend gemeint ist, denn ich weiß als eine der wenigen von seinen Gefühlen für Jocelyn. Seit dem Krieg haben sie sich nur kurz gesehen, heimlich bei Nacht und Nebel, aber ich glaube, dass er seit über einem halben Jahr gar keinen Kontakt mehr zu ihr hat.

Will nickt, aber ich sehe, wie er krampfhaft versucht, die Fassung zu bewahren. »Ich weiß nicht, wie Aeric und diese Elfenhure … Entschuldige bitte.«

»Ist in Ordnung«, sage ich und werfe schnell einen Blick über die Schulter, doch Giselle spielt gedankenverloren mit ihren Puppen und hat Wills Ausdruck nicht gehört. »Du weißt, dass ich genauso über sie denke.«

»Jedenfalls habe ich keine Ahnung, wie sie es geschafft haben, sie aufzuspüren und gleichzeitig die Streitmacht ihrer Schwester zurückzudrängen. Ich weiß es wirklich nicht. Garantiert hat Alys ihre Finger im Spiel und hat ihren eigenen Schwestern erneut eine Falle gestellt.«

Vorsichtig streiche ich über seinen Arm und fühle, wie seine Muskeln vor unterdrücktem Zorn beben. »Haben sie sie gefangen, oder wurde sie …?«

»Nein«, antwortet er schnell und zieht seinen Arm zurück. »Sie lebt. Jedenfalls hat Aeric das geschrieben. Er meinte, sie sind auf dem Weg zurück.«

»Er bringt sie hierher?« Augenblicklich bin ich alarmiert. »Ist er von allen Göttern verlassen? Das kann er nicht tun!«

Es will mir nicht in den Kopf, wie mein Mann eine so dumme Entscheidung treffen kann. Die Elfenkönigin, das mächtigste Wesen der Welt, will er hier einsperren? In unserer kleinen Burg? An dem Ort, wo seine Kinder leben? Die Elfen werden es sich garantiert nicht gefallen lassen, dass ihre Herrscherin entführt wurde, und einen Gegenangriff planen. Wie kann Aeric so kurzsichtig handeln?

»Was soll ich machen, Miranda?« Wills gequälter Blick ruht auf mir, während in meinem Kopf nur die Fragen über die Sicherheit meiner Kinder und all derer, die sich nicht verteidigen können, durcheinanderwirbeln. An Will habe ich dabei überhaupt nicht gedacht, obwohl wahrscheinlich am stärksten leiden wird.

»Halte dich auf jeden Fall fern von ihr «, schärfe ich ihm ein. »Wenn Aeric euch beide erwischt oder du etwas Dummes tust, ihr zur Flucht zu verhelfen oder so, kann ich nicht sagen, was er mit dir machen wird. Versprich mir, dass du sie nicht sehen wirst, sobald sie hier ist.«

Resigniert schließt er die Augen. »Das kann ich nicht ...«

Ich packe ihn seitlich an den Schultern und schüttle ihn kurz. »Du musst! Es wäre Wahnsinn, dich erneut mit ihr einzulassen!«

»Du verstehst nicht ...«

Doch ich achte nicht auf ihn und spreche weiter. »Bleib an Aerics Seite. Tue nichts, was sein Misstrauen erwecken könnte. Er darf dich nicht auch noch verlieren. Nicht jetzt, wo das Ende des Krieges endlich in greifbarer-«

»Du verstehst nicht!«, sagt er diesmal lauter und ich klappe den Mund zu.

Eine ganz, ganz miese Vorahnung braut sich in mir zusammen und mir wird schlagartig schlecht. »Was verstehe ich nicht?«, frage ich vorsichtig, während ich im Kopf immer wieder ›*Bitte, bitte, sag es nicht!*‹ denke. »Du darfst ihr auf keinen Fall helfen, Will, egal, was du für sie empfindest. Sie ist der Feind. Wenn du ihr hilfst, wirst du zu einem Verräter.«

»Ich kann sie nicht im Stich lassen.« Mit einem Mal verschwindet alles Gequälte aus seiner Miene und macht etwas wie Zufriedenheit Platz. »Sie trägt mein Kind.«

Ich stoße zischend die Luft aus und weiche zurück, kann mich gerade noch am Fenstersims festhalten, weil meine Beine mich nicht mehr tragen. »Wie bitte?«, frage ich eher aus Reflex und in der Hoffnung, mich verhört zu haben. »Das kann nicht dein Ernst sein!«

»Verstehst du jetzt, warum ich nicht zulassen kann, dass man sie einsperrt und hinrichtet?«

»Das wird aber passieren!« Meine laute Stimme lässt Giselles Blick zu mir fliegen und ich beruhige sie mit einer Handbewegung. »Das wird passieren«, zische ich gedämpfter, aber nicht weniger wütend. »Bist du komplett verrückt geworden? Mit welchem Zauber hat sie dich belegt, dass du … *so etwas* machst? Aeric wird dich köpfen lassen! Allein schon dafür, dass du sie nur auf diese Weise *angesehen*, geschweige denn, dass du es *tatsächlich getan* hast! Erneut! Ich habe wirklich gehofft, dass der Umstand, dass ich euch erwischt habe, euer Gemüt abgekühlt hätte.« Ich setze mich auf die Fensterbank und ringe die Hände. »Bei den Göttern, Will! Wie kannst du so dumm sein?«

»Aber ich liebe sie.«

»Sei still!«, fauche ich. »Es ist vollkommen gleich, was du glaubst zu fühlen – sie ist der verdammte Feind! Und Aeric wird es nicht hinnehmen, dass du dich mit ihr eingelassen und – ich will es nicht einmal laut aussprechen! – ein Kind – … Woher willst du das eigentlich wissen? Du hast sie lange nicht mehr gesehen.«

»Bryande hat es mir geschrieben.«

Hilflos werfe ich die Hände in die Höhe. »Na großartig! Nicht nur, dass du ein Verhältnis mit der einen Elfenkönigin hast, nein, mit der zweiten stehst du auch noch in Kontakt! Götter, Will ... Aeric wird keine Gnade kennen, wenn er davon erfährt … Und bei aller Freundschaft, ich möchte nicht dabei sein, wenn er dich in den Burghof zerren und auspeitschen lässt, was noch das geringere Übel wäre. Wie kannst du deinen besten Freund nur so hintergehen?«

»Ich weiß es nicht«, presst er mühsam hervor und sieht auf einmal zwanzig Jahre älter aus. »Aber ich kann es nicht ändern. Selbst wenn ich mir vorgenommen habe, sie zu ignorieren, wenn sie am Hof war, wurde dieses Vorhaben in dem Moment über den Haufen geworfen, als ich sie ansah. Sie zieht mich an wie das Licht die Motten, wobei ich in dem Fall eindeutig die Motte bin, die zu nah an die Kerze fliegt und sich die Flügel versengt.«

So makaber das klingen mag, aber diese Vorstellung trifft das, was ihn erwarten wird, ziemlich genau.

»Ich muss mit Phil reden«, sage ich nach einer Weile des Schweigens und hebe die Hand, als Will zum Protest ansetzt. »Phil hat immerhin ein bisschen Einfluss auf Aeric. Selbst auf mich hört er nicht mehr, seit er zu viel Zeit mit dieser Elfenhexe verbringt. Ich werde dir also keine Hilfe sein können, aber Phil weiß vielleicht, wie wir deinen Kopf aus der Schlinge ziehen können.«

»Was ist mit ihr? Was ist mit Jocelyn?«

Ich verbanne jegliches Mitgefühl aus meiner Miene und starre ihn an. »Sie wird sterben. Das zu verhindern, liegt außerhalb meiner Macht. Das musst du verstehen.«

»Nein! Das kann ich nicht!«

»Es ist sinnlos, darüber zu diskutieren. Ich rede mit Phil und wir schmieden einen Plan, wie wir dich so lang aus Aerics Reichweite bringen können, bis sich die Sache beruhigt hat. Für Jocelyn kann ich nichts tun. Sie hat gelebt wie eine Königin und sie wird auch wie eine sterben, da bin ich mir sicher.«

Tränen sammeln sich in seinen Augen und im ersten Moment bin ich schockiert, denn ich kann mich an keine andere Situation erinnern, in der ich Will nicht als sorglosen Lebemann gesehen hätte. Ihn nun so gebrochen vor mir stehen zu sehen, versetzt mir einen Stich, und so sehr ich mich auch dagegen wehre, empfinde ich Mitleid mit ihm. Unsere beiden Beziehungen sind anders und verlaufen nicht so, wie wir uns das vielleicht wünschen würden.

Seufzend berge ich das Gesicht in den Händen und denke einen Moment nach. Ich kann nichts für Jocelyn tun, da mache ich mir nichts vor. Aber vielleicht für das Kind, sollte es wirklich eins geben. Das Kind könnte ich retten, wenn ich es geschickt anstelle, aber ich weiß, dass ich mich dafür auf sehr, sehr dünnes Eis begeben muss.

»Ich will dir keine Hoffnungen machen«, beginne ich ernst, doch sofort stiehlt sich wieder ein Funkeln in Wills Augen, »aber vielleicht gibt es eine Chance, zumindest das Kind zu retten. Mit etwas, nein, mit *sehr viel* Glück kann ich Aeric dazu überreden, Jocelyn so lange am Leben zu lassen, bis das Kind geboren ist. Du wirst währenddessen vom Hof verschwinden und zu Phil gehen und so lang dort bleiben, bis ich dich zurückrufen lasse. Das Kind werde ich von einer verschwiegenen Magd zu dir bringen lassen.«

Es ist nicht das, was er hören wollte, doch wirkt er nicht mehr ganz so gebrochen wie noch vor ein paar Minuten. Während ein Strom aus Tränen über seine Wangen fließt, kniet er vor mir nieder und drückt seine rechte Faust an sein Herz. »Habt Dank, meine Königin. Ich werde auf ewig in Eurer Schuld stehen.«

Ich nicke und gebe ihm mit einer Handbewegung zu verstehen, dass er sich wieder erheben soll. »Das ist bisher nur eine Idee. Ich muss zuerst alles noch mit Phil besprechen. Du wirst dich bis dahin im Hintergrund halten. Ich will dich weder erwischen, wie du dich der Gefangenen näherst oder mit ihr redest, noch wie du Aeric auf sie ansprichst. Am besten verlässt du sofort die Burg, ehe du auch nur in Versuchung kommst.«

»Ich will hier sein, wenn sie sie bringen.«

»Bei den Göttern, Will! Sei doch endlich vernünftig! Wenn Aeric von euch erfährt, wirst du nicht mehr für dein Kind sorgen können. Was soll dann aus ihm werden?«

Ich weiß nicht einmal, ob es dieses Kind wirklich gibt, aber es scheint momentan das einzige Argument zu sein, das zu Will durchdringt. Also werde ich es ihm so lange vor Augen halten, bis er endlich wieder bei Sinnen ist. Wenn Aeric ihn als Rückhalt verlieren sollte, kann er sich nur noch auf Alys verlassen und was das aus ihm machen würde, will ich mir gar nicht vorstellen. Es ist auch für mich riskant, mich in die Beziehung von Will und Jocelyn einzumischen, aber ich werde nicht zögern, einem Freund zu helfen, sofern es in meiner Macht steht.

»Geh jetzt und halte dich bedeckt. Ich will dich nicht im Burghof sehen, wenn sie kommen, und danach auch nicht im Kerker. Ist das klar?«

Er nickt, widerwillig zwar, aber er tut es, und das ist in der momentanen Situation wohl das Einzige, was ich erwarten kann.

»Hat Aeric dir auch mitgeteilt, wann sie wieder da sein werden?«

»Morgen.«

KAPITEL 24

AERIC

Ich bin müde. So müde.

Dabei müsste ich eigentlich wieder schlafen können. Der Feind ist besiegt, die Königin sitzt mit gefesselten Händen in ihrer Zelle und wartet darauf, nach Eisenfels gebracht zu werden, wo ihre Hinrichtung stattfinden wird. Warum bin ich nicht glücklich darüber? Warum können der ganze Stress und all die Verantwortung, die die ganzen Kriegsjahre über auf mir lasteten, nicht einfach von mir abfallen und mich wieder zu dem machen, der ich einst war?

Die Zeit als Falknerlehrling bei Phil scheint Jahrhunderte her zu sein. Ich kann mich kaum noch an das Gefühl des Vogelgefieders unter meinen Fingern erinnern. Gedankenversunken starre ich hinab auf meine Hände, deren rosige Haut ich vor lauter Blut und Dreck nicht mehr sehen kann. Genauso schmutzig fühlt sich auch mein Innerstes an, was wohl auch der Grund für meinen Schlafmangel ist.

Ich sehe sie.

Jede Nacht sehe ich ihre Gesichter, höre ihre Schreie, spüre ihre Angst, die tief in mich hineinkriecht und mich von innen lähmt. Ich weiß, dass das, was ich tue oder in den letzten Jahren getan habe, falsch ist, und doch stehe ich jeden Morgen auf und tue es wieder. Weil ich es muss. Weil ich es will. Nein, das ist gelogen.

Ich tue es, weil *sie* es will.

So sehr ich mir auch einzureden versuche, dass der Krieg notwendig ist, um die aufmüpfigen Elfen in ihre Schranken zu weisen und um Sicherheit und Wohlstand für unsere eigenen Kinder zu erlangen, so weiß ich doch, dass das nur ein schöner Schein ist, der von der Wahrheit ablenken soll. Als ich mein Einverständnis gab, Alys bei ihrem Vorhaben zu helfen, habe ich meinen eigenen Untergang besiegelt, das ist mir nun klar, und doch stehe ich machtlos daneben und schaue zu, wie ich sehenden Auges immer näher auf den gähnenden Abgrund zusteuere.

Es gibt mittlerweile Tage, die nichts weiter als ein schwarzes Nichts in meinem Kopf sind. Tage, an die ich mich beim besten Willen nicht erinnern kann. Was habe ich da gemacht? Wen habe ich getötet? Wen habe ich verloren? Wenn ich nach einem solchen Tag auf meine vor Blut und Schmutz starrenden Hände schaue, will ich am liebsten nicht wissen, was zuvor passiert ist, aber die Augen vor der Wahrheit zu verschließen, wird es nicht besser machen. Mir ist klar, dass ich mich von Alys fernhalten sollte, dass sie mit ihrem ständigen Flüstern Gift für mich ist, aber ich kann es nicht. Den Grund dafür kenne ich selbst nicht, es ist einfach so. Ich brauche sie an meiner Seite, um diesen Krieg zu gewinnen, und ich brauche ihre Macht, um für ein sehr, sehr langes Leben zu herrschen. Um eine Welt zu erschaffen, auf die ich stolz sein und die ich ruhigen Gewissens meinem Sohn hinterlassen kann.

Mein Sohn … Seit dem Tag seiner Geburt habe ich ihn nicht mehr gesehen, genauso wenig wie meine bildhübsche Tochter, die ihrer Mutter fast wie aus dem Gesicht geschnitten ist. Miranda macht sich Sorgen um die Zukunft unserer Kinder, aber niemand kann die beiden besser auf das vorbereiten, was vor ihnen liegt, als meine Frau. Sie ist die Einzige, die weiß, wie es sich anfühlt, sich zu verwandeln, zu einem Tier zu werden, die Kontrolle über den eigenen Körper zu verlieren. Ich wäre dabei nur im Weg.

Also tue ich in der Zwischenzeit das, was ich kann: Ich herrsche und vergrößere unser Reich, auf dass es meinen Kindern niemals an etwas mangeln wird.

Doch nun kann ich endlich nach Hause zurückkehren. Zurück zu meinen Kindern und meiner schönen Frau, deren Nähe ich so schmerzlich vermisse. Endlich – nach vier Jahren – ist es mir gelungen, die Elfenkönigin Jocelyn zu fassen. Wie das passiert ist, weiß ich selbst nicht. Ich glaube, dass Alys ihre Spione aktiviert und die Königin so in eine Falle gelockt hat. Zumindest überbrachte uns Layla, eine Elfe und eine der engsten Vertrauten von Alys, die Nachricht, dass sie Jocelyn gefangen genommen hätten. Seitdem sitzt sie mit auf dem Rücken gefesselten Händen, um sie am Zaubern zu hindern, in einer rollbaren Zelle, vor die ich noch heute zwei Ochsen spannen lassen werde, um die Heimreise anzutreten.

Wie eine Trophäe werde ich die gefangene, schrecklich-schöne Königin zu Hause präsentieren und mich für den errungenen Sieg feiern lassen. Ich werde in die Geschichte eingehen als der König, der die Übermacht der Elfen bezwungen hat.

Was mit der ältesten Elfenschwester geschehen ist, weiß ich nicht, aber ich bin sicher, dass sich Alys auch um sie kümmern wird. Schließlich ist Bryande nun das letzte Hindernis auf ihrem Weg zum Thron. Sobald Alys die Führung der Elfen übernommen hat, werde auch ich von ihr befreit sein. Ich werde endlich frei sein und wieder der werden können, der ich einst war. Ich werde mich um meine Frau und meine Kinder kümmern und ein gerechter Regent sein.

Solange ich lebe.

Wären da nur nicht diese Gedächtnislücken, die mich unruhig werden lassen. Ob es bei meinem Vater genauso angefangen hat, bevor er … Nein, daran will ich nicht einmal denken! Ich werde nicht wie mein Vater! Ich bin gesund, nicht krank wie er es war. Und dank der Verbindung mit Miranda wird ein sehr langes Leben vor mir liegen.

»Bist du wach?«, ruft Alys und zerrt im selben Moment die Stoffbahn am Eingang meines Zeltes beiseite. »Wie ich sehe, ist Jocelyn noch immer im Käfig.«

Ich rolle mit den Augen und gehe hinüber zur Wasserschüssel, um mir den Dreck von den Händen zu waschen. »Dir auch einen guten Morgen. Und ja, natürlich ist sie noch eingesperrt.«

»Ich will, dass wir es jetzt tun. Hier und sofort. Ich will jetzt dafür sorgen, dass ich sie nie wiedersehen muss, und nicht warten, bis du sie nach Eisenfels zurückgekarrt hast.«

Fehlt nur noch, dass sie wie ein trotziges Kind mit dem Fuß aufstampft. »Nein. Ich habe es dir schon erklärt. Du darfst deine Schwester in Schlaf versetzen, allerdings erst, wenn jeder weiß, dass ich sie besiegt habe. Ansonsten gibt es zu viele Gerüchte. Jeder muss wissen, dass die große Elfenkönigin meine Gefangene ist. Danach kannst du mit ihr machen, was du willst.«

Alys' Gesicht verzieht sich zu einer Fratze. »Das ist viel zu riskant! Sie wird entkommen oder Bryande wird sie befreien.«

»Das ist dein Problem, nicht meines. Du wolltest dich um deine Schwestern kümmern und ich helfe dir dabei, das war unsere Abmachung. Es ist schlimm genug, dass ich all diese Elfendörfer angreifen musste, um die Königin aus ihrem Versteck zu locken. Verlange nicht von mir, noch mehr Blut zu vergießen, dazu bin ich nicht bereit!«

»Du bist viel zu weich!«, keift sie. »Ich habe dich all die Jahre beschützt, und wie dankst du es mir? Ohne mich und mein Zauber wärst du schon am ersten Tag auf dem Schlachtfeld verreckt.«

Es ist nichts Neues, was sie mir da an den Kopf wirft, aber das macht mich nicht weniger wütend. Wahrscheinlich hat sie sogar recht. Ich bin ohne Erfahrung in den Krieg gezogen und wäre ohne Wills Wissen aufgeschmissen gewesen. Nur dank ihm haben wir einen Sieg nach dem anderen errungen, konnten unsere Stellungen verteidigen und der Elfenarmee einige Verluste bescheren. Diese Spitzohren verließen sich immer zu sehr auf ihre magischen Fähigkeiten und vernachlässigten ihre Deckung, sodass es für uns ein Leichtes war, sie zu überrennen, nachdem wir ihre Magieabwehr erst einmal überwunden hatten.

Nichtsdestotrotz wäre ich tatsächlich mehrere Male tot gewesen, hätten mich Alys' Schutzzauber nicht gerettet. Aber das ist kein Grund, nun vor Dankbarkeit im Staub vor ihr zu kriechen.

»Ich will weder eine Märtyrerkönigin noch eine Geisterkönigin, um die sich zahllose Gerüchte ranken. Ich werde sie gefesselt und gebrochen nach Eisenfels bringen und dann kannst du mit ihr machen, was du willst. Keine Minute vorher.«

Sie knirscht mit den Zähnen. »Fein. Wann fahren wir los?«
»Heute.«

KAPITEL 25

MIRANDA

Schon vor Tagesanbruch kam ein Bote in den Burghof geritten, um die Kunde zu überbringen, dass König Aeric und sein Gefolge heute eintreffen würden. Genau wie Will es gesagt hat, wird mein Gefährte die gefangene Elfenkönigin mitbringen und vorführen.

Allein der Gedanke daran bereitet mir Übelkeit. Dass Jocelyn nun wie ein dressiertes Tier im Käfig allen Gaffern gezeigt werden soll, erinnert mich schmerzlich an meine Vergangenheit, denn genau das hätte mich erwartet, wenn jemand von meinem Fluch gewusst hätte. Für eine so stolze und mächtige Herrscherin wird dieses Spektakel noch viel schlimmer sein.

Nachdem meine Zofe die Kinder und mich angekleidet hat, schicke ich sie hinaus und gebe Giselle und Vaan in Phils Obhut. Bis spät in die Nacht habe ich mit dem Alten überlegt, wie wir Will retten können, ohne dass ein großer Schaden entsteht. Ich glaube nicht daran, dass Aeric ihm diesen Verrat vergeben kann, aber ich hoffe, dass er zumindest das Leben seines besten Freundes verschonen wird. Wie ich allerdings das ungeborene Kind von Jocelyn retten soll, weiß ich noch nicht. Ich werde es auf mich zukommen lassen müssen und dann reagieren.

Müde blicken mir meine goldenen Augen im Spiegel entgegen, als ich ein letztes Mal einen Blick hineinwerfe. In meiner Jugend habe ich mir so oft gewünscht, mich hübsch zu machen, mir bunte Bänder ins Haar flechten zu können und wie ein ganz normales Mädchen zu leben. Heute, als Königin, bin ich von Luxus umgeben, dem ich jedoch nichts abgewinnen kann. Wenn meine Zofe nicht wäre, würden meine langen Haare offen, knotig und strähnig an meinem Kopf herunterhängen und ich würde nie etwas anderes tragen als ein einfarbiges Kleid.

Stimmen dringen von draußen durch mein Fenster und ich straffe die Schultern. Die Krone wiegt heute besonders schwer auf meinem

Kopf, doch ich weiß, was von mir erwartet wird. Ich bin die schöne Bauernkönigin an Aerics Seite, hübsch ausstaffiert und nett anzusehen. In meinem Inneren aber herrscht seit Jahren eine Dunkelheit, die niemals nach außen dringen darf.

Die Absätze meiner mit Edelsteinen besetzten Schuhe klackern auf dem Steinboden der Korridore, als ich hinunter in den Hof eile, wo sich bereits die meisten Dienstboten eingefunden haben, um die Rückkehr ihres Königs und dessen Gefolge zu feiern. Will entdecke ich nirgends, was mich aufatmen lässt. Bis zuletzt hatte ich die Vermutung, dass er Jocelyns Ankunft beiwohnen wird, um einen schlecht geplanten Fluchtversuch zu unternehmen, doch ihn nirgends zu sehen, nimmt mir wenigstens eine Sorge.

Normalerweise würde erwartet werden, dass auch unsere Kinder hier im Hof anwesend sind, aber ich habe Phil angewiesen, mit ihnen die Stadt zu verlassen und sich in seine Falknerei zurückzuziehen. Da ich nicht weiß, ob Jocelyn aus eigener Kraft fliehen kann oder ihre Schwester eine Streitmacht hierherführen wird, um sie zu befreien, ist es mir lieber, meine Kinder außerhalb der Gefahr zu wissen.

Als ich die ersten Soldaten die Hügel hinunterkommen sehe, stelle ich mich in die erste Reihe. Es dauert nicht lange, bis sie den Burghof erreichen und ihren Frauen und Kindern in die Arme fallen. All die glücklichen Gesichter um mich herum zu sehen, nagt an mir, denn ich weiß, dass unsere Begrüßung kühl ausfallen wird. Zu viel ist in den letzten vier Jahren passiert und mein Gefährte hat sich so weit von mir entfernt, dass ich ihn kaum noch kenne. Selbst das Ziehen in meiner Brust ist nicht mehr so stark wie einst, obwohl ich natürlich spüre, dass er in der Nähe ist. Doch nun ist der Krieg vorbei.

Vielleicht … Vielleicht bedeutet das auch für uns, dass es wieder so etwas wie Hoffnung geben wird.

Auf seinem weißen Pferd sprengt Aeric die Hügel hinab und reitet in vollem Galopp auf den Burghof. Als er vor mir zum Stehen kommt, versinke ich in einen Knicks und neige den Kopf. Seine Stiefel tauchen in meinem Blickfeld auf und ich werde in seine Arme gezogen. Im ersten Moment schnappe ich nach Luft, bin mir all der Menschen um uns herum bewusst, doch dann schmiege ich die Wange an seine Brust und atme den fremden und doch vertrauten Duft ein.

»Ich bin zu Hause«, murmelt er in mein Ohr.

»Willkommen daheim, mein Gemahl«, antworte ich.

Es dauert noch eine gute Stunde, bis der Karren, in dem die Elfenkönigin sitzt, in den Burghof gerumpelt kommt. Bei ihrem Anblick weichen die Menschen zurück und machen das Zeichen gegen das Böse. Ich kann die einfachen Leute verstehen, schließlich waren es die Elfen, die den Krieg begonnen, die Felder verbrannt und selbst vor Alten und Kindern nicht haltgemacht haben. Trotzdem werde ich das Gefühl nicht los, dass noch mehr dahintersteckt. Zwar waren die Elfen nie besonders gut auf uns Menschen zu sprechen und es gab immer mal kleinere Überfälle, aber warum der Krieg ausgerechnet dann ausbrach, als die beiden Königinnen bei uns am Hof zu Gast waren, verstehe ich bis heute nicht.

Mein Blick fällt auf Alys, die auf ihrem Ross neben dem Käfig her reitet und ein zufriedenes Grinsen zur Schau stellt. Auch sie ist eine Elfe, dennoch begegnen ihr die Menschen mit Achtung. Ich hingegen würde sie lieber heute als morgen vor die Tür setzen.

»Brauchen wir sie wirklich noch?«, frage ich, ohne den Blick von der kleinen Elfenhexe zu nehmen.

Aeric schaut in dieselbe Richtung und nickt. »Ich habe einen Pakt mit ihr, aber ich verspreche dir, dass sie dich nicht behelligen wird.«

»Ich will sie nicht um mich haben und auch nicht in der Nähe unserer Kinder wissen«, stelle ich klar.

»Ich weiß«, antwortet er ausweichend und nimmt die Arme von mir. »Wo sind die beiden eigentlich?«

»Phil hat sie auf meine Anweisung hin aus der Stadt gebracht, für den Fall, dass Jocelyn unsere Burg in Schutt und Asche legt.«

Mein Gefährte sieht mich mit hochgezogenen Augenbrauen an. »Du übertreibst, findest du nicht? Sie ist gefangen. Endlich ist sie keine Gefahr mehr für uns.«

»Was hast du mit ihr vor?«, frage ich vorsichtig.

»Ich habe gar nichts mit ihr vor. Alys wird sich um sie kümmern. Ich werde mich da gänzlich raushalten.«

Dafür ist es längst zu spät, würde ich am liebsten sagen, doch ich beiße mir auf die Zunge. Ich muss bedacht vorgehen, darf ihn nicht verärgern, um mein Ziel zu erreichen. Für Aerics Seele ist es schon seit vier Jahren zu spät. Die Gerüchte über seine Taten lassen mich daran zweifeln, ob ich je wieder den Mann zurückbekommen werde, der einst mein Gefährte war. Ich werde alles in meiner Macht Stehende tun, um ihn vom Einfluss der Hexe zu befreien, aber zuerst muss ich an Will und Jocelyn denken. Ohne seinen besten Freund an seiner Seite wird Aeric untergehen, und das muss ich um jeden Preis verhindern.

Als der Karren an uns vorbeifährt, komme ich nicht umhin, der gefangenen Königin meinen Tribut zu zollen. Obwohl sie gefesselt ist, hält sie den Kopf erhoben und begegnet dem Spott der Menschen mit Gleichgültigkeit. Ich hätte mich weinend auf dem Boden zusammengerollt und die Augen fest verschlossen, in der Hoffnung, so alles um mich herum ausblenden zu können.

Möglichst unauffällig werfe ich einen Blick auf ihren Bauch. Sie trägt weite, fließende Gewänder, die nahezu ihren gesamten Körper kaschieren, doch ich bin mir sicher, einen kleinen Bauchansatz sehen zu können. Jemand, der nichts von diesem Geheimnis weiß, würde es nicht bemerken, deshalb gehe ich davon aus, dass auch Aeric nichts von Jocelyns Schwangerschaft ahnt. Aber wie soll ich ihn darauf ansprechen? Sicher wird er mich fragen, woher ich davon gehört habe … Aber ich darf keine Zeit verlieren. Selbst Aeric weiß nicht, was mit Jocelyn passieren soll, und ihrer kleinen Schwester traue ich alles zu, auch dass sie die Königin hier auf offener Straße erdolcht.

»Lass uns hineingehen«, sage ich und hake mich bei meinem Mann unter. »Du bist sicher müde von der langen Reise.«

Ich plappere weiter, während ich ihn ins Haupthaus der Burg schiebe. Auch das Gesinde zerstreut sich und geht wieder seiner gewohnten Tätigkeit nach. Seinen Knappen und alle anderen Diener, die uns folgen und ihre Aufgaben verrichten wollen, schicke ich weg. Für das, was ich vorhabe, kann ich keine Zuschauer gebrauchen.

Jetzt wäre der perfekte Zeitpunkt, Aeric auf die Elfenkönigin anzusprechen, also schließe ich die Tür zu unserem gemeinsamen Gemach. Nachdem ich ihm aus seiner Rüstung geholfen und den gröbsten Schmutz von seiner Haut gewaschen habe, lässt er sich mit einem tiefen Seufzer auf dem Bett nieder.

»Ich habe gar nicht gewusst, wie weich Betten sein können«, murmelt er mit geschlossenen Augen.

Er ist müde, das sehe ich ihm an, doch ich darf ihn jetzt nicht schlafen lassen. Nicht, ehe ich weiß, was mit dem Kind passiert.

»Aeric«, beginne ich vorsichtig. Als Antwort bekomme ich nur ein kleines Grunzen. »Hast du ... dir die Königin genauer angesehen? Ist dir etwas an ihr aufgefallen?«

Er öffnet ein Auge einen Spalt weit. »Was meinst du?«

Soll ich es direkt ansprechen? »Mir ... ist vorhin etwas an ihr aufgefallen. Etwas, das vielleicht nur eine Mutter sieht.«

Aeric zieht die Augenbrauen zusammen, sodass sich seine Stirn runzelt. »Nun sag schon, auf was du hinauswillst, und lass mich dann schlafen.«

Ich schlucke krampfhaft gegen den Kloß in meinem Hals an, der mir die Luft zum Atmen nimmt. Jetzt oder nie! Und doch fühlt sich mein Mund wie ausgetrocknet an, als ich nach den richtigen Worten suche. »Ich glaube ... Ich glaube, dass die Elfenkönigin schwanger sein könnte.«

Ruckartig setzt er sich im Bett auf und ist mit einem Mal hellwach. »Was?«

»Sie ist schwanger, Aeric. Ich habe es deutlich gesehen.« Ich knie mich vor ihn und nehme seine Hände in meine. »Ich bitte dich als Mutter und Königin: Überlasse Jocelyn nicht ihrer Schwester. Mach dich nicht mitschuldig an dem Tod eines unschuldigen Kindes.«

Grob entreißt er mir seine Hände. »Bist du von Sinnen, Frau? Sie ist eine Kriegsgefangene! Und noch dazu nicht einmal meine. Sie gehört Alys. Sie allein bestimmt über Jocelyns weiteres Schicksal.«

»Ich bitte dich nicht, die Königin zu verschonen.« Ich weiß, dass er das nicht tun würde. Ich will gar nicht wissen, welchen Pakt er mit der Hexe eingegangen ist, der ihn so viel Macht kostet, dass er nicht einmal über das Leben einer Gefangenen bestimmen kann. »Ich flehe dich lediglich an, das Kind zu verschonen. Lass die Königin sicher verwahren bis zu ihrer Niederkunft, und dann … dann kann deine Hexe mit ihr machen, was sie will.«

Es schmerzt mich, so gefühlskalt zu tun, aber die Königin zu retten, liegt außerhalb meiner Möglichkeiten, das wusste ich von Anfang an. Ich klammere mich an die Hoffnung, dass zumindest das Kind William genug Kraft geben wird, um weiterzumachen, selbst wenn seine Geliebte sterben wird.

Aeric ringt mit sich, steht auf und läuft unruhig durchs Zimmer. »Woher weißt du von der Schwangerschaft?«, fragt er. »Du hast vorhin nur einen kurzen Blick auf die Gefangene werfen können.«

»Ich habe es deutlich gesehen«, antworte ich ausweichend. »Eine Frau, die selbst schon Kinder geboren hat, sieht so etwas.« Ich kann nur hoffen, dass diese Antwort ihm genügen wird.

»Alys wird ihr keinen Aufschub geben«, murmelt er eher zu sich selbst.

Wieder gehe ich zu ihm und nehme seine Hände in meine. Sie sind kalt und schwielig, ganz anders, als ich sie in Erinnerung habe. »Dann überzeuge sie. Du bist der König, der die Elfenkönigin gefangen hat. Überzeuge deine Hexe, dass sie zumindest ein halbes Jahr mit ihrer Rache wartet.«

»Ach, was weißt du schon?«, herrscht er mich an und ich zucke zurück, als hätte er mich geschlagen. »Sie lässt sich nichts von mir sagen. Sie macht, was sie will und wann sie es will. Ich bin nichts weiter als ihre Marionette.«

»Dann ändere etwas daran!«, sage ich lauter als beabsichtigt. »Biete ihr die Stirn! Setze dich durch! Und wenn es nur für dieses Kind ist.«

»Und was soll aus dem Balg werden, hm? Willst du es aufziehen, zusammen mit unseren Kindern? Das Kind des Feindes werde ich nicht unter meinem Dach schlafen lassen!«

»Ich werde jemanden finden, der sich des Kindes annimmt, lass das meine Sorge sein. Kümmere du dich darum, dass du deine Hexe unter Kontrolle bekommst.« Mit in die Hüften gestemmten Händen funkle ich ihn wütend an. Es kommt mir vor, als hätten die Jahre des Krieges ihn verweichlicht anstatt zu stählern, zu einem Speichellecker gemacht, der so gar nichts mit dem Mann gemeinsam hat, der mich als Falke gesund gepflegt hat. »Das ist das Einzige, worum ich dich bitte, wenn du mir den Wunsch, diese Hexe zu verbannen, schon nicht erfüllen kannst.«

Aeric setzt sich auf die Fensterbank und verbirgt das Gesicht in den Händen. Beinahe habe ich Mitleid mit ihm, doch ich zwinge mich, nicht zu ihm zu gehen. Ich darf nicht nachgeben. Nicht, wenn ich kurz davor bin, mein Ziel zu erreichen.

»Ich kann nichts versprechen«, sagt er nach einer gefühlten Ewigkeit und endlich erlaube ich mir aufzuatmen.

»Danke«, antworte ich schlicht. »Du kannst dich jetzt ausruhen. Ich werde Phil besuchen und nach den Kindern sehen.«

Ich wende mich zum Gehen, als seine Worte mich zurückhalten. »Bleibst du nicht bei mir? Ich habe dich so lange nicht gesehen …«

Es fehlt nicht viel, um mich zu erweichen. Auch ich sehne mich nach ihm. Nach seinen Umarmungen, seinen Berührungen, seinen Küssen, doch ich muss gehen. Die Angst, Will zu verraten oder Aeric dazu zu bringen, sein Zugeständnis rückgängig zu machen, ist zu groß.

»Ich werde nachher nach dir sehen, wenn ich Vaan gestillt habe«, sage ich schnell und husche aus dem Zimmer.

KAPITEL 26

AERIC

»Das ist nichts, worüber ich mit dir diskutiere!«, schreie ich und lasse meine Faust auf den Tisch knallen. »Wie kannst du es wagen, mir ihre Schwangerschaft zu verheimlichen? Wie stehe ich da, wenn das bekannt wird?«

»Nun reg dich nicht auf.« Alys wedelt mit ihrer kleinen Hand vor meinem Gesicht herum. »Woher sollte ich davon wissen? Ich habe mich auch erst davon überzeugt, nachdem du heute Morgen zu mir gekommen bist und davon erzählt hast. Viel wichtiger ist doch aber die Frage, woher deine Frau davon wusste.«

»Lass sie da raus! Sie hat nichts mit all dem zu tun und du wirst keine haltlosen Anschuldigen gegen sie vorbringen. Ist das klar?«

»Wie du meinst.« Ergeben zuckt sie mit den Schultern und läuft um den kleinen Tisch. »Also. Was willst du, dass ich tue? Es gibt kein Gefängnis, das meine Schwester halten könnte, sobald ich ihr die Fesseln abgenommen habe. Ich kann sie auch nicht monatelang mit auf dem Rücken gefesselten Händen irgendwo verrotten lassen. Ich will jetzt den Zauber über sie legen. Jetzt, nicht erst, wenn dieses Bastardkind geboren ist.«

»Ich habe zugestimmt, deine Schwester zu fassen, damit du auf den Elfenthron steigen kannst. Von einem Kind war dabei nicht die Rede.«

»Warum setzt du dich so für dieses Kind ein? Das ist doch vollkommen unnatürlich, immerhin ist es ein Kind des Feindes. Es sei denn …«

»Was?«, frage ich misstrauisch.

»Es sei denn, es gibt ein Geheimnis, das sich um dieses Kind rankt.«

»Ich habe keine Ahnung, wovon du redest.«

Ein verschlagenes Grinsen erscheint auf ihrem Gesicht. Sie kommt zu mir und fährt mit ihrem Zeigefinger meinen Unterarm entlang, wobei sie eine eiskalte Spur auf meiner Haut hinterlässt.

»Mich würde brennend interessieren, wer der Vater dieses Kindes ist«, sinniert sie.

»Irgendein Elf, nehme ich an.« Daran habe ich noch keinen Gedanken verschwendet. Warum auch? Mich interessiert dieses Kind eigentlich nicht, doch ich kann meiner Frau diesen Wunsch nicht abschlagen. Zu sehr würde mein Gewissen an mir nagen, wenn ich mir vorstellen würde, sie wäre anstatt Jocelyn gefangen in einer Zelle und würde ein Kind in sich tragen.

»Das glaube ich nicht. Meine Schwester war nie an einem Mann interessiert.«

»An irgendeinem scheint sie aber doch interessiert gewesen zu sein«, sage ich und hoffe, damit diese Diskussion beenden zu können.

Alys tut mir diesen Gefallen nicht. »Nein, da steckt mehr dahinter, da bin ich mir sicher. Und ich werde herausfinden, was.«

»Von mir aus, solange du mir versprichst, dass deiner Schwester bis zur Geburt nichts geschieht. Was du dann mit ihr machst, soll nicht meine Sorge sein.«

»Abgemacht«, sagt sie. »Ich werde nebenbei ein paar ... Erkundigungen einziehen. Vielleicht erfahre ich so, wer der Vater ist. Was soll mit ihm geschehen?«

»Auch das ist mir egal. Verfahre mit deinem Volk, wie du es für richtig hältst. Ich möchte danach nichts mehr damit zu tun haben.«

Das Grinsen auf ihrem Gesicht wird breiter. »Wie du wünschst, mein König.«

Ihr säuselnder Tonfall jagt mir einen eiskalten Schauer über den Rücken, und ich werde das Gefühl nicht los, einen folgenschweren Fehler begangen zu haben.

MIRANDA

Schon bevor ich die Anhöhe zu Phils Hütte erklommen habe, sehe ich Will unruhig auf und ab laufen. Als er mich erblickt, stürzt er zu mir und lässt eine Frage nach der anderen auf mich niederprasseln, ohne mir die Gelegenheit zur Antwort zu geben.

»Wo ist sie? Geht es ihr gut? Was hat Aeric gesagt? Wo haben sie sie hingebracht? Hat sie etwas zu essen bekommen? Haben sie ihr wehgetan? Wie viel Zeit bleibt uns?«

»Nun hol doch zwischendurch mal Luft!«, unterbreche ich seinen Monolog. »Ich weiß nichts Genaues, aber ich konnte Aeric zumindest dazu überreden, Jocelyn so lange zu verschonen, bis das Kind geboren ist. Wo sie hingebracht werden soll, weiß ich nicht, aber ich werde es erfahren, du jedoch nicht.« Er will protestieren, doch ich bringe ihn mit einer Handbewegung zum Schweigen. »Nein, keine Widerrede. Es ist zu gefährlich, wenn du davon weißt. Nun lass mich durch zu meinen Kindern.«

Als ich an ihm vorbeigehen will, packt er mein Handgelenk und zieht mich zu sich heran, um mich fest zu umarmen.

»Ich danke dir«, murmelt er an meinem Hals. »Von Herzen.«

Beruhigend streiche ich über seinen Rücken. »Ich weiß. Es tut mir leid, dass ich nicht mehr tun kann.«

»Nein. Du tust mehr als genug.«

Ich löse mich von ihm und gehe in die Hütte. Ehe ich die Tür richtig geöffnet habe, kommt Giselle auf mich zugestürmt und klammert sich an mich.

»Ist ja gut, mein Schatz.« Ich hebe sie hoch und sie hält sich sofort an meinem Hals fest. Zusammen mit ihr gehe ich in die Küche, wo Phil gerade versucht, Vaan mit etwas Brei zu füttern.

»Ich dachte schon, du lässt mich mit deiner Brut auf ewig allein«, murrt der Alte und ich muss grinsen.

»Wäre das so schlimm?«

»Und ob! Wenn sie schlafen sollen, haben sie Hunger. Wenn sie essen sollen, wollen sie spielen. Wenn sie spielen sollen, wollen sie schlafen. Noch nie sind mir verzogenere Kinder untergekommen. Und sie«, er zeigt mit dem Finger auf Giselle, »ist die Schlimmste von allen.«

»Ich weiß«, gebe ich ungerührt zurück und setze meine Tochter auf einen Stuhl. »Aber das wird sich geben. Lass sie erst einmal älter und ruhiger werden.«

»Wenn du meinst«, brummt er.

Ich nehme ihm Vaan ab, der vergnügt quietscht, als er mich sieht, und verschwinde mit ihm ins Schlafzimmer, um ihn zu stillen.

Durch die geschlossene Tür höre ich Phils Stimme. »Ich nehme an, du hast etwas erreicht?«

»Ja. Jocelyn bekommt einen Aufschub, bis das Kind geboren ist.«

»Was wird mit dem Kind geschehen?«

Ich zögere mit meiner Antwort. »Ich habe gehofft, dass Will sich darum kümmern wird. Irgendwo weit weg von hier. In ein paar Jahren, wenn sich niemand mehr an die Elfenkönigin erinnert, können die beiden zurück an den Hof kommen.«

»Das bezweifle ich. Aeric teilt nun mit dir ein langes Leben und hat eine andere Vorstellung von Zeit als wir normalen Menschen. Sollte er erfahren, was sein bester Freund getan hat, wird *später* für ihn nicht spät genug sein.«

»Ich weiß«, gebe ich zu. Es wird auffallen, wenn Will zur selben Zeit wie das Kind vom Hof verschwindet. Es wird Gerede geben und auch Aeric wird die wilden Gerüchte zu hören bekommen. »Hauptsache, Will und das Kind sind vor seinem Zorn sicher.«

Als Vaan satt ist und ich wieder angezogen bin, gehe ich mit ihm zurück in die Küche.

Ich verabschiede mich von meinen Kindern und den Männern und mache mich langsamer als sonst zurück auf den Weg zur Burg.

Einige Wochen später …

Phil mustert mich mit einer Mischung aus Skepsis und Mitgefühl, als ich nach einem besonders schweren Tag Zuflucht in seiner Hütte suche. »Er hat sich verändert, nicht wahr? Der König. Er ist nicht mehr der sorglose Junge, der Falkner werden wollte.«

»Nein«, flüstere ich und drücke meinen Sohn fester an mich. »Das ist er nicht mehr. Ich kann es nicht richtig beschreiben. Ich liebe ihn und fühle mich ihm verbunden, aber so sehr ich es auch versuche, kann ich ihn doch nicht erreichen. Er ist verschwunden in einer Dunkelheit, die ihn Tag und Nacht umgibt und verschlingt. Manchmal sehe ich ein schwaches Abbild des Mannes, der mich vor Jahren *sein Falkenmädchen* genannt hat, dann ist da wieder nur dieser Unbekannte, der nichts mit Aeric gemeinsam hat. In den letzten Monaten scheint es sogar schlimmer geworden zu sein. Er ist gereizt, schreit mich an und wendet sich von mir ab, als wäre ich ihm peinlich. Immer öfter geht er mit Alys zu öffentlichen Empfängen, während ich allein in meiner Kammer zurückbleibe.«

Seitdem Jocelyn im Kerker unter der Burg sitzt, habe ich die Kinder bei Phil unterkommen lassen. Mir fehlt ihr Lachen, selbst ihr Geschrei, aber ich wage es nicht, sie zurückzuholen. Jeden Tag wache ich mit der Angst auf, dass die Königin sich befreit haben könnte oder dass ihre Schwester mit einer Armee vor unserer Stadt steht. Obwohl ich es bereits einige Male vorhatte, habe ich mich noch nicht in den Kerker getraut, um die andere Königin zu sehen. Ich habe mir sagen lassen, dass sie gut behandelt wird und ohne Fesseln in ihrer Zelle sein darf, solange sie sich keiner Magie bedient.

Die schwelende Angst lässt meinen Frust über Aerics Wandel nur noch stärker wachsen. Ich habe keine Ablenkung – meine Kinder und die einzigen Freunde, die ich habe, sind nicht mehr am Hof – und werde darüber hinaus immer öfter allein in meiner Kammer zurückgelassen. Nicht, dass ich mich nach Alys' Gesellschaft sehnen würde, aber es macht mich wütend, dass sie mehr Zeit mit Aeric verbringt als ich. Es kommt mir vor, als würde ich meinen eigenen Mann nicht mehr kennen. Als wäre der Mann, der jeden Abend todmüde neben mir ins Bett fällt, ein völlig Fremder.

»Soll ich mit ihm reden, Kind? Vielleicht hört er auf mich«, bietet Phil an, doch ich schüttle den Kopf.

»Nein, ich werde allein damit zurechtkommen. Ich habe immer noch die Hoffnung, dass sich alles zum Guten wendet, sobald die Königin …«

Ich verstumme, als ich Will im Türrahmen stehen sehe.

»Sag es ruhig«, knurrt er und ich schließe gequält die Augen. »Dass sich alles zum Guten wendet, sobald sie tot ist. Wolltest du das sagen?«

»Will, ich … Das ist es nicht. Ich will nicht, dass sie stirbt, aber ich will sie auch nicht in meiner Nähe haben. Sie ist eine Bedrohung, daran kannst auch du nichts ändern. Noch verhält sie sich ruhig, aber wenn sie in eine Ecke gedrängt wird … Wer weiß, wozu sie dann fähig ist, schließlich ist sie eine Elfe.«

»Der Einzige, der eine Bedrohung ist, ist dein Mann! Hast du dich nie gefragt, warum er den Spitznamen *Schwarzer Blutkönig* trägt? Er hat eine eigene Armee, Miranda. Eine, von der niemand etwas weiß. Eine Armee aus *Schwarzen Rittern*, die er selbst anführt und die nur zu einem Zweck ausgebildet wurde.«

»Ich will das nicht hören!«, schreie ich und wecke dadurch Vaan, der auf meinem Arm eingeschlafen war, doch Will lässt sich davon nicht beeindrucken.

»Er ist ein Mörder. Ein blutrünstiger Mörder, der selbst Kinder nicht verschont hat. Vor lauter Blut an seinen Händen konnte ich seine Haut nicht mehr sehen, und er brauchte nach einem Kampf Stunden, um sich zu waschen.«

»Hör auf!«

»Wie ein schwarzer Schwarm fiel er mit seiner Armee über die Städte der Elfen her und machte sie mit Schwert und Feuer dem Erdboden gleich. Ihm war es egal, in welchen Elf er seine Klinge rammte. Gleichgültig, ob Elfenkrieger, Kind, Frau oder Greis, sie alle wurden abgeschlachtet, obwohl der eigentliche Krieg an einer ganz anderen Front tobte. Er verließ seine Truppen, um mit den Schwarzen Rittern Angst und Chaos zu säen.«

Die Bilder, die bei Wills Erzählungen in meinem Kopf aufsteigen, lassen mich erschaudern. »Sei endlich still!«, flehe ich.

»Ich kann mir beim besten Willen nicht vorstellen, dass Aeric zu so etwas fähig ist«, murmelt Phil und starrt betreten auf den Boden, während er immer wieder seinen Kopf schüttelt.

»Das konnte ich auch nicht, bis ich es mit eigenen Augen gesehen habe«, setzt Will nach. »Er wird dann zu etwas … Anderem. Etwas Dunklem. Es ist, als hätte er für diese Zeit seinen Verstand verloren und würde nur noch von Blutdurst geleitet werden.«

»Er verliert sein Gedächtnis?«, frage ich alarmiert. Eine schreckliche Vorahnung keimt in mir. Kann es sein? Ist es möglich, dass er unter der gleichen Krankheit leidet wie sein Vater?

Will nickt. »Zumindest sagte er immer am nächsten Morgen, dass er sich nicht daran erinnern könnte, jemanden getötet zu haben, und wunderte sich über all das Blut, das seinen ganzen Körper und seine Rüstung bedeckte. Und er klagte über Albträume. Er würde sie sehen, ihre Schreie hören, sobald er die Augen schloss. In manchen Nächten schrie er das gesamte Heerlager zusammen.«

»Wie sein Vater«, flüstere ich. »Sein Vater hatte auch diese Anfälle.«

»Sein Vater hat aber keine Menschen getötet. Er war ein verwirrter, alter Mann, der in dieser Welt nicht mehr zurechtkam. Aeric hingegen … Er ist manisch, getrieben und bösartig.«

»Was können wir dagegen tun?«, fragt Phil.

Doch Will zuckt nur mit den Schultern. »Nichts. Die Einzige, die etwas dagegen tun kann, ist Alys.«

Ich knirsche mit den Zähnen, als ich ihren Namen höre.

»So wenig es dir auch gefällt«, sagt Will zu mir, »aber sie ist Aerics einzige Hoffnung. Nur sie konnte ihn aus diesem dunklen Zustand zurückholen.«

»Wie macht sie das?«

»Woher soll ich das wissen? Wie zaubern Elfen? Keine Ahnung, ich bin nur ein Mensch«, antwortet Will. »So ungern ich es zugebe, aber nur in ihrer Gegenwart ist er ruhig und entspannt. Ich weiß nicht, ob es ein Zauber ist, den sie auf ihn wirkt, oder ob es ihre Nähe ist. Aber ohne sie ist Aeric noch schlimmer. Glaub mir, ich habe es erlebt.«

»Ich auch«, gebe ich zu. »Jeden Abend, nachdem er mehrere Stunden nicht in ihrer Nähe war, habe ich gespürt, wie er sich mehr und mehr von mir abgewandt hat. Er wurde grüblerisch, in sich gekehrt und reagierte oft nicht, wenn ich ihn angesprochen habe. Dann sah er mich manchmal an, als wüsste er gar nicht, wer ich bin.«

»Was sollen wir tun?«, fragt Phil, als ich ihm Vaan in den Arm drücke.

»Wir können nichts tun, außer abzuwarten«, antworte ich.

Nachdem ich meinen beiden Kindern einen Kuss auf die Stirn gegeben und mich von William und Phil verabschiedet habe, mache ich mich auf den Weg zurück in mein einsames Gemach in der Burg, nehme mir aber fest vor, Jocelyn am nächsten Tag aufzusuchen.

KAPITEL 27

Sie haben sie im hintersten Kerker eingesperrt, dem dunkelsten Loch, das unsere Burg zu bieten hat. Es ist eisig kalt und feucht. Ich ziehe den Umhang enger um mich. Selbst das Atmen fällt schwer durch den nassen, modrigen Geruch, der sich sofort in den Lungen festzusetzen scheint.

Ich hätte früher kommen sollen! Sehr viel früher, doch meine Angst war zu groß. Ja, ich habe Angst vor dieser mächtigen Frau, die nun nichts weiter ist als eine Gefangene, die man anscheinend in ihrer Zelle vergessen hat.

Als ich vor dem kleinen quadratischen Raum stehe, der nur durch ein Gitter abgetrennt wird, erkenne ich sie kaum wieder. Obwohl ihr Äußeres nicht mehr an die Königin erinnert, die sie einst war, umgibt sie immer noch diese eisige, aber gleichzeitig majestätische Aura, in deren Gegenwart ich mich klein und unbedeutend fühle, auch wenn ich selbst eine Königin bin. Jocelyn jedoch merke ich bei jeder Bewegung, ja, bei jedem Atemzug an, dass sie Königin von Geburt an ist.

»Königin Jocelyn?«, frage ich vorsichtig und erschrecke fast vor meiner eigenen Stimme, die in den engen Gemäuern widerhallt.

Sie dreht den Kopf und fixiert mich aus ihren hellgrünen Eisaugen. »Was willst du, Bauernkönigin? Sag bloß, man hat sich meiner wieder erinnert?«

Ich schlucke krampfhaft gegen den Kloß in meinem Hals an, der mich am Sprechen hindert. Währenddessen mustere ich sie genauer. Sie trägt ein einfaches, aber schmutziges Gewand aus braunem Leinen, das ihr bis zu den Waden fällt und sich über ihrem gewölbten Bauch spannt. Ihre weißen Haare sind strähnig, aber zu einem ordentlichen Zopf geflochten.

»Nur ich habe mich an Euch erinnert«, sage ich, nachdem ich meiner Stimme wieder traue. »Ich und mein treuester Freund William.«

»Will«, haucht sie so leise, dass ich es beinahe nicht verstehe. »Er … denkt noch an mich?«

»Natürlich, Hoheit. Er spricht von nichts anderem als von Euch.«

»Warum kommt er mich dann nicht besuchen? Lässt mich hier verrotten, so wie ihr alle?«

Ehe die Stimmung zu kippen droht, sage ich schnell: »Er ist nicht mehr am Hofe. Schon am Tag, als Ihr hier ankamt, habe ich ihn zusammen mit meinen Kindern von hier wegbringen lassen, damit er Euch und sich selbst nicht verrät.«

Sie furcht die Stirn und sieht für einen Moment so alt aus, wie sie wahrscheinlich ist. Dann sind die Sorgen und Zweifel aus ihrer Miene verschwunden und haben der eisigen Fassade der Elfenkönigin Platz gemacht. »Und was verschafft mir die Ehre deines Besuchs? Hast du kein Bauerndorf, das du regieren musst?«

So sehr ich mich auch bemühe, ihre beißenden Worte nicht an mich heranzulassen, es gelingt mir nicht. Dennoch straffe ich die Schultern. »Ich wollte nach Euch sehen. Schauen, ob Ihr … zurechtkommt.«

Jocelyns hohes Lachen hallt von den Steinwänden wider. Dann verstummt sie und breitet die Arme aus. »Sieht das für dich danach aus, als würde ich *zurechtkommen*? Ich bin eine Gefangene, die jeden Tag mit dem Tode rechnet und die der Gnade ihrer eigenen Schwester ausgeliefert ist.«

»Es tut mir leid, dass ich nichts für Euch tun konnte«, murmle ich wahrheitsgemäß. Sie hier im Verlies zu sehen, versetzt mir einen Stich. »Ich hätte Euch gern-«

»Wag es nicht, diesen Satz zu Ende zu sprechen! Ich brauche deine Hilfe nicht, habe sie nie gebraucht! Was soll ich überhaupt noch hier? Warum hat mich diese verräterische Hexe nicht längst getötet?«

»Ihr wisst es nicht?«, frage ich erstaunt.

»Was soll ich nicht wissen?«

»Ihr lebt noch, weil ich mich für Euch eingesetzt habe. Für Euch und Will.«

Sie bleckt die Zähne wie ein wildes Tier. »Und warum bin ich dann eingesperrt?« Wütend ruckelt sie an den eisernen Gitterstäben.

»Weil Ihr nur so lange leben werdet, bis Euer Kind geboren ist.«

Augenblicklich legt sie die Hand auf ihren Bauch und weicht meinem Blick aus. »Du wusstest davon? Wie?«

»Will«, antworte ich schulterzuckend. »Er kam zu mir, als er hörte, dass sie Euch gefangen haben. Es war nicht einfach, meinen Mann zu überzeugen, Euch zumindest so lange leben zu lassen, bis das Kind geboren ist.«

Ihre Miene verdunkelt sich. »Das hättest du nicht tun sollen.«

»Warum?«

»Was soll mit dem Kind geschehen, wenn ich tot bin? Alys wird es nicht am Leben lassen, denn es wäre eine Bedrohung für sie. Es hätte genauso gut mit mir am ersten Tag sterben können.«

Ich meine mich verhört zu haben. »Seid Ihr nicht mehr ganz bei Trost?« Sie schaut mich verdattert an. Wäre ich nicht so wütend gewesen, hätte ich vielleicht über ihren Gesichtsausdruck gelacht. »Habt Ihr wirklich kein Herz? Seid Ihr tatsächlich so eiskalt, wie Ihr Euch nach außen hin gebt? Es geht um ein neues Leben, das in Euch heranwächst! Wie könnt Ihr sagen, dass es egal ist? Dass es mit Euch hätte sterben sollen? Habt Ihr eigentlich irgendeine Ahnung, was Ihr Will damit antun würdet? Er würde nicht nur Euren Tod betrauern, sondern auch den eures gemeinsamen Kindes. Um das Kind wird er sich natürlich kümmern, weit weg von Eisenfels, und so immer einen Teil von Euch bei sich haben. Könnt Ihr ihm das nicht gönnen? Soll er bis ans Ende seines Menschenlebens leiden?«

Ich rede und rede, obwohl ich sie am liebsten gepackt und geschüttelt hätte. Ihr eigenes Leben kann sie von mir aus geringschätzen und wegwerfen, aber nicht das ihres ungeborenen Kindes. Und erst recht nicht das von Will.

Als ich mich halbwegs wieder beruhigt habe, hole ich tief Luft. »Von Königin zu Königin, nein, von Mutter zu Mutter bitte ich Euch, das Kind, Wills Kind, nicht aufzugeben. Dieses Kind wird das Einzige sein, was ihn nach Eurem Tod am Leben erhält. Ich kenne die Wachen gut, die Euch hier versorgen. Sie werden zuerst mir Bescheid geben, wenn es so weit ist, und dann werde ich mich darum kümmern, dass das Kind schnell und ungesehen aus der Burg geschafft wird, bevor Eure Schwester davon erfährt. Ihr habt mein Wort.«

Schweigend mustert sie mich eine Weile, beinahe so, als müsste sie über das, was ich gesagt habe, nachdenken. Als wäre das vollkommen neu für sie und ihr nie in den Sinn gekommen.

»William soll meine Schwester Bryande suchen, sobald ich … nicht mehr da bin. Sie wird ihn und das Kind an einen sicheren Ort bringen und beschützen. Sobald Alys die Krone an sich gerissen hat, wird sie Frieden ausrufen und mit dem weitermachen, was sie am besten kann: andere manipulieren. Ich kenne sie schon lange und weiß, wozu sie fähig ist. Deshalb möchte ich mich für deine Hilfe bedanken und dir zwei meiner besten Soldaten zur Seite stellen. Nimm sie als Leibwächter deiner eigenen Kinder, um sie vor Alys' Einfluss zu schützen. Sie werden wissen, wie sie sich meiner Schwester gegenüber zu verhalten haben.«

»Das ist ein großzügiges Angebot, aber … Elfen hier am Burghof? Ich glaube nicht, dass das kurz nach dem Krieg auf viel Gegenliebe stoßen wird.«

»Das wird es«, antwortet sie sofort. »Glaub mir. Alys wird alles daransetzen, Frieden zwischen Elfen und Menschen zu schaffen, um weiterhin ihre eigenen Interessen verfolgen zu können. Schon in wenigen Jahren wird der Krieg aus dem Gedächtnis der Menschen verschwunden sein, überdeckt von anderen Grausamkeiten. Dann wirst du die Hilfe meiner Getreuen benötigen, denn Alys wird nicht davor zurückschrecken, dein Leben oder das deiner Kinder zu zerstören, wenn es ihr dienlich ist.«

Ihre Worte jagen mir einen eisigen Schauer nach dem anderen über den Rücken. Ich traue dieser Hexe wirklich einiges zu, aber dass sie sich an meinen Kindern vergreifen könnte, wäre mir nie in den Sinn gekommen. Vielleicht dachte ich auch, dass Aeric ein Schutzschild zwischen mir, den Kindern und Alys wäre, doch jetzt, nach Jocelyns Worten, bin ich mir da nicht mehr sicher.

»Dann nehme ich Euer Angebot gerne an«, sage ich schnell, ohne weiter darüber nachzudenken. Der Schutz meiner Familie, vor allem der meiner Kinder, steht für mich an erster Stelle. Wenn ich dafür auf die Hilfe von Elfen zurückgreifen muss, dann soll es so sein.

Jocelyn nickt huldvoll. »Das war die richtige Entscheidung. Ich werde dir baldmöglichst meine beiden besten Krieger schicken.«

»Wie wollt Ihr sie benachrichtigen? Ich meine … Ihr seid hier gefangen.«

Für einen kurzen Moment verziehen sich ihre Lippen zu einem wissenden Grinsen, doch es ist genauso schnell verschwunden, wie es aufgetaucht ist. »Das soll nicht deine Sorge sein.«

Ich gebe mich damit zufrieden. Je weniger ich weiß, umso wohler fühle ich mich. Schon jetzt meine ich den bitteren Geschmack von Verrat in meinem Mund zu schmecken, indem ich einfach nur hier bin und hinter Aerics Rücken das Kind seines Feindes aus der Burg schmuggeln will. Gemeinsam mit seinem besten Freund … Doch ich kann meinem Mann nichts davon erzählen. Zu groß ist meine Angst, dass er – zumindest wenn er nicht gleich völlig darüber den Verstand verliert – dieser Hexe etwas verrät und so alles zunichtemacht, was wir versuchen aufzubauen.

»Kann ich sonst noch etwas für Euch tun? Benötigt Ihr irgendwas?«

»Eine weitere Decke«, antwortet Jocelyn leise und ich sehe ihr an, wie schwer dieses Eingeständnis der stolzen Königin fällt.

Ich lächle sie an, in der Hoffnung, so ihre falsche Scham ein bisschen zu mindern. »Ich werde mich darum kümmern«, verspreche ich und wende mich zum Gehen.

»Danke«, höre ich hinter mir, als ich schon beinahe die Treppe nach oben erreicht habe.

Wieder lächle ich, drehe mich aber nicht um, sondern steige hinauf ins Licht.

KAPITEL 28

Die Tage vergehen, ohne dass ich sie bewusst wahrnehme. Jeder ist wie der andere. Ich wache morgens auf, allein in einem viel zu großen Bett. Seit dem Ende des Krieges schläft Aeric immer seltener in unserem gemeinsamen Gemach. Die Kälte, die von seiner unbenutzten Bettseite ausgeht, frisst sich tief in mich und macht mich schon in der Früh dünnhäutig. Nachdem ich mich alleine angezogen habe – die Gesellschaft meiner Zofen, die stumm, aber mit hochgezogenen Augenbrauen das nur einseitig benutzte Bett mustern, kann ich nicht ertragen –, husche ich schnell durch die Burg, in der Hoffnung, nirgends Aeric oder Alys zu begegnen. So oft es geht, mache ich einen Bogen um beide. Wenn ich endlich das Haupthaus verlassen habe, gehe ich schnurstracks zu den Ställen, lasse mir mein Pferd bringen und reite zu Phils Hütte, um den Tag mit meinen Kindern zu verbringen. Ein paar Mal die Woche statte ich Jocelyn einen kurzen Besuch ab, um mich nach ihrem Befinden zu erkundigen. Die Zusammentreffen verlaufen meist kühl und oberflächlich, aber langsam habe ich das Gefühl, zu ihr durchzudringen. Ich glaube, sie versteht, dass ich ihr nichts Böses will.

William hingegen wird mit jedem verstreichenden Tag rastloser. Egal, wie oft ich ihm versichere, dass es noch nicht so weit ist, löchert er mich unablässig mit Fragen über Jocelyn. Nur selten sprechen wir über Aeric, selbst Phil bringt ihn nicht mehr zur Sprache. Mich würde es nicht wundern, wenn mein Sohn bald Will mit *Vater* anspricht. Sein richtiger Vater hat sich nicht einmal hier blicken lassen, obwohl Aeric genau weiß, dass die Kinder in Phils Obhut untergebracht sind. Noch immer fürchte ich mich zu sehr vor Alys, um Giselle und Vaan zurück an den Hof zu holen.

Doch für Phil wird es mit jedem Tag schwerer, sich um die beiden zu kümmern, wenn ich nicht da bin. Will ist ihm keine Hilfe; er ist zu sehr mit sich selbst beschäftigt. Gerade Giselle, die nun bald fünf Jahre alt wird, ist ein richtiger Wildfang und am liebsten bei den Greifengehegen unterwegs. Ich lasse sie gewähren, denn ich weiß, was sie bald erwartet: ihre erste Verwandlung. Bis dahin soll sie ein möglichst sorgenfreies Leben führen, auch fernab von aller Etikette und dem, was eine Prinzessin eigentlich von klein auf lernen sollte. Doch darauf lege ich keinen Wert. Lieber sehe ich zu, wie sie mit wehendem Haar und nackten Füßen über die Wiesen rennt und fasziniert die Vögel am Himmel beobachtet.

Ich wünsche mir sehr, dass keines meiner Kinder so leiden muss wie einst ich. Mit aller Kraft versuche ich, jedes Übel von ihnen fernzuhalten. Sie haben keine Ahnung davon, dass ihr Vater kein Interesse an ihnen zeigt. Giselle fragt nicht einmal nach ihm, als würde er für sie gar nicht mehr existieren. Ich bin ihre einzige Bezugsperson und gebe mir alle Mühe, dieser Aufgabe gerecht zu werden. Kein Kind sollte eine Mutter haben, wie ich sie hatte. Egal, was uns in der Zukunft erwartet: Ich werde meine Kinder bis zum Ende vor allem Unheil beschützen. Koste es, was es wolle.

Ein Klopfen weckt mich mitten in der Nacht und ich schrecke aus einem wirren Traum hoch.

Blinzelnd schaue ich neben mich, finde aber nur eine unberührte Bettseite vor.

Wieder dieses Klopfen! Ich schnappe mir meinen Morgenmantel und tapse barfuß zur Tür. Der Steinboden ist so kalt, dass er unter meinen Füßen zu brennen scheint.

Ich öffne die Tür einen Spalt und spähe hinaus in die Dunkelheit.

»Meine Königin«, vernehme ich eine gedämpfte Stimme von draußen. »Verzeiht die späte Störung, aber … es ist so weit.«

Der Wachmann, der vor meiner Tür steht, muss nicht weitersprechen, damit ich weiß, was er meint.

»Ich komme sofort«, sage ich, schließe die Tür und schlüpfe wahllos in irgendein Kleid. Die Haare binde ich mir während des Laufens zu einem Zopf.

Mitten in der Nacht begegne ich niemandem auf den Korridoren, und das ist auch gut so. Keiner, der sich fragt, warum die Königin so spät noch durch die Flure hetzt.

Ich nehme zwei Stufen auf einmal nach unten in den Kerker, und erst als ich fast bei ihrer Zelle bin, höre ich ihre gedämpften Schreie.

»Wie lange geht das schon?«, frage ich leise die beiden Wachen, die mit angespannter Miene neben dem Gefängnis der Elfenkönigin stehen.

»Etwa … eine Stunde?«, schätzt der eine, ohne den Blick von der sich am Boden windenden Elfe zu nehmen.

Ich stoße einen Fluch aus und greife nach dem Schlüsselbund, öffne die Zelle und knie mich neben Jocelyn.

Ein kurzer Blick auf sie genügt, um mich frösteln zu lassen. Da ist viel zu viel Blut …

»Ihr zwei«, sage ich und die beiden Wachen zucken beim Klang meiner Stimme zusammen. »Geht nach oben und weckt Milli. Sie soll saubere Laken und heißes Wasser bringen.« Als sie immer noch wie erstarrt dastehen, setze ich noch ein »Wird`s bald?« hinzu, das sie endlich aufwachen lässt. Sie stolpern aus dem Kerker nach draußen. »Zu niemandem sonst ein Wort!«, rufe ich ihnen nach. Ich kann nur hoffen, dass sie Milli, die alte Magd, die mir auch schon bei beiden Geburten geholfen hat, schnell finden und zu keiner anderen Menschenseele etwas sagen. Niemand sonst, vor allem nicht Alys oder Aeric, darf wissen, dass es bei der Königin so weit ist.

Während wir warten, lege ich die Hand auf Jocelyns schweißnasse Stirn und halte ihre Hand, die sich um meine Finger verkrampft.

»Haltet durch, bald ist es geschafft«, murmle ich immer wieder, doch langsam kommen mir Zweifel. Ich nehme an, dass dies Jocelyns erste Geburt ist und die dauert erfahrungsgemäß sehr lange, aber ich kann mich nicht erinnern, dass bei Giselles Geburt so viel Blut floss. Vor allem dunkles Blut … Irgendwie werde ich das Gefühl nicht los, dass das kein gutes Zeichen ist …

Jocelyns gewölbter Bauch ist steinhart und ihre Schreie werden immer lauter. Ich sehe mich um und entdecke eine Schüssel mit einem Holzlöffel oben drauf, nach dem ich greife und ihr zwischen die Zähne schiebe.

»Beißt drauf, wenn die Schmerzen wiederkommen«, weise ich sie an und sie nickt. Ihre Augen sind glasig, ihr Blick huscht gehetzt umher und auch ihre bleiche Gesichtsfarbe befeuert meine Sorgen zusätzlich.

Wo bleibt denn nur Milli? Obwohl ich selbst bereits zwei Kindern das Leben geschenkt habe, fühle ich mich völlig hilflos.

Als sich ihre Lippen schwach bewegen, rutscht der Löffel seitlich aus ihrem Mund. »Will«, haucht Jocelyn tonlos zwischen den Wehen. Es klingt wie ein Wimmern und bricht mir das Herz.

Ich beiße mir auf die Unterlippe, während ich versuche, die aufbrandenden Gefühle in meinem Inneren zu sortieren. Einerseits muss ich hier bei ihr bleiben, wobei ich keine Hilfe bin, andererseits …

Ach, verdammt!

Als ich endlich Millis schwerfällige Schritte auf der Treppe höre, drücke ich kurz Jocelyns Schulter. »Milli wird sich um Euch kümmern. Ich bin bald zurück.«

Sie will protestieren, als ich mich umdrehe und ihr Zelle verlasse, doch ich achte nicht auf sie. Schnell erkläre ich der alten Magd, wie es um die Elfenkönigin steht und sichere mir ihre Verschwiegenheit. Dann raffe ich die Röcke und eile die Treppenstufen nach oben.

Ein heller Mond scheint in den Burghof hinab und hinter mir vernehme ich Jocelyns gedämpfte Schreie. Niemand sonst ist zu sehen. Wo die beiden Wachen abgeblieben sind, weiß ich nicht, aber ich habe auch keine Zeit, mich darum zu kümmern. Ich bin im Begriff, etwas zu tun, das ich nie wieder tun wollte, aber die Zeit drängt. Ich schaffe es nicht allein, mein Pferd zu satteln, und um dummen Fragen aus dem Weg zu gehen, will ich auch keinen der Stallknechte wecken. Zu Fuß bräuchte ich zu lange …

Ich hab nur noch eine Möglichkeit. Eigentlich habe ich mir geschworen, diese Gestalt nie wieder anzunehmen, aber ich darf jetzt nicht zögern. Nur als Falke kann ich Will rechtzeitig erreichen, und da ich nicht weiß, wie lange Jocelyn noch durchhält …

Ich beiße die Zähne zusammen und verdränge den Gedanken. Sie wird so oder so sterben, aber diesen Tod wünsche ich keiner Frau.

Ich husche in eine schattige Ecke des Burghofs, sehe mich nach allen Seiten um. Als ich sicher bin, dass niemand mich beobachtet, lege ich meine Kleider ab. Tief in mir suche ich nach den Überresten des Fluchs. Ich brauche lange, bis ich das dumpfe Glimmen in mir wiedergefunden habe. Verkümmert und vergessen überdauerte es dort all die Jahre, in denen ich keinen Gedanken daran verschwendet habe. Nun bin ich in einer Situation, in der ich diese alte Kraft in mir nutzen muss, um mich bei Nacht zu verwandeln. Ich habe keine

Ahnung, ob ich dazu überhaupt in der Lage bin, doch ich muss es versuchen! Nur so gelange ich schnell genug zu Will und kann ihm Bescheid geben, damit er Jocelyn ein letztes Mal sehen und das Kind mitnehmen kann.

Ich konzentriere mich auf das zarte Ziehen, das ausgehend von meinem Herzen langsam auf meinen gesamten Körper überspringt. Da ist es, ich spüre es ganz deutlich! Auf die Schmerzen, die mich dann schütteln, bin ich jedoch nicht vorbereitet. Hat das immer schon so wehgetan? Keuchend falle ich nach vorne und kann mich gerade noch mit den Händen auffangen. Mein Körper krümmt sich zusammen, als meine Knochen schrumpfen und sich verschieben, und nur mit Mühe kann ich einen Schrei unterdrücken. Es tut weh, es tut so weh! Ich spüre jede einzelne Feder, die aus meiner Haut sprießt, wie einen Nadelstich. Ich will, dass es aufhört!

Und dann ist es überstanden. Das kleine Falkenherz wummert aufgeregt in meiner Brust und ich fühle mich erschöpft und kraftlos. Dennoch zwinge ich mich dazu, meine Flügel auszubreiten, mich vom Boden abzustoßen und hinauf in den Nachthimmel zu schwingen. Ein stechender Schmerz jagt bei jedem Flügelschlag meine Schulter hinauf, aber ich darf jetzt nicht aufgeben.

Der Weg zu Phils Hütte kommt mir unnatürlich lang vor und die letzten hundert Meter sind eine pure Qual. Ich habe fast das Gefühl, dass diese Verwandlung noch schmerzhafter war als meine allererste.

Völlig erschöpft lande ich vor dem Fenster zu Phils Schlafzimmer und hämmere mit dem Schnabel gegen die Scheibe. Es dauert nicht lange, bis der Alte unwirsch nachsieht, wer für die nächtliche Störung verantwortlich ist.

»Miranda?«, fragt er unsicher in die Nacht hinaus und ich schlüpfe ins Zimmer. Er reagiert schneller, als ich es ihm zugetraut hätte. »Hier«, sagt er und legt ein altes Hemd von ihm auf das Bett, ehe er hinaus in die Küche geht.

Nun kommt der Teil, vor dem ich mich fast genauso gefürchtet habe, wie vor der Verwandlung an sich: die Rückverwandlung. Normalerweise eingeleitet vom Sonnenuntergang, muss ich nun versuchen, die Verwandlung zurück in einen Menschen selbst herbeizuführen. Und ich habe keine Ahnung, wie das gehen soll.

Draußen vor der Tür höre ich bereits Will, der ebenfalls wach geworden ist und Phil zur Rede stellt. »Ist etwas passiert?«, fragt er.

»Ich weiß es noch nicht, aber wir werden es gleich erfahren«, versucht der Alte Will zu beruhigen.

Er hat leicht reden! Krampfhaft versuche ich, wieder die Gestalt zu wechseln, doch es will mir einfach nicht gelingen. Ich weiß nicht, wie viel Zeit vergangen ist, bis William aufgebracht gegen die Tür hämmert.

»Ich will wissen, ob es ihnen gut geht«, brüllt er von draußen. Ich würde ihm seine Frage so gern beantworten, doch ich bin an diese Erscheinung gefesselt, sodass ich nicht sprechen kann. Aus einem anderen Zimmer höre ich Vaans Geschrei, der ebenfalls aufgewacht ist.

»Miranda!«, ruft William von der anderen Seite der Tür. »Bitte!«

Mit aller Kraft versuche ich das Pulsieren aufzuspüren, das für meine Verwandlung verantwortlich ist, und finde es schließlich in der Nähe meines Herzens. *Und jetzt?*, frage ich mich selbst. Wie kann ich es zurückdrängen? Ich stelle mir vor, wie ich meine Hände um die Kraft lege und sie zusammendrücke, tief in mir verschließe, bis ich sie wieder brauche. Auch wenn ich nicht daran glaube, es funktioniert. Ich spüre, wie die Kraft, die bis zu den Federspitzen meiner Flügel fließt, sich zurückzieht und sich in meiner Brust bündelt. Jeder Körperteil, aus dem sie weicht, beginnt sich zurückzuverwandeln.

Und diesmal schreie ich.

Ich meine Knochen knacken zu hören, als ich mich wimmernd zusammenrolle. Mit letzter Kraft schleppe ich meinen menschlichen Körper zu Phils Bett und ziehe mir das Hemd über den Kopf. Wie ich das schaffe, weiß ich nicht. Meine Haut fühlt sich sensibel an, als würde sie freiliegen, und meine Muskeln zittern unkontrolliert.

Auf allen vieren krieche ich zur Tür und öffne sie, woraufhin Phil und William sofort hereingestolpert kommen und beinahe über mich fallen.

»Ist alles in Ordnung?«, fragt Phil besorgt und will mich hochheben, doch ich halte ihn zurück.

Ich zwinge mich dazu, William anzusehen, auch wenn meine Augen wegen des Lichts, das aus der Küche ins Zimmer fällt, wie Feuer brennen. »Es ist so weit«, würge ich hervor. »Du musst dich beeilen.«

Will stellt keine weitere Frage, macht auf dem Absatz kehrt und stürmt aus der Hütte. Nur ein paar Sekunden später vernehme ich das

Trommeln der Hufe und das aufgeregte Wiehern seines Pferdes, als er davongaloppiert.

Erleichtert weicht auch das letzte bisschen Kraft aus meinem Körper und ich erschlaffe in Phils Armen wie eine leblose Puppe.

»Das hast du gut gemacht«, lobt er mich leise. »Ruh dich aus.«

»Nein«, widerspreche ich schwach. »Ich muss zurück. Wenn ihn jemand sieht …«

»Du bist erschöpft«, entgegnet Phil, doch ich stemme mich bereits auf die Füße und komme wackelig zum Stehen.

»Ich nehme dein Pferd«, murmle ich, während ich nach draußen schwanke.

»In diesem Aufzug? Bei den Göttern, Miranda, du kannst so nicht gehen! Das würde noch mehr Fragen provozieren. Bleib hier und vertraue auf Will. Ich habe ihm eingeschärft, dass er vorsichtig sein muss. Er wird das Kind nehmen, sich von Jocelyn verabschieden und sofort wieder hierherkommen.«

So leid es mir auch tut, aber ich teile Phils Ansicht nicht. Ich kann mir beim besten Willen nicht vorstellen, dass William seine Geliebte einfach kampflos und blutend im Kerker zurücklassen wird.

»Ich muss gehen«, sage ich und beiße die Zähne zusammen, als ein gleißender Schmerz durch meinen Körper rauscht, der sich noch immer anfühlt, als gehöre er nicht mir. Ich hätte mich nicht verwandeln sollen … Ich hätte die Zeit, die ich mit dem Pferd länger hierher gebraucht hätte, in Kauf nehmen sollen … Doch nun ist es zu spät, um sich darüber Gedanken zu machen. Ich muss schnellstens zurück zur Burg, ehe ein größeres Unglück geschieht. »Leih mir bitte eine Hose und einen Umhang von dir. Ich muss gehen.«

Phil mustert mich, ehe er sich seufzend umdreht und beginnt, in seinem Schrank nach etwas Passendem zu kramen. Ich lächle ihm dankbar zu, als er mir die gewünschten Kleidungsstücke überreicht.

Nachdem ich zumindest den Großteil meines Körpers bedeckt habe, wanke ich nach draußen zu Phils Gaul.

»Lass mich das machen«, sagt der Alte, schiebt mich zur Seite und beginnt, sein Pferd zu satteln. »Am liebsten würde ich dich begleiten.«

»Nein, du musst auf die Kinder aufpassen«, sage ich schnell. Mittlerweile ist Vaans Weinen verstummt. »Ich schaffe das schon irgendwie.«

»Du hättest deine Kraft nicht so lange unterdrücken dürfen«, schalt er mich, während er den Sattelgurt festzurrt.

»Das ist keine Kraft, sondern ein Fluch«, berichtige ich ihn und schwinge mich mit einiger Mühe aufs Pferd. »Und ich bin dankbar für jeden Tag, an dem ich von diesem Fluch verschont geblieben bin.«

Phil schüttelt ungläubig den Kopf. »Du musst endlich damit aufhören, diese Gabe, diesen Teil von dir, zu verleugnen. Es macht dich zu etwas Besonderem und ist, richtig angewandt, ein Geschenk.«

Ich verziehe bei seinen Worten angewidert das Gesicht. Was weiß er schon? Er musste sich nicht über zwanzig Jahre bei jedem ersten Sonnenstrahl in eine widernatürliche Gestalt zwängen und immer mit der Angst vor Entdeckung leben.

Ohne ihm zu antworten, stoße ich dem Pferd die Fersen in die Seite und galoppiere in Richtung Burg.

KAPITEL 29

AERIC

Es ist kalt.

Mir ist immer so kalt, egal, wie viele Decken ich über mir staple oder wie regelmäßig die Diener das Kaminfeuer schüren. Manchmal gehe ich sogar mit einem dicken Wintermantel zu Bett und schaffe es dennoch nicht, die Kälte aus meinen Gliedern zu vertreiben. Sie scheint sich dort eingenistet zu haben. Dabei sehne ich mich so sehr nach Wärme … Doch selbst wenn ich meine Hand direkt über die prasselnden Flammen im Kamin halte, spüre ich nur den Schmerz meiner verbrannten Haut, nicht jedoch die Hitze.

Was geschieht nur mit mir?

Immer öfter wache ich inmitten eines Raumes auf, ohne zu wissen, wie ich dorthin gelangt bin. Ich bin wach und führe ein Gespräch, doch ich habe keine Ahnung, um was es geht. Ich fühle mich verwirrt und habe Angst. Diese Gedächtnislücken machen mir zu schaffen und ich weiß nicht, was ich dagegen tun kann.

Nur Alys' Nähe scheint mir Linderung zu verschaffen. Solange ich sie an meiner Seite habe, treten diese Zeitsprünge, wie ich es nenne, nicht auf.

Aber ich kann – und will! – sie nicht ständig um mich haben. Ist sie da, spüre ich die eisige Kälte noch stärker.

Ich habe also die Wahl zwischen innerem Eis und verlorenem Gedächtnis …

Am schlimmsten jedoch verfolgt mich die Einsamkeit. Alle haben sich von mir abgewandt. Erst mein bester Freund, dann mein Lehrer und nun sogar meine Frau, meine Gefährtin, die unsere Kinder mitgenommen hat. Ich wandle allein durch eine Burg, in der sich nur Menschen befinden, die hinter vorgehaltener Hand über mich tuscheln. Die mit dem Finger auf mich zeigen, wenn sie denken, dass ich es nicht bemerke.

Meine einzige Gesellschaft ist Alys, und ich hasse sie dafür. Ich hasse sie für alles, was sie mir und meinem Vater angetan hat. Ich hasse sie für das, was sie ihrer Schwester antun wird, die noch immer in meinem Kerker sitzt. Ich hasse ihre Gegenwart, ihre Kälte, ihre Art zu sprechen. Ich hasse alles an ihr.

Und doch brauche ich sie. Ohne sie kann ich nicht leben, zumindest nicht *normal* leben.

Als Miranda die Kinder zu Phil geschafft hat, habe ich aus Wut und Verzweiflung Alys für einige Tage vom Hof geschickt, schließlich war sie dafür verantwortlich. Doch jeder Tag, jede Stunde, ja, sogar jede Minute, die sie nicht bei mir war, spürte ich, wie ich mich veränderte. Um mich herum wurde es dunkel und ich stürzte in ein schwarzes Nichts, das meine Gedanken und meine Handlungen in sich verschlang. Es waren meine Kammerdiener, die Alys schlussendlich zurückholten. Sobald sie wieder in meinem Zimmer war, spürte ich, wie mein wahres Ich aus der Dunkelheit zurückkehrte und sich ans Licht kämpfte.

Nachts kann ich sie nicht um mich haben. Genauso wenig wie ich mit meiner Frau das Bett teilen kann. Miranda … Es ist schon lange her, dass ich mit ihr gesprochen oder sie berührt habe. Was ist nur mit uns geschehen? Ich versuche doch nur, ein guter König für mein Volk zu sein, ihm Sicherheit zu bieten und es zu Wohlstand zu führen. Doch irgendwie … habe ich das Gefühl, dass jede Entscheidung, die ich zum Wohl meines Volkes getroffen habe, mich immer weiter von meiner Frau und meinen Kindern entfernt hat. Als mich Miranda dann auch noch um das Leben des ungeborenen Elfenkindes bat, war ich mir sicher, dass sich meine Frau vollkommen von mir abgewandt hat. Seitdem meide ich sie. Trotz meiner Bitten hat sie unsere Kinder nicht wieder zurück an den Hof geholt. Wie sollen aus den beiden ein anständiger Prinz und eine liebreizende Prinzessin werden, wenn sie bei diesem senilen Falkner aufwachsen?

Ich erschrecke darüber, wie ich über meinen einstigen Lehrer und Vertrauten denke. Erneut frage ich mich, was mit mir los ist.

Es muss an der Elfenkönigin liegen, anders kann es nicht sein. Seit sie meine Gefangene ist, geht alles um mich herum den Bach runter!

Wütend werfe ich den Berg Decken, der auf mir liegt, zur Seite und springe aus dem Bett. Im Gehen greife ich nach meinem Mantel und meinem Schwertgürtel, ehe ich mich auf den Weg nach unten in den Kerker mache. Es ist mitten in der Nacht, doch das stört mich nicht.

Ich halte das Wissen, dass mein ärgster Feind noch am Leben ist und unter meinem Dach weilt, keine Sekunde länger mehr aus. Es ist mir gleich, was ich Alys versprochen habe – es wird enden, heute Nacht, und alles wird wieder so sein wie zuvor.

Wie getrieben renne ich durch die Korridore und in den Burghof hinunter.

Das Erste, was ich höre, sind die Schreie einer Frau. Lang gezogene, schmerzerfüllte Schreie, die mich noch mehr frösteln lassen.

Verwirrt blicke ich mich um und entdecke Wills Pferd, das mit Schaum vor dem Maul und hektisch atmend mitten auf dem Hof steht, ohne dass sich jemand darum kümmert.

Wie kommt der Gaul hierher? Bedeutet das etwa, dass Will auch hier ist? Schon lange habe ich ihn nicht mehr gesehen … So lange ist er dem Hof ferngeblieben, ohne dass ich den genauen Grund dafür kenne. Er geht mir aus dem Weg, genau wie meine Frau, aber mir ist schleierhaft, was ich verbrochen habe, um das zu verdienen. Was will er hier, noch dazu mitten in der Nacht?

Wieder dieser Schrei, der die Stille der Nacht zerreißt. Der Krach kommt eindeutig aus dem Kerker. Erneut schaue ich mich nach allen Seiten um, kann aber niemanden entdecken, der mich beobachtet und Fragen stellen würde, was ich mitten in der Nacht allein im Burghof mache. Also schleiche ich zur Steintreppe, die in den unterirdischen Kerker führt. Von unten dringt schwach der Schein einer Fackel zu mir nach oben und ich runzle die Stirn. Was soll das? Nachts hat dort unten kein Feuer zu brennen. Wie oft muss ich das diesen nutzlosen …

Als der Schrei erneut ertönt, presse ich beide Hände gegen die Ohren, um ihn zu dämpfen.

Ich lasse sie erst wieder sinken, als ich fast am Fuße der Treppe angekommen bin. Darauf bedacht, selbst kein Geräusch zu verursachen, schleiche ich näher. Nun höre ich Wimmern und Gemurmel. Dann ist es wieder für eine Zeit lang still, bis erneut eine Frau schreit.

Warum höre ich mehrere Stimmen? Die letzte Gefangene, Mirandas Mutter, haben wir nach drei Tagen wieder freigelassen, nachdem sie alle auf Knien angefleht hat, sie zu verschonen. Ansonsten ist hier unten nur …

Auf einmal fällt es mir wie Schuppen von den Augen, und es ist, als würde ich aus einem dichten Nebel auftauchen und endlich klar sehen. Es ist die Elfenkönigin, die schreit, weil das Kind kommt.

Mein Herz wummert vor Aufregung, während ich auf dem Absatz kehrtmache und wieder die Treppe nach oben stürmen will. Nun gebe ich mir keine Mühe mehr, leise zu sein, denn ich muss schnellstens zu Alys. Sie hat mir eingeschärft, dass sie es zuerst erfahren muss, wenn …

»Nicht, Aeric!«

Das Mondlicht lässt ihr Haar wie flüssiges Gold schimmern. Unfähig, mich zu bewegen, bleibe ich stehen und starre sie an. Miranda ist auch hier? Warum? Und wieso steht sie oben an der Treppe und versperrt mir mit ausgestreckten Armen den Weg?

Ein dichter, dunkler Nebel legt sich über mich und lässt mich stutzen. Nicht schon wieder! Ich runzle die Stirn und blinzle mehrmals. Weshalb bin ich noch mal hier? Was mache ich mitten in der Nacht hier unten im Kerker?

Miranda scheint mein Unbehagen zu bemerken, denn sie setzt vorsichtig einen Fuß vor den anderen und streckt zögernd die Hand nach mir aus, als hätte sie Angst, mich durch eine abrupte Bewegung zu verschrecken.

»Es ist alles in Ordnung«, murmelt sie immer wieder, als wäre ich ein wildes Tier, das sofort fliehen oder um sich beißen würde. Ich kann gar nichts anderes tun, als sie anzustarren. So lange habe ich sie nicht mehr gesehen, dass ich fast vergessen habe, wie wunderschön sie ist. Und ihre Stimme! Als würde die Göttin selbst zu mir sprechen. Wie konnte ich so lange darauf verzichten?

Vorsichtig berührt sie mich am Arm und lässt ihr Finger dann nach unten zu meiner Hand gleiten, die sie ergreift und mich Stufe für Stufe die Treppe hinaufführt. Ich lasse es geschehen, obwohl ich mich dabei wie ein alter Tattergreis fühle. Ich genieße ihre Berührungen, auch wenn sie noch so flüchtig oder platonisch sind, denn ich musste seit langer Zeit darauf verzichten.

… Warum? Was ist geschehen, dass wir einander so fremd geworden sind? Ich kann … mich einfach nicht erinnern.

Als wir wieder im Burghof angekommen sind, ertönt erneut der Schrei einer Frau und Miranda neben mir zuckt zusammen. Panisch fliegt ihr Goldblick zurück zur Treppe, die hinunter in den Kerker führt. Was ist da unten? Warum schreit dort jemand? Wir haben doch gar keine Gefangenen, bis auf …

Ruckartig reiße ich meine Hand zurück, als hätte ich mich verbrannt, und starre meine Frau an. »Was machst du hier?«

Ich sehe deutlich, wie sie mit sich ringt und verzweifelt nach einer Antwort sucht, die ich ihr glauben könnte.

»Lass uns zurück in unser Gemach gehen«, sagt sie. Das Lächeln auf ihren Lippen zittert, genau wie ihre Hand, die sich wieder um meine geschlossen hat. Ihre Finger sind eiskalt, als wäre sie schon seit Stunden draußen in der Kälte.

Erneut entziehe ich ihr meine Hand und trete zwei Schritte zurück, ohne sie dabei aus den Augen zu lassen. »Warum bist du hier, Miranda?«, frage ich erneut.

»Du darfst nicht in den Kerker«, sagt sie statt einer Antwort. »Nicht heute Nacht. Vertrau mir. Bitte!«

»Warum sollte ich das?«, knurre ich. »Du hast dich bereits vor Monaten von mir abgewandt. Hast mich gemieden, ohne dass ich weiß, wieso. Du hast unsere Kinder weggebracht, sodass ich sie nicht mehr zu Gesicht bekomme. Warum sollte ich dir also vertrauen? Nachdem du nicht für mich da warst, als ich dich am dringendsten in diesen dunklen Stunden gebraucht hätte?«

Gequält schließt sie die Augen. »Es tut mir leid«, flüstert sie. »Bitte verzeih mir, aber ich hatte keine andere Wahl.«

»Und das soll ich dir glauben? Jetzt? Weißt du eigentlich, was ich durchgemacht habe? Wie es mir all die Zeit ging?«

»Nein, das weiß ich nicht. Aber auch ich habe gelitten und genug durchgemacht. Allein, ohne deine Hilfe, denn du warst zu sehr mit deinem Krieg und dieser Elfenhexe beschäftigt. Doch das ist jetzt nicht wichtig. Ich wünsche mir nichts sehnlicher, als dass es zwischen uns wieder so wird wie früher, aber dazu musst du mir vertrauen.« Sie streckt mir ihre Hand entgegen. »Vertraust du mir?«

Meine Hand kribbelt vor Verlangen, ihre zu ergreifen. Ihre Worte lösen etwas in meinem Inneren aus, lassen einen Damm brechen und reißen Mauern ein, von deren Existenz ich nichts gewusst habe. Ich brauche diese Frau. Ich liebe sie und bin ihr auf Gedeih und Verderb ausgeliefert. Warum sollte ich ihr also nicht vertrauen? Nie hat sie etwas getan, das mich an ihr hätte zweifeln lassen.

Und doch warnt mich eine der Stimmen in meinem Kopf, dass ich ihre Hand entgegen allem, woran ich glaube und was ich fühle, nicht ergreifen soll.

Erneut höre ich den Schrei. Hört das denn nie auf?

»Was geht da unten vor?«, frage ich, obwohl ich das Gefühl habe, die Antwort bereits zu kennen. Aber es will mir einfach nicht einfallen ... Doch es muss einen Grund dafür eben, warum Miranda mich vom Kerker fernhält, und den werde ich herausfinden. Erst dann kann ich ihr wieder vertrauen.

»Aeric, bitte«, fleht sie und greift erneut nach mir. »Lass uns zurück ins Haupthaus gehen. Und morgen besuchen wir Vaan und Giselle, einverstanden? Du wirst staunen, wie groß die beiden geworden sind.«

Vaan und Giselle ... Meine Kinder, die ich schon seit Monaten nicht mehr gesehen habe. Der Kronprinz und die Prinzessin, die fernab des Hofes aufwachsen, weil ... Ja, warum eigentlich? Warum sind sie nicht hier und lernen das, was für ihr späteres Leben wichtig ist? Wo sind sie? Mein Blick fliegt zu Miranda und meine Augen verengen sich zu Schlitzen. Wo hat sie meine Kinder hingebracht?

Warum stehen wir mitten in der Nacht draußen auf dem Burghof?

Der Kerker ... Irgendwas geht im Kerker vor sich, das ich nicht wissen soll. Aber was?

Ich reiße den Blick von meiner Frau los und lasse ihn suchend über den Hof gleiten, bis er an einem Pferd hängen bleibt, das mir vage bekannt vor kommt ...

»William«, murmle ich.

Augenblicklich schnappt Miranda nach Luft und schlägt schnell die Hände vor den Mund, um das Geräusch zu dämpfen, doch der Schaden ist bereits angerichtet.

Es hat etwas mit William zu tun, warum wir hier draußen sind, und mit dem Kerker. Der Kerker, in dem ... in dem ... die Elfenkönigin gefangen gehalten wird.

Ich wirbele herum und renne beinahe zurück zur Treppe, die nach unten ins steinerne Gemäuer des Kerkers führt.

»Aeric, nicht!«, höre ich Mirandas herzzerreißenden Schrei hinter mir, doch ich achte nicht darauf. Immer weiter tragen mich meine Füße, und mit jedem Schritt, den ich zurücklege, habe ich das Gefühl, der Antwort näher zu kommen. Jocelyn … Elfenkönigin … schwanger … Alys … Aber wie passt Will da hinein?

Immer zwei Stufen auf einmal nehmend, haste ich die Treppe hinab und folge dem schwachen Schein der Fackel.

Flüstern und Wimmern ist zu hören, als ich mich mit klopfendem Herzen vorwärtsschleiche. Wer weiß, welche Hinterhältigkeiten mich hier unten erwarten? Immerhin ist es mein ärgster Feind, der hier festgehalten wird. Die mächtigste Frau der Welt, die mich meine Ehe und meine Kinder gekostet hat. Nur wegen ihr hat sich Miranda von mir abgewandt, da bin ich mir sicher! Ich kann mich zwar nicht erinnern, aber ich weiß, dass ich sicher einen guten Grund hatte, Krieg gegen ihr Volk zu führen. Warum habe ich sie bis jetzt am Leben gelassen?

Ich biege um die letzte Ecke und greife nach dem Schwertknauf an meiner Seite. Ich bin auf alles vorbereitet, egal, was mich erwarten wird.

Zumindest dachte ich das …

Als ich dann auf das kleine, blutverschmierte Neugeborene starre, das in den Armen meines besten Freundes liegt, wäre mir das Schwert um ein Haar aus den zitternden Fingern geglitten.

Ein Kind? Ach ja … Jocelyn war schwanger, stimmt. Aber … was hat Will damit zu tun? Warum ist er hier und hält das Baby in den Armen? Mit zusammengezogenen Augenbrauen beobachte ich ihn, wie er es in seinen Armen wiegt und ihm ununterbrochen etwas zuflüstert, während er das Kind ganz nah an sein Gesicht hält. Als ich mich von diesem verstörenden Anblick losreißen kann, fällt mein Blick auf all das Blut, das das Stroh in der Zelle tränkt, in der die Elfenkönigin seltsam reglos auf dem Boden liegt. Eine Magd – ich bin mir sicher, dass ich sie schon mehrmals in der Burg gesehen habe – eilt geschäftig um Jocelyn herum, säubert sie mit Tüchern und legt ihr hin und wieder die Hand auf die schweißnasse Stirn.

»Was geht hier vor?« frage ich, als ich aus den Schatten hervortrete und mich zu erkennen gebe.

Beim Klang meiner Stimme erschrickt William und presst das Kind schützend an sich. Selbst die geschwächte Jocelyn hebt den Kopf und schaut in meine Richtung, ehe die Magd sie zurück zu Boden drückt.

Mehrere Herzschläge lang warte ich, während die Spannung zwischen uns beinahe mit den Händen greifbar ist. Alle, mich eingeschlossen, scheinen die Luft anzuhalten. »Ich frage noch einmal«, knurre ich dann und wende mich direkt an Will. »Was geht hier vor? Was machst du hier?«

Er öffnet und schließt mehrmals seinen Mund, ohne dass auch nur ein Ton herauskommt. Unterdessen fängt das Kind an zu schreien und ich verziehe das Gesicht, weil mir das Geräusch Kopfschmerzen bereitet.

»Mach, dass es aufhört!«, übertöne ich das Geschrei und fuchtele mit dem Schwert in Wills Richtung.

Er reagiert sofort und drückt das weinende Bündel der Magd in die Arme, die es zu Jocelyn nach hinten in die Zelle bringt. Wenigstens ist es nun weit genug weg, dass es sich nicht mehr so anfühlt, als würde sein Schrei jedes Mal einen glühenden Schürhaken durch meine Stirn treiben … Was mache ich hier? Warum ist da ein Kind? Und all das Blut!?

»Steck das Schwert weg, Aeric«, sagt Will und reißt mich damit aus meinen Gedanken. Verwirrt starre ich erst ihn, dann das Schwert in meiner Rechten an, ehe ich es sinken lasse und zurück in die Scheide stecke. Warum halte ich es in Gegenwart meines besten Freundes in Händen?

»Du … du warst weg«, murmle ich dann vorwurfsvoll. »So lange … Wo warst du? Und was machst du jetzt hier, mitten in der Nacht?«

Hinter mir höre ich Schritte und drehe mich um, ehe ich eine Antwort von ihm erhalten habe. Miranda kommt den Gang entlanggerannt und bleibt mit weit aufgerissenen Augen vor mir stehen. Unruhig huscht ihr Blick von mir zu Will und anschließend an ihm vorbei zur hinteren Zelle.

»Wir können dir alles erklären«, sagt Will und hebt beide Hände, während er sich zwischen mich und die Zelle stellt, in der noch immer eine nahezu reglose Jocelyn liegt.

»*Wir?*«, echoe ich. »Was meinst du mit *Wir?*«

Er schluckt sichtlich, sucht nach Worten, um mir all das zu erklären, und schaut Hilfe suchend zu Miranda, die sich gerade an mir vorbeidrängen will, um zur Zelle zu gelangen. Ich packe ihren Arm und halte sie fest. Etwas zu fest vielleicht, denn ein leises Wimmern kommt über ihre Lippen, doch ich lasse sie nicht los. Nicht, bis ich endlich meine Antworten habe.

Wen meint Will mit *Wir*? Etwa ihn und Miranda? Ist das der Grund, warum sich beide von mir abgewandt haben? Und ich habe es die ganze Zeit über nicht bemerkt!

Vor Wut krallen sich meine Finger in Mirandas Arm, was sie aufschreien lässt, doch das ist mir egal. Für das, was sie hinter meinem Rücken getrieben hat, wird sie noch viel mehr leiden. Das ist nur ein Vorgeschmack auf das, was ihr noch bevorsteht!

»Lass sie los! Du tust ihr weh!«, herrscht Will mich an, was meine Wut noch weiter anfacht. So, nun ergreift er auch noch Partei für sie?

»Du Bastard!«, presse ich zwischen zusammengebissenen Zähnen hervor. »Wie kannst du es wagen, deine dreckigen Hände an meine Frau zu legen? Ich dachte, du wärst mein Freund?«

»*Was?*« William runzelt die Stirn und schaut mich an, als sähe er mich zum ersten Mal. »Wovon redest du da, bei allen Göttern?« Sein Blick huscht zu Miranda, die genauso verwirrt aussieht wie er. Bin ich auf dem Holzweg? Aber das wäre die perfekte Erklärung dafür, dass beide fast gleichzeitig aus meinem Leben verschwunden sind und mich allein gelassen haben. Einen anderen Grund kann es einfach nicht geben!

»Aeric, bitte«, wimmert Miranda, deren Arm ich noch immer gepackt halte. »Lass es uns erklären. Es ist anders, als du denkst.« Ihre Stimme zittert, als wäre sie kurz davor, in Tränen auszubrechen, und ich lockere meinen Griff etwas.

»Was willst du mir erklären, Weib?« Obwohl ich mich bemühe, wütend zu klingen, ist mein Ärger in dem Moment verraucht, als ich in ihr schmerzverzerrtes Gesicht geschaut habe.

Hilfe suchend schaut sie zu Will, der die Augen niedergeschlagen hat. Er sieht aus wie ein Mann, den man zu seiner eigenen Hinrichtung führt: gebrochen, mutlos, totgeweiht. Aber warum? Wenn er kein Verhältnis mit meiner Frau, seiner Königin, hat, was könnte dann so schlimm sein, um diese Reaktion bei ihm hervorzurufen?

»Nun spuck's schon aus!«, schreie ich und er zuckt zusammen.

»Es ist von mir«, flüstert er dann so leise, dass ich ihn kaum verstehe, und ohne mir dabei in die Augen zu blicken. Miranda, die die ganze Zeit über die Luft angehalten hat, stößt geräuschvoll den Atem aus, als würde eine große Last von ihren Schultern genommen werden.

»*Was* ist von dir?«

Endlich öffnet er die Augen und sieht mich an. Stolz und Hoffnung spiegeln sich in seinem Blick, aber auch Kummer und Verzweiflung. »Das Kind. Ich bin der Vater von Jocelyns Kind.«

KAPITEL 30

MIRANDA

Im ersten Moment ist da nichts. Keine Regung, keine Bewegung, nichts, das irgendwie offenbaren würde, was er denkt. Seine Mimik ist zu einer undurchsichtigen Maske erstarrt und das lässt mich noch nervöser werden. Aeric hätte nicht hier sein dürfen, nicht heute Nacht! Jede andere Nacht, aber nicht diese.

Und doch ist er hier. Nun weiß er es. Jetzt kennt er das Geheimnis, das ich seit Monaten mit mir herumtrage und das mir den Schlaf raubt. Ich hätte es ihm erzählt, allerdings erst, wenn Will und das Kind weit weg in Sicherheit gewesen wären.

Keiner der beiden Männer regt sich. Stumm starren sie sich nieder, ohne mit einem Muskel zu zucken.

Ich nutze die Gelegenheit und befreie meinen Arm mit einem Ruck, ehe ich die Röcke raffe und nach hinten in die Zelle eile.

»Geht es ihr gut?«, wispere ich Milli zu, die noch immer damit beschäftigt ist, den nicht versiegen wollenden Blutfluss zu stoppen. Die Lippen der Magd sind zu einem dünnen Strich zusammengepresst und ihr Gesicht ist fast ebenso weiß wie Jocelyns.

Da ich von Milli keine Antwort bekomme, wende ich mich an die Elfenkönigin. »Ihr habt es geschafft«, murmle ich, während ich ihr die nassen Haare aus der Stirn streiche. Bei den Göttern, sie glüht förmlich vor Fieber! Ihre Augen sind nach hinten verdreht, sodass ich fast nur das Weiße sehen kann, wenn sie flüchtig die Lider öffnet. Sie scheint weder mich noch sonst jemanden wahrzunehmen. Auch ohne Kenntnisse in Heilkunde zu haben, sehe ich, dass es nicht gut um die Königin steht.

»Geht es wenigstens dem Kind gut?«, frage ich Milli, die sich von der Elfenkönigin abwendet. In ihrem Blick sehe ich Resignation; ihr ist klar, dass das Leben der Königin nur noch an einem seidenen Faden hängt.

»So scheint es zumindest, Hoheit«, antwortet sie und legt das Baby auf Jocelyns Brust. »Wir müssen schleunigst eine Amme für das Kind finden. Für die Mutter … kann ich leider nichts mehr tun.«

Ich nicke traurig und murmle ein Dankeschön. Jocelyns Leben liegt nun in den Händen der Götter. Wobei … Ich bin mir nicht sicher, ob es nicht vielleicht besser wäre, wenn sie bereits jetzt gehen würde. Wer weiß, was ihre Schwester sich für sie ausgedacht hat …

Ich hebe den Kopf und schaue zu den beiden Männern, die sich keinen Zentimeter bewegt oder ein Wort gesagt haben. Wie Statuen stehen sie da und mustern sich, zornig auf die Fehler und Versäumnisse des anderen. Beiden kann ich es nicht verdenken und doch müssen wir schnellstens eine Lösung finden, zum Wohle des Kindes. Ich streiche dem schlafenden Neugeborenen sanft über den dunklen Haarflaum, ehe ich aufstehe und langsam auf meinen Mann zugehe.

»Aeric«, sage ich deutlich, aber so ruhig wie möglich, obwohl es in mir brodelt. »Bitte höre ihm wenigstens zu. Er ist dein bester Freund. Dein einziger Freund. Tu nichts Unbedachtes, erst recht nicht im Zorn.«

»Schweig, Weib!«, herrscht er mich an, ohne den Blick von William zu nehmen. »Ich gebe ihm eine Chance. Eine. Einzige. Chance. Um unserer alten Freundschaft willen sagst du mir jetzt, was das alles zu bedeuten hat. Dann werde ich entscheiden, was mit dir geschehen wird.«

Ich will einschreiten, ihn beruhigen oder zurückhalten, doch er hält mich mit einer Handbewegung davon ab. »Ich will kein einziges Wort von dir hören, Miranda! Dass du darin verstrickt bist, reicht, um dir die gleiche Strafe zukommen zu lassen wie ihm, also mach es nicht noch schlimmer und schweig!«

»Eine Minute«, sagt William schnell und zieht dadurch Aerics Zorn wieder auf sich. Ich komme nicht umhin zu bewundern, wie gefasst er wirkt. Wie gerade seine Schultern sind und wie herausfordernd seine Augen leuchten, trotz der Zukunft, die ihm bevorsteht. »Bitte gib mir eine Minute, um mich zu verabschieden.«

»So wenig Vertrauen hast du also in mein Urteilsvermögen?«, spottet Aeric. »Oder weißt du selbst, dass du so tief drinsteckst, dass du dich unmöglich da wieder herausmanövrieren kannst? Ja, das wird es sein. So war es schon immer, nicht wahr? Du hast immer den Kopf für mich hingehalten, selbst als wir noch Kinder waren. Aber glaub nicht, dass dir das jetzt helfen wird!«

»Eine Minute«, wiederholt Will scheinbar unbeeindruckt, während sich auf Aerics Gesicht bereits erste rote Flecken bilden.

Mit einer herrischen Geste erlaubt er Will, sich umzudrehen und in die Zelle zu Jocelyn zu gehen. Noch während er sich abwendet, legt Will mir eine Hand auf die Schulter und schiebt mich ebenfalls zurück zu Jocelyn.

»Hör mir gut zu, Miranda«, wispert er, sodass nur ich ihn verstehen kann. »Du wirst jetzt das Kind nehmen und von hier verschwinden.«

»Aber … wo soll ich denn hin?«

»B-Bryande …« Es ist Jocelyns schwache Stimme, die mir antwortet.

William nickt. »Bryande ist die Einzige, zu der du jetzt gehen kannst. Sie wird wissen, was zu tun ist, und kann meine Tochter beschützen.«

»Seid ihr verrückt?«, zische ich. »Wie soll ich denn mit dem Kind ungesehen die Burg verlassen? Aeric weiß es! Er weiß, dass ich euer Geheimnis kannte, und er wird mich nicht mehr unbeaufsichtigt lassen. Und selbst wenn ich es schaffen sollte, weiß ich nicht, wo ich Bryande finden kann. Ich bin euch keine Hilfe!«

»Ich weiß, wo sie ist. Und ich weiß, dass du das schaffen kannst. Du bist stark. Du hast schon so viel für uns riskiert, wofür ich dir von ganzem Herzen danke, aber ich muss dich um diesen letzten Gefallen bitten.« In Wills grünen Augen lodert ein Feuer, das ich mir nicht erklären kann. Warum ist er sich so sicher? Warum vertraut er mir?

Mit Millis Hilfe setzt Jocelyn sich auf und hält ihr Kind im Arm. Sie zittert am ganzen Körper, ihre Haut ist so weiß, dass sie schon fast durchscheinend ist. Auf dem einfachen Kleid, das sie trägt, hat sich zwischen ihren Beinen ein roter Fleck gebildet, der mich schlucken lässt.

Als sie ihre einst so eisigen Augen auf mich richtet, aus denen jedwede Kälte gewichen ist, blinzle ich gegen die Tränen an.

»Von Königin zu Königin«, sagt sie, wobei ihre Stimme nichts weiter als ein heiseres Krächzen ist. »Nein, von Mutter zu Mutter bitte ich dich, unsere Tochter in Sicherheit zu bringen.«

Gequält schließe ich die Augen, wobei eine einzelne Träne meine Wange hinunter rollt. Nachdem ich mehrmals tief ein- und ausgeatmet habe, nicke ich. »Ich kann nichts versprechen, aber ich werde alles tun, was in meiner Macht steht.«

William sinkt vor mir auf die Knie, ergreift meine Hand und haucht einen Kuss darauf. »Ich stehe auf ewig in Eurer Schuld, meine Königin.«

Meine Kehle ist wie zugeschnürt, als ich ihm zu verstehen gebe, sich zu erheben. »Was muss ich tun?«

»Geh zum Mondberg. Wenn du einer Elfenwache begegnest, zeige ihnen dies.« William greift an seinen Umhang und nestelt an der silbernen Schließe, die er immer trägt. Ich sehe deutlich, wie seine Finger zittern und augenblicklich füllen sich meine Augen erneut mit Tränen. Als er es endlich geschafft hat, reicht er mir das Schmuckstück.

»Sie werden wissen, … dass ich dich … geschickt habe«, sagt Jocelyn.

»Sobald ich wieder zurück zu Aeric gehe, wirst du das Kind nehmen und von hier verschwinden. Nur dann hast du eine Chance. Ich werde seine ganze Aufmerksamkeit auf mich lenken.«

»Er wird dich töten, Will.« Die Worte gehen in meinen Schluchzern unter.

»Ich weiß.« Ein müdes Lächeln umspielt seine Lippen. »Das wusste ich vom ersten Augenblick an.«

Kopfschüttelnd wende ich mich von ihm ab und beuge mich zu Jocelyn und der Magd hinunter. »Milli, du wirst jetzt gehen. Zu niemandem ein Wort über das, was hier vorgefallen ist.«

»Selbstverständlich, Hoheit.« Eilig kommt sie auf die Füße und zwängt sich an uns vorbei. Einen Moment habe ich Angst, dass Aeric sie aufhalten wird, doch er lässt sie ohne mit der Wimper zu zucken passieren.

Als ihre Schritte auf der Steintreppe verklingen, greife ich nach dem Kind. »Welchen Namen soll Eure Tochter tragen?«

Jocelyn überlegt einen Moment, ehe sie lächelnd sagt: »Fyelana. Nach meiner Mutter.«

Ich nicke und drücke das Kind an mich, auch wenn ich keine Ahnung habe, wie ich das, was von mir verlangt wird, schaffen soll.

»Mögen die Götter euch beiden gnädig sein«, wispere ich, weil mir nichts anderes einfällt. Keine Worte könnten das ausdrücken, was ich gerade empfinde. William, der mir Zeit meines Aufenthalts auf der Burg ein treuer Freund war, wird eine Leere in meinem Leben hinterlassen, die nicht leicht wieder gefüllt werden kann. Ich bin mir nicht sicher, ob ich Aeric je für das, was er seinem besten Freund antun wird, verzeihen kann. Er ist schon lange nicht mehr der Mann, in den ich mich verliebt habe, der mir gezeigt hat, dass beide Seiten von mir kostbar sind. Mehr und mehr wird er wie diese Hexe. Aber ich kann die Schuld daran nicht komplett von mir weisen, schließlich habe ich mich von ihm abgewandt, als er mich am dringendsten gebraucht hat. Ich hätte für ihn da sein, ihn vor den Einflüssen dieser Frau schützen müssen, doch stattdessen habe ich es vorgezogen, mich bei Phil zu verkriechen und die Augen zu verschließen. Wir alle tragen zu einem gewissen Teil die Schuld an dem Dilemma, in dem wir uns befinden.

»Meine Krieger … Sie werden beim nächsten Vollmond kommen.«

»Ich danke Euch, Jocelyn. Ich werde sie in meine Dienste nehmen, auf dass es ihnen an nichts mangeln möge.«

»Deine Zeit ist um!« Aerics Stimme ist schneidend und kalt, fast wie die von Alys, eine Gänsehaut breitet sich auf meinem Körper aus.

Während ich mich am liebsten verkriechen würde, reckt William das Kinn und geht geradewegs auf Aeric zu. Hätte ich vorhin nicht seine zitternden Finger gesehen, würde ich schwören, dass er etwas wie Furcht nicht kennt.

Als er vor seinem König steht, geschieht ein paar Augenblicke lang nichts. Dann holt William zum Schlag aus und rammt Aeric seine Faust in den Magen.

Ich schreie auf, will zu ihnen hinlaufen, doch William hält mich zurück. »Nimm das Kind und verschwinde!«, ruft er, während Aeric sich würgend auf dem Boden krümmt.

Endlich kommt Bewegung in mich. Mit einer Hand drücke ich das Kind an mich, mit der anderen raffe ich die Röcke, renne auf die Steintreppe zu und eile hinauf.

Ohne nachzudenken, steige ich auf Williams Pferd auf, das noch immer mutterseelenallein auf dem Hof steht, und galoppiere in die Nacht davon.

Ich brauche zwei Tage und drei Nächte, um den Mondberg zu erreichen. Nach dem ersten Tag lege ich eine längere Rast ein, um das Pferd nicht zuschanden zu reiten.

Am Abend, als das Geschrei des Kindes bereits schwächer wird, klopfe ich an die Tür eines kleinen Bauernhauses und habe tatsächlich Glück. Die Bäuerin hat selbst erst vor Kurzem ein Kind geboren und willigt ein, das kleine Mädchen zu stillen. Aus Dankbarkeit überlasse ich ihr einen meiner goldenen Armreifen, woraufhin sie vor mir auf die Knie fällt. Ob sie mich erkannt hat, weiß ich nicht. Bisher habe ich mich im Hintergrund gehalten, deshalb glaube ich nicht, dass die Frau mich für die Königin hält. Für eine reiche Mätresse vielleicht oder eine Lady, die auf der Flucht vor ihrem Mann ist. Einerlei. Selbst, wenn sie weiß, wer ich bin, ändert es nichts an meinem Vorhaben.

Bereits am frühen Morgen mache ich mich wieder auf den Weg, begleitet von den Segenswünschen der Bäuerin.

Am nächsten Tag wiederhole ich diese Prozedur erneut, aber diesmal habe ich erst an der dritten Kate Glück und finde eine Frau, die selbst vor kurzer Zeit niedergekommen ist.

In der dritten Nacht sehe ich den Mondberg zum ersten Mal. Angestrahlt vom Mond scheint das helle Berggestein geradezu zu leuchten. Wahrlich der passende Ort für die Elfen.

Gerade, als ich das denke, versperrt mir jemand den Weg und mein Pferd scheut aufgeregt, sodass ich fast aus dem Sattel falle.

»So spät noch unterwegs, junge Frau?«

Da ist etwas Seltsames in seiner Stimme, das mir einen kalten Schauer über den Rücken jagt. Es ist, als würde eine Kraft von seinen Worten ausgehen, die mich zu etwas drängen will. Ist das etwa die sagenumwobene Kraft der Elfen? Wie haben sie es genannt? Ach ja, bezirzen.

Ich grinse den Elf vor mir an, woraufhin er verdutzt blinzelt. »Spar dir die Mühe, Elf. Ich stamme von einer viel älteren Macht ab als du. Deine Zaubertricks funktionieren bei mir nicht. Was hältst du also davon, wenn du mich zu Königin Bryande bringst, anstatt unser beider Zeit zu vertrödeln?«

Mein Herz klopft wie wild, obwohl ich mich bemühe, nach außen hin gelassen zu wirken. Ob er mich trotzdem durchschaut?

»Wie kommst du darauf, dass unsere Königin dich sehen will?«, fragt er misstrauisch und ich atme auf, ehe ich in die kleine Tasche an meiner Seite greife und die silberne Schließe hervorhole.

»Ich komme im Auftrag von Königin Jocelyn«, sage ich. »Und ich will *sofort* mit Bryande sprechen. Es ist äußerst wichtig.«

Ein paar Augenblicke lang starrt der Elf mit großen Augen auf das Schmuckstück, das im Schein des Mondlichts glänzt. Dann dreht er sich hastig um und deutet mir, ihm zu folgen. Mit einem sanften Tritt in die Flanken lasse ich Wills Pferd antraben.

Direkt vor dem Mondberg ist eine kleine Stadt. Einige Elfen säumen die enge Straße und schauen mich mit einer Mischung aus Neugier und Misstrauen an. Jedoch wagt es keiner, sich mir zu nähern. In den Berg selbst führt ein Tunnel hinein. Der Elf weist mich an, dass ich von meinem Pferd steigen und ihm in den Berg folgen soll.

Meine Nervosität steigt ins Unermessliche, während ich die letzte Strecke im Mondberg zurücklege. Zwar habe ich Bryande bereits mehrmals am Hofe getroffen, aber ich bin mir trotzdem unsicher, wie sie auf mich reagieren wird. Schließlich bin ich die Frau des Mannes, der jahrelang gegen sie und ihr Volk Krieg geführt hat, auch wenn ich nie direkt etwas damit zu tun hatte.

Wird sie mich freundlich empfangen? Oder wird sie mich als Überbringerin solch schlechter Nachrichten lieber gleich hinrichten lassen?

Nun, für solche Zweifel ist es jetzt reichlich spät, fürchte ich. Also schlucke ich meine Ängste hinunter, drücke das schlafende Kind an mich und folge dem Elf in den Mondberg hinein.

KAPITEL 31

Kalt und reglos ruht Bryandes Blick auf mir, während ich ihr die Schließe und das Kind zeige. Selbst nachdem ich meine Geschichte beendet habe, verzieht sie keine Miene oder gibt mir irgendwie zu verstehen, was gerade in ihr vorgeht. Das trägt nicht zu meiner Entspannung bei und die Angst, dass sie mich gefangen nimmt, gar tötet, raubt mir fast die Luft zum Atmen. Darüber habe ich nicht nachgedacht, als ich Will versprach, sein Kind hierherzubringen, aber jetzt, während ich mit gesenktem Kopf vor der Elfenkönigin stehe, ist das der einzige Gedanke, zu dem ich fähig bin.

Nachdem der Elf mich in die große, reich verzierte Halle geführt hatte, schickte Bryande jeden hinaus. Nur sie, ich und das Neugeborene sind noch in diesem Raum, der so hoch und … *kalt* ist, dass jedes meiner Worte von den Wänden widerhallt.

»Und du denkst tatsächlich, dass ich dir diese Geschichte glaube?«, fragt Bryande nach einer gefühlten Ewigkeit des Schweigens.

Ich muss mich zwingen, nicht mit den Augen zu rollen. »Warum sollte ich sonst hier sein?« Als ob ich nichts Besseres – und Ungefährlicheres! – zu tun hätte …

»Das könnte genauso gut ein Trick sein. Eine neue Farce des verwirrten Menschenkönigs, um auch die letzte Elfenkönigin zu vernichten.«

»Nun, genau genommen würde selbst nach Eurem Tod noch eine weitere Eurer Schwestern leben«, merke ich spitz an und sehe an dem zuckenden Nerv unter ihrem Auge, dass ich genau ins Schwarze getroffen habe. Alys ist nicht nur mir ein Dorn im Auge; selbst ihre andere Schwester scheint nicht gut auf sie zu sprechen zu sein. Tja, wer könnte ihr das verdenken?

»Weißt du, was sie vorhat?«

Ich schüttle den Kopf. »Nicht genau. Aber es kostete mich meinen ganzen Einfluss, den ich noch auf den König hatte, Alys davon abzuhalten, die gefangene Elfenkönigin auf der Stelle zu töten. Ich glaube jedoch nicht, dass Jocelyn … Ich glaube, sie hat die Geburt nicht überlebt. Da war so viel Blut …«

»Du hast noch so etwas wie Einfluss auf den König? Dass ich nicht lache! Die Einzige, die Einfluss auf ihn hat, ist meine jüngste Schwester und das auch nur, weil er von ihr abhängig ist.«

Mein Magen sackt bei ihren Worten herab. »Woher wisst Ihr davon?« Sicherlich weiß sie, dass es mit Aerics Geisteszustand nicht zum Besten steht, aber woher ahnt sie, dass ich keinerlei Kontrolle über ihn habe?

»Bisher war es nur eine Vermutung, aber es nun aus deinem Mund zu hören, bestätigt meine Theorie.«

»Und welche Theorie soll das sein?« Ich gebe mir die größte Mühe, nach außen hin teilnahmslos zu erscheinen, doch im Inneren verzehrt es mich nach ihren Antworten. Weiß sie vielleicht, wie Aeric wieder zu dem werden kann, der er einst war? Der junge Falknerlehrling, in den ich mich verliebt habe … Der jetzige verwirrte König hat nichts mit dem jungen Mann gemeinsam, der einst mein Herz im Sturm erobert hat.

»Ein Pakt, vor allem ein so uralter Pakt wie das Bindungsritual, birgt gewisse Gefahren, wenn er nicht richtig und unbedacht ausgeführt wird.«

Ich schlucke hörbar. »Was meint Ihr damit?«

»Wenn man so lange auf dieser Welt lebt wie ich, lernt man viele Dinge. Ich weiß viel über dich und deinesgleichen, auch wie ihr diesen Fluch von euch nehmen könnt. Also sag mir, Miranda, wie habt ihr es gemacht?«

Verbissen krame ich in meinem Kopf nach dem Tagesanbruch, an dem ich mich zum ersten Mal nicht mehr gewandelt habe. »Ein … Ein Messer. Wir haben uns mit einem Messer in die Handfläche geschnitten.«

»Wer hat wen geschnitten? Denk gut nach, denn das ist sehr wichtig!«

Meine Augen huschen unstet umher, während ich in Gedanken den Moment erneut erlebe. »Ich mich und er sich. Ein klarer Schnitt in die Handflächen. Dann haben wir unsere Hände übereinander gelegt.«

»Und da haben wir auch das Problem.« Grinsend lehnt sie sich in ihrem Thron zurück.

»Von welchem Problem sprecht Ihr?«

»Dass der junge König nach und nach seinen Verstand verliert, liegt nicht nur an seinem Erbe. Das mag zwar einen nicht geringen

Teil dazu beitragen, aber die wirkliche Schuld daran trägt das falsch ausgeführte Ritual.«

»Falsch ausgeführt? Aber … wir haben es genauso gemacht, wie es in diesem Buch stand!«

»Wirklich?« Wieder verzieht sich ihr Mund zu einem Grinsen. »Ich weiß zufällig, dass in dem Buch nur steht, dass der Pakt mit dem Blut der beiden Gefährten besiegelt werden muss. Das wirklich Wichtige wird jedoch nicht erwähnt.«

Eigentlich will ich es gar nicht wissen. Ich kann es sowieso nicht mehr ändern, aber dann denke ich an meine beiden Kinder, daran, dass auch ihnen irgendwann eine Bindung bevorstehen könnte. »Was haben wir falsch gemacht?«, würge ich hervor, obwohl die Antwort mir selbst nicht weiterhelfen wird.

»Du hättest ihn in deiner Tiergestalt so verletzen müssen, dass Blut fließt, und anschließend hätte er dir eine Verletzung zufügen müssen. Da ihr euch jeweils selbst mit dem Messer geschnitten habt, wurde die Bindung an sich zwar vollzogen, war aber fehlerhaft. Das Resultat daraus ist ein innerlich alternder König, dessen Körper nicht die ganze Gabe der Götter aufnehmen konnte. Früher oder später wird sein Körper zerfallen, lange bevor deine Lebensjahre aufgebracht sind. Und vorher wird es sein Geist sein, der verendet.«

Ich erstarre und schlage mir die freie Hand vor den Mund, ehe mir ein Schluchzer entweicht. Aeric wird sterben? Weil wir das Ritual nicht richtig ausgeführt haben? Das ist die Schuld für seine Taten und … seinen Wahnsinn? Nein, nicht *das*, sondern ich. Ich bin daran schuld, dass er all das durchmachen muss. Wäre ich nicht in sein Leben getreten, wäre er mit den Götterkindern nie in Berührung gekommen, könnte er ein normales, wenn auch kurzes Leben führen. Wie kann ich das jemals wiedergutmachen?

Bryandes Stimme reißt mich aus meinen Gedanken. »Und was erwartest du nun von mir?«

Ich verbanne die Zweifel tief in mir und recke das Kinn. »Ich erwarte gar nichts, Königin Bryande. Ich bin hier, weil es der letzte Wunsch Eurer Schwester war, dass Ihr Euch um ihre Tochter kümmern sollt. Ich bin weder im Auftrag meines Mannes noch aus einem anderen hinterhältigen Grund hier.«

»Sehe ich aus, als hätte ich Verwendung für dieses … Balg?«

Mühsam schlucke ich den dicken Kloß in meinem Hals hinunter. »W-Was meint Ihr damit?«

»Ich nehme doch an, dass der Vater des Kindes kein Elf war, richtig?«

Zögernd nicke ich. Worauf will sie hinaus?

»Na also. Was soll ich mit einem Bastard anfangen?« Ihre Stimme ist mittlerweile so laut, dass sie mir in den Ohren gellt. »Ich habe weder Zeit noch Lust, mich um das Kind meiner toten Schwester zu kümmern. Schließlich muss ich einen Krieg gewinnen!«

»Aber-«

»Außerdem ist hier bei uns kein Platz für diesen … *Mischling.*«

Ich presse das Kind an mich. Wie kann sie so etwas sagen? Wie kann sie so herzlos sein? Immerhin ist es ihre Nichte. Was hat sich Jocelyn nur dabei gedacht, mich hierherzuschicken?

Mein Kopf ruckt hoch, als Bryande aufsteht und mit energischen Schritten auf mich zukommt. Sie ist fast zwei Köpfe größer als ich, größer sogar als Aeric oder Will, und mindestens zehnmal so einschüchternd. Als Kriegerin durch und durch wäre es für sie ein Leichtes, mir mit bloßen Händen das Genick zu brechen …

Direkt vor mir bleibt sie stehen, doch ich wage es nicht, den Kopf in den Nacken zu legen und sie anzusehen. Zu groß ist meine Angst vor dem, was sie mir antun könnte. Mein Herz klopft wie wild und mein Magen befindet sich auf Talfahrt.

»Gib mir das Kind«, flüstert sie dann leise.

»W-Was?«

»Psst!« Ich zucke zusammen. »Die Wände haben hier Ohren. Gib mir das Kind und die Schließe und ich werde mich darum kümmern.«

Darum kümmern hört sich für mich nicht nach etwas Gutem an, also mache ich einen Schritt nach hinten. »Nein.«

»Sei nicht dumm, Miranda!«, zischt die Elfenkönigin. »Das Kind kann nicht hierbleiben. Zumindest nicht, wenn es den nächsten Morgen erleben soll.«

»A-Aber … es ist Jocelyns Tochter!«

»Das ist völlig egal. Nachdem meine Schwester vor Monaten in Gefangenschaft geraten ist, haben sich die meisten von ihr abgewandt. Es kostet mich meine ganze Kraft, die Streitmacht halbwegs zusammenzuhalten, aber ich weiß nicht, wie lange ich das noch schaffe. Ich bin keine Herrscherin, ich bin Kriegerin. Ich kann mein Volk nicht führen, aber genau das braucht es jetzt: einen Anführer.«

»Und wer soll das sein, wenn nicht Ihr?« Ein böser Verdacht keimt in mir.

Es dauert eine Weile, bis sie mir antwortet: »Von uns ist nur noch eine Schwester übrig.«

»Ihr wollt allen Ernstes Alys die Herrschaft der Elfen überlassen?«

»Sei nicht so laut!«, faucht sie und ich schließe hastig den Mund. »Ich habe nicht viel für meine jüngste Schwester übrig, aber rational gesehen ist sie die beste Wahl. Nur sie wird es schaffen, einen dauerhaften Frieden zwischen Elfen und Menschen herzustellen. Ich bin nur dazu gut, um Kriege zu führen. Noch nie gab es einen Elfenherrscher außerhalb unserer Blutlinie. Kein anderer wird auf dem Thron geduldet werden, außer meiner Schwester.«

»Ihr … Ihr könnt uns nicht dieser *Hexe* überlassen!«

»Ich weiß, dass du schon immer Unstimmigkeiten mit ihr hattest.« *Unstimmigkeiten? Das ist aber wirklich nett ausgedrückt!* »Aber Alys ist eine geborene Herrscherin. Wie keine andere beherrscht sie das Ränkespiel. Nur durch sie ist ein Frieden zwischen Elfen und Menschen denkbar, denn sie ist die Einzige, die lange unter Euresgleichen gelebt hat. Vor über dreißig Jahren wurde sie an den Hof des alten Königs geschickt, um sich um seine Leiden zu kümmern, und stellte eine Art Friedenspfand dar. Hin und wieder kam sie für einige Zeit nach Hause, aber es zog sie immer wieder zurück an den menschlichen Hof. Sie lebte sich besser ein, als wir es je für möglich gehalten hätten. Als dann davon gesprochen wurde, dass sie den jungen Prinzen heiraten sollte, hätten wir unseren Segen zu dieser Verbindung gegeben. Aber dann kamst du.«

Wieder schlucke ich hart. Auf den Verlauf, den dieses Gespräch gerade nimmt, hätte ich dankend verzichten können.

»Du warst in unserem Plan nicht vorgesehen und leider hast du dich auch nicht als nützlich erwiesen.«

Ich beiße fest die Zähne zusammen, um nicht zu einer patzigen Erwiderung anzusetzen. *Nicht nützlich?* Was hätte ich denn tun sollen?

»Anstatt deinem Mann, dem König, beizustehen, hast du es vorgezogen, dich mit deinen Kindern zu verkriechen.«

Scharf ziehe ich die Luft zwischen den Zähnen ein. Woher weiß sie das? Ich habe sie seit der Nacht meiner Krönung nicht mehr gesehen ... Woher weiß sie, dass meine Kinder nicht mehr am Hofe sind? Sofort beginne ich, im Kopf sämtliche Bedienstete durchzugehen und zu verdächtigen. Wer von ihnen könnte infrage kommen, ein Spion der Elfen zu sein? Aber halt, es muss gar kein Spion sein. Vielleicht war es Alys selbst, die in ständigem Kontakt mit ihrer ältesten Schwester steht. Ist das möglich? Könnte Bryande mit der Frau korrespondieren, die die eigene Schwester gefangen genommen hat und hinrichten will? Ich könnte es nicht. In der Nacht, in der die Jäger über mich hergefallen sind und mir meine Schwester Beatrix nicht zu Hilfe kam, habe ich vergessen, dass ich eine Schwester habe. Ich habe sie aus meinem Gedächtnis und meinem Herzen gelöscht und mich seitdem nicht mehr an sie erinnert.

Oder vielleicht war es Will. Er hat mir erzählt, dass es Bryande war, die ihm von Jocelyns Gefangennahme erzählt hat. Aber welchen Grund hätte er gehabt, der Elfenkriegerin von persönlichen Dingen über mich zu berichten?

»Du hast dich nicht zu der Königin entwickelt, auf die ich gehofft habe. Du bist tatsächlich nichts weiter als eine-«

»Sagt es nicht!«, schreie ich laut, zu laut. Das Baby in meinen Armen wird wach und fängt an zu schreien, doch es ist mir egal. Um nichts in der Welt will ich das Wort *Bauernkönigin* aus ihrem Mund hören. Ich will es *nie wieder* hören! Ich muss mir eingestehen, dass sie im Grunde recht hat. Ich bin keine starke Königin, habe mich nur hinter Phil und William und später hinter meinen Kindern versteckt, während Aeric mehr und mehr dem Wahnsinn verfiel und dadurch eine leichte Beute für Alys wurde.

Ich spüre Bryandes musternden Blick auf mir, ohne dass ich den Kopf hebe.

»Also«, murmelt sie dann, »was willst du, dass ich tue?«

»Nehmt das Kind und sorgt für es.«

»Und dann? Was wirst du tun?«

Ich schlucke meinen Ärger hinunter, begrabe all die Ängste und Zweifel tief in mir, ehe ich antworte: »Das, was ich von Anfang an hätte tun sollen. Ich werde eine Königin sein.«

»An der Seite eines schwachen und kranken Königs?«

Ich schüttle den Kopf und schaue dann hinauf in ihr Gesicht, begegne ihrem Eisblick ohne Furcht. »Eine wahre Königin braucht keinen König. Ich werde die Herrscherin sein, die mein Volk dringend braucht. Und wenn das bedeutet, dass ich an der Seite der Hexe regieren muss, dann soll es so sein. Ich habe mich lang genug versteckt.« Dass Aeric in dieser Verfassung nicht zuletzt wegen mir ist, muss ich nicht extra hinzufügen. Es schmerzt auch ohne dass ich es laut ausspreche.

Zum ersten Mal in meinem Leben sehe ich die übergroße Kriegerin lächeln. »Ich habe gehofft, dass du so denkst. Wie du vorhin zu einem meiner Soldaten bereits sagtest: Du stammst von einer sehr viel älteren Macht ab als jeder Elf auf dieser Welt. Nutze diese Kraft, die du hast! Wenn du das schaffst, kannst du viel erreichen. Vieles, von dem du nicht einmal zu träumen gewagt hast.« Dann streckt sie die Arme nach dem Kind aus. »Wie heißt es?«

»Fyelana«, antworte ich mit belegter Stimme und reiche ihr das Neugeborene. »Bitte passt gut auf sie auf.« Anschließend lege ich die Schließe auf die Decke, in die das Kind eingewickelt ist.

»Das verspreche ich. Ich werde sie an einen Ort bringen, wo sie in Ruhe aufwachsen kann. Für dich und für alle anderen wäre es besser, wenn niemals jemand von ihrer Existenz erfährt. Ich weiß nicht, wie Alys auf sie reagieren würde. Sag jedem, der fragt, dass sie auf dem Weg gestorben ist, ehe du den Mondberg erreicht hast.«

Ich hole tief Luft und nicke. »Einverstanden.« Es fällt mir nicht schwer, die Gründe dafür zu verstehen. Wenn Alys denkt, dass das Kind tot ist, wird sie es nicht suchen lassen und dabei auch nicht auf Bryande stoßen. So ist es für alle Beteiligten am besten.

»Was ist mit dem Vater? Weißt du, wer es ist?«

»Ja«, murmle ich traurig. »Aber ich denke nicht, dass er …«

»Der junge Ritter, der immer an König Aerics Seite stand. Er ist der Vater, nicht wahr?«

Ich weiche ihrem Blick aus, weil sich Tränen in meinen Augen sammeln. »Aeric wird ihm den Prozess wegen Hochverrats machen. Falls er überhaupt noch lebt, wenn ich zurückkomme.« Wills Verlust ist für mich das Schlimmste an der ganzen Sache. Mir war klar, dass es so enden könnte, aber trotzdem habe ich mich immer an die Möglichkeit geklammert, dass er es schafft, zusammen mit dem Kind zu fliehen und Aerics Zorn zu entkommen. Vor allem, nachdem er Aeric niedergeschlagen hat, denke ich nicht, dass er mit dem Leben davonkommen wird, egal, was ich in die Waagschale werfen würde. Es wird mir nicht gelingen, Wills Leben zu retten, nachdem ich so lange geschwiegen und ihn beschützt habe. Aeric wird mir das nie verzeihen …

Bryande runzelt für einen Moment die Stirn, ehe sie sich an ihren Hals greift und die kleine Kette abnimmt, die sie trägt. Anschließend reicht sie mir das Schmuckstück, das sich als kleine Phiole entpuppt, in der Flüssigkeit schwimmt. »Geh nach Hause, Königin der Menschen, und denk an das, was du vorhin gesagt hast: Eine wahre Königin braucht keinen König. Fülle die Leere, die sein kranker Geist hinterlässt, aus und herrsche weise. Nutze diesen Trank, um noch einmal neu anzufangen. Du wirst den richtigen Zeitpunkt, ihn selbst zu trinken und ihn König Aeric zu verabreichen, erkennen, wenn er gekommen ist. Es ist nicht viel, was ich für dich tun kann, aber trotzdem glaube ich, dass dieser Trank sich als nützlich erweisen wird. Er lässt denjenigen, der ihn trinkt, die Ereignisse des letzten Jahres vergessen. Jeder Elfenkrieger besitzt eine solche Phiole für den Fall, dass er vom Feind gefangen genommen wird. Dass ich meine nun dir anvertraue, zeugt von dem Vertrauen, das ich in dich habe. In dich als Königin und an die Taten, die du noch vollbringen wirst. Mit dir an seiner Seite kann auch der schwache König stark erscheinen.«

Sie deutet eine Verbeugung an, ehe sie sich umdreht und mit langen Schritten den Saal verlässt.

Es dauert eine Weile, bis ich das Zittern in meinen Beinen gut genug unter Kontrolle habe, um selbst ein paar vorsichtige Schritte zu wagen.

Draußen steht der Elf, dem ich vorhin begegnet bin, und hält die Zügel meines Pferds. »Ich wünsche eine sichere Heimreise, Majestät.«

Ich nicke schwach, nehme ihm die Zügel aus den Händen, steige auf und trabe in den Wald hinein.

Der Rückweg kommt mir mindestens dreimal so lang vor wie der Hinweg, obwohl ich diesmal kein Neugeborenes dabeihabe, das mich aufhält. Vielleicht bremse ich mich selbst, weil ich nicht nach Hause zurück will. Ich möchte nicht sehen, wie William verurteilt und hingerichtet wird. Ich will nicht erleben, wie Aeric seinen besten und einzigen Freund umbringt, nur weil er sich in die falsche Frau verliebt hat.

Es ist … *nicht richtig.*

Und doch möchte ich dabei sein, möchte William den seelischen Halt auf seiner letzten Reise geben. Ich bin mir sicher, dass er am Ende ist. Seine Geliebte ist bei der Geburt ihres gemeinsamen Kindes gestorben. Das Kind selbst sieht einer ungewissen Zukunft entgegen, denn obwohl Bryande mir versichert hat, dass sie sich gut um die kleine Fyelana kümmern wird, weiß ich doch nicht, ob ihr das gelingt.

Ich trete dem Pferd die Fersen in die Seiten und lasse es nach Hause galoppieren.

Es ziemt sich nicht für eine Königin, sich vor unbequemen Aufgaben zu drücken! Ich muss endlich aufhören, wie das Falkenmädchen zu denken, das ich einst war. Das bin ich nicht mehr.

Ich bin die Königin der Menschen.

Doch meine Eile ist sinnlos und kommt zu spät.

Als ich das Burgtor passiere, fallen mir sofort die betretenen Mienen der Wachen auf, die meinem Blick ausweichen. Selbst der Stallbursche, der gleich angelaufen kommt und mir vom Pferd hilft, ist nicht so geschwätzig wie sonst. Es gelingt mir nicht, einem von ihnen etwas Genaueres zu entlocken; sie schütteln nur schweigend den Kopf.

Die gedrückte Stimmung, die auf der ganzen Burg zu herrschen scheint, setzt sich auch drinnen fort. Die Mägde knicksen eifrig und nehmen mir den Umhang ab, aber auch sie schaffen es nicht, mir in die Augen zu sehen.

Ein eiskalter Klumpen bildet sich in meinem Magen, während ich meine Füße zwinge, einen Schritt vor den anderen zu setzen.

Vor der großen Doppeltür des Thronsaals bleibe ich stehen und hole tief Luft, ehe ich die Schultern straffe und sie aufstoße. Eine Gruppe

Männer drängt sich um den Thron, aber sie alle drehen sich um, als sie die Tür hören. Mit erhobenem Kopf und angemessenen Schrittes gehe ich ihnen entgegen. Eilig machen sie mir Platz und verbeugen sich, als ich an ihnen vorbeilaufe, doch ich nehme keinen von ihnen bewusst wahr.

Mein Blick hängt an Aeric, der mich mit zusammengepressten Lippen mustert, dann aber die Lider senkt. *Schwach. Schwach und krank*, das waren Bryandes Worte, und ich sehe, dass sie recht hat. Doch darum werde ich mich später kümmern.

»Du sitzt auf meinem Platz«, sage ich so hochmütig wie möglich und fixiere Alys, die es tatsächlich gewagt hat, sich auf meinen Thron zu setzen.

»Ist das so?« Sie schlägt sich eine Hand vor den Mund. »Verzeiht dieses Versehen. Ich dachte, dieser Platz wäre frei. Immerhin war er das die letzten Monate.«

»Dieser Platz ist *nicht* frei«, fauche ich und verstecke meine geballten Fäuste in den Falten meines Kleides. Ich spüre, wie die Männer um uns herum die Luft anhalten, doch Alys scheint gar nicht daran zu denken, den Thron zu verlassen. »Steh auf! Wird's bald?«

Wir starren uns an, ohne auf die anderen um uns herum zu achten, und ich habe nicht wenig Lust, sie einfach zu packen und herunterzuzerren. Mit jeder verstreichenden Sekunde, in der nichts geschieht, fällt es mir schwerer, mich zurückzuhalten.

»Ich glaube, wir haben hier eine Pattsituation«, säuselt sie dann. Als sie ihre Finger über Aerics Arm gleitet lässt, sehe ich rot und schnappe mir ihr Hand.

»Wir haben hier *keine* Pattsituation.« Als ich den Druck um ihr Handgelenk verstärke, huscht für einen Augenblick ein Ausdruck von Schmerz über ihr Gesicht, der mich kurz grinsen lässt. »Du hast seinen Geist lange genug vergiftet. Ich weiß, dass er deine Zauberkräfte braucht, aber ich werde nicht zulassen, dass du meinen Platz einnimmst. Du bist nichts weiter als ein Gast und ab jetzt wirst du genauso behandelt werden.«

»Miranda, meinst du nicht-«

Ich bringe Aeric mit einem einzigen Blick zum Schweigen. Sofort schließt er den Mund und senkt den Kopf.

Mit einem Ruck zerre ich Alys von meinem Thron. Sie stolpert die drei Stufen des Podests hinunter, rudert mit den Armen und kann sich gerade noch rechtzeitig mit den Händen auffangen, um nicht auf den Steinboden zu fallen. Erhobenen Hauptes drehe ich mich um, fixiere die Elfenhexe mit meinem Blick und lasse mich langsam und bewusst auf dem Thron nieder.

»Lang lebe die Königin«, murmelt einer der anwesenden Männer, woraufhin alle anderen mit einstimmen.

Ich lächle ihnen huldvoll zu. Alys hingegen bedenke ich mit einem überlegenen Grinsen.

Die Zeiten, in denen sie auch die Geschicke der Menschen leiten konnte, sind ein für alle Mal vorbei. Und das weiß sie, das sehe ich in ihren Augen. Sie ist zwar die Königin der Elfen, nachdem die amtierende Königin tot und die älteste Schwester verschwunden ist, aber dennoch hier an unserer Burg nur ein Gast, und genau so werde ich sie auch behandeln. Sollte sie es jedoch noch einmal wagen, auf meinem Thron zu sitzen, meinen Kindern zu nahe zu kommen oder meinen Mann mehr als nötig zu berühren, wird meine Gastfreundschaft ein jähes Ende finden. Es ist mir egal, ob ich mir dadurch die Wut des gesamten Elfenvolkes zuziehe: Wer meine Familie bedroht oder versucht zu entzweien, wird meinen Zorn zu spüren bekommen.

Ich bin das Bauernmädchen. Ich bin das Mondscheinmädchen. Ich bin das Falkenmädchen. Ich bin das Kind des Mondes. Ich bin die Königin der Menschen. Ich bin all das, und wenn ich es schaffe, alles in mir zu vereinen, wird es keine Macht auf dieser Welt geben, die mich brechen kann.

KAPITEL 32

Obwohl ich einen Sieg errungen habe, gebe ich mich nicht der Illusion hin, dass mir von Alys keinerlei Gefahr mehr droht. Ich weiß, dass sie nur auf den richtigen Moment wartet, um sich all das zu nehmen, von dem sie denkt, es würde ihr zustehen. Auch wenn ich selbst kaum Vertrauen in die Elfen habe, so freue ich mich doch auf die Nacht, in der die von Jocelyn erwähnten Krieger zu unserem Schutz eintreffen werden. Erst dann werde ich es wagen, meine Kinder aus Phils Obhut zurück an den Hof zu holen.

Nach einer Weile schicke ich die Männer, die bereits im Thronsaal waren, als ich ankam, zusammen mit Alys nach draußen. Es wundert mich, dass sie sich sofort fügt wie ein Lämmchen und das Feld räumt.

Vor dem, was jetzt kommt, habe ich mich die ganze Zeit am meisten gefürchtet, und ich schlucke angestrengt, ehe ich meine Stimme finde und mich zu Aeric umdrehe.

Sein Blick fliegt gehetzt durch den Thronsaal und ist seltsam leer, während er es nicht wagt, mich anzusehen.

All das ist bereits Bestätigung genug, dennoch frage ich: »Wo ist Will?«

Sofort presst Aeric fest die Lippen zusammen.

»Was hast du mit ihm gemacht?« Ohne dass ich es verhindern kann, füllen sich meine Augen mit Tränen. Ich wusste, dass Will nicht überleben wird, noch bevor ich mit dem Kind einen Fuß aus dem Burghof gesetzt habe.

»Er hat gar nichts mit ihm gemacht«, ertönt eine Stimme vom anderen Ende des Saals. Mit kleinen Schritten kommt Alys auf mich zu. Was will sie hier? Habe ich sie nicht eben erst hinausgeschickt? Ein wahnsinniges Funkeln leuchtet in ihren Augen, als sie vor mir stehen bleibt, und ich muss mich überwinden, den Blick nicht abzuwenden. »Wenn es nach ihm gegangen wäre, hätte man William kein einziges Haar gekrümmt.« Ein diabolisches Grinsen verzerrt ihr schönes Gesicht zu einer Fratze. »Aber zum Glück geht es nicht nach ihm.«

Ich springe auf und packe sie vorne am Kragen. Sie ist nur ein Stück größer als ich, und obwohl sie über weitreichende magische

Künste verfügt, verspüre ich keine Angst vor ihr. Da ist nur Wut. Heiße, unbändige und alles verzehrende Wut.

»Du Miststück!«, fauche ich. »Was hast du mit William gemacht?«

Ihr Elfenkörper wird von einem Lachen geschüttelt. »Ich habe ihn leiden lassen. Und weißt du was? Es hat sich gut angefühlt, ihm so lange Schmerzen zuzufügen, bis er selbst seine Liebe zu meiner Schwester verflucht hat.«

Ich schaffe es nicht, die bittere Galle hinunterzuschlucken, die bei ihren Worten in meinem Hals aufsteigt, und wende mich würgend ab. William ... Sie ... Sie hat ihn gefoltert! Aber warum? Wollte sie Informationen von ihm? Das muss es sein!

»Ich war nicht überrascht, als er irgendwann zugegeben hat, dass du bis zum Hals in der Sache mit drinsteckst.« Mit ihrem Zeigefinger stupst sie mich an und ich weiche einen Schritt zurück. »Aber Aeric ... Aeric war davon sehr überrascht, nicht wahr?« Mit einem scheinheiligen Grinsen schaut sie über meine Schulter zum Thron, auf dem mein Mann noch immer reglos sitzt. »Er kann, glaube ich, noch immer nicht verstehen, wie du ihm das antun konntest.«

»Ich habe ihm nichts angetan!«, schleudere ich ihr entgegen, ehe ich mich umdrehe und vor Aeric auf die Knie sinke. Meine Hände suchen seine und halten sie fest, doch er weicht stur meinem Blick aus. »Ich habe alles darangesetzt, deinen besten und einzigen Freund zu retten. Das ist nichts, wofür ich mich schämen müsste.«

»Wirklich?«, ertönt Alys' Stimme hinter mir. »Nun, Aeric ist sich da nicht so sicher, nicht wahr?«

»Bitte, du musst mir glauben!«, sage ich zu meinem Gefährten und versuche das irre Kichern der Elfe hinter mir zu ignorieren. »Ich würde nie etwas tun, das dir schaden könnte. Dazu habe ich keinen Grund.« Meine Finger krallen sich in seine und ich werte es als kleinen Sieg, dass er mir seine Hände nicht sofort entzieht. »Es tut mir leid, dass ich es dir nicht von Anfang an erzählt habe. Es tut mir wirklich leid, aber ich musste an Will denken. Du hättest ihm niemals verziehen, dazu war dein Hass auf die Elfenkönigin viel zu groß. Ich habe mich bemüht, einen Mittelweg zu finden und wenn ... wenn diese Hexe ihn nicht in die Finger bekommen hätte, wäre er schnellstmöglich vom Hof verschwunden. Zusammen mit dem Kind. Um beide hättest du dich nicht kümmern müssen und doch wären sie glücklich gewesen.«

»Was uns zur nächsten Frage bringt.« Alys' Hand saust auf meine Schulter hinunter und ihre Finger graben sich schmerzhaft ins Fleisch. »Wo ist das Kind? Was hast du mit ihm gemacht?«

Mit einem Ruck befreie ich meine Schulter und funkle sie wütend an. »Du glaubst doch nicht im Ernst, dass ich dir das sagen werde!«

»Nun, Will war da auskunftsfreudiger. Er hat mir erzählt, dass er dich damit zu Bryande geschickt hat. Zwar erst nach einer ganzen Weile und nachdem ich ihm ein Stück seiner Haut abgezogen habe, aber immerhin. Und da du unbeschadet zurück bist, scheinst du meine Schwester gefunden zu haben. Ist das so? Ist sie immer noch im Mondberg?«

Ich beiße fest die Zähne zusammen. Aus mir wird sie kein einziges Wort herausbekommen! Selbst wenn ich wüsste, wohin Bryande mit dem Kind wollte, würde ich es Alys niemals sagen. Nur über meine Leiche!

»Auf einmal so willensstark, Bauernkönigin?«

Ich knurre sie an und es fehlt nicht viel, dass ich auf sie losgehe. Mein Körper wird von einem Schütteln heimgesucht, das ich nur aus den Zeiten meiner Verwandlung in einen Falken kenne. Oh ja, die Vorstellung, meine scharfen Krallen in ihrem hübschen Gesicht zu versenken, hat durchaus etwas Reizvolles …

Ich fasse mit einer Hand an mein Herz, um sein aufgeregtes Schlagen zu beruhigen, und fühle etwas Unbekanntes. Bryandes Kette mit der kleinen Phiole! Schnell werfe ich einen Blick auf Aeric, der endlich meinen Blick erwidert.

»Du hast mir einst geschworen, dass du mir hilfst und zu mir stehst, egal, was auch geschehen möge. Damals, als ich noch dein Falkenmädchen war. Erinnerst du dich an diese Nacht in Phils Hütte?«

Seine Finger zucken an meiner Hand und sein Blick wird weich.

»Wenn ich dir jetzt etwas zu trinken gebe, dann musst du mir vertrauen. Ich werde es ebenfalls trinken. Es wird uns helfen, wieder zu den Menschen zu werden, die wir einst waren. Ich habe so viel falsch gemacht in den letzten Jahren und das tut mir leid. Aber von nun an möchte ich meine Fehler wiedergutmachen.«

»Was soll das?«, faucht Alys hinter mir und versucht über meine Schulter zu spähen. »Was hast du vor, Bauernkind?«

Ich achte nicht auf sie, sondern entkorke flink die Phiole und halte sie Aeric an die Lippen. Er zögert, aber ich lächle ihm aufmunternd zu und er trinkt die Hälfte der Flüssigkeit. Ehe Alys reagieren oder einen Zauber weben kann, schütte ich die andere Hälfte in mich hinein.

Drittes Buch

DIE WAHRE KÖNIGIN

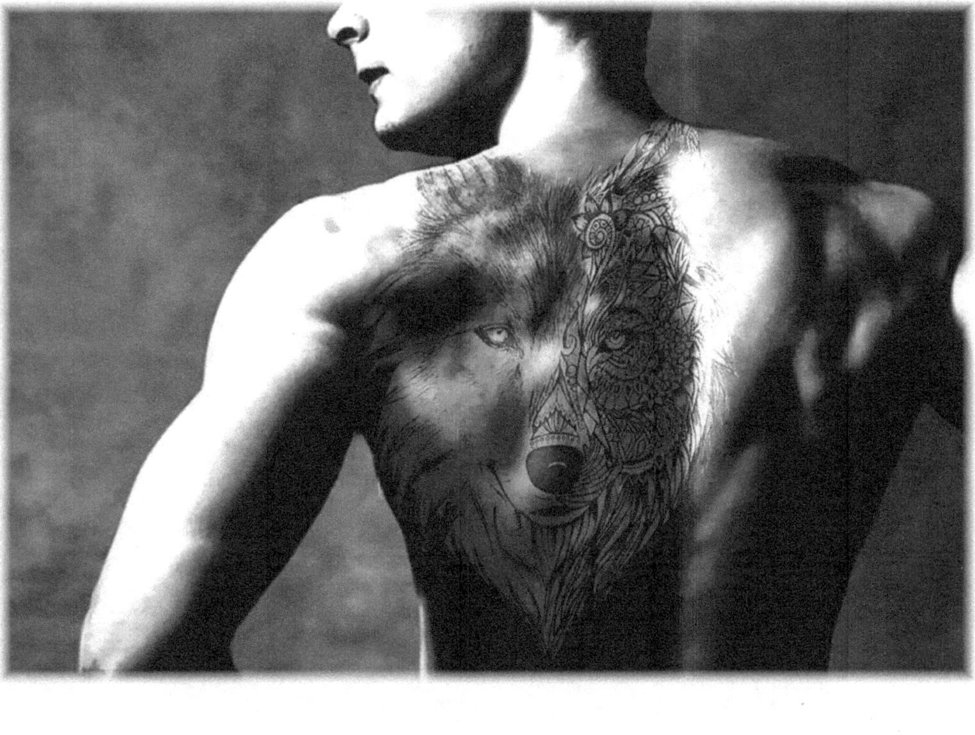

KAPITEL 33

Eine wahre Königin braucht keinen König.

Das ist der einzige Satz, der in meinem Kopf herumspukt, als ich wieder zu mir komme.

Ansonsten ist meine Erinnerung an die letzten Monate nur vage.

Nachdem ich mich vergewissert habe, dass Aeric, der neben mir im Bett liegt, nur schläft, suche ich nach meinen Kindern – und kann sie nirgends finden. Panisch frage ich die erste Magd, die mir auf dem Korridor über den Weg läuft, nach ihrem Verbleib und sie weist mir den Weg zu Phils Hütte.

Tatsächlich finde ich dort meine beiden Kinder. Giselle klammert sich sogleich an mein Bein, während Vaan auf mich zugekrabbelt kommt. Überschwänglich schließe ich beide in die Arme, als hätte ich sie monatelang nicht gesehen.

Phil mustert mich mit gefurchter Stirn und fragt nach William, ohne mich zu begrüßen.

Ich öffne den Mund, um ihm zu sagen, dass Will sicherlich irgendwo bei Hofe ist und einem der Mädchen nachsteigt, doch die Worte bleiben mir im Halse stecken. Irgendwas tief in mir drin weiß, dass er nicht bei Hofe ist. Dass er *nirgendwo* ist. Aber ich kann nicht sagen, woher diese Gewissheit kommt. Also schweige ich und Phil schüttelt traurig den Kopf, fragt aber nicht weiter nach.

Nachdem ich meine Kinder wiederhabe, kehre ich mit ihnen und Phil zur Burg zurück. Anschließend mache ich mich daran, Aeric aufzuwecken, der noch immer im Bett liegt und schläft. Ich gehe dabei sehr behutsam vor. Das Wissen, dass ich mitschuldig an seinem verwirrten Zustand bin, frisst wie ein Geschwür in mir. Bryande … Sie hat mir erzählt, dass wir unser Bindungsritual falsch vollzogen haben. Ich erinnere mich dunkel daran, doch ihre Worte sind so klar, als würde sie direkt neben mir stehen. Aber … bei welcher Gelegenheit hat sie mir das erzählt? Wann habe ich zuletzt allein mit der Elfenkriegerin gesprochen? Das muss schon ewig her sein!

Je länger ich versuche, mich zu erinnern, desto mehr entgleitet mir die Antwort auf meine Frage, irgendwann gebe ich es auf, denn es ist einerlei. Wir können es nicht mehr ungeschehen machen, sondern müssen versuchen, mit dem angerichteten Schaden zu leben. Meine Kinder jedoch sollen es eines Tages besser wissen und unseren Fehler nicht wiederholen.

Unruhig rutsche ich auf dem Thron hin und her und beobachte die beiden Elfenkrieger, die vor mir knien und die Köpfe ehrfurchtsvoll geneigt haben.

»W-Warum seid ihr beide noch mal hier?«, frage ich zum hundertsten Mal, doch egal, wie oft sie mir sagen, dass die Elfenkönigin sie zu meinem Schutz geschickt hätte, ich verstehe es trotzdem nicht. Warum sollte Alys so etwas tun? Schließlich ist sie die Elfenkönigin. Warum sollte gerade ihr daran gelegen sein, dass ich oder meine Kinder in Sicherheit sind?

Ich mustere den männlichen Krieger und bewundere sein rotes Haar, das ihm offen bis über die Schultern fällt. Es leuchtet herrlich auf seinem weißen Umhang. Neben seiner Schönheit verblasst die junge Elfenkriegerin an seiner Seite beinahe, obwohl auch sie einer Erscheinung gleichkommt. Ihre Haare sind lang und so dunkel, dass sie beinahe violett schimmern. Spitz ragen die Ohren der beiden aus der Haarpracht und reichen fast eine Handbreit über ihren Hinterkopf hinaus.

Ich fühle mich unwohl, mit den beiden im Thronsaal zu sein, doch sie haben darauf bestanden, dass sie mit mir allein sprechen wollen. Selbst nachdem sie ihre Waffen abgelegt haben, spüre ich noch immer diese Nervosität in mir, denn ich weiß, dass es ihnen mit ein paar Handbewegungen möglich wäre, die gesamte Burg in Schutt und Asche zu legen.

»Wie wir Euch bereits sagten, sind wir hier, um in Eure Dienste zu treten, Königin Miranda«, sagt der Rothaarige – ich glaube, sein Name war Gylbert –, ohne den Blick zu heben.

»Aber ich … ich wüsste nicht, warum ich Eure Dienste brauchen sollte«, versuche ich es erneut.

Nun hebt die Frau, Layla, den Kopf und selbst ihre Augen sind so dunkel, dass sie schon beinahe violett sind. »Wir sind hier, um

Euch und Eure Kinder zu schützen, und wir werden erst gehen, wenn unsere Dienste nicht mehr vonnöten sind. Dies haben wir unserer Königin geschworen, bevor sie uns verließ, und wir sind an diesen Schwur gebunden. Wir hoffen darauf, dass Ihr uns an Eurem Kamin willkommen heißt und uns eine Aufgabe zuteilt.«

»Nun …« Unsicher fahre ich mir mit der Zunge über die Unterlippe. »Meine Kinder … Sie sind zwar noch klein, aber ich denke, ihr könntet sie später im Umgang mit Waffen trainieren.«

»Es wäre uns eine Freude«, erwidert Gylbert. »Bis dahin werden wir ein wachsames Auge auf Prinz Vaan und Prinzessin Giselle haben und sie notfalls mit unserem Leben verteidigen.«

Noch immer fühle ich mich nicht wohl in der Gegenwart der kampferprobten Krieger, und doch glaube ich, dass sie meinen Kindern eines Tages einen großen Dienst erweisen werden.

Ich will gerade etwas sagen, als ich ein seltsames Kribbeln spüre, das nach mir greift. Wie Nebelschwaden, durchsichtig und leicht, versucht eine Macht, sich über meinen Geist zu legen.

Wütend beiße ich die Zähne zusammen, ehe ich zische: »Lasst Eure Tricks sein, Elf! Ich stamme von einer sehr viel älteren Macht ab als Ihr! Eure Zauberkunststücke sind nutzlos bei mir.«

Nachdem ich diese Worte gesagt habe, stutze ich. Sie kommen mir bekannt vor, gingen mir so leicht über die Lippen, als hätte ich sie schon einmal in einer ähnlichen Situation gesagt, doch mir will einfach nicht einfallen, wann das gewesen sein soll. Nichtsdestotrotz weiß ich, was der Elf mit mir machen wollte – diesen Zauber nennen sie Bezirzen.

Reumütig senkt Gylbert den Kopf. »Verzeiht, meine Königin. Ich hatte gehofft, ich könnte Euch unseren Aufenthalt dadurch angenehmer gestalten. Es wird nie wieder vorkommen.«

»Das hoffe ich«, entgegne ich kühl. »Sollte ich jemals bemerken, dass Ihr diese Gedankenspiele bei mir, meinem Mann oder meinen Kindern anwendet, wird Euch augenblicklich mein Zorn treffen, ist das klar?«

»Natürlich, Majestät«, murmelt Layla und ich entlasse die beiden mit einer Handbewegung.

Als sie den Saal verlassen haben, atme ich auf. Es ist zwar eine gute Idee, die beiden zum Schutz gegen Alys zu haben, dennoch verunsichert ihre Nähe mich. Vielleicht können sie zu Vertrauten meiner

Kinder werden, aber für meinen Geschmack habe ich genug Schlechtes mit Elfen erlebt, als dass ich einen von ihnen freiwillig in meiner Nähe haben will.

Zumindest glaube ich das … Bis auf Alys und die früheren Besuche der beiden Elfenherrscherinnen kann ich mich an keinen Zwischenfall mit Elfen erinnern, wenn ich recht darüber nachdenke … Warum habe ich das Gefühl, keinem Elfen mehr trauen zu können? Liegt das an Alys, die mich mit ihren mörderischen Eisblicken jedes Mal zu töten versucht, wenn sie mir begegnet? Ich habe begriffen, dass wir sie hier brauchen, denn nur ihre Zauberkräfte vertreiben die Dunkelheit aus Aerics Gedanken. Trotzdem versuche ich sie so oft wie möglich von uns fernzuhalten.

Aerics Zustand ist etwas, das mich neben der Sorge um meine Kinder jede freie Minute beschäftigt. Es gibt Tage, an denen ist er der sorgenfreie junge Mann, als den ich ihn kennengelernt habe. An diesen Tagen sind die Ängste weit weg und ich verschwende keinen Gedanken an das Morgen. Aber dann gibt es die dunklen Tage … Tage, an denen ich das Gefühl habe, dass er noch nicht einmal mich oder unsere Kinder erkennt. Dann sitzt er da, meistens in einem abgedunkelten Raum, und starrt stumm vor sich hin, während er auf nichts und niemanden reagiert. Hin und wieder zuckt er zusammen, als würde er etwas Schreckliches sehen, das nur er wahrnehmen kann.

Als ich Phil davon berichtet habe, dass wir das Ritual falsch ausgeführt haben und dass das Aerics Probleme ausgelöst hat, gab der Alte sich die Schuld. Es war schrecklich mit anzusehen, wie er mit sich haderte und mich anflehte, ihm zu vergeben. Ich glaube bis heute, dass es nichts zu vergeben gibt, schließlich wusste er es nicht besser, so wie wir auch nicht. Es ist, wie es ist, und wir alle müssen das Beste daraus machen.

Ich stehe auf, streiche mein Kleid glatt und verlasse den Thronsaal. Draußen wartet Aeric auf mich und lächelt mich an. Heute ist einer der guten Tage. Auf seinem Arm hält er unseren Sohn, während Giselle zu seinen Füßen ein Holzschwert umherschwingt.

Ich ziehe tadelnd die Augenbrauen nach oben. »Na, das lassen wir lieber nicht die Amme sehen. Sie ist sowieso der Meinung, dass wir Giselle zu sehr zu einem Jungen erziehen. Wenn sie noch erfährt, dass sie mit Waffen spielt, muss ich mir wieder ihr Gejammer anhören.«

Meine Tochter zieht einen Flunsch, denkt aber gar nicht daran, das Schwert aus der Hand zu legen.

»Ach, lass ihr doch den Spaß«, sagt Aeric lächelnd und berührt mich mit der freien Hand am Arm. »Auch eine Prinzessin muss lernen, sich und die ihren zu verteidigen. Das muss auch Martha einsehen.«

Martha, die Kinderfrau, die die königliche Erziehung von Giselle und Vaan übernommen hat, wird das ganz und gar nicht einsehen. Dazu ist sie viel zu verkniffen und auf ihre strikte Rolleneinteilung bedacht. Wenn es nach ihr ginge, würde die fast fünfjährige Giselle den ganzen Tag nähen, sticken oder irgendein sinnloses Instrument lernen. Ich will mir gar nicht vorstellen, was eine solch strenge Erziehung aus diesem Wirbelwind machen würde, und bin dankbar über jeden Tag, den ich frei habe und mit meinen Kindern verbringen kann.

»Wollten die beiden Elfen zu dir?«, fragt Aeric, nachdem Giselle laut schreiend mit dem Holzschwert auf eine der Wachen losgegangen ist und es vor sein Schienbein gehauen hat. Man muss dem Wachmann zugutehalten, dass er nur ganz kurz mit dem Auge gezuckt und sich das Lachen verkniffen hat.

»Ja, ich glaube ... Ich glaube, sie stehen von nun an in meinen Diensten.«

Aeric runzelt die Stirn. »Haben wir etwa nicht genug Wachen und Soldaten?«

Eine berechtigte Frage, auf die ich zur Antwort nur mit den Schultern zucken kann. »Eigentlich schon. Ich weiß auch nicht, warum sie darauf bestanden haben. Aber sie schienen mir etwas von ihrem Handwerk zu verstehen. Vielleicht können sie enge Vertraute unserer Kinder werden, schließlich leben sie auch so lange.«

»Hm, vielleicht.«

Wir folgen Giselle nach draußen in den Hof. Die Sonne steht hoch am Himmel, trotzdem ist es bereits kühl. Nicht mehr lange und es wird wieder Winter werden. Ich schaue zu, wie Giselle mit ihrem Holzschwert die kleine Hühnerschar quer über den Burghof jagt, und Vaan quietscht bei diesem Anblick vergnügt.

Wer uns beobachtet, könnte uns für eine normale und glückliche Familie halten, doch der Schein trügt. Dennoch genieße ich die fröhlichen Tage in vollen Zügen und nähre mich von ihnen, wenn wieder ein dunkler Tag anbricht.

»Nächste Woche ist Giselles Geburtstag«, sagt Aeric und ich nicke. »Sollen wir einen Empfang geben?«

»Nein«, sage ich schnell. »Ich glaube nicht, dass sie sich über ihren Geburtstag freuen wird.«

Ich weiß genau, was ihr bevorsteht, welche Schmerzen und Ängste sie nach Mitternacht heimsuchen werden. Jemandem dies zu erklären, der das nicht selbst erlebt hat, ist unmöglich, doch Aeric stimmt mir zu.

»Wirst du bei ihr sein?«, fragt er dann.

»Natürlich. Immer.«

KAPITEL 34

In der Nacht zu Giselles fünftem Geburtstag schlage ich mein Nachtlager in ihrem Zimmer auf. Zwar habe ich ihr von klein auf erzählt, was ihr passieren wird, aber wirklich begriffen hat sie es nicht. Sie ist viel zu glücklich darüber, dass ich in ihrem Zimmer übernachte, als dass sie mir zuhört oder sich entspannt. Irgendwann gebe ich auf, dieses Energiebündel bändigen zu wollen, und puste die Kerzen aus.

Doch an Schlaf ist nicht zu denken. Obwohl meine Tochter nach wenigen Minuten neben mir eingeschlafen ist, starre ich die ganze Zeit aus dem Fenster und beobachte, wie der Mond langsam über den fast pechschwarzen Himmel wandert. Immer wieder versuche ich mir einzureden, dass ich nicht mehr tun kann, als hier für sie da zu sein, aber ich werde das Gefühl nicht los, dass es nicht genug ist. Es ist immerhin mehr, als ich während meiner ersten Wandlung gehabt habe.

Nach einigen Stunden wird ihr kleiner Körper unruhig und ich stehe auf, um die Kerze wieder zu entzünden. Dann setze ich mich ans Bett und halte ihre Hand, während sie den Kopf hin und her wirft und den Mund verzieht, als hätte sie Schmerzen. Ich weiß, was sie durchmacht, und hätte in diesem Moment alles dafür gegeben, ihr diese Schmerzen und Ängste nehmen zu können. Da das jedoch nicht möglich ist, tue ich das, was ich kann: Ich bin für sie da, leite sie durch diese dunklen Stunden und gebe ihr das Gefühl, dass sie nicht anders ist.

Dass sie kein *Monster* ist.

Als sich ihr Körper krümmt und sie anfängt zu schreien, nehme ich sie fest in die Arme, wiege sie vor und zurück und streiche beruhigend über ihren blonden Schopf, während ich ihr zuflüstere, dass alles gut werden wird.

Unter meinen Händen spüre ich, wie sich ihre Knochen verschieben. Ihre Schreie gellen in meinen Ohren und ich bin sicher, dass sie damit die gesamte Burg wecken wird. Doch das ist mir egal. Ich weiß, welche Schmerzen gerade in ihrem kleinen Körper wüten. Es fühlt sich an, als würde sie auseinandergerissen werden.

»Gleich ist es vorbei«, flüstere ich, während ich sie festhalte, sanft vor und zurück wiege und dabei die Augen geschlossen halte. Zu erleben, was meine Tochter durchmacht, ist schlimmer, als ich es mir vorgestellt habe. Ich fühle mich hilflos und mache mir Vorwürfe, dass ich den Fluch an sie weitergegeben habe. Ich weiß auch, dass es nicht leichter werden wird. Irgendwann wird der Schmerz verblassen, sie wird sich daran gewöhnen, aber bis dahin ist es noch ein langer Weg.

Die Gestalt meiner Tochter schrumpft in meinen Armen, verschiebt sich und nach einer Weile spüre ich anstatt fiebrig heißer Haut weiches Fell unter meinen Fingern. Ihre Schreie werden zu einem heiseren Fauchen, das nichts Menschliches mehr hat. Irgendwann ebben auch diese Geräusche ab, bis ich nur noch ein Keuchen höre. Ob es von mir oder meiner Tochter stammt, kann ich nicht sagen.

Erst jetzt wage ich die Augen zu öffnen und betrachte Giselle im flackernden Kerzenlicht.

Wie erwartet, ist sie schwarz. Wo bei mir schwarze Federn aus der Haut sprießen, hat sich ihr Körper komplett mit schwarzem Fell überzogen. Ihre großen goldenen Augen leuchten unnatürlich hell aus dem dunklen Untergrund hervor. Ihre Pupillen sind schmaler und ihr Blick huscht unruhig umher.

»Es ist alles gut«, murmle ich. »Du wirst dich daran gewöhnen.« Ich streiche über ihren Rücken und sie gibt ein Schnurren von sich wie eine Katze, die aber doch keine ist. Ihre Ohren sind rund und am Ende ihres langen Schwanzes befindet sich eine Fellquaste. »Eine Löwin, hm?«, sage ich, hebe sie etwas hoch und lächle. Sie versucht das Lächeln zu erwidern und entblößt dabei zwei Reihen nadelspitze weiße Fangzähne.

Dann setze ich sie auf den Boden, wo sie unsicher auf ihren vier Pfoten umhertapst. Sie schwankt und wäre ein paar Mal beinahe hingefallen. Ich kann mich nur mit Mühe davon abhalten, sie dabei zu stützen. Schon nach einer halben Stunde rennt sie wie ein schwarzer Wirbelwind durchs Zimmer, als hätte sie nie etwas anderes getan.

Wenig später steckt Aeric den Kopf zur Tür herein. »Hat sie es überstanden?«

Ich nicke lächelnd und deute auf das schwarze Bündel, das am anderen Ende des Zimmers gerade seine Krallen in die bodenlangen Gardinen schlägt und dabei faucht.

Er legt mir eine Hand auf die Schulter. »Sie schafft das. Sie ist stark. Stärker als wir beide zusammen.«

»Das ist sie.«

»Und Vaan wird es genauso schaffen. Sie werden nicht daran zerbrechen. Sie haben dich als Mutter, die sie versteht und sie leiten wird. Und ich könnte nicht stolzer auf sie sein, selbst wenn meine Kinder ohne diesen Fluch zur Welt gekommen wären.«

Verstohlen wische ich mir die Tränen aus den Augen. »Ich weiß.« Aber es aus seinem Munde zu hören, nimmt mir eine gewaltige Last von den Schultern.

Ich hatte immer Angst, dass unsere Kinder als absonderlich angesehen werden könnten, doch solange Aeric und ich hinter ihnen stehen und sie bedingungslos lieben, werden sie auch die Stunden überstehen, in denen sie mit ihrem Schicksal hadern. Ich mache mir nichts vor, diese Stunden werden kommen, doch egal, wie schlimm es sein wird, Aeric und ich werden für unsere Kinder das Licht in dieser Dunkelheit sein. Wir werden ihnen zeigen, dass ein Leben ohne diesen Fluch möglich ist. Wir werden ihnen vermitteln, dass es etwas gibt, auf das sie hoffen können.

Ich glaube zwar immer noch nicht an das Schicksal, aber ich glaube daran, dass auch meine Kinder eines Tages ihr Glück finden werden. Ich bin glücklich, auch wenn es nicht immer einfach ist und ich mir vieles in meinem Leben anders vorgestellt habe. Niemals hätte ich damit gerechnet, einmal eine Königin zu sein. Kinder wollte ich sowieso nie haben, um diesen dummen Fluch nicht weiterzugeben. Und nun sitze ich hier, halte die Hand meines Gefährten, der niemand Geringeres als der König ist, und schaue meiner Erstgeborenen zu, wie sie als kleine schwarze Löwin durchs Zimmer rennt.

Mein Leben ist nicht vorhersehbar und entwickelt sich oft anders als geplant. Ich werde lernen, das Positive zu genießen und das Negative zu ertragen, denn nur durch beides werde ich zu der Person, die ich sein möchte.

Ich bin eine Königin, obwohl ich nie eine sein wollte. Ich bin eine Mutter, obwohl ich nie eine werden wollte. Ich bin ein Kind der Götter, obwohl ich nie darum gebeten habe.

Und doch bin ich glücklich.

AERIC

Heute ist einer der Tage, an denen ich alles um mich herum bewusst wahrnehme.

Heute ist ein guter Tag.

Auch wenn sich meine Tochter gestern Nacht zum ersten Mal gewandelt hat, verspüre ich nichts als Freude und Stolz: auf meine Frau, auf meine Kinder und auch ein bisschen auf mich.

Ich fürchte mich vor nichts mehr als dem Tag, an dem ich vollständig der Dunkelheit verfallen und – wie mein Vater zuvor – weder meine Frau noch meine Kinder, die ich über alles liebe, erkennen werde. Ich weiß, dass dieser Tag kommen wird. Ich spüre es. Und trotzdem fürchte ich mich davor.

Immer öfter brauche ich Alys' Dienste. Die Zauber, die sie unablässig webt, wenn sie in meiner Gegenwart ist, sowie die Tränke, die sie für mich braut, vertreiben die dunklen Wolken, die sich in meinem Kopf einnisten, eine Zeit lang, jedoch nicht auf Dauer.

Bald werden die Abstände, in denen ich nach Alys rufen lasse, kürzer werden. Die Zeit, die sie in meiner Nähe ist, wird zunehmen.

Zeit, die sie nutzen wird, um meinen Verstand zu vergiften.

Und das wird sie, daran habe ich keine Zweifel. Das tat sie damals schon auf dem Schlachtfeld. Verführte mich zu Angriffen auf Unschuldige, an die ich mich später nicht mehr erinnern konnte, doch das Blut an meinen Händen und meinem Körper war Beweis genug.

Ich bin mir nicht sicher, warum sie sich in letzter Zeit zurückhält und darauf bedacht ist, weder mich noch Miranda zu verärgern, doch ich weiß, dass es dafür einen Grund gibt. Alys tut nichts, ohne ein höheres Ziel zu verfolgen. Die Angst, dass sie an einem Plan arbeitet, der weitaus größer ist als der, den sie bisher verfolgt hat, ist tief in mir verwurzelt und lässt mich des Nachts kein Auge zu tun.

Ich hasse es, von ihr abhängig zu sein, doch sie ist die Einzige, die das, was in mir schwärt, eindämmen kann. Ohne ihre Kräfte wäre ich wahrscheinlich schon lange wie mein Vater: Ein schreiender Körper ohne Seele und Verstand. Das will ich niemandem zumuten und versuche, so lange wie möglich durchzuhalten, um meine Kinder heranwachsen zu sehen. Ich möchte miterleben, wie die jungen Ritter sich nach meiner Tochter umdrehen und um ihre Gunst buhlen. Ich möchte dabei sein, wenn Vaan sein erstes Turnier bestreitet und als Sieger vom Platz geht.

Diese Gedanken halten mich davon ab, vollends den Verstand zu verlieren. Ich weiß, dass ich für Miranda keine große Hilfe bin, und ich bin ihr über alle Maßen dankbar, dass sie trotz ihrer Zweifel an sich selbst die meisten Regierungsaufgaben übernommen hat. Zu groß ist die Gefahr, dass mich der ständige Stress noch kränker werden lässt. Sie macht das gut, solange Frieden zwischen Menschen und Elfen herrscht. Wie sie sich verhalten wird, sollte es erneut zu Kämpfen kommen, kann ich nicht beurteilen.

Sie ist ein so friedliebender Mensch, dass ich manchmal den wahren Grund vergesse, warum sie vor Jahren nach Eisenfels gekommen ist.

Ein erneuter Krieg würde meine Frau zerstören. Deshalb bin ich froh, dass sie mir damals diesen Trank eingeflößt hat, durch den ich zumindest ein paar der Schrecken, die tief in meiner Seele lauerten, vergessen konnte.

Was ich jedoch nicht vergessen habe, ist, dass Alys alles ganz genau weiß und ihre Finger im Spiel hat. Ich hoffe, dass ihr ein Frieden zwischen Menschen und Elfen von größerem Nutzen ist als ein Krieg, aber sicher bin ich mir nicht. Bei ihr bin ich mir bei gar nichts sicher. Sie ist wankelmütig und unberechenbar, und genau das ist das Gefährliche an ihr.

Ich habe außerdem das dumpfe Gefühl, dass sie etwas mit Williams Tod zu tun hat. Die Vorstellung, dass ein fähiger Kämpfer wie er auf dem Schlachtfeld gestorben sein soll, ist einfach abwegig. Natürlich sterben dort Menschen, aber nicht Will! Er war zu gut, zu erfahren, zu vorausschauend, um sich zu überschätzen. Nein, ich bin mir sicher, dass ihm etwas ganz anderes zugestoßen ist, doch je mehr ich versuche, mich daran zu erinnern, desto mehr entgleitet mir die Antwort.

Die Angst, dass ich eine Mitschuld an seinem Tod tragen könnte, lässt mich frösteln, doch ich versuche, so wenig wie möglich darüber nachzudenken, sondern schaue nach vorne.

Ich versuche jeden Tag so zu leben, dass meine Frau und meine Kinder auf mich stolz sein können, solange es mir möglich ist.

KAPITEL 35

VAAN

Viele Jahre später …

Im letzten Moment reiße ich das Schwert nach oben und pariere den Angriff. Den Aufprall spüre ich bis hoch in die Schultern, doch ich beiße die Zähne zusammen. Unerbittlich folgen die Hiebe in einer nicht enden wollenden Abfolge. Obwohl ich mir die größte Mühe gebe, sie immer wieder abzuwehren, hebelt mir ein seitlicher Schwerthieb die eigene Waffe aus der Hand. Ich sehe zu, wie sie durch die Luft wirbelt und in ein paar Meter Entfernung wieder auf dem Boden aufschlägt.

Erschöpft sacke ich auf die Knie und wische mir den Schweiß aus dem Gesicht.

»Du wirst besser.«

Beinahe hätte ich ihn frustriert angeknurrt. *Besser* heißt *nicht gut genug*. Besser bedeutet, dass ich weiterhin jeden Tag viele Stunden mit Schwerttraining zubringen werde. Noch dazu gegen einen Lehrmeister, gegen den ich unmöglich gewinnen kann, schließlich hat er mir einige Jahrhunderte Übung voraus.

Gylbert streckt mir die Hand entgegen. Ich ergreife sie und lasse mich zurück auf die Füße ziehen. Meine Arme zittern vor Anstrengung, auch wenn ich keine Waffe mehr halte. Es wird Stunden dauern, bis ich wenigstens wieder einen Becher heben kann.

Ich torkle aus der Übungsarena, wobei meine Füße knöcheltief im Sand versinken. Am Rand wartet meine Schwester und reicht mir ein Tuch, mit dem ich mir den Schweiß aus Gesicht und Nacken wische.

»Du könntest dich ruhig etwas mehr anstrengen, weißt du?«, sagt sie. »Ich würde alles dafür geben, mit dem Schwert trainieren zu dürfen.«

Ich rolle mit den Augen. »Ja, ich bin sicher, dass eine zierliche Person wie du sich ganz großartig in der Arena machen würde.

Wenn ich könnte, würde ich diese blödsinnige Disziplin komplett sein lassen. Als ob ich in einem echten Kampf je mit einem Schwert kämpfen würde!«

Giselle versteht, was ich meine, und grinst mich breit an. »Stimmt auch wieder, schließlich sind wir auf keine Waffen angewiesen.« Sie hakt sich bei mir unter und stützt mich auf dem Weg zurück zur Burg. »Also, was hast du heute noch vor?«

»Ich glaube, Mutter hat ein paar Leute eingeladen, denen ich meine Aufwartung machen muss.«

»Als Kronprinz hast du wirklich ein schweres Los.« Ihre Finger streichen über meinen Unterarm. »Hat sie es immer noch nicht aufgegeben?«

»Wo denkst du hin! Du kennst doch Mutter. Sie ist der festen Überzeugung, dass früher oder später unsere Gefährten unter den Söhnen und Töchtern sein werden, die sie ständig auf die Burg einlädt. Manchmal kommt es mir vor, als wolle sie uns aus dem Weg haben.«

»Das glaube ich nicht«, murmelt Giselle, während wir gemeinsam durch die Korridore laufen. Hier drin ist es wenigstens schön kühl. »Ich … Ich habe vor einiger Zeit mit Mutter gesprochen.«

»Warum?«

Sie weicht plötzlich meinem Blick aus und sieht zu Boden. »Über nichts Besonderes …« Dann hebt sie den Kopf und schaut mich aus großen Augen an. »Vaan … Kannst du heute bei mir im Zimmer schlafen? Ich habe … in letzter Zeit diese Albträume …«

Ich grinse sie an und drücke ihre Hand. »Ganz wie in alten Zeiten, ja? Dabei bist du doch die große Schwester.«

Sie grinst zurück. »Aber böse Träume kommen nicht am schwarzen Wolf vorbei, das weißt du doch.«

Der schwarze Wolf, das bin ich. Zumindest bei Nacht oder manchmal auch bei Tag, dank Mutters Training. Mithilfe eines alten Buches und einer Menge Zeit haben wir herausgefunden, dass es durchaus Ausnahmen für den Verwandlungszeitraum geben kann. Mittlerweile sind Giselle und ich so gut darin, unsere andere Gestalt anzunehmen, dass wir es mit unserem Willen steuern können. Für den halben Tag müssen wir ein Tier sein, da führt kein Weg dran vorbei, aber wir können bestimmen, wann das sein soll. Nachts fällt es uns sehr viel leichter, die andere Gestalt hervorzurufen. Und es wirft auch nicht so viele Fragen auf. Weitere Ausnahmen sind Gefahrensituationen, wie während eines Kampfes oder wenn uns eine schwere Verletzung zugefügt wurde. Unser Tierkörper ist nicht nur stark und wendig, sondern verfügt darüber hinaus über besondere Heilkräfte. Mutter erzählte uns einst von einem Zwischenfall, als mehrere Männer über sie herfallen wollten. Auch damals ist ihre Falkengestalt ausgebrochen, obwohl es nicht die Tageszeit ihrer Verwandlung war. Allerdings habe ich meine Mutter erst wenige Male in ihrer anderen Form gesehen.

Meine Schwester und ich sind schon vor vielen Jahren dazu übergegangen, meistens tagsüber zu schlafen, sofern keine wichtigen Termine anstehen, bei denen unsere Anwesenheit erforderlich ist. Wir beide tragen den Fluch in uns und das schweißte uns von klein auf zusammen. Nachts trifft man uns in unserer anderen Gestalt fast nur gemeinsam an, während wir durch die angrenzenden Wälder streifen.

Die Menschen von Eisenfels wissen, was wir sind und fürchten uns nicht. Manche sagen, dass es Glück bringt, wenn sie uns im Schein des Mondes sehen.

Seit einigen Jahren steht es mit der Gesundheit unseres Vaters nicht zum Besten und Mutter hat damit begonnen, uns heiratswillige Kandidaten vorzuführen. Sie wird nicht müde, uns von dem Wunder der Bindung zu erzählen, wodurch wir unseren Fluch verlieren. Pah, als ob mich das interessiert! Ich habe kein Problem damit, mich zu verwandeln, habe ich doch in diesem Tierkörper so viel mehr Kraft und Ausdauer. Ich fühle mich unbesiegbar, wenn ich ein Wolf bin.

Meine Schwester hingegen … In letzter Zeit habe ich das Gefühl, dass sie sich in ihrer Tiergestalt nicht mehr so wohlfühlt wie früher. Den Grund dafür kenne ich nicht. Vielleicht kann ich später, wenn wir allein sind, Genaueres erfahren, denn bisher hat sie mir immer alles erzählt. Seit wir Kinder waren, sind wir wie Pech und Schwefel. Überall traf man uns zusammen an und ich hätte nichts dagegen, wenn das für immer so sein könnte.

Neben meiner Mutter ist meine Schwester die einzige Bezugsperson, die ich habe. Unter Vaters strengem Blick fühle ich mich klein und nicht gut genug, egal, wie sehr ich mich bemühe. Es scheint, als wäre er nie zufrieden mit mir. Trotz des täglichen Trainings mit dem Elf Gylbert, der von Kindesbeinen an an meiner Seite stand, haben sich meine Schwertkünste kaum verbessert. Ich bin für meinen Vater eine Enttäuschung, das fühle ich, denn ich bin nicht so, wie er mich gerne hätte. Für Regierungsangelegenheiten interessiere ich mich nicht, mache stattdessen lieber mit Gylbert die umliegenden Wirtshäuser unsicher, und im Schwertkampf halte ich keine drei Minuten gegen den rothaarigen Elf durch.

Ich weiß, dass mir noch viel Zeit bleibt, schließlich vergeht unsere Lebensspanne anders als die normaler Menschen, aber ich befürchte, dass ich nie der Sohn sein werde, den er sich vorgestellt hat.

Ich seufze. Manchmal wünsche ich mir, dass meine Schwester all das übernehmen könnte. Dass sie Königin wird und ich nur ein unbedeutender Prinz sein kann, der sein Leben lebt, wie es ihm passt. Doch das wird niemals passieren, da war Vater sehr deutlich. Ich befürchte, dass ich mich mit dem Gedanken abfinden muss, irgendwann König zu werden, obwohl es keine schrecklichere Vorstellung für mich geben könnte.

Einige Stunden später, die Sonne steht fast im Zenit, schleiche ich mich ins Zimmer meiner Schwester. Ich habe ewig gebraucht, um mir den Sand und den Schweiß des Trainings vom Körper zu waschen und meine kupferbraunen Haare kleben mir nass an der Stirn und im Nacken.

Giselle hat bereits die Vorhänge zugezogen, sodass es stockdunkel im Raum ist, doch das macht nichts. Ich bin so oft hier, dass ich mich auch blind zurechtfinde.

»Wollen wir heute Nacht wieder gemeinsam losziehen, oder warum willst du um diese Zeit schlafen?«, frage ich in die Dunkelheit hinein, während ich zielsicher das große Himmelbett ansteuere.

Gegen eine Portion Schlaf habe ich nach dem schweißtreibenden Training nichts einzuwenden, aber seit Giselle nicht mehr regelmäßig nachts mit mir nach draußen geht, habe ich diese Gewohnheit nahezu abgelegt. Oft rolle ich mich nachts als Wolf zusammen und schlafe, wobei die Zofen dann am nächsten Morgen jedes Mal mit mir schimpfen, weil das Bett nach nassem Hund riecht und voller schwarzer Haare ist …

Kurz stoße ich mit dem Schienbein gegen das Bettgestell und unterdrücke einen Fluch. Dann lege ich mich hin und decke mich zu.

»Giselle?«, frage ich erneut, weil ich keine Antwort erhalten habe, doch wieder bleibt alles um mich herum still. Ich zucke mit den Achseln und drehe mich zur Seite. Die Wärme der Decke und die Dunkelheit im Zimmer tun ihr Übriges und lassen mich schläfrig werden. Meine Schwester wird gleich da sein, schließlich war es ihre Idee. Eigentlich sollte sie mir von ihren Albträumen erzählen, aber das kann auch bis nach dem Schlafen warten. So wichtig wird es schon nicht sein …

Ich fühle mich, als hätte ich nur für Sekunden die Augen geschlossen. Wahrscheinlich ist es sogar so. Neben mir senkt sich die Matratze ein Stück und ich rolle herum.

»Da bist du ja«, murmle ich undeutlich, weil mein halbes Gesicht im Kissen versinkt.

Weiter komme ich nicht, denn alles, was ich jetzt wahrnehme, ist ein gleißender Schmerz, der mir den Verstand vernebelt. Scharf wie Dolche bohrt sich etwas in meinen Oberarm und ich schreie auf, versuche von dem Auslöser dieser Schmerzen wegzukommen, doch mein Arm wird festgehalten, und je mehr ich daran reiße, desto schlimmer flammen die Qualen auf.

Mit der freien Hand schlage ich blind nach dem Angreifer und nach drei Hieben treffe ich endlich. Für einen Augenblick erstarre ich, denn anders als erwartet ertaste ich nicht Haut oder Stoff – sondern Fell.

»Bist du von Sinnen, Giselle?«, keuche ich, während ich immer noch versuche, von ihr wegzukommen.

Irgendwann – es fühlt sich an wie Stunden, in denen ich nichts anderes spüre als die Schmerzen, die von meinem Oberarm ausgehend durch meinen gesamten Körper rauschen – lässt sie mich los.

Ich sacke in mich zusammen und presse schnell die freie Hand auf den verletzten Arm. Ich spüre Nässe, die zwischen meinen Fingern hindurchrinnt.

Wankend komme ich auf die Füße und stürze aus dem Zimmer. Das Licht im Korridor blendet mich und für einen Moment glaube ich, das Bewusstsein zu verlieren, doch ich beiße die Zähne zusammen und zwinge meine Füße dazu, vorwärts zu gehen.

Vor dem Gemach meiner Mutter bleibe ich stehen. Blut rinnt mir den verletzten Arm hinab und tropft von meinen Fingern auf den Boden. Mit letzter Kraft hebe ich die Hand und drücke die Klinke nach unten. Dann wird alles um mich herum schwarz.

Ich ziehe scharf die Luft durch die Zähne, während Mutter mit irgendeiner Tinktur auf meinem Oberarm herumtupft.

»Sie hat mich gebissen!«, knurre ich. »Dieses Miststück hat mich gebissen!« Mir entgeht nicht der tadelnde Blick, mit dem die Königin mich ansieht, doch ich denke gar nicht daran, die Beleidigung zurückzunehmen. Die Schmerzen sind zu einem Pulsieren geworden, das von meinen Fingerspitzen bis hinauf in die Schulter reicht.

»Ich bin mir sicher, dass sie dazu einen guten Grund hatte«, murmelt Mutter, wobei sie den Verband fester als nötig zieht.

Ich kneife die Augen zusammen und drehe den Kopf weg. Als ich meine Lider wieder öffne, fällt mein Blick auf eine halb leere Flasche Wein, die auf dem Nachttisch neben dem Bett meiner Mutter steht. Gerade so kann ich ein Seufzen unterdrücken. Ich dachte eigentlich, dass sie diese Phase hinter sich hätte, aber anscheinend hat Vater heute wieder einen seiner schlechteren Tage.

Vor einigen Jahren fing Mutter an zu trinken. Erst nur hin und wieder, doch gerade an Tagen, an denen Vater weder sie noch uns bewusst wahrnahm, wurde es schnell schlimmer, bis sie teilweise ebenso weggetreten war wie der König. Es war ein jämmerlicher Anblick und ich hatte gehofft, dass Giselle und ich sie endlich davon hätten abbringen können. Nun die Weinflasche neben ihrem Bett stehen zu sehen, versetzt mir einen Stich. Wer weiß, wie lange das schon wieder geht …

Als ich sie das erste Mal erwischt habe, war es am schlimmsten. Ich glaube, sie erträgt es nicht, Vater so zu sehen, wenn er die ganze Zeit nur vor sich hin starrt. Vielleicht hat es was mit dieser Bindung zu tun, von der sie uns erzählt, seit wir klein waren. Ein Märchen, das uns ermutigen soll, den richtigen Partner zu finden.

Als ob je eine einzige Frau für mich genügen würde …

»Au!« Ich zucke zusammen, als Mutter das Ende des Verbands verknotet.

Dann steht sie auf, sammelt das Verbandszeug ein und räumt es in eine Schublade. Durch mein tägliches Training mit Gylbert muss ich immer mal wieder zusammengeflickt werden, aber noch nie musste sie eine Bisswunde verarzten.

Die Tür zum Zimmer wird aufgerissen und meine Schwester kommt hereingestürmt, mit nichts weiter bekleidet als einem langen Hemd, das ihr von einer Schulter rutscht und bis zu den Kniekehlen reicht. Ihre blonden Haare fallen offen und ungekämmt über ihren Rücken.

Außer Atem starrt sie mich an, ehe sie fragt: »Hat es funktioniert?«

»Giselle!«, zischt Mutter und schiebt sich zwischen uns, ehe ich auf meine Schwester losgehen kann. Beide Frauen sind gleich groß – oder besser gesagt gleich klein – und mustern sich argwöhnisch. Was geht hier bloß vor? Ich weiß nur, dass ich am liebsten verschwinden würde, denn ich glaube nicht, dass ich das, was gleich folgen wird, wirklich miterleben will.

Doch ehe ich auch mein Gehirn davon überzeugen kann, dass eine Flucht jetzt angebracht wäre, höre ich mich fragen: »Was, verdammt noch mal, ist hier los? Was sollte das? Bist du komplett übergeschnappt? Warum hast du mich gebissen?«

Giselle presst die vollen Lippen zu einem schmalen Strich zusammen und weicht meinem Blick aus wie ein trotziges Kind. Obwohl sie über achtzig Jahre alt ist, kommt sie mir oft so vor, als wäre sie vier, wenn überhaupt.

»Setz dich, Vaan«, sagt Mutter in ihrem gewohnt ruhigen Ton. Ich habe gar nicht gemerkt, dass ich aufgesprungen bin. »Du auch, Giselle.«

Meine Schwester krallt die Hände in das weiße Hemd und tapst barfuß und mit gesenktem Kopf zum Bett, wo sie sich auf die Kante setzt. Noch immer weicht sie meinem Blick aus, was meine Wut nur noch mehr anfacht. Die Bisswunde tut zwar weh – und das nicht zu knapp –, aber sie wird nach meiner nächsten Wandlung so gut wie verheilt sein. Nur wenn ich Pech habe, werde ich ein paar Narben zurückbehalten. Doch das ist keine Entschuldigung dafür, dass sie mich als ihren persönlichen Kauknochen benutzt hat! Noch dazu aus dem Nichts und ohne Vorwarnung. Ich habe nichts getan, dass diesen

Angriff in irgendeiner Art rechtfertigen könnte, doch durch ihre sture Art verweigert Giselle die Antworten. Das macht mich rasend!

Seufzend schüttelt Mutter den Kopf, während sie uns beobachtet. »Wie du siehst, hat es nicht geklappt«, sagt sie dann zu meiner Schwester, sieht aber mich dabei an. »Er hat sich nicht verändert. Ich habe dir von Anfang an gesagt, dass es unmöglich ist, aber du wolltest ja nicht auf mich hören.«

Giselle gibt ein unfeines Schnauben von sich, während ich Mutter fragend anschaue. Ihre Worte ergeben für mich einfach keinerlei Sinn!

»Ich weiß, dass ihr beiden euch sehr nahesteht, vielleicht sogar näher als andere Geschwister, weil ihr dieselben Bürden tragen müsst. Ich selbst habe meinen Brüdern und Schwestern nie nahegestanden und oft habe ich gedacht, dass sie sich gar nicht an mich erinnern. Ihr zwei jedoch seid anders. Das wart ihr schon immer. Von klein auf habe ich euch nur gemeinsam angetroffen, egal, was ihr ausgefressen hattet. Ihr lerntet eure anderen Gestalten zu akzeptieren und gabt euch gegenseitig die Kraft, euer Los hinzunehmen. Dafür bin ich dankbar.« Mutter streicht mir über den Kopf, als wäre ich ein kleines Kind, das beruhigt werden muss, ehe sie sich zu Giselle umdreht. »Aber darüber hinaus ist da nichts.«

Ein eisiger Schauer läuft mir den Rücken hinunter, während ich Mutter beobachte, wie sie Giselle niederstarrt. »W-Was meinst du mit *darüber hinaus*? Was soll das bedeuten?«

Anstatt mir zu antworten, geht Mutter zu ihrem Nachttisch und gießt sich ein Glas Wein ein, das sie mit einem Zug leert. Am liebsten würde ich ihr das Glas aus der Hand schlagen, doch ich bleibe sitzen. Mir entgeht nicht das Zittern, das ihren zierlichen Körper erbeben lässt.

Dann stößt sie geräuschvoll die Luft aus und dreht sich wieder zu mir um. Ihre Augen sind glasig und wirken größer als normalerweise. Da ist dieser verkniffene Zug um ihre Mundwinkel, der mich schlucken lässt. So sieht sie nur aus, wenn ich was wirklich Übles ausgefressen habe … Fieberhaft gehe ich die letzten Wochen in Gedanken durch, doch mir will einfach nichts einfallen, was das rechtfertigen könnte. Klar, ich bin alles andere als unbescholten und genieße mein Leben in vollen Zügen, was mir schon die ein oder andere Strafpredigt meiner Mutter eingehandelt hat. So langsam kann ich diesen Mist von

Gefährten und Bindung echt nicht mehr hören … Aber die letzten Wochen war ich wirklich brav – zumindest für meine Verhältnisse.

»Wenn Phil noch leben würde, würde er dich fragen, ob du es ihm nicht selbst sagen willst.« Wieder schaut sie mich dabei an, obwohl sie eigentlich mit meiner Schwester spricht.

»Was soll sie mir sagen?«, knurre ich zwischen zusammengebissenen Zähnen hindurch. Ich habe es satt, auf eine Antwort zu warten! »Ich will jetzt wissen, was los ist. Warum, bei allen Göttern, hast du mich gebissen?«

Trotzig schüttelt Giselle den Kopf, sodass ihre blonden Haare hin und her fliegen.

Langsam verliere ich die Geduld. Erst beißt sie mich ohne Vorwarnung und nun will sie mir nicht mal den Grund dafür nennen? Ich bezweifle zwar, dass es tatsächlich einen Grund gibt, aber ihre Rechtfertigung will ich dennoch hören.

»Wenn du es ihm nicht sagen kannst, werde ich es tun.« Bei Mutters Worten zuckt Giselle zusammen und hebt zum ersten Mal, seit sie auf dem Bett sitzt, den Kopf. Flehentlich schaut sie zur Königin, doch deren Blick ist unerbittlich. »Ich will das jetzt und hier geregelt haben«, sagt Mutter. »Das Letzte, was ich will, ist, dass sich meine Kinder zerstreiten wegen so etwas Dummen! Ich habe dir von Anfang an gesagt, dass es nicht sein kann, aber du wolltest nicht auf mich hören. Du hast ihn verletzt, absichtlich verletzt. Und das dulde ich nicht!«

Es fehlt nicht viel und ich würde ihr applaudieren. So in Rage habe ich Mutter lange nicht mehr erlebt. Bei jedem Wort zuckt Giselle zusammen und zieht den Kopf weiter zwischen ihre Schultern, bis mich fast das Bedürfnis überkommt, sie an mich zu ziehen und zu beruhigen. Aber nur *fast*. Der überwiegende Teil von mir genießt Mutters Strafpredigt, denn meistens bin ich es, der in ihre Schusslinie gerät. Dass es diesmal meine Schwester trifft, kann mir nur recht sein.

»Na fein.« Nachdem Giselle weiter beharrlich schweigt, dreht sich Mutter zu mir um. »Deine Schwester ist der Meinung, dass du ihr Gefährte bist.«

Ich sitze da wie vom Donner gerührt, unfähig, auch nur einen Finger zu bewegen. Die ganze Zeit habe ich mir den Kopf zerbrochen, was in Giselle vorgegangen sein muss, dass sie mir so etwas antut. Ich hab mit vielem gerechnet, aber *damit* ganz bestimmt nicht.

»Wie bitte?«, frage ich verdutzt, immer noch in der Hoffnung, dass ich mich verhört habe. Meine Schwester … Meine eigene Schwester denkt, ich sei ihr Gefährte? Dieser Mythos, von dem Mutter nie müde wird, uns zu erzählen? Ich schwanke zwischen Lachen und Schreien, denn tief in mir halte ich es für einen *ganz miesen* Scherz. Ein Blick auf das Gesicht meiner Schwester verrät mir jedoch, dass sie es durchaus ernst meint. »Das darf doch wohl nicht wahr sein …«

Giselles Augen füllen sich mit Tränen. »Ich habe schon verstanden«, murmelt sie dann und wendet sich ab.

»Himmel, Giselle, du bist meine Schwester! Ich liebe dich, aber eben wie … wie eine *Schwester*. Du kannst doch nicht ernsthaft glauben, dass du und ich … Nein, das ist *falsch*. Wie kannst du überhaupt auf so eine Idee kommen?«

»Die ganze … Zeit, die du mit mir verbracht hast«, stammelt sie. »Und … und wie du mich angesehen hast. Das *musste* doch einfach etwas bedeuten!«

Ich stütze meinen Kopf in beide Hände, weil er mit einem Mal unglaublich schwer geworden zu sein scheint.

»Und … und da dachte ich, dass du … dass wir …«

Augenblicklich ruckt mein Kopf nach oben. »Wage es ja nicht, diesen Satz zu beenden! Es gibt kein *Wir*, außer dass wir Geschwister sind. Mutter, bring sie zur Vernunft! Das kann sie doch nicht ernst meinen!«

Anstatt sich einzumischen, schenkt Mutter sich ein weiteres Glas Wein ein. Allein der Anblick, wie die rote Flüssigkeit hineinfließt, lässt meinen Geduldsfaden reißen. Ich springe auf und schlage ihr das Glas aus der Hand, woraufhin es auf dem Boden in winzig kleine Scherben zerspringt.

»Du«, ich zeige mit dem Finger auf meine Mutter, »hörst auf, dieses Zeug zu trinken!« Dann drehe ich mich zu Giselle um. »Und du wirst aufhören, in dieser Weise an mich zu denken. Ich will nie wieder etwas davon hören, ist das klar? Nie. Wieder.«

»Aber ich-«

»Nein!« Ich balle die Hände zu Fäusten und zwinge mich, ruhig zu atmen. »Du wirst mich nie wieder anfassen oder auf eine andere Weise an mich denken. Ich will das hier vergessen.«

Mit diesen Worten wirble ich herum und stürme aus dem Zimmer, begleitet vom Schluchzen meiner Schwester.

Als ich endlich in meinem Zimmer angekommen bin, versperre ich die Tür und ringe um Atem. Mein Herzschlag dröhnt in meinen Ohren und ich weiß, dass es nur einen Weg gibt, mich jetzt zu beruhigen. Na ja, eigentlich gibt es zwei Wege, aber um diese Uhrzeit ein Mädchen zu finden, wird nicht einfach sein. Deswegen wähle ich den anderen.

Ich schnappe mir einen Umhang und gehe hinaus auf den Hof. Es kostet mich einiges an Kraft, mich am helllichten Tage zu wandeln, aber dank Mutters Training gelingt es mir beim ersten Versuch. Einige Mägde und ein paar Stallburschen beobachten mich, wagen aber nicht, in meine Nähe zu kommen. Sie spüren, dass mit mir etwas nicht stimmt, dass ich heute besonders aufgewühlt bin, und bleiben auf Abstand. Sehr kluge Entscheidung.

Im Laufen ziehe ich meine Kleidung bis auf die Bruche aus und werfe sie achtlos von mir. Ich lege meine menschliche Gestalt ab, schüttle meinen schwarzen Wolfskörper, als ich auf vier Pfoten im Hof stehe, und presche dann durch den Ausgang hinter den Ställen hinaus aufs offene Feld.

Noch immer gehen mir Giselles Worte nicht aus dem Kopf, aber ich empfinde nichts anderes als Abscheu. So viele Jahre habe ich mich in der Nähe meiner Schwester wohlgefühlt, aber nach diesem Vorfall wird es nie wieder so sein wie früher. Ich weiß überhaupt nicht, ob ich in nächster Zeit wieder eine Frau ansehen kann, ohne an das zu denken, was meine Schwester mir gegen meinen Willen antun wollte. Warum hat sie nicht zuerst mit mir darüber gesprochen? Warum musste sie sofort ihre Zähne in mich rammen, ohne dass ich mich dagegen wehren konnte?

Sie hat an einem Tag alles zerstört, woran ich geglaubt habe. Meine Familie, zumindest meine Mutter und meine Schwester, war mein Rückhalt in diesem Leben, in dem ich Mann, Prinz und Wolf sein musste. Sie waren für mich da, sie verstanden mich und meine Probleme. Sie gaben mir die Kraft, auch schlimme Tage zu überstehen, an denen ich mit meinem Schicksal haderte.

Und nun … Nun fühle ich mich allein und verlassen. Auch wenn ich es niemals offen zugeben würde, klammere ich mich an den Gedanken, dass irgendwo da draußen jemand ist, der nur für mich bestimmt ist. Dessen Herz nur für mich schlägt und der mich nie von sich weisen würde.

Ein Satz, den Mutter einmal zu mir gesagt hat, kommt mir in den Sinn, während ich ziellos durch den Wald renne.

Seelen, die dazu bestimmt sind, sich zu treffen, werden das tun. Scheinbar durch Zufall, aber immer genau zum richtigen Moment.

Ich hoffe sehr, dass es diesen richtigen Moment auch einmal in meinem Leben geben wird.

EPILOG

MIRANDA

Eine lange Zeit ist seit dem Vorfall zwischen meinen Kindern vergangen, und doch fühlt es sich an wie ein Wimpernschlag. Zeit hat schon vor Ewigkeiten ihre Bedeutung für mich verloren. Ich fühle mich wie eine Wanderin, die niemals ankommt.

Zerrissen zwischen dem schwelenden Hass meiner Kinder und meinen Verpflichtungen als Königin, lebe ich von einem Tag zum anderen.

Giselle ist seit dem Vorfall zu einem in sich gekehrten Mädchen geworden, das alle Wut der Welt in sich hineinzufressen scheint. Ihr einst so gütiges Herz hat sich in eiskalten Stein gewandelt. Sie behandelt die Dienstboten von oben herab und verspottet die Abgesandten und Freier, die an den Hof kommen. Meist sehe ich keinen anderen Ausweg, als sie auf ihr Zimmer zu schicken.

Vor einigen Jahren standen wir am Rande eines neuen Krieges, als mein Mann, aufgestachelt von seiner Hexe, die Halbelfen als Unglücksboten auserkoren hatte und sie zusammentreiben ließ. Zwar sollten sie nur am Rande unserer Ländereien in eigenen Dörfern leben, aber irgendwann lehnten die Halblinge sich gegen diese Unterdrückung auf, was für Alys ein gefundenes Fressen war. Sie überzeugte Aeric, dass es an der Zeit sei, diese widernatürlichen Geschöpfe, wie sie es sagte, ein für alle Mal auszulöschen. Ich versuchte mein Bestes, den König von diesem sinnlosen Vorhaben abzuhalten – schließlich haben die Halbelfen sich nie als *die* zerstörerische Macht herausgestellt –, doch ich konnte rein gar nichts ausrichten. Hilflos musste ich mit ansehen, wie er seine Armee aus Schwarzen Rittern wieder mobilisierte, um gegen die bisher friedliebenden Halbelfen zu Felde zu ziehen.

Diese Armee … Jedes Mal, wenn ich sie im Hof trainieren sehe, läuft es mir eiskalt den Rücken hinunter. Diese Männer sind Schlächter ohne jedes Gewissen, die für Geld ihre eigene Mutter im Schlaf erdolchen würden.

Das Schlimmste jedoch ist, dass auch Vaan mittlerweile ein Teil dieser Armee ist. Zwar ist er noch nie mit ihnen ausgerückt, aber er ist in den Rang eines Befehlshabers aufgestiegen, zusammen mit dem rothaarigen Elf Gylbert.

Diese rauen Gesellen sind kein Umgang für meinen Sohn, doch niemand will auf mich hören. Für sie gibt es nur die nächste Schlacht, Frauen und Alkohol.

Auch die letzten Tage war Vaan mit seinem Trupp an den Grenzen unterwegs und ist erst heute Morgen nach Hause gekommen. Ich habe nur einen kurzen Blick auf ihn erhascht, doch er kam mir … seltsam rastlos vor. Als würde er vor etwas fliehen, das nur er sehen konnte.

Heute ist einer dieser dunklen Tage. Aeric ist schon seit dem Morgengrauen nicht ansprechbar und ich habe mich in meine Gemächer zurückgezogen, um zu nähen oder zu sticken oder irgendwas zu tun, um mich von meinen düsteren Gedanken abzulenken. Ich fühle mich, als würde ich die Last der ganzen Welt auf meinen Schultern tragen. Mehr und mehr obliegt es mir, das Volk als Königin zu führen, denn Aerics Anfälle sind in den letzten Jahren schlimmer geworden. Vaan sagte einmal zu mir, dass sein Vater nach Tod gerochen hätte, als er ihm in Wolfsgestalt begegnet ist. Dieser Gedanke hat sich wie ein Geschwür in mir festgesetzt und verfolgt mich Tag und Nacht. Ich hätte gerne mehr Zeit, um sie mit meinem Mann zu verbringen, um für ihn da zu sein, wenn er mich braucht, doch ich schaffe es nicht. Ich haste von einem Empfang zum nächsten, höre Bittsteller an und kümmere mich um die Geschicke des Landes. Nebenbei versuche ich, meine verfeindeten Kinder auseinanderzuhalten, ehe sie sich gegenseitig an die Gurgel gehen. Ich muss darauf achten, dass Alys sich nicht wieder zu sehr in den Vordergrund drängt und ihre Grenzen überschreitet. Gerne würde ich meinem Sohn, dem zukünftigen König, ein paar meiner Pflichten abgeben, doch Vaan interessiert sich nicht dafür. Ständig ist er mit seinen Rittern unterwegs, zieht von einer Taverne zur nächsten und bedient sich der Mädchen dort.

Ja, manchmal schäme ich mich für meinen Sohn.

Ich habe mich von Anfang an so bemüht, meinen Kindern von den Gefährten zu erzählen und sie auf das vorzubereiten, was sie erwartet. Ich habe ihnen alles vermittelt, was ich weiß, doch ich habe den Eindruck, dass es nicht genug war. Es ist ein schreckliches Gefühl, versagt zu haben …

Lärm aus dem Burghof lässt mich aufhorchen und ich gehe von meinem Stuhl aus zum Fenster, um hinunterzuspähen. Einer der Gefängniskarren ist gerade vorgefahren, begleitet von einer glotzenden und lauten Menschenmenge. Was ist denn da los?

Als ich kurz den Blick hebe, sehe ich an einem der Turmfenster links neben mir Vaan stehen, der die Szene ebenfalls verfolgt.

Ein junges Mädchen wird unten aus dem Karren gezerrt, begleitet vom Geschrei der Menge. Obwohl die Ritter sie nicht mit Samthandschuhen anfassen und sie bis aufs Äußerste verängstigt sein muss, ist ihr Gang aufrecht und ihr Rücken gerade. Ich komme nicht umhin, sie dafür zu bewundern, egal, welches Vergehens sie sich schuldig gemacht hat. Grundlos wird man sie sicherlich nicht hierhergebracht haben.

Ich schaue wieder nach links, doch Vaan ist verschwunden. Auch die Menge unten verteilt sich langsam und ich laufe zurück zu meiner Stickarbeit. Ehe ich mich hinsetzen kann, wird die Tür zu meinem Gemach aufgerissen.

Schwer atmend steht Vaan in der Tür. Sein Blick wirkt gehetzt und sein Gesicht ist aschfahl. So kenne ich meinen Sohn gar nicht … Um ihn aus der Ruhe zu bringen, braucht es schon etwas … *Besonderes.*

Als er sich einigermaßen gefasst hat, kommt er auf mich zu, kniet vor mir nieder und küsst meine Hand. Mit der anderen fahre ich durch sein kupferbraunes Haar mit den heller werdenden Spitzen, das mich jedes Mal an Aeric erinnert.

Doch irgendwas stimmt heute nicht mit meinem Sohn. Er wirkt rastlos, wie schon heute Morgen, und verwirrt. Was kann es sein, das ihn so mitnimmt? Giselle ist zur Zeit nicht auf der Burg, seinen Vater hat er heute noch nicht gesehen. Was kann ihn also beschäftigen?

Ob es … Ob es mit dem Mädchen von eben zu tun hat? Kurz huscht mein Blick zum Fenster, durch das die Sonne hereinscheint. War es das Mädchen, das ihm so zusetzt? Kennt er sie von irgendwo her? Vielleicht eine seiner zahllosen Eroberungen? Nein, dann würde er nicht so verstört reagieren …

Ein Gedanke, der mich gleichermaßen beunruhigt als auch freudig stimmt, keimt in mir auf.

»Du hast sie also gefunden«, sage ich. Es ist nicht mehr als ins Blaue raten, doch die Art, wie er bei meinen Worten zusammenzuckt, zeigt mir, dass ich richtigliege. Bei allen Göttern, kann das wirklich wahr sein? Nach all den Jahren … Hat mein Sohn nach all den Jahren seine Gefährtin gefunden? Meine Finger krampfen sich um seine, und er entzieht mir seine Hand, um sich seufzend durchs Haar zu fahren. Er steht auf und läuft unruhig in meinem Gemach auf und ab. Ich möchte ihn packen und schütteln, damit er mir endlich Einzelheiten erzählt.

»Das ist unmöglich, Mutter«, knurrt er dann. »Sie ist eine *Halbelfe*!«

Im ersten Moment bin ich erschrocken. Nicht weil das Mädchen eine Halbelfe ist, sondern über die Art, wie er über sie spricht. Abwertend, als wäre sie etwas Minderwertiges, das es nicht verdient, überhaupt angesehen zu werden. Im Grunde kann ich es ihm nicht verdenken. Zu sehr war er in den letzten Jahren dem Einfluss seines Vaters und der Schwarzen Ritter ausgesetzt, dass es nur verständlich ist, dass sich diese Gedanken auch in ihm festgesetzt haben.

Nun, jetzt ist es wohl an mir, seine Ansicht wieder geradezurücken.

Ich gehe auf ihn zu, lege den Kopf ein Stück in den Nacken, um zu ihm aufschauen zu können, und lächle. »Du weißt, dass es möglich ist«, sage ich und tippe mit dem Zeigefinger auf seine Brust, direkt über seinem Herzen. »Du spürst es da drin. Wir können es uns nicht aussuchen. Es ist vorherbestimmt.«

Ich muss beim Anblick, wie sich sein Gesicht fast schmerzvoll verzerrt, beinahe grinsen. Ich weiß genau, wie er sich gerade fühlt, und ich gebe mir alle Mühe, seine Zweifel zu zerstreuen.

»Und was soll ich nun tun?« Seine Stimme ist ein heiseres Knurren und ich merke, wie sehr er sich bemüht, die Fassung zu wahren. »Sie soll morgen zu den Feierlichkeiten hingerichtet werden.«

Ein abschätzender Laut entweicht mir. Nur eine Hexe wie Alys kann auf die Idee kommen, eine öffentliche Hinrichtung bei der Krönungsjahresfeier zu begehen. »Dann solltest du dich beeilen«, sage ich nur und behalte meinen Unmut für mich. Hier geht es nicht um Alys, sondern um meinen Sohn und das, was er im Begriff ist zu finden. Als Vaan nichts entgegnet und nur verbissen zu Boden starrt, füge ich hinzu: »Du weißt, was ihr Tod für dich bedeutet, nachdem du das Band gespürt hast.«

Zwar wäre es nicht sein eigener Tod, so wie bei Aeric und mir, denn sie sind noch keine Bindung eingegangen. Trotzdem würde es ihn zerstören. Es würde sich anfühlen, als würde ein Teil seiner selbst absterben und für immer verschwinden, ohne Aussicht, ihn jemals wieder zurückerlangen zu können. Diese Erfahrung wünsche ich niemandem und ich werde alles daransetzen, dass meine Kinder sie nicht machen müssen.

Stöhnend vergräbt er das Gesicht in den Händen und ich streiche ihm über den Rücken. »Was stehst du hier noch herum, Junge? Geh und schau sie dir an. Sieh zu, dass du sie lebend aus dem Schloss bekommst.« Ich grinse, als ich versuche, sein Gesicht mit den Händen zu umfassen. Dann ziehe ich seinen Kopf zu mir herunter und küsse ihn auf die Stirn.

Ein dankbares Lächeln umspielt seine Lippen und ich bin unendlich erleichtert, dass ich eine Stütze für ihn sein kann. Er löst sich von mir und eilt aus dem Zimmer.

Ich sehe ihm noch lange nach, selbst als er bereits aus meinem Sichtfeld verschwunden ist. Dann gehe ich wieder ans Fenster und schaue nach unten auf den jetzt leeren Hof.

Seine Gefährtin … Vaan hat vielleicht tatsächlich nach all den Jahren seine Gefährtin gefunden. Dass sie eine Halbelfe ist, wird Aeric nicht gefallen … Aber ich versuche, mir darüber noch keine Gedanken zu machen. Vielleicht war es auch nur Einbildung und es stellt sich heraus, dass dieses namen- und ranglose Mädchen – noch dazu eine Gefangene – gar nichts bedeutet.

Ich seufze. So sehr wünsche ich mir das Gegenteil. Ich *will,* dass dieses Mädchen etwas bedeutet, dass sie für meinen Sohn etwas bedeuet. Zu lange schon ist er allein. So viele Jahrzehnte … Er hat es verdient, endlich Frieden zu finden. Und Glück.

Ja, er hat es verdient, *sein* Wunder zu finden.

- ENDE -

Weiter geht es in »Divinitas«

DANKSAGUNG

Selbst beim vierten Buch fällt mir die Danksagung noch schwer. Ich habe Angst, jemanden zu vergessen, der es mehr als verdient hätte, hier erwähnt zu werden.

Wie immer versuche ich, mich bei meiner Aufzählung nach dem Schreibprozess zu richten.

Daher geht mein erster Dank an alle Leser, denen *Divinitas* gefallen hat und die mir Nachrichten, E-Mails oder Rezensionen geschrieben haben. Ohne euch und eure Begeisterung für mein allererstes Buch hätte ich diesen »Nachfolger« (na ja, eigentlich »Vorfolger«, aber ihr wisst schon, was ich meine!) nicht schreiben können. Ich hoffe, ich konnte euch die Geschichte der drei Elfenschwestern, die in *Divinitas* nur kurz angeschnitten wurde, näherbringen, ebenso wie Mirandas Werdegang zur Königin und ihre Beziehung zu ihrem Mann, der vielleicht nicht der ist, den sie sich immer gewünscht hat.

Einen Vorgängerband zu schreiben, war für mich viel schwieriger, als ich mir das vorgestellt habe. Kleinigkeiten, die ich in *Divinitas* nur angerissen hatte, musste ich auch jetzt beachten und ausbauen. Dazu gehörte auch, dass ich Charaktere unsympathisch werden lassen musste, weil sie in *Divinitas* eine Antagonisten-Rolle annehmen. Das fiel mir nicht leicht, vor allem nicht bei Aeric oder William, die ich gerne netter (oder lebendiger) dargestellt hätte, aber das war nicht möglich, da sie den Weg für die nachfolgende Generation ebnen mussten. Ich hoffe trotzdem, dass du, lieber Leser, Spaß mit den Charakteren hattest. Abschließend möchte ich einen meiner Lieblingscomedians zitieren, weil es hier gerade so schön passt: *Konsequenz heißt, auch Holzwege zu Ende zu gehen.*

Falls du *Divinitas* noch nicht kennst, bist du gerne eingeladen, auch dieses Buch von mir zu lesen, um zu erfahren, wie es mit Miranda und ihren Kindern weitergeht.

Ich danke meinem Mann, der täglich dafür sorgt, dass ich nicht jämmerlich an der Tastatur verhungere und mich mit meinem Nerventreibstoff (Cappuccino mit Milka-Geschmack) versorgt.

Der meine Marotten (mit vollem Mund mitten beim Essen aufspringen »Ich muss das *ganz kurz* aufschreiben!!«) nur noch mit einem Schulterzucken abtut und der mir so gut es geht den Rücken freihält, damit ich genügend Zeit zum Schreiben habe. Ich liebe dich!

Danke an meine drei Hunde Sammy, Tank und Hera, die mich täglich dazu zwingen, bei Wind und Wetter nach draußen zu gehen, wo ich immer noch die besten Ideen für neue Geschichten oder Plottwists habe. Und nein, ich habe mir noch immer nicht angewöhnt, endlich mal einen Zettel und Stift mitzunehmen …

Danke an meine Mama, die mir mit ihren Anmerkungen immer wieder einen Schubs in die richtige Richtung gibt und auch sonst immer für uns da ist, wenn wir sie brauchen. Ich hab dich lieb!

Mein innigster Dank geht an meine Testleserinnen Jessica, Katharina, Annika und Nadine (und meine Mama!). Ich weiß, dass ich euch mit meinen unausgegorenen Textschnipseln und ständigen Coverentwürfen und dem Gejammer, dass alles Mist ist, sicherlich zu Tode nerve, aber trotzdem helft ihr mir unermüdlich, mich zu verbessern. Ihr seid toll und ich kann mir keine besseren Testmädels wünschen!!

Danke an die Drachenmama Astrid, die auch mein viertes Buch bei sich aufgenommen und ihm unter dem Schein des Drachenmondes ein Zuhause gegeben hat.

Vielen Dank an meine Lektorin Alex, die Falkenmädchen noch schnell in ihren engen Zeitplan zwischengeschoben hat und meinen Füllwörtern zu Leibe gerückt ist. Danke auch für deine aufmunternden Kommentare, auch für den Fall, dass du nun nicht mehr mit mir redest, weil dein Lieblings-Sidekick sterben musste.

Wie immer geht auch ein Dankeschön an all die Interpreten und Musiker, deren tolle Songs mich während des Schreibens begleiten. Meine Playlist verändert sich kaum, weil ich mit all diesen Liedern so viele Szenen verbinde, die ich bereits geschrieben habe.

Danke an die Rezensenten und Blogger, die sich die Zeit nehmen, meine Bücher zu lesen und zu bewerten.

Danke an alle Leser, die zu diesem Buch gegriffen haben. Ich hoffe, ich konnte euch unterhalten, denn das ist der Anspruch, den ich an meine Bücher habe. Vielleicht sehen wir uns ja in einem meiner anderen Werke wieder, ich würde mich freuen!

Alles Liebe

Asuka

http://www.facebook.com/AsukaLionera/
http://asuka-lionera.de/wordpress/

Von der Autorin ebenfalls im Drachenmond-Verlag erschienen:

Divinitas – ISBN: 978-3-95991-022-4
Ungenügend – ISBN: 978-3-95991-224-2
Nemesis: Hüterin des Feuers – ISBN: 978-3-95991-220-4

PLAYLIST

MEINE PLAYLIST

(ohne bestimmte Reihenfolge)

Frozen - Let It Go (25 languages)
Christina Perri - A Thousand Years
Galt Aureus - Is There Anyone Left
Caleb Hyles - Let It Go (Male Cover)
Caleb Hyles - I'm Still Here (Cover)
Caleb Hyles - Immortals (Cover)
AmaLee - Innocence SwordArt Online (Cover)
AmaLee - SwordArt Online Opening (Cover)
AmaLee & Dima - Your Lie in April Medley (Cover)
AmaLee - White Light (Cover)
Ayumi Hamasaki - Song 4 You
30 Seconds to Mars - Do or Die
ToZ OST - Rising Up
ToZ OST - White Light
Ellie Goulding - Love Me Like You Do
Nicole Cross - Hello (Cover)
Ventino - Disney Princess Mashup
Diverse weitere Disney-Soundtracks
Diverse weitere Game-Soundtracks

Asuka Lionera
Divinitas
ISBN: 978-3-95991-022-4
Softcover, EUR 14,90

»Eine Halbelfe!«, ruft der Ritter angewidert und spuckt auf den Boden neben mir aus. »Ich dachte, diese Missgeburten hätte man ausgerottet!«
Sie haben sie gesehen! Sie haben meine Ohren gesehen! Sie wissen, was ich bin!

Von den Elfen verachtet und den Menschen gefürchtet hat sich die Halbelfe Fye in die Abgeschiedenheit zurückgezogen.
Doch sie wird enttarnt und gefangen genommen und an der Schwelle von Leben und Tod gerät sie in eine uralte Fehde.
Wer meint es ehrlich mit ihr –
der verfluchte Prinz oder der strahlende Ritter?

Die Fortsetzung von »Falkenmädchen«